Josefine Meyer

Das Echo der Traumzeit

TINTE & FEDER

Das Buch

Als ihre Tochter Lena im australischen Outback verloren geht, folgt Marie ihr ins Herz des roten Kontinents. Mit Terry, einem selbstbewussten Cowboy, beginnt für sie die abenteuerlichste Reise ihres Lebens. Gemeinsam kämpfen sie sich durch unerbittliche Wüste, Unwetter und Buschfeuer. Auf dem Weg entdeckt Marie nicht nur die Geheimnisse des Outbacks, sondern gerät auch mitten in die lebendig gewordenen Mythen der Aborigines.

Sie beginnt sich zu verändern und kommt ins Grübeln – über ihr Leben in Deutschland, die Beziehung zu ihrer Tochter und ihre Gefühle für Terry. Es scheint, als müsse sie sich erst im Outback verlieren, um sich selbst zu finden.

Die Autorin

Josefine Meyer wurde 1983 in Wermelskirchen geboren und wanderte 2006 nach Australien aus, um Umweltmanagement zu studieren. Bereits in ihrer frühen Jugend sammelte sie Erfahrungen im Journalismus, schrieb für Tageszeitungen, Jugendmagazine und andere Publikationen. In den letzten Jahren hat sie unter ihrem Klarnamen mehrere Kinder- und Jugendbücher sowie Erwachsenenromane veröffentlicht. Ihre Leidenschaft für die australische Fauna und Flora und die Faszination für das Outback und seine Bewohner haben Josefine Meyer inspiriert, diese Geschichte zu schreiben.

JOSEFINE MEYER

Das Echo der Traumzeit

ROMAN

TINTE & FEDER

Deutsche Erstveröffentlichung bei
Tinte & Feder, Amazon Media EU S.à r.l.
38, avenue John F. Kennedy, L-1855 Luxembourg
September 2019

Umschlaggestaltung: zero-media.net, München
Umschlagmotiv: © TED MEAD / Getty; © VMJones / Getty; © Jacobs Stock Photography Ltd / Getty; © Elena Medvedeva / Shutterstock
Lektorat und Korrektorat: Verlag Lutz Garnies, Haar bei München
www.vlg.de
Gedruckt durch:
Amazon Distribution GmbH, Amazonstraße 1, 04347 Leipzig /
Canon Deutschland Business Services GmbH, Ferdinand-Jühlke-Straße 7, 99095 Erfurt /
CPI books GmbH, Birkstraße 10, 25917 Leck

ISBN 978-2-49670-175-3

www.tinte-feder.de

Für den Cowboy, der mir gezeigt hat, wie man das Vertrauen der Wildpferde gewinnt.

Prolog

»Mama, ich habe Neuigkeiten«, rief Lena und schielte zu einer älteren Dame am Nachbartisch, die bei dem Wort »Neuigkeiten« große Ohren bekam. Lena senkte die Stimme verschwörerisch. »Sie werden dir gefallen.«

Marie hob eine Augenbraue. Wenn Lena so anfing, dann gefielen ihr die Neuigkeiten normalerweise ganz und gar nicht. Das letzte Mal hatte ihre Tochter angekündigt, reiten zu lernen. Viel zu riskant, fand Marie. Pferde waren unberechenbare Kreaturen mit zwei gefährlichen Enden: Vorne bissen sie, hinten traten sie. Leider war Lena furchtbar dickköpfig und was sie sich einmal in den Kopf gesetzt hatte, das zog sie auch durch.

»Ich habe einen Job bekommen. Gleich nach der letzten Abiprüfung geht es los. Also nur übergangsweise, bis ich dann im Herbst studiere.«

»Aha? Das ist ja toll. Was denn für ein Job?«

»Also, das ist eine längere Geschichte. Aber um mich kurzzufassen: Ich pflücke Melonen.«

»Du machst was?«, fragte Marie irritiert. Wo wuchsen denn hier in der Gegend Melonen?

Lena rückte mit ihrem Stuhl ein wenig näher. Sie wickelte sich die langen Locken um ihren Finger und nagte auf der Unterlippe. Marie schaufelte sich ein Stück Käsekuchen auf die

Gabel und wartete, während ihre Tochter nach den richtigen Worten suchte. »Na ja, es ist noch mehr. Es ist eine richtige Farm, wo ich bei der Ernte helfen kann, aber auch bei anderen Arbeiten. Die suchen jemanden für ein paar Monate. Es würde zeitlich genau passen.«

»Ich wusste gar nicht, dass hier in der Gegend Melonen angebaut werden. Wo ist denn diese Farm?«

Lena holte einen Zettel aus ihrer Tasche und reichte ihn ihr. Auf dem Flyer war ein Farmgebäude zu erkennen, das inmitten von Melonenfeldern lag. Die Erde unter den Pflanzen war rot. »In Chinchilla in Queensland. Das liegt in Australien.« Lena lachte verschmitzt und ihre grünen Augen leuchteten hell.

Marie verschluckte sich an ihrem Kuchen. Sie hustete, klopfte sich auf die Brust und holte tief Luft. »Ach, Lena. Was soll das denn wieder? Du hast Ideen. Was für ein Humbug. Wenn du nach dem Abitur eine Auszeit möchtest, such dir doch hier in der Gegend etwas.«

»Nein, das ist genau das Richtige.«

Marie schwieg für einen kurzen Moment. Sie strich den Zettel glatt. Wie sollte sie Lena erklären, dass sie für so etwas noch viel zu unselbstständig war? Lena schaffte es doch zu Hause nicht einmal, ihre Wäsche selbst zu falten und einzusortieren. Geschweige denn, sich allein zurechtzufinden, wie sie vor Kurzem bewiesen hatte, als sie mit einer Freundin zu einem Jugendcamp fahren wollte und das Ticket für den falschen Zug gebucht hatte.

»Das wird Hildegard gar nicht gefallen.«

»Seit wann interessiert es dich, was Oma denkt?«

»Ich sage ja nur, dass sie bestimmt versuchen wird, dir das auszureden.«

Lena zuckte die Schultern. »Und wenn schon. Sie wird drüber hinwegkommen.«

Das Farmgebäude auf dem Zettel sah heruntergekommen aus. Die Farbe blätterte von den Holzwänden und der Traktor schien aus dem letzten Jahrhundert zu sein. Im Dorfmuseum stand auch so eine alte Maschine. »Chinchilla, Queensland« prangte oben auf dem Flyer in weißer Schrift.

War es in Queensland vor einigen Jahren nicht zu schlimmen Überflutungen gekommen? Marie erinnerte sich an Bilder, auf denen Häuser bis zum Giebel unter Wasser standen. Eine Hubschrauberaufnahme hatte eine Farm gezeigt, die sich in einen See verwandelt hatte. Zum Glück hatten die Farmer ihr Heim rechtzeitig verlassen können. Und ein paar Wochen später zirkulierte im Internet ein Foto von einer Landschaft, die mit einer weichen weißen Decke überzogen war. Dabei handelte es sich um Abertausende von Spinnweben, ein gigantisches Meer aus Netzen, gespickt mit kleinen schwarzen Punkten. Nach den Überflutungen war es zu einer Spinnenplage gekommen.

Marie schüttelte sich innerlich. Spinnen waren ihr zuwider, obwohl sie Tiere im Allgemeinen liebte.

Sie versuchte, das Thema zu wechseln. »Es gibt doch diese südamerikanischen Nagetiere, die auch ›Chinchilla‹ heißen. Die habe ich mal im Tierpark gesehen. Ich glaube, das war in Aachen. Putzige Tiere. Da lief doch neulich eine Doku auf …«

»Mama, du lenkst ab.«

Erwischt. Eine Zornesfalte bildete sich auf Lenas Stirn. »Das hat doch jetzt nichts mit meinem Plan zu tun.« Sie zerknüllte ihre Serviette und warf sie gekonnt in einen Mülleimer, der ein paar Meter entfernt stand. »Und, Mama, ich weiß, dass man sich erst an den Gedanken gewöhnen muss. Ich war auch erst skeptisch. Aber Tanjas Cousin hat gerade ein Jahr als Backpacker in Australien gemacht und er schwärmt immer noch davon. Von der Weite im Outback, der roten Erde und den Kängurus.«

»Ach, Tanja. Daher weht der Wind.« Marie mochte Lenas Freundin, auch wenn die ihr gerne Flausen in den Kopf setzte. Und sie durfte es am Ende ausbaden. Sie rührte unglücklich in ihrem Kaffee. »Willst du nicht lieber was Richtiges machen? Etwas mit Hand und Fuß, das du später in deinen Lebenslauf schreiben kannst. Vielleicht ein Praktikum in der Bücherei?«

»Ey, Mama. Bücherei? Wie langweilig ist das denn?! Ich dachte, du freust dich für mich. Das ist doch was Richtiges. Mal richtig raus hier aus dem Kaff. Hier in Karlsberg ist doch nichts los. Immer macht man dasselbe, geht in das eine Kino und landet in denselben Cafés. Nichts gegen das Alex, aber hier gibt es immer nur dasselbe. Tanja hat mir erzählt, dass sie neulich in der Stadt einen Kakao mit Aktivkohlepulver getrunken hat. So etwas meine ich! Mal was anderes. Ich will reisen und neue Orte kennenlernen. Und mein Englisch verbessern. Ist doch auch gut für den Lebenslauf.«

»Ja, so meinte ich das nicht. Aber es ist halt schon weit weg. Ich will wirklich nur das Beste für dich. Und in Australien gibt es Schlangen, Krokodile, Haie, giftige Quallen, Überflutungen und Waldbrände.«

»Immerhin gibt es keine Erdbeben.«

»Ja, ich weiß. Die sind eher so bei Japan in der Ecke. Trotzdem, es gibt Schlangen, Krokodile …«

»Brauchst du jetzt nicht wieder alles aufzuzählen, Mama. Aber in Chinchilla gibt es keine Krokodile, das ist zu weit im Inland. Und ich habe schon recherchiert: Waldbrände gibt es nur alle paar Jahre.«

»Soll mich das jetzt beruhigen?« Marie schob den Teller mit den Kuchenresten von sich weg. Der Appetit war ihr vergangen. »Ich bin dagegen. Das ist einfach zu gefährlich. Du warst doch noch nie allein weg. Erst letzte Woche ist ein Wanderer im australischen Outback verdurstet, weil er sich verlaufen hat. Kam in den Nachrichten. Ich meine, in den Ferienlagern in Spanien und Italien, das war eine andere Sache. Da waren immer deine Freundinnen dabei. Und es gab eine Aufsicht. Oder will Tanja etwa mitkommen?«

»Ne, Tanja hat andere Pläne. Sie will erst mal bei ihrem Vater in der Firma helfen und Geld verdienen. Aber in Chinchilla gibt es doch die Farmbesitzer, die anderen Helfer, die Kuhtreiber, Schafscherer und so weiter. Ich bin nicht völlig isoliert. Gibt sogar Internet übers Handy.«

Marie kämpfte um die richtigen Worte. Leider kämpften die Worte zurück und heraus kam nur ein verstimmtes: »Hm.«

»Was hast du denn, Mama? Du liest so viele Bücher über verschiedene Länder und schaust dir Fernreise-Dokus an. Ich dachte, du interessierst dich für Menschen in anderen Kulturkreisen.«

»Das ist etwas anderes. Da handelt es sich um sorgfältig geplante Touren … bei dir ist es ein spontaner Einfall. Und das, was du hier als langweilig empfindest, wirst du irgendwann zu schätzen lernen. Es ist friedlich hier. Man kann eine solide Routine aufbauen, ohne Störungen oder Unruhen.« Für einen Augenblick flackerten Nachrichtenbilder vor Maries innerem Auge auf. Noch vor Kurzem hatte es heftige Demonstrationen in der nahe gelegenen Stadt gegeben, aber hier in Karlsberg hatte man nichts davon mitbekommen.

Marie redete sich in Rage. »Kennst du das Buch ›Mord im Outback‹? Ist nach der wahren Geschichte von zwei jungen Briten. Die sind bei einer Australienreise auf einen Anhalter reingefallen und wurden ermordet.« Eigentlich wollte sie etwas ganz anderes sagen, nämlich: »Es ist was ganz anderes, denn du bist mein Kind und ich will dich nicht verlieren.«

»Mama, Verbrecher gibt es überall auf der Welt. Auch hier.«

»Ja, das stimmt. Ich sage immer: Es gibt zwei Gründe, aus denen ich Menschen nicht vertraue. Erstens: Ich kenne sie nicht. Oder zweitens: Ich kenne sie.« Maries Stimme wurde lauter.

»Aber ausgerechnet Melonen pflücken – weißt du, wie schwer eine Melone ist? Ich habe letztens im türkischen Obstladen eine Viertelmelone gekauft, die hat vier Kilogramm gewogen! Rechne das mal hoch: sechzehn Kilogramm. Runter vom Feld, rauf auf den Wagen, und das den ganzen Tag. Wie stellst du dir das nur vor?«

Lena sprang auf. Mit einer Hand hielt sie den Stuhl fest, der umzukippen drohte. »Nie verstehst du mich. Immer willst du nur, dass ich brav einen vorbestimmten Weg gehe. Es kümmert dich wohl überhaupt nicht, was ich eigentlich will. Ich meine, ich habe mich schon von dir zum Geschichtsstudium bequatschen lassen. Damit ich in der Nähe bleibe. Dabei will ich nicht hier in Karlsberg vergammeln, ich will raus und die Welt sehen, ich will was erleben!«

»Jetzt reg dich nicht so auf und setz dich wieder! Was sollen denn die Leute denken?«

»Siehst du, genau das ist das Problem: Die Leute! Mir ist es völlig wurst, was die Leute hier in Kuhkaffhausen am Ende der Welt von mir denken. Die meisten hier halten Hölderlin und Rilke für zwei Joghurtmarken.«

»Lena. Das ist gemein und unfair.« Marie war knallrot geworden. Sie war hier aufgewachsen und liebte ihre kleine Heimatstadt. Karlsberg hatte genau die richtige Größe; größer als ein Dorf, kleiner als eine Stadt – und das Beste aus beiden Welten. Verschämt schaute sie zu den benachbarten Tischen.

Ein Kellner kam zielstrebig auf sie zu. Bevor er ihren Tisch erreichte, griff sich Lena ihre Tasche. Im Gehen rief sie ihrer Mutter zu: »Ich gehe nach Australien und basta! Mit oder ohne dein Einverständnis.«

Kapitel 1

Regentropfen trommelten gegen das Fenster, ein grauer Schleier hatte sich über die Welt gelegt. Marie schob seufzend die Gardine zurück. Alles grau in grau. Das Wetter passte zu ihrer Stimmung. Hinter ihr brodelte und zischte es. Schnell drehte sie sich um, nahm den Deckel vom Topf und drehte die Herdplatte herunter. Es roch nach Grünkohl und Würstchen, ihrem Lieblingsgericht. Gute, einfache Hausmannskost. Lena war zwar kein großer Fan davon, aber der Eintopf würde ihr bei der Kälte guttun.

Sorgsam strich sie sich eine Strähne aus dem Gesicht. Ihre kastanienbraunen Locken waren zu einem Zopf zusammengebunden – Marie trug die Haare nur selten offen. Sie wusch sich die Hände und trocknete sie an der Schürze ab. Ein Windstoß ließ die Fensterscheiben erschüttern. Marie fuhr prüfend mit dem Finger über den Rahmen. So wie die Scheiben klapperten, musste bald der Kitt erneuert werden.

Sie kippte den Grünkohl in eine Tupperbox und schaute auf die Uhr. Wo blieb Lena nur? Es war Zeit zum Frühstücken. Das Handy klingelte. Hildegards Nummer erschien auf dem Display. Marie seufzte und nahm ab. »Ja?«

»Guten Morgen, Marie. Gut, dass ich dich erreiche.«

Marie hob eine Augenbraue. Wo sollte sie auch sonst stecken, so früh am Tag?

»Hallo, Mama. Was gibt es denn Dringendes?«

»Ach, so dringend ist es nicht. Aber wichtig. Runter mit dir, du müffelst.«

»Wie bitte?«

»Nicht du, ich meine Bella.« Bella war Hildegards Hund. Der Malteser hatte große Knopfaugen und eine hübsche, kleine Schnauze, war aber in etwa so vertrauenswürdig wie Hannibal Lecter an einem guten Tag. Aber Bella liebte Hildegard und war immer an ihrer Seite.

»Also. Hast du dem Kind den Unsinn ausreden können?«

»Welchen Unsinn?«

»Du weißt genau, wovon ich rede. Australien. So etwas Unvernünftiges.«

»Nein, Mama. Lena wird direkt nach dem Abiball fliegen.«

»In Norberts Bank nehmen sie gerade Bewerbungen für Praktikanten entgegen. Das ist ein anständiges Umfeld, das einem jungen Menschen viele Möglichkeiten eröffnet.«

Marie musste an ihren Ex in seinen steif gebügelten Hemden denken. Lenas Vater arbeitete seit seiner Ausbildung in der Bank. Er war nie befördert worden und saß immer noch am selben Schalter, der mittlerweile ein Stehpult war. Das war mit Sicherheit nicht das Richtige für Lena, die sich schnell langweilte.

»Ich glaube, Lena würde sich lieber die Hände abhacken, als an Norberts Seite zu arbeiten. Du weißt, was sie von ihm hält.«

Hinzu kam, dass Norbert sich nie ernsthaft um Lena bemühte und außerdem regelmäßig ihren Geburtstag vergessen hatte. Dann hatte Marie brav Norberts Namen mit auf ihre Geschenke geschrieben, damit Lena es nicht merkte. Das war so lange gut gegangen, bis sich Lena bei ihrem Vater für Musicalkarten bedankt hatte, von denen er nichts wusste. Seitdem mied sie den Kontakt mehr als zuvor.

»Hach, dieses Kind ist einfach zu dickköpfig. Das hat sie von dir. Rede noch mal mit ihr, das ist doch alles Unfug.«

»Ja, Mama.«

»Du willst doch nicht etwa, dass Lena durch solch einen Unfug auf die schiefe Bahn gerät?«

»Nein, Mama.«

»Gut, dann sind wir uns ja einig.« Ohne ein weiteres Wort legte Hildegard auf.

Marie seufzte. Es war bereits sieben Uhr, aber Lena schlief noch tief und fest. Sicher hatte sie wieder den Wecker überhört, das passierte in letzter Zeit häufiger.

Marie klopfte an die Tür ihrer Tochter und kehrte in die Küche zurück. Auf dem Tisch standen zwei Schalen mit Müsli und Obst, damit Lena keine Arbeit mit dem Frühstück hatte. Ihre Freundin Katja hatte deswegen schon ein paar Mal den Kopf geschüttelt, aber Marie verwöhnte ihre Tochter gerne, Lena hatte schließlich genug mit der Schule zu tun.

Sie hörte, wie ihre Tochter im Badezimmer die Dusche andrehte. »Draußen Regen, drinnen Tropendusche«, dachte sie und seufzte. Die Dusche wurde abgestellt und es dauerte nicht lange, da kam Lena in die Küche getapst. Um ihren Kopf hatte sie ein Handtuch geschlungen.

»Wie geht es dir, Süße?«, fragte Marie. Lena hatte dunkle Ringe unter den Augen und wirkte energielos.

»Ich bin wach«, brummelte sie und setzte sich an den Tisch. »Mehr möchte ich zu meinem derzeitigen Zustand nicht sagen.«

Marie holte Milch aus dem Kühlschrank und nahm ihrer Tochter gegenüber Platz.

»Magermilch? Ach Mama, du weißt doch, dass ich die nicht mag.«

»Ja, aber die ist viel gesünder.«

Lena rollte die Augen und griff nach der Milch. Sie drehte die Flasche um und las das Etikett. »Iiih, die ist abgelaufen.«

»Das kann nicht sein. Ich habe sie erst vorgestern gekauft.« Marie nahm ihr die Flasche ab und schüttelte den Kopf. »Die ist nicht abgelaufen, sondern die läuft heute ab.« Sie roch an der Milch. »Die ist völlig in Ordnung. Da steht ja auch ›Mindestens haltbar bis‹ und nicht ›Sofort tödlich ab‹. Aber wenn es dir unangenehm ist, dann nimm halt die Vollmilch.« Sie stand auf und holte ihr die andere Flasche aus dem Kühlschrank.

Sie schwiegen eine Weile. Marie betrachtete ihre Tochter, die sich weit über die Müslischale gebeugt hatte. Sie konnte sich nicht vorstellen, dass Lena demnächst nicht mehr hier sitzen würde. Sie waren immer zu zweit gewesen. Plus Caspar natürlich. Marie rechnete: Caspar war erst ein paar Monate alt gewesen, als Lena in die Grundschule und er in die Familie gekommen war. Er war also knapp dreizehn Jahre alt. Uralt für einen Kanarienvogel. Plötzlich überkam sie ein Schauder. Es würde nicht mehr allzu lange dauern und Caspar würde sie ebenfalls verlassen und über die Regenbogenbrücke in die ewigen Jagdgründe fliegen. Schnell verdrängte sie den Gedanken.

»Lena? Ich möchte mich noch mal mit dir über diesen Job in Australien unterhalten. Ich würde gerne wissen, was genau du dir davon versprichst und wo du hinwillst. Was ist dein Plan?«

»Frühstücken.«

»Sei nicht albern, ich meine es ernst. Es geht hier um deine Zukunft. Was möchtest du später machen?«

Ohne den Kopf zu heben, antwortete Lena: »Mittagessen.«

Marie atmete tief aus. Wenn Lena bockig war, war bei ihr kein Durchkommen. Das war früher anders gewesen. Da hatten sie über alles reden können. Sie setzte noch einmal an.

»Ich weiß, dass du unbedingt nach Australien möchtest. Das ist ein sehr romantischer Gedanke. Aber ich habe darüber nachgedacht und finde, dass es auch ein paar Alternativen gibt, die du bestimmt übersehen hast.«

Lena schob ihre Schale beiseite und schaute sie nun an. Ihre Augen funkelten. »Ich werde meine Meinung nicht ändern. Sieh das endlich ein. Diese Reise ist mehr für mich als nur ein doofer Job. Ich habe mich hier immer fehl am Platz gefühlt. Hier ist alles so kleinbürgerlich, alles läuft immer gleich ab. Ich will über den Tellerrand gucken und sehen, wie andere Leute leben.«

Marie rieb sich die Schläfen. An Lenas eisernem Willen prallten ihre Argumente ab wie an einer Wand. »Wenn du das unbedingt möchtest, unterstütze ich dich. Letztendlich musst du deine Erfahrungen selbst machen.« Lena hob den Kopf und sah sie dankbar an.

* * *

Einen Monat später, zwei Tage vor Lenas Abflug

Marie schob den Einkaufswagen an den Regalen entlang. Er war bereits bis oben hin gefüllt. Sie hatte seit Jahren nicht mehr so viel eingekauft. Normalerweise kaufte sie immer die gleichen Produkte. Selbst die Kassiererin im kleinen Edeka kannte ihren Lieblingskäse, die richtige Kaffeesorte und wusste, welches Futter sie für Caspar bevorzugte. Heute griff sie wahllos in die Regale und warf die Produkte in den Einkaufswagen. Ganz gegen ihre sonst so sparsame Art.

Nur bei den Sachen für Lena stockte sie. Sie wollte ihr einen Grundstock für den langen Flug und die ersten Tage mitgeben. Im Internet hatte sie ein Forum gefunden, in dem jemand eine Liste mit nützlichen Utensilien für eine Australienreise gepostet hatte. Sie blieb stehen und nahm eine Sprühflasche aus dem Regal. Mückenspray. Das stand auch auf der Liste. Aber durfte man eine Sprühflasche überhaupt mit ins Flugzeug nehmen?

Nicht, dass Lena direkt am Flughafen festgehalten wurde und unangenehme Fragen beantworten musste. Marie nahm sich vor, noch heute bei der Fluggesellschaft anzurufen. Und wenn die ihr nicht helfen konnte, würde sie es googeln.

Gedankenverloren griff sie nach einer Rolle mit Multivitamintabletten. Gab es im Outback frisches Obst und Gemüse? Lena sollte sichergehen, dass sie keine Mangelerscheinungen bekam. Sie hatte schon öfters Eisenmangel gehabt. Lena musste sich bestimmt auch impfen lassen. In Australien gab es sicher viele Krankheiten, denen man vorbeugen musste. Sie zückte ihr Handy und tippte eine Nachricht: »Hi, lässt du dich impfen?«

Sie lief an einem dicken Mann vorbei, der gerade Grillkohle einpackte. In seinem Einkaufswagen lagen mehrere Packungen billiger Würstchen, drei Packungen Toilettenpapier und eine Flasche Kloreiniger. Marie fand diese Kombination irgendwie eklig. Der Mann bemerkte ihren Blick und Marie ging schnell weiter.

Ihr Handy bimmelte, Lena hatte geantwortet: »Alles schon geklärt. War beim Hausarzt. Gibt keine Impfvorschriften für Australien.«

Marie war beruhigt und auch etwas stolz, dass Lena daran gedacht hatte. Vielleicht war sie doch schon etwas reifer, als sie angenommen hatte. Sie wollte ja auch keine Glucke sein, die ihr Küken nicht ziehen lassen konnte.

Sie schob den Wagen um die Ecke und blieb abrupt stehen. Beinahe wäre sie Katja in die Hacken gefahren, die sich weit über eine Truhe beugte. Katja trug einen kurzen Jeansrock und ein ärmelloses T-Shirt. Sie war modetechnisch sehr selbstbewusst. Sie wartete, bis ihre Freundin aus den kalten Tiefen auftauchte.

»Hi, na du? Wie geht's?« Katja erschrak und grinste dann. »Alles super. Ich besorge gerade Abendessen.« Schuldbewusst winkte sie mit Pizza.

Marie las die Aufschrift: »Bio-Hack-Pizza. Ein gesundes Vergnügen für die ganze Familie.« Sie deutete auf die Schrift. »Warum kaufst du nicht eine normale Pizza? Ist doch viel günstiger. Und bei Pizza macht Bio doch keinen Unterschied.«

Katja seufzte und legte die Packung in ihren Wagen. »Ach, das ist nur für mein schlechtes Gewissen. Die anderen Mütter in Bentes Spielgruppe kochen alle selbst und tauschen Rezepte aus. Und ich mache immer nur Fischstäbchen, Pommes und Ravioli aus der Dose. Ich frag mich, wo die die Zeit hernehmen.«

Marie nickte. Aber echtes Verständnis hatte sie dafür nicht. Sie selbst kochte immer frisch für Lena. Jeden Tag. Ohne Schummel-Fix und Fertigprodukte. Am liebsten saisonal und regional eingekauft.

Katja beäugte den Inhalt ihres Einkaufswagens und hob eine kleine Flasche hoch. »Kühlspray für heiße Tage? Wofür brauchst du das denn?« Neugierig holte sie weitere Sachen heraus. »Waschmittel in der Reisepackung? Zusammenklappbare Zahnbürste? Pflaster und Durchfalltabletten?«

Marie nahm ihr die Sachen wieder ab und legte sie ordentlich in den Wagen zurück. »Alles für Lena. Im Falle eines Falles. Damit sie gut vorbereitet ist.«

»Du weißt schon, dass in einen Reisekoffer nur etwa 20 kg passen?«

Marie wurde knallrot. »Lass das mal meine Sorge sein«, murmelte sie. Die Sachen hatten alle auf der Liste im Internet gestanden. Aber Katja hatte recht – was da in ihrem Wagen steckte, das passte in keinen Koffer. »Lena kann sich ja selbst aussuchen, was sie davon braucht. Den Rest tausche ich dann um.«

Ihr Blick blieb an einer Flasche kleben, die oben in Katjas Einkaufswagen lag. »Was ist das denn?«, fragte sie entgeistert.

Es war eine transparente Flasche mit einer rosa Flüssigkeit. Auf dem Etikett stand *Fruchtwasser, Geschmack: Drachenfrucht.*

»Fruchtwasser?«

»Ach, das ist ein neues Modegetränk. Wird lokal hergestellt. Ich hab's gegriffen, weil es gesund aussah. Aber touché – ich glaube, wir sind heute beide nicht ganz bei der Sache.«

Plötzlich pikte Katja sie in die Seite. »Pscht«, machte sie.

Marie sah sich irritiert um. »Nicht nach rechts schauen ...«, flüsterte ihre Freundin. Zu spät. Maries Augen trafen sich mit den stark geschminkten blauen Augen von Vanessa, Norberts neuer Frau. Sie verkrampfte die Hände an der Einkaufswagenstange und trat einen Schritt zur Seite. Zu spät. Vanessa kam auf sie beide zu. Sie hatte ein Lächeln aufgesetzt, aber die Augen lachten nicht mit.

»Ach hallo, Marie, hallo, Katja. Wie schön, euch zu treffen«, flötete sie und es klang so aufgesetzt, dass Marie fast eine Gänsehaut bekam. Vanessa trug eine Leggings mit Leopardenmuster und dazu eine weiße Bluse. Marie hatte nie verstanden, was Norbert an dieser Frau fand. Sie passte so gar nicht zu seiner steifen, konservativen Art.

»Hallo, Vanessa.« Marie atmete langsam aus und bereitete sich auf das vor, was nun kam. *In der Ruhe liegt die Kraft*, ging es ihr durch den Kopf.

Vanessa musterte Marie mit einem abwertenden Blick von Kopf bis Fuß. Diese interessierte das nicht, aber aus dem Augenwinkel sah sie, wie Katjas Wangen zu zucken begannen. Das passierte immer, wenn sie nervös, gestresst oder wütend war. Eine Übersprunghandlung. Marie wusste, wie sehr Katja Norberts neue Frau hasste. Die beiden waren früher in einer Klasse gewesen und Vanessa war ihr übelst auf den Senkel gegangen. Leider hatte sie ihr das damals nicht sagen können, weil Vanessas Vater der Rektor der Schule war.

Neugierig schaute sie in Maries Einkaufswagen. »Ach, kriegst du Gäste? Ich habe dieses Wochenende auch volles Haus. Norberts Chef kommt mit seiner Frau und den Kindern. Er arbeitet ja immer an seiner Karriere, und nächstes Jahr werden ein paar ganz wichtige Stellen frei. Da wollte ich Coq au Vin de Bourgogne machen. Nur das Beste ist gut genug. Aber es gibt hier einfach keinen anständigen Rotwein von der Côte d'Or. Wie soll mir da das Hühnchen gelingen?« Während sie sprach, ließ sie ihre Hand in Katjas Einkaufswagen gleiten und zog die Bio-Hack-Pizza heraus. »Was ist denn das? Fertigpizza? Ich hoffe, das ist nur für die Handwerker gedacht. Ich würde meiner Familie so etwas nie vorsetzen.«

Katjas Wangen zuckten etwas heftiger. Marie legte ihrer Freundin beruhigend die Hand auf den Arm. Mit der anderen nahm sie Vanessa die Pizza ab und legte sie in ihren eigenen Wagen. »Nein, die ist für mich. Frag mich nicht, wie die in deinen Wagen gekommen ist, Katja. Ich mache jetzt eine Buchstabendiät und heute gibt's nur Sachen mit ›P‹.«

Jetzt grinste Katja. Sie mischte sich ein: »Deswegen ist es auch eine Pilzpizza. Wegen dem ›P‹.«

Vanessa schaute die beiden verwirrt an. »Also, so etwas habe ich ja noch nie gehört«, murmelte sie verunsichert. Dann fing sie sich wieder und verstand, dass die beiden sie auf den Arm nahmen. »Na, ihr müsst auch nicht auf eure Figur achten. In euren Kreisen ist das ja egal.« Bei dieser Unverschämtheit klappten Marie und Katja zeitgleich die Kinnladen herunter, aber Vanessa schob ihren Einkaufswagen bereits weiter den Gang entlang, bevor die beiden reagieren konnten.

Als sie mit ihren Leopardenleggings um die Ecke bog, fing Katja an zu lachen. »Mann, die Frau ist so unausstehlich, die braucht bestimmt jeden Tag einen neuen Spiegel, weil jeder zerbricht, sobald sie mit ihrem falschen Lächeln da reinschaut. Die kommt sich so wichtig vor, als sei sie die Frau des Präsidenten.«

Marie nickte. »Schade, dass wir die Diskussion nicht in meinem Garten geführt haben. Meine Pflanzen hätten sich sicher über den ›Dünger‹ gefreut.« Sie zwinkerte ihrer Freundin zu und grinste.

»Jedes Mal, wenn ich sie treffe, geht es mir direkt viel besser. Also nicht, wenn wir uns sehen – sondern wenn sie wieder abzischt. Und überhaupt – Leopardenmuster?«

»Liste der Dinge, die mit Leopardenmuster gut aussehen: Leoparden.«

Dieses Mal lachten sie gemeinsam. Marie fügte etwas ernster hinzu: »Ich meine, sie steckt viel Geld in ihr Aussehen. Die Bluse hat ein Vermögen gekostet, das Label war ja nicht zu übersehen. Und Coq au Vin hat sie auch fast richtig ausgesprochen. Irgendwie hat Norbert sie richtig verdient.« Das war nicht nett gemeint.

Sie bewegten sich Richtung Kasse. Von Weitem sahen sie noch, wie Vanessa eine angeregte Diskussion mit einem jungen Mann im Kittel führte, der die Getränkeregale einräumte.

Katja fiel ein, dass sie noch Mehl brauchte, und sie verabschiedeten sich. An der Kasse packte Marie alles in ihre mitgebrachten Stoffbeutel. Sie reichten nicht aus und Marie kaufte verschämt ein paar Plastiktüten. Sie hasste es, Tüten dazukaufen zu müssen, das passierte ihr sonst nie. Hoffentlich endeten die nicht im Magen einer Meeresschildkröte. Sie hatte dazu mal eine Dokumentation gesehen. Die Bilder der Unmengen an Plastiktüten, die im Meer schwebten, waren gruselig gewesen. Sie dachte über die Begegnung mit Vanessa nach und darüber, dass sie froh sein konnte, dass sie nicht mit Norbert zusammengeblieben war. Norbert war einfach nicht die Art Mann, die Marie sich als Vorbild für Lena gewünscht hätte. Seine bodenständige Einstellung und die steife Art hatten ihr damals ein trügerisches Gefühl von Sicherheit gegeben. Dennoch war er ihr bei der erstbesten Gelegenheit fremdgegangen und hatte sie damit tief verletzt.

* * *

Outback, Australien

Lena schaute sehnsüchtig in die Ferne. Der Koffer stand neben ihr, er hatte beim Flug ein paar Kratzer abbekommen. Sie wartete bereits seit drei Stunden an der Bushaltestelle. Weit und breit waren nur rote Erde und ein paar Büsche zu sehen. Es war heiß und sie schwitzte. Unter ihren Armen hatten sich dunkle Flecken gebildet. Die Haare klebten ihr an der Stirn, und reflexartig strich sie sich immer wieder über ihren Seitenscheitel, damit die Narbe an ihrer Stirn verdeckt blieb. »Harry-Potter-Narbe« nannte Marie die Narbe liebevoll, aber Lena schämte sich für den Makel.

Die Geste war einfach zur Gewohnheit geworden, selbst wenn niemand da war, der die Narbe hätte sehen können. Sie setzte sich auf ihren Koffer und trommelte darauf herum. Die Fluglinie hatte ein paar Aufkleber angebracht. Lena knibbelte sie vorsichtig ab. Sie wünschte sich, sie hätte mehr Wasser mitgebracht, ihre Trinkflasche war bereits seit einer Stunde leer. Und hier gab es weit und breit keine Geschäfte. Nur ein paar alte Holzhäuser und einen verlassenen Pub. Die Fenster waren mit Holzlatten vernagelt. Sie traute sich nicht, an eine der Türen zu klopfen und nach Wasser zu fragen. Sie fühlte sich unsicher und fremd. Mit so etwas hatte sie nicht gerechnet. Ob diese Reise ein einziger Fehler war?

Langsam neigte sich die Sonne dem Horizont entgegen. Bald würde sich die Dunkelheit wie eine samtene Decke über die Ebene legen und diese magische fremde Welt in einen unheimlichen Ort verwandeln. Mit der Dunkelheit würde auch die Kälte kommen. Und die Tiere der Nacht kämen hervor aus ihren Ritzen und Höhlen. Sie hoffte inständig, dass man sie bald hier abholen würde. Les, der Farmer, hatte ihr per E-Mail geschrieben, dass er sie hier treffen würde. Ein Auto näherte sich. Hoffnungsvoll trat sie einen Schritt vor und hob die Hand zum Gruß. »Endlich«, murmelte sie dem Fahrzeug entgegen. Sie war erleichtert. Doch der Jeep bretterte an ihr vorbei und der junge Mann am Steuer winkte nur freundlich. Lena blieb in einer Staubwolke zurück.

Die Sonne berührte die ersten Büsche in der Ferne und tauchte alles in ein goldgelbes Licht. Der Horizont verschwamm, die scharfen Umrisse lösten sich auf und die Konturen wurden so sanft und zart, dass man sich nicht mehr daran schneiden konnte. Die Schatten der Büsche wurden für einen kurzen Moment sehr lang, dann holte ein erster Hauch Dunkelheit sie ein und die Nacht brach an.

* * *

Karlsberg

Am Himmel ertönte ein Brummen und Marie blickte auf. Ein Flugzeug flog ziemlich tief über sie hinweg. Sie schluckte und schob den Schlüssel in das Schloss der Haustür. Gestern war Lena abgeflogen, und jetzt fühlte sie sich einsam und leer.

Sie beugte sich vor und betrachtete das staubige Klingelschild. Seufzend zog sie ein Taschentuch aus der Tasche, spuckte darauf und putzte das Klingelschild. »Was bin ich spießig geworden«, dachte sie und packte das Taschentuch wieder weg. Neben der Tür standen ein Blumentopf und eine Gans aus Ton. Um deren Hals hing ein schiefes Schild, auf dem

»Willkommen« geschrieben war. Sie beugte sich hinunter und zog an der kleinen Schnur, damit das Schild wieder gerade hing. Wieder schämte sie sich ein wenig dafür, dass ihr so etwas wichtig war.

Eine halbe Stunde später schrubbte sie hart mit der Bürste durch den Siphon. Sie hatte ihn auseinandergebaut, um ihn innen zu reinigen. Nicht, dass Katja so etwas zu schätzen wusste, aber ihr war es wichtig, dass es sauber war, wenn Besuch kam. Im Siphon hatte sich eine schmierige Schicht aus Haaren, Seife und anderen Resten angesammelt. Sie ärgerte sich über Lenas Dickköpfigkeit und auch über sich selbst. Darüber, dass es ihr so schwerfiel, Lena ins Ungewisse ziehen zu lassen. Lena hatte die Abiprüfungen gut bestanden, viel besser als erwartet. Und die Reisevorbereitungen hatte sie fast ganz allein getroffen, sie hatte sogar an Kleinigkeiten gedacht, zum Beispiel daran, ihr Zeitschriftenabonnement zu kündigen.

»Ding-dong!«, rief Katja und klopfte an den Holzrahmen der Badezimmertür. Sie balancierte ein Tablett mit Gebäck. »Na, du fleißiges Bienchen. Eure Klingel ist wieder kaputt. Deshalb habe ich mich selbst reingelassen. Mit dem Zweitschlüssel.« Marie hatte einen Ersatzschlüssel unter der tönernen Gans versteckt, weil Lena so oft ihren Schlüssel vergaß.

Marie schob den Einweghandschuh hoch und schaute auf ihre Armbanduhr. Es war eine halbe Stunde vor dem vereinbarten Termin. Sie schielte an sich hinunter: abgeschnittene Jeans, Kittel und ausgelatschte Hausschuhe. Normalerweise machte sie sich immer schick für ihre Freundin. Katja schaffte es trotz der Anstrengungen mit ihren Kindern immer, fabelhaft auszusehen. Marie war es ein Rätsel, wie sie das hinkriegte. Perfekte hellrosa Fingernägel, gut sitzendes Make-up, und diese Designerjeans war sicher nicht von C&A.

»Du kannst doch nicht einfach früher kommen, ich bin noch mitten am Putzen«, meckerte sie. Sie legte die Bürste auf den Badewannenrand und zog sich die Handschuhe aus.

»Ach komm, ich habe dich schon in schlimmerem Zustand gesehen. Ich gehe in die Küche und setze uns einen Kaffee auf, ja? Dann kannst du in Ruhe dein Dingsda wieder zusammenbauen und dich etwas frisch machen.«

Ein paar Minuten später zog Kaffeeduft durchs Haus. Marie und Katja machten es sich auf dem Sofa gemütlich. Marie hatte sich in Schale geworfen, sie trug ihre hellblaue Lieblingsbluse und dazu eine helle Stoffhose. Sie nippte an ihrer Tasse, der Kaffee schmeckte gut. Schön stark.

Katja schaute sie neugierig an. »Nun erzähl mal. Ist Lena gut in Australien angekommen?«

»Ja, sie hat mich vom Flughafen aus angerufen. Sie wollte mit dem Bus bis nach Chinchilla, und dort holt sie der Farmer ab. Sie meinte, sie meldet sich, sobald sie angekommen ist. Falls sie Netz hat.«

»Oha.«

»Ja.« Marie guckte ihre Freundin unglücklich an. »Ich hoffe, ihr passiert nichts.«

»Ach, nee. Lena ist doch vernünftig. Sie ist kein Kleinkind mehr. Ich wünschte, ich könnte auch mal raus, wenigstens für ein Wochenende. Aber ich bin immer ans Haus gebunden. Mit Bente und Jan kann man einfach noch nicht wegfahren. Das habe ich einmal versucht, da haben sie im Ferienhaus die Wände angemalt. Vielleicht in fünf Jahren, wenn sie etwas älter sind. Das wäre schön.« Katja seufzte. »Manchmal denke ich, ich hätte besser nicht so lange gewartet mit dem Kinderkriegen. Deine Lena ist schon fast aus dem Haus und ich habe noch alles vor mir. Die ganze Schulzeit, Pubertät und so weiter.«

Sie plauderten eine Weile. Die Kaffeetassen waren leer und Marie holte eine Flasche Wein aus dem Kühlschrank. »Es ist noch ein wenig früh dafür, aber ich hätte da jetzt richtig Lust drauf. Auch ein Glas?«

Katja grinste. »Du solltest mich besser kennen. Her damit!«

Marie entkorkte die Flasche. Es war ein lieblicher Weißwein von der Mosel.

»Weißt du was? Ich denke, wir haben Grund zu feiern.« Katja hob ihr Glas zum Anstoßen an.

»Ich meine, wann warst du das letzte Mal kinderfrei? Nur du ganz allein ohne jegliche Verpflichtungen? Das ist doch toll.«

Marie schluckte. So toll fand sie das gar nicht. Aber Katja hatte recht. Lena hatte sie manchmal ganz schön vereinnahmt. Katja holte einen Flyer aus ihrer Handtasche.

»Guck mal, die bieten jetzt auch Zumba im Fitnessstudio an. Da würde ich gerne regelmäßig hin. Kommst du mit?«

Marie schaute auf ihre Taille hinab. »Hm«, sagte sie, »dafür braucht man aber einen gesunden Hüftschwung. Ich sehe dabei wahrscheinlich aus wie ein Elefant beim Ballett.«

»Ach Quatsch. Du siehst super aus und genau darum geht es ja: Um das Fitwerden und Speck verlieren. Und um den Spaß. Ich glaube, ich frage dich gleich noch mal, wenn wir die Flasche Wein geleert haben.« Sie grinste schelmisch. »Es ist zwar kein burgundischer Wein von der Côte d'Or, aber wir sind ja auch keine Hühnchen.« Sie lachten und Marie verschluckte sich dabei an einem Cracker. Katja schaffte es immer, sie aufzumuntern.

Nach einer Stunde war die Flasche leer. Katja holte ihr iPad hervor.

»Jetzt, wo deine Tochter vorerst aus dem Haus ist, sollten wir mal den Männermarkt abchecken. Ich kenne da eine interessante Singlebörse online.«

»Nee, Katja, lass mal. Ich bin ganz glücklich alleine. Ich habe gar kein Bedürfnis nach einem Mann. Der bringt nur Unordnung ins Haus. Und warum kennst du diese Singlebörse? Du bist doch verheiratet!«

»Jaja. Keine Panik. Wir können doch einfach nur mal gucken, wer da alles so frei und alleine herumläuft.«

Sie rief die Webseite auf und wurde schnell fündig. »Der hier!« Marie schaute ihr prüfend über die Schulter. Sie war beschwipst und hielt sich an der Lehne fest. »Der Hans-Dieter? Och nee, der ist gar nicht mein Typ.« Was war eigentlich ihr Typ? Sie wusste es selbst nicht, aber der üppige Herr mit Halbglatze und der Modelleisenbahn unter dem Arm bestimmt nicht. »Er ist Komponist. Das wäre doch was für dich, Marie. Ein musikalischer Mann, immer mit einem Lied auf den Lippen.« »Der ist mir zu alt«, entschied sie und klickte auf das Alter. »Siebenundfünfzig! Der komponiert nicht – der kompostiert! Mindestens zehn Jahre jünger, bitte. Eher fünfzehn. Etwas älter kann er schon sein.«

Sie suchten weiter. Die meisten der Herren kamen von weiter her, aus Karlsberg gab es niemanden. Katja fand »Frederik, den fidelen Friedhofsgärtner« aus Köln interessant, aber Marie kriegte schon allein bei dieser Überschrift eine Gänsehaut. So recht gefiel ihr keiner. Thomas hatte eine athletische Figur und sah auch sonst ganz nett aus. Aber er war Metzger, und das kam für sie überhaupt nicht infrage. Marie liebte Tiere und aß nur sehr wenig Fleisch. Bei dem Gedanken, dass jemand abends mit Blutresten unter den Fingernägeln nach Hause kam, drehte sich ihr der Magen um.

Sie zeigte auf ein Foto mit einem Mann, der einen Pullunder mit V-Ausschnitt trug. Er hatte einen Seitenscheitel und eine Brille mit dicken Gläsern. »Der sieht ja aus wie Norbert.« Sie beugte sich etwas nach vorne. »Wenn ich nicht wüsste, dass er es nicht sein kann, also der sieht ihm echt ähnlich.« Katja kniff die Augen zusammen. »Stimmt. Dieselbe Zornesfalte zwischen den Augenbrauen.«

Marie las die Beschreibung durch. Die passte allerdings gar nicht auf Norbert. Dieser Mann war begeisterter Wanderer und machte gerne Naturfotos. Norbert hasste es, sich draußen aufzuhalten. In dieser Hinsicht hatten sie nie zusammengepasst. Lang, lang war es her! Sie hatte sich sofort von ihm getrennt, als er fremdgegangen war. Hochschwanger. Sie fand, es war eine ihrer besten Entscheidungen gewesen. Und Norbert hatte nie Interesse an Lena gezeigt. Seit er geheiratet und zwei Kinder bekommen hatte, bestand seine Welt nur aus seiner neuen Familie. Bis auf die Pflichtanrufe zu Lenas Geburtstag und Weihnachten war von ihm nicht viel zu erwarten. Ihr fiel etwas ein.

»Hildegard wirft mir immer noch regelmäßig vor, dass ich Norbert damals verlassen habe. Wenn es nach ihr ginge, sollte Lena direkt heiraten. Egal wen. Sie findet, Frauen gehörten unter die Haube. Dass Norbert mich damals tief gedemütigt und verletzt hat, versteht sie nicht.«

»Ich weiß. Ich glaube, das liegt daran, dass ihr der Ruf eurer Familie viel bedeutet. Aber Norbert ist ein Idiot. Du kannst froh sein, dass du ihn in den Wind geschossen hast. Vanessa passt viel besser zu ihm. Gleich und gleich gesellt sich gerne.«

* * *

Lena ließ den Blick über ihr neues Quartier streichen. Sie hatte ein mulmiges Gefühl im Magen. Les hatte sie erst kurz vor Mitternacht abgeholt, als sie vor Kälte fast steif gefroren gewesen war. Das Bett war klapprig und die Matratze sah aus, als hätten dort schon Generationen von Mäusen übernachtet. Die Nachttischlampe funktionierte nicht und sie nutzte ihr Handylicht, um sich im Zimmer einzurichten. Das Glas in den Fenstern war gesprungen und sie waren einfach mit Pappkartons abgedichtet. In einer Ecke lag eine tote Kakerlake. Es roch nach Bier, Dreck, Staub und Schweiß. Morgen würde sie hier gründlich putzen müssen, um wenigstens den Gestank wegzubekommen. Heute war sie zu müde dafür. Draußen schlug ein Hund an. Viel hatte sie bei der Ankunft im Dunkeln nicht erkennen können, aber was sie von der Farm bisher gesehen hatte, machte ihr große Sorgen.

Kapitel 2

Bing. Marie zückte ihr Handy so schnell, dass es ihr aus der Hand glitt. Geschickt fing sie es im Fall wieder auf. Begeistert öffnete sie die Nachricht. Es war ein Foto von Lena vor … ja, vor was eigentlich? Marie zoomte in das Bild hinein. Hinter Lena war ein stacheliger Busch zu sehen und ein Autowrack, das halb zwischen den Dornen verschwand. Dazu die Nachricht von Lena: Was man hier so alles im Gebüsch findet! Hab schon einen Kühlschrank, einen Fernseher und einen Stapel Reifen gefunden und jetzt den Ute hier :).

Marie brauchte eine Minute, bis sie kapierte, dass mit Ute der Pick-up gemeint war, der dort im Gebüsch lag.

Die Nachrichten von Lena waren jedes Mal ein Highlight. Täglich schickte sie Beschreibungen, Fotos und kurze Videos. Durch die Zeitverschiebung war das um einiges einfacher, als täglich zu telefonieren. Wenn Marie morgens aufstand, war Lenas Tag schon fast vorbei.

»Jetzt zeig schon her.« Katja schielte auf das Display.

»Hey, nicht so neugierig.« Marie reichte ihr das Handy. »Schon erstaunlich, diese Kontraste. Diese knallrote Erde und dazu der blaue Himmel. Keine einzige Wolke zu sehen.« Sie seufzte. In Karlsberg regnete es seit Tagen in Strömen und der Himmel war grau und trist.

»Lena scheint sich richtig wohl zu fühlen. Jeden Tag erlebt sie neue Abenteuer.«

Marie nickte. »Ja. Das stimmt. Gestern hat sie die ersten wilden Emus gesehen. Geh mal ein paar Fotos zurück. Die waren ganz nah dran und eines hatte Küken.«

»Oh, wie niedlich. Die sind ja ganz entzückend.« Katjas Stimme quietschte fast. Sie hatte ein Faible für Tierkinder. »So flauschig! Und diese Streifen, wie bei Wildschweinbabys.«

»Frischlinge, meinst du.« Sie nahm Katja das Handy wieder ab. »Ich bin so froh, dass sie sich gut eingelebt hat. Mit der Unterkunft hat alles gut geklappt, sie hat sogar ein eigenes Zimmer mit Blick über ein Melonenfeld. Ich denke, ich habe mir zu viel Sorgen um sie gemacht.«

* * *

Vier Wochen später

»Warum habe ich sie nur gehen lassen! Wer weiß, was da los ist? Meinst du, ich soll die Polizei einschalten?« Marie hatte rote Flecken auf den Wangen. Katja setzte sich neben sie auf die Couch und legte ihr den Arm um die Schulter. »Hey, beruhige dich erst mal. Panik ist kein guter Berater. Wie lange hat sie sich nicht mehr gemeldet? Und was war ihre letzte Nachricht?«

»Es ging vor einer Woche los. Wir haben jeden Tag kurz telefoniert, aber Lena war nicht halb so gesprächig wie sonst. Ganz im Gegenteil – sie war kurz angebunden und ich hatte das Gefühl, irgendetwas stimmt nicht. Sie hat mir erzählt, dass sie Rückenschmerzen hat und schlecht schläft. Und es kamen auch keine Fotos mehr, nur knappe Nachrichten. Ich dachte, vielleicht hat sie Heimweh – und ihre ständige Müdigkeit habe ich auf die harte körperliche Arbeit geschoben, die sich früher oder später bemerkbar macht.«

»Hast du mit ihr offen darüber sprechen können?«

»Ich habe es versucht, aber sie hat es heruntergespielt. Sie klang so erschöpft. Ich denke, es ist ihr unangenehm, Schwäche zu zeigen, weil ich gegen die Reise war. Sie ist in dieser Hinsicht etwas eigen.«

»Von wem sie das nur hat? Ich kenne da noch eine Kämpfernatur, die nur sehr ungern Schwäche zeigt. Und die genau so einen Dickkopf hat. Du hast dir auch nie was sagen lassen, vor allem nicht von deiner Mutter.«

»Hildegard? Na, das lag aber daran, dass meine Mutter mir ständig gesagt hat, dies oder das sei nicht möglich. Dabei hatte ich immer das Gefühl, sie zeigt mir damit ihre eigenen Grenzen auf, nicht meine.« Marie schaute unglücklich drein. »Am meisten beunruhigt mich, dass sie nicht mehr ans Telefon geht. Klar, sie antwortet schriftlich, aber sie geht einfach nicht mehr ran. Selbst wenn ich sie sofort anrufe, nachdem eine Nachricht eingegangen ist.«

Katja sah sich das Nachrichtenprotokoll an. Da sie sich in den letzten beiden Wochen nicht getroffen hatten, waren alle Nachrichten neu für sie. In der Tat, sie musste Marie zustimmen. Lena hielt sich kurz, berichtete nur das Nötigste und wich Maries Fragen aus. Nur einmal schien sie voller Enthusiasmus zu sein. Ein Besucher war auf die Farm gekommen, und Lena hatte sich wohl gut mit ihm verstanden. Sie erzählte, sie habe einen echten Cowboy kennengelernt, der ihr gezeigt habe, wie man mit dem Lasso umgeht. Aber in der nächsten Nachricht wirkte sie wieder ausweichend.

»Hm.« Katja legte das Handy zur Seite. »So wie ich das sehe, ist nichts Ernsthaftes passiert. Sonst würde sie sich gar nicht mehr melden. Sie scheint nur etwas zu verbergen. Vielleicht leidet sie unter Heimweh oder der Job gefällt ihr nicht mehr. Oder sie ist krank und hat Angst, dass du dir Sorgen machst.«

Marie öffnete den Mund, aber Katja kam ihr zuvor. »Und ich denke nicht, dass du die Polizei einschalten solltest. Wenn es notwendig wäre, hätte sie das schon längst selbst gemacht.«

Katja brachte es mal wieder auf den Punkt. Marie blieb nichts anderes übrig, als ihr zuzustimmen. »Ach, du hast ja recht. Wenn alles in Ordnung ist, würde Lena mir das nicht so leicht verzeihen. Was schlägst du vor?«

Ihre Freundin legte die Hände zusammen, presste die Fingerspitzen zusammen und zeigte auf sie. Es wirkte wie eine Geste aus einem Marketingvideo.

»Das ist ganz einfach.«

»Ist es das?« Marie war verdutzt. Sie hatte über verschiedene Möglichkeiten nachgedacht, aber bisher hatte sie alle Alternativen verworfen.

Katja schnippte einen Fussel von ihrem Shirt und sog dabei tief die Luft ein. Sie wartete ein paar Sekunden und antwortete dann: »Ja.« In ihren Augen blitzte es. »Du fliegst nach Australien und schaust selbst nach dem Rechten.«

Maries Kinnlade fiel herunter.

»Ich mache bitteschön was?«

* * *

Drei Tage später

Marie legte ihre T-Shirts ordentlich gefaltet auf das Bett. Fünf sollten reichen, sie hatte nicht vor, lange zu bleiben. Dazu zwei Pullover, zwei kurze und zwei lange Hosen. Alles in hellen Naturfarben, damit sie in der australischen Hitze nicht schwitzte. Was für ein Abenteuer! Sie hatte ein wenig Angst vor dem langen Flug und auch vor der Ungewissheit, aber aus einem ihr unerklärlichen Grund freute sie sich auch. Australien, Land der Aborigines. Wie sich die rote Erde wohl zwischen den Zehen anfühlte? Weich, warm und trocken, oder war sie klumpig, hart und staubig? Sie hätte nie gedacht, dass sie mal nach Australien kommen würde, und bis vor einer Woche hätte sie noch gelacht, wenn ihr das jemand vorgeschlagen hätte. Aber Katjas Idee war gut und sie hatte sich darauf eingelassen. Ganz gegen ihre sonstige Art. Normalerweise brauchte sie einen langen Vorlauf, plante alles sorgfältig und buchte sämtliche Elemente und Übernachtungen im Voraus. Aber dieses Mal fehlte die Zeit für eine perfekte Planung und seltsamerweise störte sie das auch nicht.

Es gab nur einen Haken. Hildegard.

Vor zwei Tagen hatte Marie am Computer gesessen, um ihr Flugticket zu buchen, als Hildegard ohne Vorwarnung ins Wohnzimmer stürmte. Sie hatte den Zweitschlüssel benutzt.

Marie drehte sich erstaunt in ihrem Stuhl um. Sie hielt die Maus wie eine Waffe fest in der Hand. Hildegard fuchtelte mit dem Schlüssel herum und legte sofort los: »Wieso hast du mich nicht sofort angerufen? Ich muss so etwas wissen. Das arme Kind! So geht das nicht. Ich habe doch gesagt, die Reise ist eine furchtbar dumme Idee. Wir müssen sofort was machen.« Sie starrte auf Maries Bildschirm und trat näher. »Und was machst du da eigentlich? Du sitzt sonst nie am Computer.«

Marie versuchte, sich zwischen Hildegard und den Bildschirm zu schieben, aber Hildegard schob sich einfach an ihr vorbei. Sie beugte sich vor und klopfte gegen den Monitor. »Du buchst einen Flug? Wohin geht die Reise?«

Marie wurde rot. Die Neugier ihrer Mutter nervte sie. »Ich möchte …«, setzte sie an und brach wieder ab. Ihre Mutter würde austicken, da war sie sich sicher. Hildegard nutzte die Pause und las laut den Flugplan vor.

»Von Frankfurt nach Brisbane. Aha. Du fliegst also nach Australien. Und das wolltest du mir wohl auch nicht erzählen.« Sie seufzte. »Da gibt man sich solche Mühe, seine Tochter zu einem anständigen Menschen zu erziehen, buckelt sich den

Rücken krumm und das ist der Dank. Geheimniskrämerei und Versteckspiel.«

Marie hatte mehrfach den Mund geöffnet, sich aber dagegen entschieden, etwas zu sagen. Wenn Hildegard sich in Rage redete, war bei ihr kein Durchkommen. Also stand sie auf und sagte nur: »Ich mache uns Tee. Wir können gleich in Ruhe darüber reden.« Ihre Mutter brauchte nicht lange, um sich abzuregen. Sie wurde schnell wütend und ebenso schnell war der Ärger wieder vergessen. Dann allerdings gingen die Diskussionen los. Marie lief in die Küche, während sich Hildegard in ihren Stuhl plumpsen ließ, die Maus griff und mit zusammengekniffenen Augen anfing, sich die Flugdaten genauer anzuschauen.

Ein paar Minuten später blubberte es im Wasserkocher und Marie hörte ein Rumpeln. Sie zuckte zusammen, es kam oben aus dem Schlafzimmer. Es rumpelte wieder. Umsichtig legte Marie die Teebeutel auf die Küchenplatte und rief nach Hildegard. Keine Reaktion. Sie lief ins Wohnzimmer, aber von Hildegard keine Spur. Es rumpelte zum dritten Mal. Es klang so, als ob etwas Schweres auf den Boden krachte.

Marie rannte die Treppe hinauf zum Schlafzimmer. Die Tür stand halb offen. Mitten im Zimmer stand Hildegard und Marie atmete erleichtert auf. »Puh, ich dachte schon, dir sei etwas passiert«, seufzte sie. »Was wird das hier?«

Vor Hildegard standen Maries Koffer. Die lagerten sonst im oberen Regalbrett des Schrankes. Zwei alte Stoffkoffer und ein roter Hartschalenkoffer mit einem ausziehbaren Griff.

Hildegard schaute den roten Koffer prüfend an. Sie schob ihn hin und her und drehte ihn dabei.

»Vier Rollen. Schick, schick. Und sie drehen sich in alle Richtungen. Gut zu navigieren. Sehr praktisch.«

Marie zog eine Augenbraue hoch. Das plötzliche Interesse ihrer Mutter an ihren Koffern gefiel ihr nicht. Hildegard zog testweise am Reißverschluss.

»Läuft gut. Ich hasse es, wenn die Dinger klemmen. Also, der gefällt mir.«

Maries Magen zog sich zusammen. Sie ahnte nichts Gutes. Hildegard klopfte auf der Oberseite herum. Sie hob den Koffer testweise hoch. »Und er ist sehr leicht. Den kannst du mir gleich hinuntertragen.«

»Wofür in aller Welt brauchst du meinen Koffer? Und zwar genau jetzt, wo ich verreisen will?« Maries Stimme überschlug sich fast. Sie hoffte, dass jetzt nicht die falsche Antwort kam. Leider kam sie.

»Du brauchst gar nicht zu denken, dass erst Lena im Outback verschollengeht und dann du. Ich komme mit.« Sie hob mahnend einen Zeigefinger, noch bevor Marie reagieren konnte. »Du brauchst nicht zu diskutieren, das ist entschiedene Sache. Nur mit dem Buchen im Internet, das musst du für mich machen.«

Später stellte sich heraus, dass Hildegard von Maries Reiseplanung erfahren hatte, als sie mit ihrem Malteser Bella Gassi ging und dabei ausgerechnet auf Vanessa getroffen war. Die hatte natürlich sofort getratscht. Vanessa mochte einen IQ von zerlaufener Eiscreme haben, aber wenn sie Marie eins auswischen konnte, wusste sie genau, wie sie es anstellen musste. Vanessa hatte die Informationen von Norbert, und Norbert, tja, dem hatte Marie unter dem Siegel der Verschwiegenheit von der Reise erzählt. Nicht, weil sie ihm vertraute und sich davon etwas erhoffte, sondern weil es schließlich auch um seine Tochter ging. Das war wohl ein Fehler gewesen. Sie nahm sich vor, Norbert in Zukunft ganz aus Lenas Leben herauszuhalten.

Widerwillig hatte sie Hildegards Flugticket gebucht. Nicht, ohne vorher noch ein Dutzend Mal zu fragen, ob sie sich wirklich sicher sei. Immerhin nahm Hildegard jede Menge Medikamente, und die waren teilweise verschreibungspflichtig. Hildegard war genau wie Marie selbst noch nie nach außerhalb Europas verreist. Die alte Dame blieb stur. Na, das konnte ja heiter werden. Hildegard ging Marie meist schon nach einer Stunde auf den Keks. Eine mehrwöchige Auslandsreise, bei der man sich kaum aus dem Weg gehen konnte, war die Höchststrafe für Marie. Hildegard würde sich sicher über alles und jeden beschweren, vermutete sie.

In dieser letzten Nacht vor ihrem Flug schlief sie unruhig und träumte wild. Sie sah flirrende, endlos lange Straßen, über die einsame Dornbüsche rollten, Knäuel aus Schlangen, die böse zischten und versuchten, sich zu entknoten, um sie zu beißen, und Augen, die ihr aus dem Wasser eines Flusses entgegen funkelten und sich lautlos auf sie zubewegten. Sie stand auf und öffnete das Fenster, und eine Stunde später stand sie wieder auf, weil sie der Luftzug störte. Zwischendurch fielen ihr Dinge ein, die sie vergessen hatte, ihren Koffer öffnete sie mindestens ein halbes Dutzend Mal. Oben auf ihrem Kleiderberg lag ein Beutelchen mit einem Stein. Den hatte ihr Nadide, die Frau ihres Chefs Dr. Ahmed mitgegeben, zusammen mit einer für sie wichtigen Bitte. Immer wieder nahm sie den Beutel in die Hand, wiegte ihn hin und her und legte ihn wieder zurück. Der kleine Stein war merkwürdig schwer und sie fühlte sich nicht wohl bei dem Gedanken, ihn vorübergehend zu besitzen. Am Ende holte sie den Beutel aus dem Koffer und packte ihn in ihr Handgepäck, dort war er sicherer.

Endlich fand sie einen ruhigen Schlaf, der aber nicht lange währte, weil ihr Wecker klingelte.

* * *

Brisbane, Australien

Schwüle Luft schlug ihnen entgegen, als sie in Brisbane aus dem Flughafengebäude hinaustraten. Für einen Moment blieb Marie stehen und atmete tief ein. So roch es also in Australien. Warm, feucht, tropisch. Rechts und links des Pfades waren Palmen und breitblätterige Pflanzen mit orangenen Blüten gepflanzt. Papageienpflanzen nannte man die, es gab sie manchmal in Karlsberg im Blumenladen zu kaufen. Allerdings nur einzelne Blütenstängel zu horrenden Preisen. Hier wuchsen sie in dichten Stauden. Auch wenn das Flughafengelände ansonsten wenig ansprechend war, fand Marie doch, dass die Luft nach Versprechungen roch, nach Ferienparadies und Sandstränden, nach Wanderungen durch den Regenwald und Dickicht, in dem sich exotische Tiere versteckten. Der Flughafen lag direkt am Meer und dahinter breitete sich die Stadt aus. In der Ferne lugten ein paar Hochhäuser über das Betongrau des nächsten Gebäudes. Das Outback würde noch etwas auf sie warten müssen.

»Hach, ist das heiß hier.« Hildegard stand hinter ihr und wedelte sich mit einer Hand Luft zu. »Das ist ja kaum auszuhalten. Und dieser faulige Geruch.«

Marie grinste. Es ging bereits los. Gerade erst angekommen, schon war ihre Mutter mit allem unzufrieden. »Bis zur Autovermietung ist es nicht weit. Dahinten das Gebäude sollte es sein.« Sie wies in die Richtung eines Betonklotzes mit der Aufschrift »Europcar«.

Eigentlich war sie diejenige, die schlechte Laune haben sollte. Ihr Koffer war nicht auf dem Gepäckband aufgetaucht. Hildegards Koffer war einer der ersten, die aus dem Schacht auf das Fließband plumpsten, aber ihr Koffer hatte sich nicht aus dem dunklen Loch hervorgeschält. Ein freundlicher Herr in Uniform meinte, der Koffer sei wahrscheinlich beim Sperrgepäck, das könne schon mal vorkommen. Er notierte ihre Daten, riet ihr, sich keine Sorgen zu machen, und schlug vor, erst einmal den Mietwagen abzuholen. Hildegard war sehr skeptisch, aber da es Maries Koffer war, hielt sie sich aus der Unterhaltung heraus. Ihr Englisch war ohnehin so schlecht, dass man sie kaum verstand. Maries Englisch hingegen war gut, sie hatte erstaunlich viel aus der Schulzeit behalten und auch immer wieder Romane auf Englisch gelesen. Sie konnte sich gut verständigen.

Immerhin hatte sie ihr Handgepäck mit allen wichtigen Dokumenten. Sie öffnete den Reißverschluss und kramte in der Tasche. »Ah, hier ist es.« Sie holte ihr Portemonnaie hervor und zog ihren Führerschein heraus. »Könntest du den mal kurz halten?« Sie reichte Hildegard den Führerschein. Die nutzte die kleine Karte, um sich damit Luft zuzuwedeln.

Marie suchte nach den Papieren der Autovermietung. Sie hatte sich einen SUV mit Allradantrieb ausgesucht, damit sie außerhalb Brisbanes auch auf nicht asphaltierten Straßen gut durchkamen. In einer Seitentasche fand sie schließlich die Buchungsbestätigung. Ein Mann drängelte sich an ihnen vorbei. Marie trat unbedacht einen Schritt zur Seite und rempelte dabei ihre Mutter an. »Entschuldigung«, murmelte sie, doch ihre Mutter fluchte: »Oh nein. Das darf doch nicht wahr sein.«

Marie blickte sie erstaunt an. Sie hatte ihre Mutter nur leicht gestreift, kein Grund sich aufzuregen. Hildegard beugte sich vor und schaute in ein Kanalgitter. »Was hast du nur gemacht, Kind?«

Marie beugte sich ebenfalls über das Gitter. »Was ist denn los?«

»Der Führerschein! Dein Führerschein ist da hineingefallen.« Sie wies auf das Gitter und den Schlund darunter. »Als du mich gestoßen hast.«

Marie riss die Augen weit auf. »Das ist nicht dein Ernst!«

»Doch. Da ist er rein. Und was jetzt?« Marie kniete bereits auf dem Boden. Mit der Taschenlampe ihres Handys leuchtete sie in die Kanalisation hinein. Das Licht reichte nicht weit genug, um den Boden zu erkennen. Aus der Tiefe erklang leises Rauschen.

»Da unten läuft Wasser! Oh nein, das darf doch nicht wahr sein. Den sehen wir nie wieder. Das ist eine Katastrophe.«

Wie sich herausstellte, konnte die Mietwagenfirma ihnen den Wagen nicht ohne Führerschein aushändigen. Die Dame am Schalter empfahl ihnen, sich in einem Hotel einzumieten und einen Ersatzführerschein aus Deutschland zu besorgen. »Das passiert regelmäßig. Machen Sie sich keine Sorgen. Wir haben die Erfahrung gemacht, dass die deutschen Behörden in solchen Fällen schnell arbeiten. Das dauert höchstens ein bis zwei Tage.«

Marie war das recht. So konnte sich Hildegard, die schwitzte, als säße sie in einer finnischen Sauna, erst einmal akklimatisieren, und sie selbst konnte auf ihren Koffer warten. Kein guter Start, aber immerhin hatten sie den Flug überstanden, und von jetzt an konnte es nur noch besser werden.

Sie nahmen die Straßenbahn und betrachteten die Hochhäuser, denen sie schnell näher kamen und die in der Sonne glitzerten. Es waren erstaunlich moderne Gebäude mit rahmenlosen, spiegelnden Fenstern. Zwischen den Hochhäusern blitzte ab und zu der Brisbane River auf, der sich mitten durch die Innenstadt schlängelte.

Kapitel 3

Marie schaute prüfend in den Spiegel. Eigentlich benutzte sie wenig Make-up, aber wann hatte sie auch schon mal die Gelegenheit, an einer Hotelbar zu sitzen? Sie wollte ein paar Minuten in Ruhe an der Bar sitzen, eine Cola trinken, den Abend ausklingen lassen. Und überlegen, wie es nun weitergehen sollte.

Hildegard hatte sich in ihr Zimmer zurückgezogen, um sich von den Strapazen des Tages zu erholen. Marie überlegte, etwas Lippenstift aufzulegen, aber sie entschied sich dagegen. Der Lippenstift war nicht ganz kussecht und würde bestimmt am Glasrand kleben bleiben. Lange braune Locken ringelten sich um ihre Schultern und fielen ihr über den Rücken. Wie lange hatte sie ihre Haare nicht mehr offen getragen? »Der Lack ist noch nicht ab«, murmelte sie und betrachtete sich im Spiegel.

An der Hotelbar war erstaunlich viel los. Männer in Anzügen drängten sich auf der Seite, wo ein Fernseher hing. Sie hielten Biergläser in der Hand und verfolgten gespannt das Rugbyspiel, das gerade übertragen wurde. Mehrere Pärchen turtelten an den Ecktischen und einige gemischte Gruppen waren über den Raum verteilt. Marie steuerte geradewegs auf die Theke zu und setzte sich auf einen der runden Drehstühle.

Sie kam sich vor wie in einem Film, in dem die Fremde den Raum betritt und die Kamera verfolgt, wie sie sich einen Drink, typischerweise einen Martini, bestellt. Die Kellnerin lächelte sie an und Marie bestellte eine Cola.

»Alleine hier?«, fragte die Kellnerin.

»Ja.«

Marie fing an, den Trubel um sich herum zu genießen. An der Bar saßen noch weitere Leute, die stumm auf den Fernseher starrten.

Sie musterte den Mann neben ihr, der etwa zehn Jahre älter war als sie. Er trug einen ausgeblichenen Cowboyhut mit einer breiten Krempe, die vorne etwas herunterhing, Jeans, einen breiten Ledergürtel und ein weites Hemd mit Kragen. Ein richtiger Cowboy wie aus einem Film, unpassend und unerwartet in diesem Hotel in der Innenstadt. Seine Haut war braun gebrannt und auch sonst wirkte er rau und vom harten Leben gezeichnet. Marie war beeindruckt – sie hatte gedacht, solche Cowboys seien ein Relikt der Vergangenheit und ein australisches Klischee. Als die Kellnerin die Cola brachte, entspannte sie sich etwas und ließ den Tag Revue passieren:

Es war ein spannender erster Einblick gewesen. Sie waren den ganzen Nachmittag durch die Innenstadt Brisbanes gebummelt.

Hildegard war ein stolzer Leuchtturm der schlechten Laune. Sie hatte Probleme mit dem schwülen Klima und beschwerte sich im Minutentakt. Unter ihren Armen hatten sich Schweißflecken gebildet, ihr Gesicht wirkte aufgedunsen. Sie blieb vor jedem Schaufenster stehen. »Guck mal«, rief sie entsetzt und klopfte gegen die Scheibe. In der Auslage waren kleine Stoffkängurus mit Filzhüten, Plastikbecher mit Landschaftsaufdrucken und andere Souvenirs zu sehen. »Was für ein Kitsch!« Marie nickte ergeben, sie fand ein paar der

Souvenirs ganz nett, aber das konnte sie vor ihrer Mutter nicht zugeben.

Marie hingegen fand das Wetter angenehm, die Sonne war wohltuend und machte gute Laune. Vergnügt schaute sie sich die Leute an, die an ihnen vorbeizogen. Viele Touristen, vor allem aus asiatischen Ländern, und schick gekleidete Australier auf dem Weg ins Büro. Brisbane besaß einen interessanten Mix aus Büros, Läden und Wohnhäusern. Anders als in den meisten deutschen Städten war hier alles bunt gemischt, es gab keine Trennung zwischen Bürodistrikt und Wohnsiedlungen.

Ein Führerscheinersatz würde ihr morgen per E-Mail zugeschickt werden, sie konnte ihn an der Rezeption ausdrucken lassen. Nur ihr Koffer war nicht aufgetaucht. Das war zwar sehr ärgerlich, aber man hatte ihr versichert, dass es lediglich eine Frage der Zeit sei. So hatte sie sich ein paar Hosen und Shirts in einem Kaufhaus besorgt, das sollte für eine Weile reichen. Die wichtigen Dokumente und das Säckchen, das sie für Nadide mitgenommen hatte, waren in ihrem Handgepäck. Von so etwas würde sie sich nicht unterkriegen lassen. Viel mehr Sorgen machte ihr der Gedanke, so viel Zeit mit ihrer nörgelnden Mutter verbringen zu müssen, die in Maries Augen außerdem wenig Feingefühl besaß.

»Hach, guck dir das mal an.« Hildegard sprach so laut, dass sich die Kassiererin zu ihnen umdrehte. Marie blickte erstaunt auf einen Hut, an dessen Krempe kleine Korken herunterbaumelten. So etwas hatte sie schon mal in einem historischen Australienfilm gesehen. »Das ist gegen die Fliegen«, erklärte sie ihrer Mutter. »Ich glaube aber nicht, dass jemand das ernsthaft trägt.«

Zu ihrer Überraschung war Hildegard begeistert von dem Hut. »Aber wir sind doch Touristen. Also ich finde das praktisch.« Hildegard zögerte einen Moment, sah dann auf das Preisschild und legte den Hut bedacht langsam wieder weg.

In dem Laden gab es Lederkettchen mit Haifischzähnen, bemalte Bumerangs, Koalabär-Schlüsselanhänger und sonstigen Australienkitsch, den keiner brauchte. Marie wunderte sich, dass es hier mit Schaffell gefütterte Stiefel im Angebot gab. Warum die in dieser Hitze typisch australisch sein sollten, war ihr nicht klar.

»Da rollen sich mir die Zehennägel auf.« Hildegard deutete angewidert auf eine kleine Tasche aus Krötenleder. Der Krötenkopf mit den leeren Augen hing schlaff herunter und in den Rücken war ein Reißverschluss eingearbeitet.

»Wer kauft denn so etwas?« Marie stimmte ihr zu, die Tasche war geschmacklos.

Brisbane war eine saubere Stadt. Marie fiel auf, dass es hier weder Graffiti noch Müll oder Schmutzecken gab. Selbst die Seitenstraßen waren gepflegt. In ihrer Kreisstadt zu Hause gab es viele Gassen, die man lieber mied. Hier war alles offen und reinlich und sehr modern. Die Leute waren fast ausnahmslos gut gekleidet und Obdachlose schien es nicht zu geben. Von Wüstenstaub, Cowboyhüten oder Männern mit Narben von Krokodilbissen keine Spur. Sie sprach den Gedanken laut aus und Hildegard kommentierte: »So ein Kerl wie bei ›Crocodile Dundee – Ein Krokodil zum Küssen‹? Nein, ich glaube, da kommst du ein paar Jahrzehnte zu spät. Solche Männer gibt es doch heutzutage nicht mehr.«

»Eigentlich schade.« Marie biss sich auf die Zunge, der Gedanke war ihr so herausgerutscht. Seit der Trennung von Norbert war sie Single, und dieses Thema führte bei ihrer Mutter immer zu Streit. Auch heute konnte Hildegard es nicht lassen, sie auf ihren Ex anzusprechen.

»Du brauchst keinen Cowboy, du solltest dir einen anständigen Mann aussuchen. So einen wie Norbert, aber den wolltest du ja nicht.«

»Mama, Norbert ist fremdgegangen.«

»Es gibt genau zwei Gründe, warum Männer fremd gehen. Der erste ist die eigene Frau. Der zweite ist die andere Frau.«

Das saß. Marie schwieg.

* * *

Marie nippte an ihrer Cola. Ab und zu jubelten die Männer, wenn beim Rugby Punkte erzielt wurden. Eine asiatische Reisegruppe saß direkt hinter ihr, und Marie lauschte mit einem Ohr, wie sie sich in gebrochenem Englisch über ihren Tag unterhielt. Sie hörte Worte wie »Queens Bridge«, »Botanical Gardens« und »Lone Pine« heraus. Lone Pine war ein lokaler Zoo, in dem nur australische Wildtiere gehalten wurden. Dort konnte man die legendären Fotos von sich mit einem Koala auf dem Arm machen lassen. Davon hatte Lena ihr bereits erzählt – und sie wollte unbedingt dorthin, bevor sie zurückflog.

Lena. Was ihre Tochter wohl gerade machte? Sie zückte ihr Handy und tippte eine Nachricht. Natürlich wusste Lena nicht, dass sie sich in Australien befand. Sie hatte sich wieder gemeldet, nur sehr knapp, aber immerhin ein Lebenszeichen. Aber ans Telefon ging sie nicht. Marie schrieb: »Hi, Süße, alles in Ordnung bei dir? Wie geht es deinem Rücken?«

Die Cola war leer und sie schaute die Getränkekarte durch. »XXXX Bier« stand da, anscheinend eine lokale Marke. Interessanterweise befand sich »Foster's« nicht unter den Sorten, dabei wurde das in Deutschland doch als das australische Bier schlechthin gehandelt. Die Kellnerin sah sie fragend an und sie bestellte noch eine Cola. Als sie ihr Portemonnaie herausholte, fiel ihr das Säckchen mit dem Stein in die Hände, das ihr Nadide mitgegeben hatte. Gedankenverloren spielte sie mit dem Beutel, ließ ihn von einer Hand in die andere gleiten.

Morgen würde sie ihren Führerscheinersatz bekommen. Damit konnten sie den Mietwagen abholen und Brisbane verlassen, um Lena suchen. Aber war Hildegard wirklich dazu in der Lage? Als sie das Zimmer verlassen hatte, war ihre Mutter blass und müde gewesen. Sie fühlte sich offensichtlich unwohl. Vielleicht sollten sie zur Sicherheit noch ein paar Tage hierbleiben. Zum Entspannen, Spazierengehen und Akklimatisieren.

»Alleine hier?« Diese Frage hörte sie nun zum zweiten Mal an diesem Abend. Sie kam von dem Cowboy neben ihr. Marie blickte auf und stellte fest, dass er sie verschmitzt anlächelte.

Sie schloss den Mund wieder und lächelte zurück. »Das kommt darauf an. Meine Mutter begleitet mich, aber sie erholt sich noch von dem Flug.«

Der Mann nickte, dann winkte er die Kellnerin heran. Er bestellte sich einen Rum. Pur.

Marie stellte fest, dass er durchaus nicht unattraktiv war, wenn man von seinem rauen Äußeren absah.

»Kommst du von außerhalb?«, fragte sie geradeheraus und wunderte sich gleichzeitig über ihren Mut. Normalerweise brauchte sie eine Weile, um mit Fremden warm zu werden.

Der Mann nickte und musterte sie ungeniert. »Ja. Ich bin nur wegen einem bisschen Papierkram in der Stadt. Ich habe eine Farm im Nordwesten.« Er wischte sich die Hand an seinem Hemd ab und reichte sie ihr dann. »Ich bin Terry.«

Marie griff die Hand zögerlich. »Ich bin Marie.« Sie schwiegen eine Weile. Der Cowboy trank den Rum und bestellte dann ein Glas Wasser. Marie bemerkte, dass er sein Wasserglas ordentlich auf einen Untersetzer stellte.

»Kommst du aus Frankreich?«

»Nein, aus Deutschland. Aus einer Kleinstadt in der Nähe von Köln. Sagt dir das was?«

Terry lachte auf. »Ja, Köln habe ich schon gehört. Da gibt es den Dom. Wir hatten das früher in der Schule. Ich dachte, Marie sei ein französischer Name. Wegen Marie Antoinette, der Königin.«

Er räusperte sich und fügte stolz zu: »Ich kann sogar Deutsch.«

»Ach ja?«

»Klar.« Er richtete den Oberkörper auf und deklamierte auf Deutsch: »Eins, zwei, drei. Montag, Dienstag, Mittwoch. Bitte ein Bier.« »Mittwoch« klang wie »Mettwok«, und Maries Mundwinkel zuckten.

Sie riss sich zusammen und unterdrückte ein Lachen: »Sehr gut. Vor allem Letzteres – sehr nützlich.«

»Gut, dass du nicht aus Frankreich kommst. Da kann ich nur ›Bonjour‹. Ach ja, und ›un oeuf‹.«

»Wer hat dir das beigebracht? Hast du das auch in der Schule gelernt?«

»Nein, bei uns kommen manchmal Backpacker vorbei. Nicht bei mir, aber auf den benachbarten Farmen. Da lernt man das ein oder andere.«

Sie kamen ins Gespräch. Terry erzählte ihr, dass er Rinder züchtete und nur in die Stadt gefahren war, um bei einer Bank ein paar Dokumente zu unterschreiben. »Das ist leider manchmal notwendig. Aber ich fühle mich hier fehl am Platz. Zu viele Menschen, zu viele Gerüche.«

Das war interessant. Marie fand, dass Terry selbst auch stark roch. Nach diesem schrecklichen billigen Aftershave, nach Rum und nach … ja, was war es genau? Eine Mischung aus Lehm, Heu, Pferd, Rind und Hund vielleicht. Dass sich dieser Cowboy oder, wie sie jetzt wusste, Farmer an Gerüchen störte, erschien ihr merkwürdig.

»Was ist das?« Terry deutete neugierig auf den Beutel. »Du spielst damit schon die ganze Zeit.«

Marie verkrampfte die Hand zu einer Faust und ließ das Säckchen darin verschwinden. Eine innere Stimme riet ihr, dem Fremden nicht von seinem Inhalt zu erzählen. Es war zu persönlich, zu merkwürdig und zu befremdend.

»Nichts Besonderes«, murmelte Marie und steckte den Beutel zurück in ihre Handtasche.

Terry hakte nicht weiter nach. Er erzählte etwas von seinen Rindern und Marie hatte Schwierigkeiten, ihm zu folgen. Zusätzlich zu dem starken Slang verwendete er Begriffe aus dem Bereich der Landwirtschaft, die sie nicht verstand. Sie beobachtete, wie sich seine Lippen bewegten, und nickte ab und zu. Er hatte ein markantes Gesicht mit einer geraden Nase, hohen Wangenknochen und vollen, festen Lippen. Ganz im Gegensatz zu den Cowboys aus den Westernfilmen hatte er aber keinen Schnurrbart – seine Haut war glattrasiert. Deshalb wohl auch das Aftershave. Wahrscheinlich war das seine Art, sich schick zu machen.

»Morgen geht es aber zum Glück wieder zurück nach Chinchilla.«

Marie horchte auf. »Sagtest du Chinchilla? Da will ich morgen auch hin. Das ist ja ein Zufall.«

»Ich glaube nicht an Zufälle.«

»Wie meinst du das?«

»Alles hat seinen Grund, alles ist vorherbestimmt.« Er zwinkerte ihr zu, hob sein Glas und trank einen Schluck.

»Aha.« Diese Aussage verwirrte Marie. Es klang etwas zu esoterisch für ihren Geschmack.

»Ich hab mal an einem Parkplatz in Miles gehalten, um eine Pause zu machen. Normalerweise habe ich so meine Rastplätze, die ich bevorzuge, und den hatte ich noch nie genutzt. Irgendetwas brachte mich aber dazu, dort zu halten. Da kam ein Typ auf mich zu, der fragte, ob ich nicht ein paar Kühe kaufen wollte. Hat mir eine dramatische Geschichte von seiner Farm aufgetischt. Meinte, er könnte sie sogar bei mir vorbeibringen. Ich bin zu seinem Truck und habe mir die Kühe angeschaut.«

Er machte eine dramatische Pause. Marie war gespannt. »Und?«

»Die Kühe hatten mein Brandzeichen. Das war Diebstahl. Der Typ hatte sie anscheinend irgendwo in der Nähe eingesammelt, als sie mal wieder ausgebüxt sind.«

»Ja, und dann?«

»Ich hab dem Typen gesagt, ich nehme die Kühe, und er hat sie brav zu mir gefahren. In der Zwischenzeit habe ich die Polizei gerufen. Der Typ ist aus allen Wolken gefallen, als die mit Blaulicht vorgefahren kamen, das kann ich dir sagen. Und so ist das immer im Leben.«

»Dass windige Typen ihr Fett wegbekommen?«

»Nein. Dass ich ausgerechnet auf dem Parkplatz halte, wo der meine Kühe verscherbeln will. Ich meine, dass manche Dinge von Anfang an vorherbestimmt und somit unveränderlich sind.«

Das war mehr Tiefgang, als Marie ihm zugetraut hätte.

»Interessant. Aber ich sehe das anders. Jeder Mensch hat die Möglichkeit, das Schicksal zu beeinflussen, denke ich. Man kann andere Wege einschlagen oder Situationen verändern. Man muss sich keinem Schicksal fügen, sondern hat selbst die Kontrolle über sein Leben«, ereiferte sie sich.

»Ja, man kann das Schicksal verändern, aber dennoch ist es vorgegeben. Man kann sich das Schicksal nicht aussuchen.«

»Das heißt aber doch nicht, dass man alles hinnehmen muss. Nimm zum Beispiel mich. Meine Tochter arbeitet für ein paar Monate in Chinchilla auf einer Farm und ich habe das Gefühl, dass etwas nicht stimmt. Also bin ich in den nächsten Flieger gestiegen, um herauszufinden, was los ist. Ich nehme die Dinge selbst in die Hand.« Das klang so, als würde sie solche

Aktionen ständig bringen. Wie viel Überwindung und schlaflose Nächte es sie gekostet hatte, musste Terry ja nicht wissen.

Terry fixierte sie mit seinen dunklen Augen und diesem unergründlichen Blick, der bei Marie eine Gänsehaut verursachte. »Deine Tochter?« Er lehnte sich zurück und strich sich mit der Hand über das Kinn.

Marie verkrampfte sich und zerknüllte eine Serviette. Sie bereute ihre Worte. Hoffentlich war es kein Fehler gewesen, Terry von ihrem Familienproblem zu erzählen. Wieso lag ihr das Herz heute so auf der Zunge? Das war doch sonst nicht ihre Art. Sie biss sich auf die Lippen und dachte über ihre nächsten Worte nach.

Terry schaute sie fragend an und hakte dann nach: »Welche Farm ist es? Ich kenne jede Farm im Umkreis von 200 Kilometern um Chinchilla.«

Marie entspannte sich wieder etwas und kramte in ihrer Handtasche, um den Zettel mit der Adresse zu suchen. »Hier.«

»Ja, die Farm kenne ich. Die bauen Melonen an. Da hat sich deine Tochter einen harten Job ausgesucht. Viel Schlepperei. Da arbeiten sonst nur kräftige junge Männer. Und sagen wir es so, Les ist nicht gerade dafür bekannt, zimperlich mit seinen Arbeitskräften umzuspringen.«

Marie schluckte. Das war nicht gerade die Art von Information, die sie sich erhofft hatte. Worauf hatte sich Lena nur eingelassen?

»Du willst da mit einem Mietwagen hin?«

»Ja.« Maries Kehle fühlte sich trotz der zwei Colas trocken an. Ihr Magen zog sich vor Sorge zusammen. »Ein Hyundai SUV von Europcar.«

»Mhm. So etwas in der Art habe ich mir schon gedacht.« Er stand auf und schob der Kellnerin einen Schein hin. »Ich zahle für uns beide.«

Und zu Marie gewandt: »Das ist keine gute Idee. Viele der Straßen dort sind ungeteert und voller Schlaglöcher. Deine Stoßstange wird von den hochfliegenden Steinen völlig zerkratzt. Ich sagte ja bereits, ich muss morgen ohnehin Richtung Chinchilla. Ich nehme dich gerne mit.« Er nahm das Wechselgeld von der Kellnerin entgegen, dann fiel ihm noch etwas ein. »Und deine Mutter natürlich auch.«

»Das … das ist sehr freundlich. Also dass du mich eingeladen hast und auch, dass du mich mitnehmen kannst.« Marie war etwas ratlos. So attraktiv Terrys Angebot auch klang, wohl war ihr bei dem Gedanken nicht. Sie konnte wohl schlecht mit einem Fremden mitfahren, den sie abends in einer Bar kennengelernt hatte!

»Denk drüber nach. Ich fahre hier um elf Uhr ab. Wenn du mitkommen willst, warte einfach am Eingang auf mich. Gute Nacht!« Er tippte sich an den Hut und ging in Richtung Tür.

Marie hob die Hand zum Abschied, bekam aber kein Wort heraus. Stumm blickte sie dem Farmer hinterher. Sie starrte noch in die Richtung, als er schon längst verschwunden war.

* * *

»Mama, wo sind denn nun die Koalas? Du hast mir Koalas versprochen. Ich bin doch nicht nach Australien gekommen und dann sind keine Koalas hier.«

Der etwa fünfjährige Junge, der sich neben ihr im Sessel lümmelte, ging ihr gehörig auf die Nerven. »So ein verwöhntes Kind«, dachte sie und guckte bewusst weg.

»Aber Andi, wir sind doch gestern erst angekommen und mitten in der Stadt. Wir fahren heute nach Lone Pine, dort gibt es bestimmt Koalas«, hörte sie die Mutter des Jungen sagen.

Wo Terry nur blieb? Es war bereits 11.20 Uhr und von Terry keine Spur. Vielleicht würde er gar nicht kommen …

Maries Puls beschleunigte sich. Hildegard würde ihr einen Vortrag halten, von wegen, sie habe es ja gleich gewusst. Sie hatte Marie dringend davon abgeraten, mit Terry mitzufahren. Und das, obwohl Marie ihr verschwiegen hatte, dass er eher der Typ Naturbursche war. »Ich bleibe hier«, hatte sie mehrfach wiederholt.

»Und wenn du es heil bis nach Chinchilla schaffst, komme ich mit dem Bus nach. Der Greyhoundbus fährt einmal am Tag. Habe ich gestern herausgefunden. Das solltest du auch machen.«

Hildegard hatte heute ohnehin sehr schlechte Laune. Als Marie in der Frühe ihr Zimmer betreten hatte, bückte sie sich gerade und sortierte den Inhalt ihres Koffers. Eine Hand hatte sie auf ihrem Rücken abgestützt, als würde er schmerzen. Marie war sofort zu ihr geeilt und hatte ihr wortlos geholfen, sich aufzurichten. Aber statt sich für die Hilfe zu bedanken, sagte sie: »Ja, danke der Nachfrage, bei mir ist alles in Ordnung.« Sie grunzte beleidigt.

»Oh. Entschuldigung. Wie geht es dir denn jetzt?« Das machte ihre Mutter gerne. Erst einmal grundlos beleidigt sein und es einem dann ins Gesicht reiben.

»Ich sagte doch, alles in Ordnung. Es ist einfach zu warm draußen. Und in diesem Zimmer ist es zu kalt.«

Das stimmte. Der Raum war beinahe auf Kühlschranktemperatur heruntergekühlt und es war ein Wunder, dass sich keine Eisblumen am Fenster gebildet hatten. Marie fand die Fernbedienung an der Wand und stellte die Temperatur höher ein. Das sollte helfen.

Hildegard sortierte weiter die Wäsche in ihrem Koffer.

»Was die Leute so am Reisen finden. Ich finde es schrecklich. Dieser ganze Aufwand, nur um abwechselnd zu frieren und zu schwitzen.« Sie entnahm dem Koffer eine Bluse, die perfekt gefaltet war, schüttelte sie, strich sie glatt und faltete sie neu. »Für mich ist das nichts. Und dieses Leben aus dem Koffer. Also, nein. Das ist mir zu viel Gebücke. Ich bin jetzt in dem Alter, in dem ich mir überlege, was ich sonst noch so erledigen kann, wenn ich schon mal hier unten bin.«

Marie grinste innerlich. Wenigstens ihren Zynismus hatte ihre Mutter nicht verloren. Sie setzte sich vorsichtig aufs Bett – darauf bedacht, keine Falten in den Überwurf zu bringen, weil Hildegard das hasste – und erzählte von Terry.

Hildegard war sofort dagegen. »Du kannst doch nicht mit einem wildfremden Mann mitfahren. Das ist vollkommen ausgeschlossen.« Marie versuchte, ihrer Mutter mehr von Terry zu erzählen, aber Hildegard ließ sie kaum zu Wort kommen. »Wer weiß, was der sich davon erhofft!«

Diese Aussage ärgerte sie. Eigentlich hatte sich Marie schon dagegen entschieden, mit dem Cowboy mitzufahren, aber Hildegards Unwille und ihre Bevormundung nervte sie. Terry schien in Ordnung zu sein und hatte mit Sicherheit keine bösen Absichten. Und sie hätte den Vorteil, dass sie nicht selbst fahren müsste – auf der falschen Straßenseite wohlgemerkt. In Australien herrschte Linksverkehr. Und wenn Terry recht hatte, eigneten sich die Straßen weiter draußen ohnehin nicht für einen Mietwagen.

Hildegard schimpfte vor sich hin und Marie bekam Kopfschmerzen. Wenn sie ihre Mutter wenigstens für ein paar Tage los wäre, könnte sie sich etwas erholen. Das wäre sicher für sie beide das Beste. Hildegard würde es guttun, sich noch ein paar Tage auszuruhen, und sie hatte ihre Ruhe und konnte erst einmal herausfinden, was mit Lena los war.

Marie seufzte. Nun stand sie in der Lobby, ihre Tasche vor sich und bereit zur Abfahrt – aber von Terry war weit und breit nichts zu sehen. Immer wieder öffnete sich die Aufzugtür und

Maries Hoffnung stieg jedes Mal – um gleich darauf enttäuscht zu werden, wenn ein weiterer Hotelgast in die Lobby eilte.

Draußen vor der Tür standen zwei Portiers mit goldenen Kofferwagen. Sie empfingen die neu eintreffenden Gäste und nahmen ihr Gepäck entgegen. Ein paar Meter hinter dem Eingang parkte ein alter Pick-up. Marie konnte nicht viel erkennen, aber der Portier war bereits mehrfach zu ihm hingegangen und hatte sich mit dem Fahrer unterhalten.

Obwohl es draußen heiß war, fror sie. Sie hatte einen Pullover locker um die Hüfte gebunden und zog ihn jetzt an. Wie die Australier diese klimatisierte Kälte hier aushielten, war ihr unklar.

Ihr Handy klingelte. Es war Katja. Sie hatte mit ihrer Freundin noch gestern Nacht gesprochen und ihr ein Update gegeben. Da war es bei Katja nachmittags gewesen. Sie rechnete. Es war halb vier morgens in Deutschland.

»Meine Güte, Katja. Ist was passiert?«

Katja klang quietschvergnügt. »Nee, alles in Ordnung. Wollte nur mal hören, ob alles geklappt hat und ihr jetzt auf dem Weg ins Outback seid. Wer weiß, ob ihr da draußen noch Netz habt, da dachte ich, ich rufe lieber jetzt an. War eh wach, weil ich plötzlich Heißhunger hatte.«

In der Tat schmatzte sie beim Reden. Marie fiel ein Stein vom Herzen. Ein Notfall bei Katja hätte ihr gerade noch gefehlt. Sie beobachtete weiter abwechselnd die Eingangstür und den Lift, in der Hoffnung, Terry würde jede Sekunde auftauchen.

»Ich glaube, das mit Terry wird nichts.«

Jemand klopfte ihr auf die Schulter und Maries Herz hüpfte. Strahlend drehte sie sich um. Es war ein Rezeptionist. Das Strahlen verließ ihr Gesicht ebenso schnell wieder, wie es gekommen war.

»Moment, Katja.« Sie hielt die Hand vor den Hörer.

»Ja?«

»Da draußen wartet ein Gentleman, der sie gerne sprechen würde.«

»Was?« Marie hatte den Rezeptionisten sehr wohl verstanden, aber sie konnte es nicht fassen. Terry? Wo war er?

Schnell sprach sie ins Handy. »Katja, alles klar hier. Mit Terry, das klappt doch. Das erzähle ich dir später alles. Ich melde mich, sobald ich Zeit finde, okay? Bis dann. Tschüss.« Noch bevor ihre Freundin antworten konnte, hatte sie aufgelegt und eilte mit ihrer Tasche Richtung Ausgang. Der Rezeptionist wies auf den Pick-up, der immer noch am Straßenrand parkte.

Hinter dem Steuer saß Terry und winkte. Ihre Sorgen und Zweifel waren wie weggeblasen und gut gelaunt kletterte sie auf den Beifahrersitz. Der Sitz war mit einem Schaffell überzogen und der Boden vor ihr mit allerlei Krimskrams bedeckt. Sie schob die Sachen vorsichtig mit dem Fuß beiseite, um nichts zu zerdrücken. »Hi, Marie. Ich dachte schon, du kommst nicht.«

Marie lachte. »Und ich dachte, du hast mich vergessen.«

»Nee, ich warte hier schon eine ganze Weile.«

»Das war ein Missverständnis. Ich dachte, wir würden uns drinnen treffen.«

Langsam ließen sie die Hochhäuser Brisbanes, den in der Sonne glänzenden Fluss und die Menschenmassen hinter sich. Sie fuhren den Highway Richtung Westen, bis sie von weiten Feldern umgeben waren, zwischen denen nunmehr vereinzelt Häuser standen. Marie lehnte sich zurück und ließ die Landschaft auf sich wirken. Sie sah, wie die ersten kleineren Eukalyptuswälder an ihnen vorüberflogen, gefolgt von Kuhweiden. Ab und an wanden sich ausgetrocknete Bachbetten durch die Wiesen und schlängelten sich an Termitenbauten vorbei, die wie rote Türme aus dem Boden ragten. In Gedanken versunken holte sie den Beutel mit dem kleinen roten Stein aus ihrer Tasche und ließ ihn durch die Finger gleiten.

Terry summte eine Melodie vor sich hin und wirkte so in sich gekehrt, dass Marie ihn nicht stören wollte. Ein Sonnenstrahl kitzelte sie an der Nase und sie nieste. Terry unterbrach sein Summen. »Taschentücher sind im Handschuhfach«, sagte er und wies mit einem Finger in die Richtung. Marie steckte den Stein wieder ein und beugte sich vor. Sie konnte sich kaum konzentrieren, weil sie wieder niesen musste. Hastig öffnete sie die Klappe und schrie vor Schreck auf. Was um alles in der Welt war das?

Kapitel 4

»Hast du noch nie ein Joey gesehen?«

Maries Herzschlag beruhigte sich langsam. Vorsichtig strich sie eine Falte des Handtuchs zurück und betrachtete das winzige Wesen, das sie mit großen Knopfaugen anschaute. Sie standen auf einem Parkplatz neben dem Highway. Terry hatte hier gehalten, damit sie das Tier besser betrachten konnte. Außer ihnen parkten hier noch zwei Lastwagen.

»Nein. Doch. Also nur die ausgewachsene Version. Im Zoo. Ich … es tut mir leid, ich habe einfach nicht mit einem Tier im Handschuhfach gerechnet.«

Das kleine Känguru bewegte den Kopf und starrte Terry an. Es wackelte im Handtuch hin und her und seine pinkfarbene Haut warf dabei Falten. Das Kleine hatte noch kein Fell. So ähnlich faszinierend wie ein Nacktmull, aber in hübsch, entschied Marie. Das Joey hatte keine Angst vor ihr und als Marie ihren Finger vorsichtig über den zarten Kopf gleiten ließ, blieb es ruhig.

»Es schläft dort gerne. Ist schön kühl wegen der Lüftung. Normalerweise ist es in einer Box im Kofferraum, bis ich zu Hause bin. Ich habe es am Straßenrand gefunden.«

»Wie, und dann hast du es einfach mitgenommen? Hat es keine Mutter mehr?«

»Nein. Die wurde überfahren. Ich habe es aus ihrem Beutel geholt.«

»Oh.« Marie wurde rot. Sanft streichelte sie das Tier.

»Ja, das passiert hier öfters. Die Kleinen überleben oft den Zusammenstoß mit dem Auto, im Beutel sind sie gut geschützt. Ich sammle die immer ein. Und alle anderen Tiere auch. Ich versorge und pflege sie, bis sie wieder bereit für die Wildnis sind.«

»Das klingt sehr …« Marie suchte nach einem passenden Wort. »… ehrbar«, beendete sie ihren Satz.

»Ach, das habe ich von meiner Großmutter. Die hat sich um alle verletzten und verwaisten Wildtiere gekümmert. Sie war dafür bekannt, die Leute brachten ihr Tiere von weit her. Hatte einfach ein Händchen dafür. Ich habe ihr versprochen, niemals ein Tier sich selbst zu überlassen. Aber so ein Joey ist viel Arbeit. In dem Alter braucht es noch alle vier bis fünf Stunden Milch.«

Marie staunte. Dieser raue Farmer mit seinen vom Wetter gezeichneten Händen und dem abgenutzten Filzhut überraschte sie wirklich. Und als Arzthelferin interessierten sie medizinische Dinge.

Eine Fahne von Kuhdung vom Lastwagen nebenan wehte zu ihnen herüber, als Terry die Tür öffnete. Er holte eine Kiste von seiner Ladefläche und nahm ein paar Sachen heraus. Marie war begeistert, wie ordentlich die einzelnen Boxen und Taschen hier verstaut waren. Alles hatte seinen Platz. Sie machte große Augen, als sie ein winziges Fläschchen sah, das Terry mit heißem Wasser aus einer Thermoskanne ausspülte.

»Es kriegt Milch aus einer Babyflasche?«

»Ja, genau. Du kannst es gleich füttern. Ich zeige dir, wie. Ist aber keine Kuhmilch, es kriegt eine spezielle Milchformel.« *Wombaroo* stand auf der Metalldose, aus der Terry das Pulver abfüllte. »Das habe ich immer dabei. Gehört zu meiner Grundausstattung.«

Er zeigte Marie, wie sie die Flasche halten musste, und das Joey fing sofort gierig an zu saugen. Dabei legte es eine erstaunliche Kraft an den Tag und riss Marie die Flasche fast aus der Hand. Es nutzte seine winzigen Händchen, um die Flasche festzuhalten, genau wie ein Menschenbaby es tun würde, und trank in großen Schlucken. Als die Flasche leer war, zeigte Terry ihr, wie man das Joey mit einem feuchten Tuch im Genitalbereich massierte, damit es sein Geschäft verrichtete. »Das gehört dazu«, meinte er entschuldigend, aber Marie war von ihrer Arbeit so einiges gewöhnt und es störte sie nicht. In dieser Hinsicht war sie hart im Nehmen, sie musste nur an die offenen Füße ihrer Diabetes-Patienten denken und an die Patienten mit Morbus Crohn. Im Laufe der Zeit hatte sie sämtliche Berührungsängste überwunden.

Terry wickelte das Joey wieder fest in sein Handtuch ein und legte es in ein Körbchen. »Vielleicht ist es besser, wenn es auf deinem Schoß sitzt. Falls du nichts dagegen hast.«

Marie hatte nichts dagegen. Die nächsten Stunden unterhielten sie sich über Erstversorgung, Medikamente und Behandlungsmethoden. Terry kannte sich erstaunlich gut aus und Marie war froh, sich in einem Themenbereich zu bewegen, in dem sie selbstbewusst Aussagen machen konnte. Sie verhaspelte sich ein paar Mal, als sie nicht die richtigen englischen Begriffe fand, versuchte in solchen Fällen aber, die Worte zu umschreiben. Terry schien das nichts auszumachen, geduldig hörte er ihr zu. Er hatte viele Fragen. Marie wiederum wusste so gut wie nichts über Wildtiere und deren spezielle Bedürfnisse.

Mittags hielten sie an einer Tankstelle. Im Shop gab es Imbiss-Essen wie Pommes, frittierte Ananas, Chicken-Nuggets und Dagwood Dogs, eine Art frittierte Wurst in einem Teigmantel. Terry bestellte sich ein Steaksandwich mit Pommes und Marie konnte sich nicht entscheiden. Für sie war das alles kein richtiges Essen. Viel Fett und viele Kohlenhydrate.

Letztendlich entschied sie sich für einen Salat – es stand genau so auf der Speisekarte: »Salat«, ohne nähere Angaben. Sie bekam eine gigantische Schüssel mit grünem Blattsalat, einer geviertelten Tomate und drei roten Zwiebelringen. Er kam ohne Dressing. Marie rümpfte die Nase, aß ihn aber anstandslos, ohne sich zu beschweren. Salat wurde hier anscheinend nicht oft bestellt. Als sie fertig war, knurrte ihr Magen immer noch und sie schielte auf Terrys Pommes. Der grinste und schob ihr wortlos seinen Teller hin. »Kannst du haben, wenn du willst. Ich bin fertig.«

Sie blieben noch eine Weile sitzen. Die meisten Kunden waren Handwerker und Truckfahrer, die sich ihr Essen einpacken ließen. Die Pommes kamen nicht in ovale Pappschalen, sondern wurden direkt in mehrere Lagen Papier eingeschlagen. Es roch nach Frittierfett und Geschmortem. Obwohl es hier sehr einfach eingerichtet war und sie auf Plastikstühlen saßen, war es gemütlich.

Das Joey schlief in einem Korb neben ihnen. Es hatte seinen Kopf tief in dem gerollten Handtuch verschwinden lassen. Durch das Fenster konnte man die vorbeifahrenden Autos beobachten. Sie bestellten noch einen Kaffee, es war der schlechteste Kaffee, den Marie in ihrem Leben getrunken hatte. Sie war kein großer Kaffeetrinker und hatte keine besonderen Ansprüche, aber diese Brühe schmeckte nicht nur zuckersüß, sondern hatte auch sonst recht wenig mit Kaffee zu tun. Terry hingegen schnappte sich zwei Beutelchen Zucker und süßte nach. Sie dachte an Lena. In ein paar Stunden würde sie ihr gegenüberstehen. Wahrscheinlich würde Lena hin- und hergerissen sein zwischen der Freude, ihre Mutter zu sehen, und dem Unbehagen, überrascht zu werden. Lena mochte Überraschungen ebenso wenig wie sie selbst.

Als hätte Terry ihre Gedanken erraten, fragte er: »Soll ich Les anrufen und Bescheid geben, dass wir heute kommen? Oder hast du das bereits gemacht?«

»Ähm. Nein. Ich dachte, wir schauen einfach vorbei.« Meine Güte. Das klang unglaublich naiv. Sie schämte sich ein wenig, vor Terry so planlos und unorganisiert zu wirken. Nervös trommelte sie mit den Fingern auf dem Tisch.

»Wie du meinst.«

Nach ein paar Minuten erhob er sich und setzte seinen Hut auf.

»Wir haben noch ein paar Stunden vor uns. Lass uns weiterfahren, damit wir noch im Hellen ankommen.«

Bald verließen sie den Highway und die Landschaft veränderte sich. Auf beiden Seiten der Straße war nun dichter Busch, trockene Bäume mit kleinen, blassen Blättern und viel Dickicht zwischen ihnen. Der Boden war kaum zu sehen, dieser Wald lud nicht zum Spazieren ein. Als Terry das Tempo verlangsamte, kurbelte Marie das Fenster herunter. Es roch anders als in Deutschland. Marie versuchte, es Terry zu erklären, aber das war gar nicht so einfach. Es fehlte der Geruch nach feuchter schwarzer Erde, wie sie es aus den Tannenwäldern bei Karlsberg kannte. Dafür lag ein leichter Eukalyptusduft in der Luft. Es war hier nicht mehr schwül und subtropisch wie in Brisbane, sondern eher trocken und staubig.

Die Straße wurde schlechter und der Wagen rumpelte über zahlreiche Schlaglöcher. Marie hielt das Joey auf ihrem Schoß, um die Schläge abzudämpfen, denn der Wagen war nicht besonders gut gefedert. Die Büsche wichen nun wieder Farmland und Marie blickte auf endlose Felder, die wie eine Mondlandschaft wirkten. In unzähligen Reihen wuchsen gelbgrün gestreifte Melonen. Les' Farm tauchte am Horizont auf, erst nur ein kleiner Punkt, der schnell größer wurde. Bald waren einzelne Gebäude zu erkennen.

Marie sah ein paar alte Scheunen und dazwischen große Landmaschinen. Mehrere Schiffscontainer standen herum, als hätte ein Riese sie dort wahllos abgelegt. Einer von ihnen war in sich zusammengebrochen und mit Gestrüpp überwuchert.

In einigen Hundert Metern Entfernung thronte ein einstöckiges Holzhaus auf Stelzen. Es hatte eine Veranda, die sich einmal um das ganze Haus wand. Vor vielen Jahren musste es prächtig gewesen sein. Nun aber blätterte die Farbe von den Wänden und das Metalldach war verrostet. Neben dem Haus standen ein Dutzend Hundehütten. Vor ihnen lagen Border Collies, die mit Metallketten an ihre Hütten gebunden waren. Müll flog herum, leere Futtertüten, kaputtes Farmequipment und andere Dinge, die Marie nicht identifizieren konnte. Die Farm wirkte heruntergekommen und trotz des imposanten Holzhauses wenig romantisch. Marie war enttäuscht, sie hatte sich den Ort malerischer vorgestellt. So weit das Auge reichte, blickte man auf Melonenfelder, es gab keine Bäume oder Büsche, die das Bild auflockerten. Marie fragte sich, was um alles in der Welt Lena hier in ihrer Freizeit machte. Es gab nicht einmal eine Bank, auf der man abhängen und lesen konnte. Und ein Blick auf ihr Handy verriet ihr, dass sie nur schwachen Empfang hatte.

Sie schwieg und auch Terry hatte seit einer Weile nichts mehr gesagt. Er schien ihr Unwohlsein zu spüren, denn ab und zu drehte er den Kopf und sah sie besorgt an.

Sie hielten direkt vor dem Holzhaus. Die Farm wirkte wie ausgestorben. Der Wind wehte eine Staubfahne über den Hof und auf dem Giebel der Scheune quietschte eine alte Wetterfahne.

»Ich komme mit rein.«

»Das ist nett. Vielen lieben Dank, dass du mich mitgenommen hast. Hier.« Sie reichte Terry ein paar Scheine. »Für das Benzin.«

»Was soll ich denn damit?« Terry schaute sie ungläubig, fast entsetzt an. »Das will ich nicht. Habe ich gerne gemacht.« Er drückte ihr das Geld wieder in die Hand. »Und das ist ein Diesel, kein Benziner.« Er klopfte vorne auf das Armaturenbrett.

Marie wollte sich widersetzen und darauf bestehen, dass er die Fahrtkostenbeteiligung annahm. Eine innere Stimme meldete sich in ihrem Kopf: »Trinkgeld ist hier unüblich. Das gibt man nie.« Es war ihre eigene Stimme. Das hatte sie selbst noch ihrer Mutter vor Kurzem erklärt. Sie schwieg. »Vielen Dank. Vielleicht kann ich mich bei Gelegenheit revanchieren.«

Terry stieg aus, ging ums Auto herum und öffnete ihre Tür. Marie staunte. Das hatte schon seit vielen Jahren kein Mann mehr für sie gemacht. Vorsichtig legte sie das Joey im Handschuhfach ab und kurbelte das Fenster herunter, damit sich der Wagen nicht aufheizte.

Als sie an die Vordertür klopften, näherten sich von innen schlurfende Schritte. Ein Mann in den Fünfzigern öffnete. Er trug eine Jogginghose und ein Feinrippshirt, sein Gesicht war schwammig und unrasiert. Sein Atem roch stark nach Alkohol und Marie hielt instinktiv die Luft an.

»Ja?«, fragte er und schaute Terry an.

»Hi, Les. Wie geht's?«

»Muss. Und dir?«

»Wie immer.«

Les winkte die beiden hinein, es war ihm anzusehen, dass er sich nicht sonderlich über den Überraschungsbesuch freute. Sie folgten ihm in ein dunkles Wohnzimmer, in dem die Fenster mit Wolldecken verhängt waren, durch die einzelne Lichtfäden schimmerten. Aus der Sofaecke müffelte es streng nach Hund.

Marie schien für Les Luft zu sein. Das ärgerte sie, und so drängelte sie sich nach vorne.

»Ich bin Marie, Lenas Mutter. Ich würde gerne meine Tochter besuchen.«

Alles an dieser Farm, dem Haus und dem Mann missfiel ihr. Es war trist, ungepflegt und deprimierend. Anscheinend war er auch angetrunken. Das war keine gute Umgebung für ihre Tochter. Sie entschloss sich, Lena noch heute von hier wegzuholen. Ob sie wollte oder nicht, sie würde mitkommen und auf eine andere Farm umziehen. An diesem hoffnungslosen Ort sollte Lena keine weitere Nacht verbringen. Les kratzte sich am Hinterkopf.

»Lena? Die ist nicht mehr da.«

»Was?« Marie riss die Augen auf. »Warum?«, hakte sie nach. Ihr wurde schwummrig. Terry packte sie sanft am Arm und schob ihr einen Stuhl unter. Völlig überrumpelt von der Nachricht, plumpste sie in den Stuhl.

»Hatte keine Lust mehr. Ist abgehauen.«

»Was?«, fragte Marie erneut. Für andere Worte fehlte ihr die Kraft. Sie war zu spät gekommen. Lena war irgendwo dort draußen verloren gegangen. Ihr war bestimmt etwas zugestoßen. Maries Herz raste.

Terry lehnte derweil am Kamin und spielte mit einem Becherhalter, der dort gelegen hatte. Er war die Ruhe selbst und mied Maries suchenden Blick.

»Sag ich doch. Ist abgehauen. Hat schlapp gemacht. War einfach eines Morgens weg. Und ich durfte am nächsten Tag selbst zwei Tonnen Melonen zum Karren schleppen.«

Marie atmete langsam aus. Lena war weg. Was nun? Hatte er gerade *zwei Tonnen* gesagt? Dass Lena hier unglücklich gewesen war, konnte sie sich nur zu gut vorstellen. So ein unverschämter Typ. Was erdreistete sich dieser abgehalfterte Melonenbauer, das ihrer Tochter auch noch vorzuhalten?

Sie schloss für einen kurzen Moment die Augen und sammelte sich. Les würde ihr auf der Stelle eine Erklärung geben. Sie stand auf, der Stuhl kippte nach hinten weg. Es war ihr egal.

»Du wirst mir jetzt genau erzählen, was los ist. Haargenau. Sonst ist die Polizei schneller hier, als du *Melone* sagen kannst.« Sie stemmte die Hände in die Hüften. In ihr tobte es.

Les trat einen Schritt zurück.

»Mann, weiß ich doch nicht. Ist halt einfach weg. Hat nichts gesagt. Einfach so. Ihr war das wohl zu viel, hat die Tage vorher schon sehr langsam gearbeitet. Hat kaum was geschafft.«

Marie packte Les am Arm, ließ aber sofort los, als sie den Schweiß auf seiner Haut spürte. Sie schauderte.

»Wie kannst du es wagen, ein junges Mädchen so auszunutzen, dass sie vor dir wegläuft? Lena ist bestimmt nicht ohne Grund gegangen.«

Terry stellte den Becherhalter betont langsam auf den Kaminsims zurück. Er trat neben Marie und hob in einer beschwichtigenden Geste den Arm.

»Les, wir kennen uns seit vielen Jahrzehnten. Das ist jetzt ernst. Marie kommt aus Deutschland, die Deutschen machen keine halben Sachen.« Er wandte sich an Marie. »Lass mich mal kurz mit Les allein.«

Das gefiel Marie überhaupt nicht, sie war so wütend wie schon lange nicht mehr. Terry senkte die Stimme und setzte ein höfliches, aber bestimmtes »Bitte« nach.

Marie nickte und ging aus dem Zimmer. Es war so stickig hier drin, vielleicht war es besser, wenn sie kurz rausging und Luft schnappte. Zusammenfalten konnte sie Les auch später noch. Im Weggehen hörte sie, wie Terry leise auf Les einredete.

Draußen dämmerte es bereits. Befreit atmete sie die frische Luft ein. Als sie Les' Haus betreten hatten, war die Landschaft noch hell und sonnig gewesen, jetzt lag ein Schatten über der Farm. Die Dunkelheit brach hier um einiges schneller ein als in Deutschland. Der Ort wirkte noch unheimlicher und verlassener als zuvor. Sie schauderte.

Ein Hund schlug an und die anderen setzten mit ein. Sie wanderte um das Haus herum zu den kleinen Hütten. Ein trauriger Anblick bot sich hier. Die Border Collies lagen auf dem kahlen Holzfußboden der Hütten oder standen vor ihnen im Dreck. Sie waren an Ketten gebunden, die nur ein paar Meter weit reichten. Vor einigen lagen umgekippte Wasserschüsseln. Ein intensiver Kotgeruch lag in der Luft, der sich wie eine Klaue um Maries Magen legte und ihn zusammendrückte. Ihr wurde so übel, dass sie fast instinktiv die Luft anhielt.

Die Hunde taten ihr leid. In ihren Blicken lagen Unsicherheit, Wut und Verzweiflung. In einer Ecke winselte es schmerzerfüllt. Marie schaute nach, was da los war.

Vor einer Hütte lag ein kleines schwarz-weißes Bündel im Dreck. Es war ein junger Hund, der sich in seiner Kette verheddert hatte. Augenblicklich vergaß Marie den schrecklichen Geruch. Sie trat näher. Der Hund war nur halb so groß wie die anderen, fast noch ein Welpe. »Hallo, Kleiner«, begrüßte sie ihn und wusste instinktiv, dass der Collie sie nicht beißen würde.

Für einen Moment vergaß sie Lena und ihre Wut und kniete nieder. Vorsichtig wickelte sie den Hund aus seiner Kette heraus. Als sie sein Fell berührte, spürte sie die Rippen. Der Hund war abgemagert. Unter seinem Halsband lag pinke Haut, das Fell war komplett abgescheuert. Kein Wunder, dass er winselte, das musste höllisch brennen. Der Junghund schmiegte sich an sie und Marie streichelte ihn. »Alles gut, alles gut«, murmelte sie. Wie konnte man einen Welpen so verwahrlosen lassen? Die Wut in ihr erwachte wieder. Wenn Les auch Lena auf diesem Niveau versorgt hatte, konnte er sein blaues Wunder erleben. Der Hund kratzte sich, wahrscheinlich hatte er Flöhe. Marie strich ihm über den Kopf und dachte nach.

* * *

»Les hat mir alles noch mal genau erklärt, Marie. Er weiß wirklich nicht, wo Lena ist. Er ist … kein schlechter Mensch … er hat nur wenig Manieren. Er hat mir versichert, dass sie nicht krank war, als sie gegangen ist. Jemand hat sie wohl mitgenommen. Es waren gerade noch andere Arbeiter da gewesen und um die Uhrzeit war es nicht unüblich, dass Autos kamen und gingen.«

Sie standen draußen vor der Tür. Les hatte sich drinnen verkrochen, nur ein einzelnes Licht in einem Zimmer verriet seine Anwesenheit. Maries Kehle war wie zugeschnürt, sie war gleichzeitig stinksauer und auch ein wenig hilflos. Sie hätte ihre Tochter jetzt schon längst in den Armen halten können.

»Wie soll ich Lena jemals finden in diesem riesigen Land? Und woher weiß ich, dass der, der sie mitgenommen hat, ein anständiger Kerl war?«

»Komm, ich bringe dich erst mal weg von hier. Das ist kein guter Ort, wir können hier nicht bleiben. Ich verspreche dir, wir werden deine Tochter finden.«

Sie verließen die Farm, und mit jedem Kilometer, den sie sich entfernten, entspannte sich Marie ein wenig. Lena war schon seit einer Weile unterwegs, und immerhin hatte sie ihr ja eine Nachricht geschrieben. Ganz so schlecht konnte es ihr also nicht gehen. Heute Abend konnten sie ohnehin nichts mehr machen. Die Gedanken rasten so schnell durch ihren Kopf, dass ihr schwindelig wurde. Terry hatte recht. Es war besser, nachzudenken und ein wenig Schlaf zu bekommen. Alles andere konnte bis morgen warten.

Sie erreichten wieder das Buschland, an dem sie schon bei Tag vorbeigefahren waren. Es wurde dunkler, als die Bäume den Großteil des Himmels verdeckten. Sie kamen an einer Art Lichtung vorbei, die verwunschen im Mondlicht schimmerte. Plötzlich bremste Terry so abrupt, dass Marie nach vorne geschleudert wurde.

»Heyyy …«, rief sie und presste den Korb mit dem Joey fest an sich. »Was soll das?«

Terry antwortete nicht. Er riss die Tür auf und lief um das Auto. Marie schloss die Augen. Auf den Moment hatte sie gewartet, es war nur eine Frage der Zeit gewesen.

»Du hast nicht …«, scholl es zu ihr nach vorne. Sie schnallte sich ab, stellte den Korb in den Fußraum vor ihren Sitz und schritt zu Terry.

Mit fester Stimme sagte sie: »Doch. Und das ist auch gut so.«

»Was willst du denn mit dem? Les wird außer sich sein. Das ist Diebstahl.«

»Ich glaube nicht, dass Les deswegen zur Polizei gehen wird. Er steckt schon genug in der Patsche, und ich denke, das weiß er auch.«

Sie streichelte dem jungen Border Collie, den sie hinten auf der Ladefläche angebunden hatte, das dreckverkrustete Fell. Der Kleine war fast noch ein Welpe und hatte riesige Pfoten, die nicht zum Rest seines Körpers passten. Die Decken, unter denen sie ihn versteckt hatte, waren zur Seite gerutscht, sodass Terry ihn im Rückspiegel entdeckt hatte. Der Hund wedelte freudig mit dem Schwanz und versuchte, sie abzulecken.

Terry schüttelte den Kopf. »Du machst Sachen.«

»Schau ihn dir doch an. Total verfloht, eine entzündete Wunde, weil das Halsband zu eng war, und halb verhungert. Der hätte bei Les bestimmt nicht lange überlebt. Außerdem hatte er riesigen Durst. Er war in seine Kette verwickelt, und als ich ihm Wasser gegeben habe, hat er so viel getrunken, als hätte er tagelang nichts mehr bekommen. Les wird gar nicht merken, dass er weg ist.«

»Doch, das wird er. Und es beantwortet nicht meine Frage: Was um alles in der Welt willst du mit ihm machen?«

Marie schwieg. Sie wusste es nicht. So weit hatte sie nicht gedacht. Ihr war nur klar gewesen, dass sie den Collie nicht in Les' Obhut zurücklassen konnte. Und auch wenn das keinen Sinn ergab, irgendwie fand sie, sie war es Lena schuldig.

»Hm«, murmelte sie. Normalerweise ließ sie sich nicht zu Kurzschlussreaktionen hinreißen, und zu illegalen Handlungen sowieso nicht. Was war nur mit ihr los?

»Egal. Da reden wir auch morgen drüber.« Er sah sich um. »Hier ist es gut. Windgeschützt und genug Platz. Ich baue uns ein Lager auf.«

Er holte eine Thermoskanne, ein Handtuch und einen großen Behälter mit Flüssigseife hervor. »Hier. Du kannst in der Zwischenzeit den Wadenbeißer waschen. Ich habe keine Lust auf Flöhe. Und sieh zu, dass er nicht wegläuft. Den finden wir hier nie wieder.«

Marie machte sich ans Werk. Sie schäumte den Kleinen so gut ein, dass er aussah wie ein Schaf. Er ließ es sich gefallen, nur als sie seinen Hals berührte, jaulte er und entzog sich ihr. »Ist gut, ich geh da nicht ran.«

Der Collie hatte eine lange Schnauze und intelligente braune Augen. Mit etwas liebevoller Pflege konnte er ein hübsches Tier werden. Und er schien zu verstehen, dass Marie ihm nur Gutes wollte.

Die Sterne leuchteten hell über ihr, so hell, wie sie es noch nie gesehen hatte. Es waren nicht nur schwache Punkte in der Nacht, sondern funkelnde Diamanten auf dunklem Samt.

Terry hatte aus einer Plane eine Art Zeltdach gebaut. Darunter lagen sein Schlafsack und mehrere Decken. Mit geübter Hand entfachte er daneben ein Lagerfeuer.

Marie rubbelte den Collie trocken und beobachtete Terry, der sich vor sein Feuer gesetzt hatte und an einem Kupferkessel herumwerkelte. Im Licht der lodernden Flammen wirkte das Bild wie eine Szene aus einem kitschigen Hollywood-Western.

Sein Cowboyhut, die spitzen Lederstiefel, seine markanten Gesichtszüge, das alles war beinahe surreal und wie aus einer anderen Zeit. Trotz der Ereignisse der letzten Stunden überkam sie eine tiefe innere Ruhe. Es war ein schöner Anblick und ein magischer Moment. Sie konnte nicht sagen, dass sie sich so etwas schon immer gewünscht hatte, aber nun, da sie in den Genuss kam, den Abend mit einem australischen Haudegen am Lagerfeuer zu verbringen, würde sie es auskosten und genießen.

Bald kochte das Wasser im Kessel und Terry reichte Marie eine dampfende Tasse. Der Tee roch stark nach Kräutern. »Geheimrezept von meinem Großvater«, sagte er. Marie kostete einen Schluck und spuckte den Tee fast wieder aus, so bitter war er. »Interessant …«, setzte sie an. »Was ist drin?«

»Sagte ich doch, Geheimrezept. Mein Großvater hat all seine Tees und auch seine Medizin selbst hergestellt. Ist sehr gesund, hilft gegen Erkältung, Stress und Unausgeglichenheit.«

Vorsichtig nippte Marie an der Tasse und nahm noch einen Schluck. Na, gesund schmeckte es schon. Aber das war halt nicht gleich lecker.

»Ich dachte, ihr Australier trinkt vor allem schwarzen Tee.«

»Mein Großvater war Aborigine. Also zumindest zur Hälfte. Seine Mutter war Aborigine, mein Urgroßvater war wohl weiß, das ist aber unbekannt.« Er zögerte und dieser Augenblick reichte für Marie aus, um zu verstehen, dass dahinter wohl keine so schöne Geschichte steckte. Sie erinnerte sich an Geschichten von Vergewaltigungen und Verschleppungen der australischen Ureinwohner.

»Ich habe viel von ihm. Ich habe zwar keine dunkle Haut, aber in meinem Herzen bin ich auch ein Teil des Landes und stehe meinen Urahnen nahe. Das binde ich nur nicht jedem auf die Nase.« Stolz fügte er hinzu: »Mein genetisches Erbe ist mir wichtig und ich hatte das Glück, viel zu lernen, weil ich mich von klein auf zu den lokalen Aborigines-Stämmen hingezogen fühlte. Ich kenne alle Geschichten. Möchtest du ein paar hören?«

Marie bejahte. Der Collie hatte sich eng an sie gekuschelt und der Tee fing an, sie von innen heraus zu wärmen. Gespannt lauschte sie Terrys Worten. Er hatte eine tiefe Stimme, die gut zu seinem rauen Äußeren passte.

»Diese Geschichte kommt nicht vom Stamm meiner Urgroßmutter, sondern aus dem Nordwesten. Sie handelt von der Herkunft des Feuers. Siehst du dort oben am Himmel das Kreuz des Südens?«

Terry zeigte auf eine Ansammlung von Sternen, die ein Kreuz bildeten. Das kannte Marie bereits von zahlreichen Abbildungen und natürlich von der australischen Flagge.

»Dort oben am Himmel, nahe dem Kreuz des Südens, lebten zwei Brüder namens Kanbi und Jitabidi. Sie waren die Einzigen im Universum, die Feuer besaßen. Eines Tages gingen die beiden herunter zur Erde, um zu jagen. Sie legten ihre Feuerstöcke ab und machten sich auf den Weg, um Possums zu suchen. Nach einer Weile fingen die Feuerstöcke an, sich zu langweilen. So spielten sie miteinander im trockenen Gras und im Geäst eines Baumes. Durch ihre Reibung entstand ein Buschfeuer und das zog die Menschen an.«

Während Terry die Geschichte erzählte, schaute Marie in die Flammen. Sie knisterten leise und ab und an stoben ein paar Funken auf. Ihre Welt zu Hause, die Arbeit in der Praxis bei Dr. Ahmed, ihre Freunde und Norbert – alles schien viel weiter als nur einen Flug entfernt. Sie fühlte sich in eine andere Zeit versetzt, in der die Menschen im Einklang mit der Natur lebten, in der digitale Armbanduhren und Klimaanlagen unbekannt waren.

»Kanbi und Jitabidi nahmen die Feuerstöcke an sich und verschwanden wieder im Himmel. Aber die Menschen nahmen einen brennenden Ast mit in ihr Lager und hatten von nun an

Feuer. Das Feuer, das vorher nur Kanbi und Jitabidi vom Kreuz des Südens gehört hatte.«

Ein Schauer rann Marie über den Rücken. Die Legende gefiel ihr und hier, unter dem weiten Sternenhimmel, fühlte sie sich echt an.

Terry setzte zu einer neuen Geschichte an. Dieses Mal ging es um die Entstehung des Didgeridoos. Es war toll, ihm zuzuhören. Sein starker australischer Akzent und die ruhige Art, mit der er die Geschehnisse vortrug, lullten Marie ein und sie wurde müde. Es war ein langer Tag gewesen. Erst das Warten in der Lobby, die lange Fahrt, das Treffen mit Les und nun der spontane Abend am Lagerfeuer. Daran würde sie sicherlich noch lange zurückdenken.

»Das war schön. Kannst du denn Didgeridoo spielen?«, fragte sie Terry, als er fertig war. Das Feuer war heruntergebrannt und glomm vor sich hin.

»Klar. Ich zeige es dir, falls sich Gelegenheit dazu bietet.« Er legte etwas Holz nach und bald züngelten wieder Flammen auf.

Der Collie drückte sich fest an Marie und versuchte, unter ihre Decke zu kriechen. Sie hob einen Zipfel hoch und der Hund verschwand darunter.

»Er braucht einen Namen.« Terry wies auf die wogende Decke. Der Collie drehte sich gerade um sich selbst, um eine gute Schlafposition zu finden. »Nenn ihn doch Stiefel. Weil er einen weißen Stiefel hat.«

»Nee.« Was war das denn für ein Name? Marie fand, dass das keine gute Wahl für einen kleinen Hund war. »Was ist das Aborigine-Wort für Freund?«

»Nun, bei den Yugara, das ist der Volksstamm, der um Brisbane herum lebte, heißt Freund ›Yuingin‹.«

»Das kann ich mir nicht merken«, antwortete sie kleinlaut. Sie schaute sich um und betrachtete den Himmel. »Hm. Sterne, Licht, Nacht … Was heißt Mond bei den Yugara?«

»Gillen.«

»Gillen.« Das hatte einen guten Klang. »Das gefällt mir. Er soll hier im Mondlicht Gillen getauft werden. Das ist ein achtbarer, starker Name.«

»So soll es sein. Es ist gut, wenn Namen eine Bedeutung haben.« Er sah Marie nachdenklich an. »Du bist eine erstaunliche Frau. So jemanden wie dich habe ich noch nie getroffen.«

Marie wurde rot und hoffte, dass man es im Feuerschein nicht sah. So ein Kompliment hatte sie schon viele Jahre nicht mehr gehört. Es tat gut. Terry schien in Ordnung zu sein. Trotz all ihrer Unterschiede verstanden sie sich auf einer Ebene, die gelöst war von ihren Kulturen, ihren Erfahrungen und ihrer Erziehung.

Langsam brannte das Feuer herunter. Terry fragte sie, ob sie auch Geschichten aus ihrem Volk kenne und Marie erzählte ein Märchen der Gebrüder Grimm: Das tapfere Schneiderlein. Terry hörte gespannt zu. Nur als Marie erwähnte, dass das Schneiderlein stolz darauf war, sieben Fliegen auf einen Streich erschlagen zu haben, lachte er und meinte: »An heißen Tagen schafft man das hier draußen schon, wenn man nur seine Kaffeetasse abstellt. Hier können Tausende von Fliegen um einen herumschwirren.«

Später trat er das Feuer aus und sie legten sich schlafen. Terry bestand darauf, dass sie seinen Schlafsack nahm. »Es wird kalt hier draußen und ich bin das gewöhnt«, behauptete er. »Ich habe eine dicke Haut.«

Marie nahm das Angebot dankbar an und verkroch sich tief in dem Sack. Er war warm und kuschelig. Terry rollte sich in eine Decke und legte sich in einigem Abstand zu ihr hin. Es dauerte eine Weile, bis Marie einschlafen konnte. Die Sterne über ihr funkelten hell und schienen Geschichten aus der Traumzeit zu erzählen. Und der Mond, nun Namensgeber für Gillen, schien sie wissend anzuschauen, als hätte er eine Vorahnung für die Abenteuer, die sie hier noch erwarteten.

Kapitel 5

»Was sollte das eigentlich heißen: ›Die Deutschen machen keine halben Sachen‹?«, fragte Marie. Dabei kaute sie auf einem Stück Gebäck herum, das sie eben in einer Bäckerei erstanden hatte. Es schmeckte ganz okay, aber lecker war etwas anderes.

Die Bäckerei war alt und wenig einladend gewesen. Man betrat sie durch einen Plastikvorhang, der schon bessere Zeiten gesehen hatte. Das Thekenglas schimmerte fettig, die Auslage war lieblos arrangiert. Es gab Brötchen, Weißbrot und Meat Pies. In einer Ecke lag eine halb in sich zusammengefallene Blätterteigtasche. Sie war trocken und krümelig. An einer Ecke quoll eine grüne Masse heraus, wahrscheinlich Spinat.

»Ist das frisch?«, fragte Marie und deutete mit dem Zeigefinger auf das traurige Gebäck. Die Verkäuferin beugte sich gelangweilt nach vorne und schaute in die Vitrine. Sie zuckte mit den Schultern und antwortete: »Hmm. Yeaaah, ich kann es ihnen aufwärmen.« Marie verging der Appetit, aber ihr Magen knurrte und sie tippte etwas weiter links auf das Glas: »Na gut, ich nehme lieber dieses Teilchen mit Sahne hier.« Das Teilchen sah aus wie ein frittierter Hotdog, aber in süß. Mit Zuckerstreuseln, Sahnefüllung und einem Streifen Marmelade. Sie zögerte kurz. »Ist das heute zubereitet?« Die Verkäuferin griff den Hotdog mit einer Zange und steckte ihn kurzerhand in eine Tüte, ohne zu beachten, dass die Sahne dadurch zermatschte. »Heute nicht, aber ich habe die Sahne erst gestern reingemacht.« Marie schloss die Augen für einen Moment. Das entsprach nicht ganz ihren Vorstellungen von Hygiene und Lebensmittelsicherheit. Trotzdem zahlte sie den süßen Hotdog artig und nahm die Tüte.

Nun saßen sie auf einer Bank in einem Park und schauten auf einen der seltenen Weiher in der ansonsten trockenen Region. Auf dem Wasser schwammen Enten, ganz wie Marie es aus Deutschland kannte. Sie spürte einen Hauch von Heimweh aufkeimen, brach ein paar Krumen ab und warf sie den Enten hin. Die stürzten sich darauf und kämpften um die Leckerbissen. Den Enten schmeckte das Gebäckstück wohl besser als ihr. Sehnsüchtig dachte sie an ihre Herzbäckerei in Karlsberg, in der noch selbst gebacken und alles liebevoll präsentiert wurde.

Terry streckte die Beine aus und ließ sich tiefer auf die Bank gleiten. Er schien nicht zu bemerken, wie ernst Marie die Frage war. »Na, die Deutschen sind doch für ihren Perfektionismus bekannt. Deutsche Gründlichkeit, deutsche Sauberkeit.«

Marie holte tief Luft. »Nun, so kann man es auch sehen«, brachte sie diplomatisch hervor. »Aber das ist ein Stereotyp, nicht alle Deutschen sind so.«

Zu diesem Thema hätte sie noch viel sagen können, aber jetzt gab es Wichtigeres zu erledigen. Zum Beispiel Lena. Sie musste sich schnell etwas einfallen lassen. Bereits viermal hatte sie Lena erfolglos angerufen. Es klingelte immer ein paar Mal, dann ging die Mailbox dran und Lena verkündete mit schwerem deutschem Akzent: »Hi, this is Lena, I am currently not available but I am happy to call you back. Please leave your name and number.« BEEP. Marie hatte keine Nachrichten hinterlassen.

Gedankenversunken zerpflückte sie den Rest des sahnigen Hotdogs und warf die Krümel den Enten zu. Mittlerweile hatte sich eine ganze Traube von Enten vor ihr versammelt, die aufgeregt quakten. Sie hatte Lena dazu erzogen, Enten nicht zu füttern, weil es ungesund für sie war. Kurz bekam sie ein schlechtes Gewissen, das aber sofort wieder verflog, weil die Sorge um Lena überwog. Ihr kam eine Idee und sie tippte die Nachricht: »Lena, es gibt einen NOTFALL. Du musst mich unbedingt anrufen. SOFORT.« Wenn Lena nicht ans Telefon gehen wollte, musste sie es auf die harte Tour versuchen. Nach einer Minute klingelte ihr Handy tatsächlich und Lenas Nummer erschien auf dem Bildschirm. Marie guckte ungläubig auf das Display. Schnell nahm sie das Gespräch an und schrie fast ins Telefon. »Lena, wo zum Geier steckst du?«

»Hallo, Mama? Was ist los?«, fragte Lena verwirrt. »Ich …« Weiter kam sie nicht. Marie fiel ihr ins Wort. »Ich will sofort wissen, wo du bist und warum du nicht mehr auf Les' Farm bist. Und auch, ob es dir gut geht und warum du mir nicht Bescheid gesagt hast.«

»Okay.« Lenas Stimme klang etwas abgehackt, anscheinend hatte sie kein gutes Netz. »Ist ja gut, Mama. Ich … also, warte erst mal. Was gibt es denn für einen Notfall?«

»DICH. Du bist der Notfall. Was ist bei Les passiert und wo steckst du? Antworte mir sofort.«

»Oh. Okay.« Lena klang ehrlich überrascht. »Woher weißt du, dass ich nicht mehr auf der Melonenfarm bin?«

»Ich war bei Les, um nach dir zu sehen. Weil ich wusste, dass etwas nicht stimmt. Und anscheinend hatte ich ja auch recht damit.«

»Du warst … was?«

»Du hast mich genau verstanden. Ich bin nach Australien geflogen. Weil ich beunruhigt war. Und nun stehe ich hier wie ein Depp, aber keine Lena weit und breit.«

»Bist du noch bei Les? Was hat er gesagt?«

»Nicht viel. Das ist vielleicht eine heruntergekommene Bude, in der dieser Widerling lebt. Hat er dir was getan?«

»Äh. Nein.« Lena fing an zu schluchzen. »Ach, Mama, es war einfach nur schrecklich. Ich musste da weg. Es war … zu viel. Den ganzen Tag nur Melonen schleppen. Zehn Stunden lang. Es war so schwer. Es wurde tagsüber brüllend heiß und nachts habe ich gefroren, weil es nur dünne Wolldecken gab, und die rochen alle nach Mäusekot. Und wir wurden nach Kisten bezahlt und weil ich so langsam war, habe ich kaum was verdient.«

Lena putzte sich die Nase und setzte wieder an. »Alles tat mir weh, jeder einzelne Knochen, und ich wurde krank. Hab mich aber nicht getraut, das zuzugeben, und habe einfach weitergearbeitet. Ich konnte kaum noch stehen und habe immer mehr Pausen gemacht. Was hätte ich auch sonst machen sollen?«

»Zum Beispiel deine Mutter anrufen?«, antwortete Marie schärfer als beabsichtigt.

»Ja, aber du hättest dir zu viele Sorgen gemacht und ich wollte das alleine regeln. Auf der Farm gab es noch andere Arbeiter, die kamen und gingen. Und irgendwann kam jemand vorbei, der mir von einem anderen Job erzählte, der einfacher und besser bezahlt sei. Da habe ich morgens heimlich meine Koffer gepackt und bin gegangen.«

»Hat Les dich bedroht?«

»Nein, das nicht. Er war nur nicht besonders nett. Und ich … ich wollte einen Konflikt mit ihm vermeiden. Aber ich habe ihm eine Nachricht dagelassen, damit er nicht die Polizei ruft.« Ihre Stimme fing sich wieder etwas. »Aber Mama, ich kann das echt nicht glauben, dass du wegen mir nach Australien geflogen bist. Das ist doch sonst nicht deine Art.«

Jetzt wurde Marie auch ganz weinerlich zumute. »Ach, Süße. Ich habe doch nur dich. Und ich musste einfach sicherstellen, dass dir nichts zugestoßen ist. Auch wenn ich weiß, dass du Überraschungen hasst.«

»Nein, das ist in Ordnung, Mama.« Ein kurzes Schweigen, dann folgte ein leiseres: »Und danke. Ich weiß das zu schätzen.«

»Wo steckst du denn jetzt?«

»Auf einer Farm etwas weiter westlich von Chinchilla. Bei Roma.« Es knisterte in der Leitung. »Es ist schön hier, Mama. Ich habe mich auskuriert und mir geht es wieder gut. Und die Leute hier sind sehr nett. Hier ist es so, wie ich es mir vorgestellt habe. Bis auf …« Sie brach abrupt ab.

»Ja?«

»Nein, schon gut. Eigentlich ist alles super hier.«

»Bitte sag mir die Wahrheit, Lena. Nicht flunkern. Auch keine Notlügen! Zwischen uns beiden gibt es doch keine Unwahrheiten.«

»Ich sag nur Weihnachtsmann, Osterhase, Zahnfee.«

»Lena!«

»Ja«, maulte Lena kleinlaut. »War nur Spaß. Es ist alles wieder in Ordnung, Mama.« Ihre Stimme wurde etwas leiser. »Bitte, Mama. Vertrau mir.« Sie erzählte nun von der neuen Farm. Ihre Unterkunft lag im Haupthaus bei der Familie, es wurde gemeinsam gegessen und die Arbeit als Haus- und Hofhilfe war viel weniger anstrengend als das Melonenschleppen. Lena kehrte den Hof, fütterte die Tiere, füllte Wassereimer nach und wusch die Autos. Sie half der Farmersfrau beim Essen machen und im Haushalt. Marie hörte aufmerksam zu. Es fiel ihr schwer, zu glauben, dass Lena all das konnte – zu Hause schaffte sie es kaum, ihr eigenes Bett zu machen. »Es gibt hier Kühe auf der Farm und sogar Pferde«, schwärmte Lena. Marie wurde wieder skeptisch. Das klang alles sehr nett, aber ein mütterlicher Instinkt verriet ihr, dass dies nicht die ganze Wahrheit war. Lena mochte es wieder gut gehen, aber sie verbarg etwas vor ihr.

»Wir fahren heute den ganzen Tag durch und sind am Abend bei euch.«

»Nein! Also ich meine, nein, das geht nicht. Wir sind momentan unterwegs, um ein paar Zäune zu reparieren. Weit draußen. Ist ein Zufall, dass ich hier Netz habe.«

»Ich dachte, du bist auf der Farm?«

»Ja, normalerweise schon. Nur diese Woche halt nicht. Wie lange bist du denn in Australien? Können wir uns in genau einer Woche treffen? Dann bin ich wieder zurück und treffe mich gerne mit dir Mama. Ich freue mich, dir hier alles zeigen zu können.«

Marie brummte etwas vor sich hin. Die Sache gefiel ihr gar nicht.

»Was?«, fragte Lena.

»Ich sagte, geht es nicht auch vorher?«

»Nein, tut mir echt leid, Mama. Ich kann die anderen schlecht bitten, alles stehen und liegen zu lassen, nur um mich zurückzubringen. Der Zaun ist wichtig, weil da eine ganze Herde Rinder durchgetrampelt ist und der muss jetzt an der gesamten Grundstücksgrenze erneuert und verstärkt werden.«

»Hm.«

»Es tut mir leid«, wiederholte Lena. »Ich kann hier gerade echt nicht weg. Schau dir doch solange die Gegend an, wenn du schon mal hier bist. Es ist wirklich sehr schön hier. Vielleicht zeigt dir dieser Farmer ja auch ein wenig die Landschaft.« Marie hatte erwähnt, dass sie mit Terry unterwegs war.

»Okay. Das ist ein Deal. In einer Woche auf deiner neuen Farm. Ohne Ausreden und Wenn und Aber. Ich freue mich auf dich! Und bitte, pass gut auf dich auf.«

»Klar doch, Mama. Ich hab dich lieb. Genieß deinen Urlaub. Bis dann, ich melde mich morgen wieder bei dir.« Lena klang um einiges gelöster als zu Beginn des Telefonats. Und auch der dicke Kloß in Maries Hals war verschwunden.

Trotzdem konnte sie sich nicht vollkommen entspannen, etwas lag zwischen ihr und ihrer Tochter, sie konnte es deutlich spüren. Ein Puzzleteil fehlte. Sie verabschiedete sich und legte auf.

Sie hatte Lena verschwiegen, dass Hildegard auch in Australien war. Das würde ihre Tochter noch früh genug herausfinden und es würde sie bestimmt freuen. Lena mochte ihre resolute Oma. In diesem Gespräch wäre das aber eine Neuigkeit zu viel gewesen.

Erwartungsvoll blickte sie zu Terry hinüber. Der hatte beide Arme ausgebreitet und auf die Rückenlehne der Bank gelegt. Seine Augen waren geschlossen, er sah entspannt aus. Marie pikte ihn vorsichtig in die Seite. Terry öffnete die Augen. »Puh. Das war ein hartes Gespräch«, sagte sie.

Terry sah sie schweigend an. Marie runzelte die Stirn. »Warum sagst du gar nichts?«

»Ich spreche kein Deutsch. Keine Ahnung, was ihr besprochen habt.«

»Ups. Ganz vergessen.« Sie klärte Terry auf. »Und nun habe ich eine ganze Woche, die ich irgendwie rumbringen muss. Wenn du mich vielleicht einfach in der nächsten Stadt absetzt, dann nehme ich einen Bus und fahre zurück nach Brisbane. Von dort aus kann ich mir einen Mietwagen nehmen und etwas herumfahren. Ich würde mir gerne die Stockmans Hall of Fame in Longreach anschauen und vielleicht auch Cairns. Irgendetwas wird mir schon einfallen.«

Sie musste wieder an den Stein in dem Beutel denken, den sie mit sich herumtrug. Nadide hatte Tränen in den Augen gehabt, als sie ihr den Stein überreicht hatte. »Erzähl bloß niemandem davon, die halten mich doch alle für verrückt«, hatte sie Marie gebeten. Vielleicht konnte sie sich in der Woche um den Stein kümmern, überlegte sie.

»Das ist sehr umständlich«, riss Terry sie aus den Gedanken.

»Oh, entschuldige, ich möchte dir keine Umstände bereiten. Ich weiß nur nicht, wie ich von hier allein wegkomme.« Marie verkrampfte sich. Sie hätte nicht damit gerechnet, dass Terry sie hier mitten im Nichts stehen lassen würde. Eine Welle der Enttäuschung brach über sie herein. Im Outback ausgesetzt zu werden, das hatte ihr gerade noch gefehlt.

»Nein, das meine ich nicht. Es ist umständlich, erst nach Brisbane zurück und von dort aus wieder loszufahren. Da verlierst du locker zwei Tage. Ich habe eine bessere Idee«, unterbrach Terry ihre Gedanken. Er erzählte ihr, dass er gerade einen Teil seiner Rinder verkauft hatte und sich ohnehin eine Auszeit nehmen wollte. Sie entspannte sich wieder. »Ich habe in den letzten vierundzwanzig Monaten hart gearbeitet, jeden Tag von morgens bis abends, eine Pause wäre mir gerade recht. Ende des Jahres kommen neue Rinder rein und vorher müssen alle Zäune repariert, Dämme aufgeschüttet, Windmühlen gewartet und Wassertanks gereinigt werden. Die Schufterei geht früh genug wieder los.«

Bei diesen Worten geriet Marie ins Träumen. Klar, Terry sprach von harter Landarbeit und sie wusste genau, wie mühsam diese war. Aber trotzdem, bei den Worten »Rinder«, »Zäune«, »Windmühlen« und »Wassertanks« erschienen wundervolle Outback-Bilder vor ihrem inneren Auge. Ein Hauch von Nostalgie und Romantik umwehte diesen Gedanken. Als Kind hatte sie auf einem nahe gelegenen Bauernhof zweimal die Woche Milch geholt. In einer großen Metallkanne. Die Kühe, der Stallduft, der Bauer in seinen riesigen Gummistiefeln, die Erinnerung kam in ihr hoch, als sei es erst gestern gewesen. Damals hatte sie davon geträumt, später einmal Landwirtin zu werden.

»Wenn du möchtest, fahren wir die Woche gemeinsam herum. Ich kann dir ein paar schöne Ecken zeigen und es gibt auch einiges, was ich mir selbst gerne anschauen würde. Ich komme viel zu selten raus.«

»Oh, das wäre wundervoll. Ich würde mich sehr freuen, wenn ich nicht allein die Gegend erkunden müsste«, entgegnete Marie. *Und nicht auf der falschen Straßenseite Auto fahren müsste*, führte sie den Satz in Gedanken fort. Darauf konnte sie gerne verzichten.

»Und das geht auch … für den Rest deiner Familie in Ordnung?«

»Wie? Ja, natürlich, warum sollte Lena was dagegen haben?«

»Das meinte ich nicht. Nicht Lena, sondern ihr Vater.«

»Norbert?«

»Ja, dein Mann. Der wird sich doch sicher wundern, wenn du mit einem unverheirateten Mann losziehst, oder?«

Marie lachte auf. Daher wehte der Wind also. »Darüber mach dir mal keine Sorgen. Norbert und ich sind seit vielen Jahren getrennt. Wir waren auch nie verheiratet.«

»Oh, okay. Dann sind wir also beide unverheiratet.«

»Ja.«

Ein kurzer Moment der Stille trat ein. Marie wurde rot, als ihr klar wurde, auf was sie sich da einließ. Aber Terry war bisher sehr anständig gewesen und hatte weder irgendwelche Annäherungsversuche gestartet, noch sonst irgendwie mit ihr geliebäugelt. Und warum sollten Männer und Frauen nicht einfach befreundet sein können? Nur weil sie beide Singles waren, musste man ja nicht gleich miteinander in die Kiste steigen. Dennoch, tief in sich drin hörte sie, wie Hildegard ihre Entscheidung kommentierte und kritisierte. Sie beschloss, die Stimme zu ignorieren.

»Wie weit ist es von hier bis zum Ayers Rock?«, fragte Marie. Nadide hatte ihr Fotos gezeigt, auf denen der rote Felsen mystisch im Sonnenaufgang leuchtete und das Alte mit dem Neuen verband. Die Türkin hatte vor vielen Jahren, lange, bevor sie Dr.

Ahmed kennenlernte, diesen heiligen Ort besucht. Und Marie hatte selbst schon viel über den sagenumwobenen Felsen im Herzen Australiens gelesen.

Sie wusste um die spirituelle Verknüpfung mit den Ureinwohnern und die isolierte Lage in der Wüstenlandschaft – das war der Stoff, der jede Australiendokumentation zu einer Quelle des Fernwehs machte. Es war das Wahrzeichen Australiens schlechthin. Selbst Marie, die vor ihrer Abreise nie ein großer Down-Under-Fan gewesen war, hatte sich schon mal vorgestellt, wie es wäre, die Sonne hinter dem Felsen aufgehen zu sehen und zu beobachten, wie das Licht sich spielerisch in seinen Spalten brach. Aber natürlich hatte sie noch andere Gründe. Der kleine Stein in dem Beutel belastete sie. Immer wenn sie ihn hochhob, spürte sie ein dringendes Bedürfnis, seine Mission zu erfüllen. Nadide hatte am Ayers Rock ein Sakrileg begangen – sie hatte den kleinen Stein am Fuß des Berges eingesammelt und heimlich mit nach Hause genommen. Nadide wusste, dass es in den Augen der Aborigines ein Sakrileg war, aber erst Jahre später erfuhr sie von der Bedeutung ihrer Tat: Es heißt, wer einen Stein vom Ayers Rock mitnimmt, den erwartet schreckliches Unglück. Nadide war zwanzig Jahre jünger als Dr. Ahmed und hatte sich immer Kinder gewünscht. Bisher hatte das nicht geklappt und sie schrieb dieses Unglück dem Stein zu. Nun lief ihre Zeit ab und es würde nicht mehr lange dauern, bis sie in die Wechseljahre kam. Sie hatte Marie nahezu angefleht, den Stein wieder zu dem Berg zurückzubringen. Denn es hieß, dass die Vereinigung eines gestohlenen Steines mit dem Berg das Unglück wieder aufhob. Nadide war Muslim und wollte nicht, dass Dr. Ahmed von dem Stein erfuhr. Marie hatte ihr versprechen müssen, dass es ihrer beider Geheimnis blieb.

Terrys Reaktion war anders als erwartet. »Der Ayers Rock heißt bei den Aborigines Uluru. Er ist heilig und gehört zum Land der Anangu. Ich mag es nicht, wie Tausende von Touristen dorthin reisen, ohne zu wissen, wie er mit dem Land verknüpft ist. Sie machen Fotos an heiligen Stätten und sie … rauben dem Ort die Seele. Da führe ich dich nicht hin. Ich kann dir andere Orte zeigen.«

Hui, immer locker bleiben, dachte Marie, die von Terrys Belehrung überrascht war und sich von ihm zu Unrecht verurteilt fühlte. Sie spürte, wie sich in diesem Moment eine Kluft zwischen ihnen auftat, ein Abgrund, der ihre Unterschiede untermalte und nur schwer zu überbrücken war. Terry sah nicht aus wie ein Ureinwohner und er trug gewöhnliche Kleidung – es war leicht zu vergessen, dass er einen anderen Bezug zum Land hatte als sie. Für ein paar Sekunden war sie schockiert, doch dann überlegte sie, dass seine Ehrlichkeit auch ein Zeichen von Freundschaft sein konnte. Vielleicht hätte er das nicht zu jedem gesagt. Gegenüber anderen Menschen hatte sie ihn eher förmlich und kurz angebunden erlebt. Da wurde über das Wetter, Tiere und Sport geredet.

Sie wollte keine Barriere zwischen sich und Terry und sah ihm in die Augen, als sie sagte: »Schade, der Ort hätte mich wirklich interessiert. Aber wenn es dir nicht recht ist, können wir gerne woanders hinfahren. Was würdest du denn vorschlagen?« Um ihrer Enttäuschung entgegenzuwirken, ließ sie die Hand in die Tasche gleiten, um den roten Stein zu berühren. Er war rund und glatt und trotz seiner geringen Größe strahlte er eine Kälte aus, als hätte er den morgendlichen Wüstenschatten der letzten Jahrtausende in sich gespeichert. Sie nahm sich fest vor, ihre Mission zu erfüllen, aber zu einem späteren Zeitpunkt. Und ohne Terry.

Terry ging zum Auto und holte ein paar Sachen. Das eine war der Beutel mit dem kleinen Känguru. Das andere war eine zerknitterte Broschüre, die schon bessere Zeiten gesehen hatte. Das Titelbild zeigte ein Rennpferd, auf dem ein zierlicher Jockey thronte.

»Am Wochenende findet in Charleville ein Pferderennen statt. Ich hab ein paar Geheimtipps für die Favoriten. Das würde ich mir gerne ansehen. Wäre das was für dich?«

Marie hatte Pferderennen bisher nur im Fernsehen gesehen, wenn sie beim Zappen den Sportkanal erwischte. Für sie war das eine völlig neue Welt, und sie hatte keinen blassen Schimmer, wie so ein Pferderennen ablief. Die Abenteuerlust in ihr war geweckt.

»Gerne«, sagte sie fest und ließ sich ihre Unwissenheit nicht anmerken. »Das klingt interessant. Wie weit ist es bis dahin?«

»Nur fünf bis sechs Stunden, wenn wir direkt fahren. Aber ich schlage vor, wir nehmen kleinere Straßen und schauen uns auf dem Weg dorthin etwas um. Es gibt auch noch etwas anderes, das ich dir eventuell zeigen könnte.« Er musterte sie und kratzte sich am Kinn. »Mal sehen.«

Er wiegte das Känguru-Joey in seinen Armen. »Und den kleinen Racker hier, den kann ich dort auch gut unterbringen. Der Cousin eines Nachbarn von mir, dessen Vater lebt in Charleville. Ist besser, als wenn ich ihn hier im Auto mit rumschleppe. Schließlich soll die Kleine mal in die Wildnis entlassen werden, und sie gewöhnt sich sonst zu sehr daran, mit mir abzuhängen.«

»Die Kleine?« Marie fiel erst jetzt auf, dass sie das Geschlecht des Joeys gar nicht gewusst hatte. Wie süß, ein Mädchen. Nicht, dass Jungs nicht genauso niedlich waren. Aber durch Lena war sie nun mal auf kleine Mädchen vorgeprägt. Sie wiederholte im Kopf auch die Worte »Cousin eines Nachbarn von mir, dessen Vater lebt in Charleville«, da verknotete sich ja das Gehirn.

Sie machten sich auf den Weg und fuhren Richtung Westen. Terry vermied den Warrego Highway, der direkt nach Charleville führte, und wählte kleine staubige Straßen, die sich durch die Landschaft wanden. Marie schaute aus dem Fenster und genoss den Ausblick. Jedes Mal, wenn sich das Buschland lichtete, schaute sie auf endlose Felder oder Wiesen, die sich bis zum Horizont erstreckten. Diese Weite tat dem Auge gut, es gab wenig Fixpunkte, auf die man sich konzentrieren konnte, und das war entspannend. Terry blieb wortkarg und Marie ließ ihn in Ruhe. Vielleicht hatte er noch an ihrem Vorschlag zu knabbern, zum Uluru zu fahren, dachte sie.

Hin und wieder hoppelten ein paar Kängurus in der Ferne. Es waren nicht die großen rötlichen Kängurus, die Marie von sämtlichen Broschüren, Dokumentationen und aus dem Zoo kannte, sondern welche einer kleineren grauen Sorte, die man nur dann entdeckte, wenn sie sich bewegten. Einmal kamen sie auch an ein paar Emus vorbei, die gespannt die Köpfe reckten, als sie vorüberfuhren.

Die Landschaft veränderte sich, die Erde war nun rötlich braun und die Vegetation wurde spärlicher. Weniger große Bäume, dafür umso mehr karge Büsche und Grasstauden. Sie kamen an eine Kreuzung. Terry wurde langsamer und trommelte mit den Fingern auf dem Lenkrad. Er wählte den schmaleren Weg, der kaum noch als Straße zu bezeichnen war. Es war eine Buckelpiste mit tiefen Schlaglöchern, und der Wagen ruckelte so heftig, dass Marie jedes Mal fast aus ihrem Sitz geschleudert wurde. »Bist du sicher, dass wir hier noch richtig sind?«

»Jaja. Hier müssen wir lang.« Terry hörte ihr nur halb zu und schien ganz auf das Fahren konzentriert zu sein. Die Straße wurde noch schmaler und nun lagen auch dicke Steine herum, von denen Terry einige überfuhr. Das Auto machte dabei jedes Mal einen kleinen Satz und Marie hoffte, dass die Reifen dieser Fahrweise standhielten. Marie wiederholte ihre Frage. Es schien ihr, als würde dieser Weg im Nichts enden. Sie bemerkte, dass sie auch in eine andere Himmelsrichtung fuhren. Bisher hatten sie sich immer westlich gehalten, nun fuhren sie südlich. Das erkannte sie am Sonnenstand. Einzelne Felsen säumten den Pfad und irgendwann lag der Weg in einer Schlucht. Hohe rötliche Wände an beiden Seiten umgaben sie und es wurde merklich kälter. Terrys Finger umklammerten das Lenkrad so fest, dass die Fingerknöchel weiß hervortraten.

Auf einmal überkam Marie eine furchtbare Angst. Sie schielte zu Terry hinüber, der starr geradeaus blickte und offenbar kein Bedürfnis nach Kommunikation mehr hatte. Führte er sie wirklich nach Charleville? Bei genauerem Nachdenken wirkte Terry nicht wie jemand, der Pferderennen besuchte. Ihre Hände wurden feucht und ihr Puls ging nach oben. Auf einmal wirkte der Cowboy gar nicht mehr freundlich. Seine fest zusammengepressten Lippen, der steif durchgedrückte Rücken, ganz anders als die Stunden zuvor, in denen er relaxt auf seinem Sitz gehockt hatte. Vor vielen Jahren hatte sie sich furchtbar in Norbert getäuscht, war ihr so etwas wieder passiert? Das hatte ihr gerade noch gefehlt. Vielleicht war Terrys nette Art nur gespielt gewesen, um ihr fälschlich Sicherheit vorzugaukeln. Hatte er sie in eine Falle locken wollen?

Sie blickte auf ihr Handy – kein Netz. Terry war muskulös, in einem Zweikampf hätte sie keine Chance gegen ihn. Er konnte sie ausrauben und in eine Felsspalte werfen oder sie vergewaltigen und in einem gottverlassenen Talkessel zurücklassen. Sie hätte auf Hildegard hören sollen. Hier hatte sie keine Chance zu entkommen. Niemand konnte ihre Schreie hören und Hilfe war viele Kilometer entfernt und auch nur dann, wenn man genau wusste, in welcher Richtung sie sich befand.

Gillen lag zusammengerollt auf dem Rücksitz. Der Kleine war so lieb und harmlos, der würde sie bestimmt nicht verteidigen können. Wenn er überhaupt den Ernst der Lage verstand. Und außerdem mochte er Terry genauso sehr wie sie. *Eine Waffe, ich brauche eine Waffe*, schoss es ihr durch den Kopf. Sie blickte sich im Auto um. Kleidung, Schlafsack, Decken, ein paar Dosen. Alles nicht besonders hilfreich. Langsam öffnete sie das Handschuhfach. Papiere, eine Packung Kaugummi, das Joey. Sie schloss das Handschuhfach wieder. Das Auto ruckelte ein letztes Mal, dann stoppte es. Terry schaltete den Motor aus. »Komm mit«, sagte er, schnallte sich ab und stieg aus. Er sah sie dabei nicht an, zwischen seinen Augenbrauen stand eine Falte.

Maries Herz schlug wild. Sie fummelte an der Tür, es dauerte viel zu lange, bis sie sich öffnete. Terry schritt bereits auf ein paar Felsen zu. Marie ging langsam hinter ihm her. Gillen schlief weiter im Auto. Unauffällig bückte sie sich, als sie einen spitzen Stein sah. Sie nahm ihn und steckte ihn in ihre Gesäßtasche. Der konnte ihr gute Dienste leisten. Was immer Terry mit ihr vorhatte, sie würde kämpfen, mit Händen und Füßen. Er sollte kein leichtes Spiel mit ihr haben, und sie würde alles geben, um ihn zu verwunden. Kratzen, beißen, treten und schlagen. Und den Stein würde sie gegen seinen Kopf schlagen. Der Schweiß lief ihr die Schläfen hinunter. Eine Ader auf der Stirn pulsierte. Alles in ihr war angespannt.

Terry verschwand hinter einer Anhöhe und war außer Sicht. Jetzt war es gleich soweit. Sie spürte, dass Terry dahinter auf sie wartete. Sie schluckte einmal und atmete tief aus. Sollte sie nicht lieber schnell zum Auto zurücklaufen und versuchen, wegzufahren? Sie drehte den Kopf. Terry hatte den Wagen so geparkt, dass man zuerst ein Stück rückwärtsfahren musste, damit die Schnauze wieder Richtung Straße zeigte. Und was, wenn er den Schlüssel mitgenommen hatte? Nein, entschied sie, sie blieb hier, wo sie bereit war, zu kämpfen, ohne das Überraschungsmoment zu verlieren.

Mutig trat sie über die Anhöhe. Terry stand vor ihr, mit dem Rücken zu ihr, und beugte sich vor. Er griff etwas, hob es hoch und drehte sich um. Marie erstarrte. Fieberhaft tastete sie nach dem spitzen Stein und umklammerte ihn. Noch einen Schritt und sie würde zuschlagen.

Terrys starrer Blick war verschwunden. Im Gegenteil, er lächelte ihr fröhlich zu. Seine Augen guckten sanft, fast liebevoll. Sie war verwirrt. Das Pochen in ihrem Herzen war stark und vernebelte ihre Gedanken.

Terry blieb stehen. Sie hielt den Stein hinter ihrem Rücken fest in der Hand, bewegte sich aber nicht. Terry wirkte anders als zuvor, gelöst und ruhig.

»Schau mal«, sagte er und seine Stimme klang stolz. Seine Hände öffneten sich und Marie sah darin ein paar kleine spitze Steine liegen.

Schweiß rann ihr über die Stirn und lief ihr in die Augen, sie hatte Schwierigkeiten zu erkennen, was Terry ihr zeigen wollte. Sie versuchte, sich etwas zu entspannen. Anscheinend hatte Terry doch nichts Schlimmes mit ihr vor. Zumindest nicht in diesem Moment. Doch ihr Herz raste, wollte sich nicht beruhigen.

»Das sind Speerspitzen meiner Vorfahren«, setzte Terry an. »Sie gehören …« Weiter kam er nicht. Marie ging ein paar Schritte rückwärts, stieß an einen Felsen und ließ sich daran hinuntergleiten. Sie saß auf dem Boden und atmete schwer.

»Meine Güte, ist alles in Ordnung mit dir?« Terry ließ die Pfeilspitzen fallen und hockte sich vor sie hin. »Du bist ja kreidebleich.« Marie schloss die Augen. Das musste sie erst einmal verarbeiten. Terry zog ein Taschentuch hervor und tupfte ihr vorsichtig die Stirn ab. »Du siehst aus, als wärst du gerade einen Marathon gelaufen. Du bist doch nicht krank?«

Marie seufzte. »Das ist wahrscheinlich unwahrscheinlich … Alles gut, Terry. Mir geht es gut. Ich brauche nur eine Minute, ja?« Ihre Stimme klang hölzern und wenig überzeugend.

»Kein Problem.« Terry fächelte ihr Luft zu. Dann hielt er inne und zog vorsichtig ihren Arm nach vorne. Der spitze Stein fiel heraus. Terry hob eine Augenbraue. »Oha?« Er griff nach dem Stein. Zu ihrem Erstaunen weiteten sich seine Augen und er lächelte.

»Da warst du anscheinend schneller als ich. Das ist eine wundervolle Speerspitze.«

Marie fing sich wieder. Was für ein Schreck das gewesen war. Jetzt schämte sie sich dafür, dass sie Terry furchtbar unrecht getan hatte. Ihre Ängste hatten sie einfach überrollt. Sie atmete noch ein paar Mal tief aus und entschuldigte sich dann: »Ich glaube, das war das Wetter. Ist ziemlich schwül hier, das bin ich nicht gewohnt. Geht schon wieder besser.«

Terry nickte und half ihr auf. Er holte Wasser aus dem Auto und zeigte ihr, warum sie hier angehalten hatten. Auf der Rückseite eines Felsens waren Handabdrücke zu sehen, lehmig weiß und unterschiedlich groß. Es waren vielleicht zwei Dutzend Hände auf der gesamten Höhe des Felsens verteilt.

»Das sind die Hände meiner Vorfahren. Uralt. Anscheinend war hier ein wichtiger Versammlungsort. Schau nur, wie klein die Hände sind.« Er hielt seine Hand neben eine Felszeichnung. »Und überall liegen die Speerspitzen. Schau, wie sorgfältig die bearbeitet worden sind, richtig spitz.«

Marie wog eine Speerspitze in ihrer Hand und schaute sich um, ob sie davon noch weitere entdecken konnte. Vor ihr lagen mehrere wie zufällig liegen gelassene Steine. Keiner davon war zugespitzt. Erst bei genauerem Hinsehen entdeckte sie, dass sie eine Art Ring bildeten.

»Sieht aus wie eine Feuerstelle«, murmelte sie.

»Genau. Das hier ist für mich schöner als der Uluru. Es ist echt und unverbraucht. Von Touristen verschont und vor den Blicken Neugieriger versteckt. Ich bin mit den Ahnen verbunden und du bist mein Gast und somit willkommen.«

Terry war ganz in seinem Element. Er strahlte, als er noch ein paar Speerspitzen aufhob und sie ihr zeigte. Marie entkrampfte sich nach und nach. Was für ein faszinierender und historischer Ort dies war! Von so etwas hätte sie nicht mal zu träumen gewagt. Ihr Puls beruhigte sich, als sie sich alles genau anschaute. Terry beantwortete bereitwillig ihre Fragen. Nahe der Feuerstelle lagen ein paar Knochen, halb im Boden vergraben. Reste vergangener Mahlzeiten mutmaßte sie. Neben der Felswand befand sich eine Mulde im Boden. Terry zeigte ihr Kratzer auf der Innenseite. »Die Mulde wurde genutzt, um in ihr etwas zu bearbeiten. Vielleicht Werkzeuge.«

Wenn sie in sich hineinlauschte, konnte sie sich in die Vergangenheit hineinversetzen. Tief in ihr drin hörte sie das Knistern der Feuer, die hier entzündet wurden, und das Murmeln der Menschen, die im Kreis herumgesessen hatten. Die Bilder wurden lebendig und tanzten vor ihrem inneren Auge. Sie sah, wie das Feuer Schatten an die Wand warf, während ein paar Männer ihre Handabdrücke in den Felsen pressten. Plötzlich fühlte sie eine innige Verbundenheit mit diesen Menschen, die so nah an und mit der Natur gelebt hatten. Es war, als wäre sie direkt unter ihnen, eine stumme Beobachterin, die wie ein Geist zwischen ihnen schwebte.

Terry riss sie aus ihren Gedanken. »Ich habe diesen Ort vor vielen Jahren entdeckt und niemandem davon erzählt. Damit ihn keiner zerstört oder zur Attraktion macht. Die Regierung betoniert solche Orte gerne mit Fußwegen und Geländern und zieht dumme Gaffer an, die dann gerne ihre eigenen Hände an die Wand malen.« Er stoppte kurz und korrigierte dann: »Also nicht, dass alle Touristen dumm sind. Es ist ja prinzipiell auch eine gute Eigenschaft, wenn man sich für andere Kulturen interessiert. Nur die Zerstörung, die oft damit einhergeht, die verachte ich. Allerdings glaube ich, dass viele der Vandalen auch Australier sind. Du wärst erstaunt, wenn du wüsstest, wie viele Australier einen Hass auf Aborigines haben.«

»Ach ja? Warum denn?«, fragte Marie. Als Deutsche hatte sie eher sehr positive Assoziationen mit den Ureinwohnern

Australiens. Wahrscheinlich geprägt durch Klassiker wie »Der Traumfänger« von Marlo Morgan, in dem der Autor den Leser in die mystische Welt der Aborigines entführt und es schafft, ihn in andere Zeiten zu versetzen. Zeiten, in denen die Welt noch magisch und unschuldig war. Sie konnte sich nicht vorstellen, dass jemand ein Problem mit der reichen Geschichte des Urvolks haben könnte.

»Es gibt viele Gründe. Australier fühlen sich nicht gerne schuldig wegen der Verbrechen ihrer Vorfahren. Sie sind sehr patriotisch, und sich für ihre Geschichte schämen zu müssen, das passt nicht in ihr Konzept. Außerdem tragen manche Aborigines nicht zu einem guten Image bei … es ist, wie soll ich sagen … es ist eine Tatsache, dass es viele Probleme in den Stämmen gibt. Alkohol, Kriminalität und so weiter. Natürlich gibt es auch andere, aber das Bild, das viele Australier im Kopf haben, ist leider kein gutes.«

Marie betrachtete Terry nachdenklich. Er hatte helle Haut und sah westlich aus. Seine Gesichtszüge waren markant, aber weit davon entfernt, an das Stereotyp eines Aborigines zu erinnern. Seine Nase war gerade und nicht so flach und breit wie bei den Aborigines auf den Bildern, die sie kannte. Seine Wangenknochen waren hoch und klar definiert und sein Mund voll, aber nicht auffällig. Nur an den Haaren konnte man vielleicht noch den Einfluss seiner Urahnen erkennen: Sie waren durchzogen von grauen Strähnen, aber schwarz und leicht gelockt.

Marie wollte verstehen, wie Terry sich selbst sah und fragte: »Du hast gesagt, dass deine Urgroßmutter Aborigine war, richtig? Das heißt, du bist nur zu einem Achtel Aborigine. Und doch verstehst du dich als Aborigine?«

»Es ist nicht der Anteil des Blutes, der einen zum Aborigine macht, sondern die Denkweise und Grundeinstellung. Ich fühle mich meinen Urahnen nahe, ich versuche, einige der

Traditionen am Leben zu erhalten und treffe mich ab und zu mit den anderen in meiner Gegend. Wir spielen Didgeridoo und reden über die Traumzeit. Aber …« Er zögerte kurz, es fiel ihm nicht leicht, das zuzugeben. »Im Alltag lasse ich es mir nicht anmerken. Das schafft nur Probleme. Ich bin einfach nur Terry, der Farmer. Jeder in meiner Gegend kennt mich und weiß, dass ich ein ehrlicher Kerl bin und niemanden übers Ohr haue. Und dass meine Rinder was taugen.«

Marie gefiel diese Haltung nicht besonders. Sie fand, dass man dazu stehen sollte, wer man war und woher man kam. Allerdings konnte sie nachvollziehen, dass Terry keine Lust hatte, wegen seiner Vorfahren in Schwierigkeiten zu geraten. Und wenn das mit dem Rassismus gegenüber Aborigines stimmte, hatte Terry guten Grund, seine Haltung nicht jederzeit auf den Lippen zu tragen – es machte ihn verletzlich und angreifbar. Wahrscheinlich hatte er seine Philosophie nur für Freunde reserviert oder zumindest für Leute, die sein Vertrauen verdienten. Marie nahm sich vor, dieses Vertrauen nicht zu verletzen sich dessen würdig zu erweisen. Und Terry im Gegenzug mehr von ihrer Einstellung zur Erde, der Natur und den Menschen zu erzählen. Ein innerer Austausch sollte auf Gegenseitigkeit beruhen, fand sie.

Sie unterhielten sich noch ein wenig und ließen den Ort auf sich wirken. Terry packte alle Speerspitzen dorthin zurück, wo er sie gefunden hatte. Er schien sich jede Stelle auf dem Boden gemerkt zu haben. Nur bei dem spitzen Stein, den sie auf dem Weg zu diesem heiligen Ort aufgesammelt hatte, geriet sie in Verlegenheit. Sie konnte ihm ja schlecht sagen, dass sie ihn schon vorher an sich genommen hatte, um ihm damit eins über die Rübe zu ziehen. Kleinlaut wies sie auf eine Stelle am Rande des Lagerplatzes. »Dort«, sagte sie und hatte ein schlechtes Gewissen, dass der Stein nicht exakt an derselben Stelle lag, an der sie ihn gefunden hatte.

Sie fuhren weiter Richtung Charleville. Als der Tag langsam zur Neige ging, entschieden sie, ihr Lager am Straßenrand aufzuschlagen. Das Pferderennen war erst morgen Abend. Wenn sie den Rest der Strecke morgen auf dem Highway zurücklegten, wären sie auf jeden Fall rechtzeitig da.

An diesem Abend saßen sie schweigend vor dem Feuer. Marie hatte viel zu verarbeiten. Die Fahrt ins Ungewisse, ihre plötzliche Angst vor Terry, die ihr die Kehle zugeschnürt hatte, und letztendlich die Ankunft an der historischen Aborigine-Stätte. Gedankenversunken streichelte sie Gillen, während sie sich noch einmal alles genau vor Augen führte und sich wieder in die Welt der Aborigines entführen ließ. Das Feuer vor ihr flackerte geheimnisvoll, während sie an die Feuerstelle dachte, an der vor Tausenden von Jahren Menschen ihr Essen gekocht hatten. Sie sah die Speerspitzen vor sich und die Mulde im Boden, an der jemand gearbeitet hatte. Die Augen fielen ihr zu und im Traum wanderte sie mit diesen Menschen durch das Outback, das karg und weit vor ihnen lag. Die Gesänge der Ureinwohner und der Klang des Didgeridoos begleiteten sie durch die Nacht.

Kapitel 6

»Es ist schon interessant, wie viel bei einem Gespräch nur in unserem Kopf stattfindet. Ich meine, wir hören, was der andere sagt. Lesen seine Mimik, berücksichtigen den Kontext. Aber was er wirklich fühlt, können wir nicht wissen. Wir sind ununterbrochen dabei, das Verhalten des Gesprächspartners zu interpretieren. Nur um am Ende beleidigt zu sein, wenn uns unsere eigenen Schlüsse nicht gefallen«, sagte Terry.

Marie hatte gerade eine Anekdote erzählt. Seit einer halben Stunde bemühte sie sich, Terry mehr von den Menschen in Deutschland zu berichten. Gerade ging es darum, dass Deutsche sich gerne in die Angelegenheiten anderer einmischten – eine in Australien äußerst verpönte Eigenschaft. »Das ist nicht dein Geschäft« und »Das ist nicht deine Tasse Tee« waren hier Ausdrücke, die darauf anspielten, dass jeder seinen eigenen Weg gehen durfte und man ihn dabei in Ruhe ließ. Marie fand diesen Gegensatz interessant: Beide Extreme gefielen ihr nicht. Die Deutschen, die immer glaubten, alles kommentieren und zu allem eine Meinung haben zu müssen, waren ihr ebenso unsympathisch wie Terrys Schilderung von Australiern, die auch dann gerne mal wegschauten, wenn ein Einschreiten nach Maries Ansicht durchaus sinnvoll wäre.

»Weißt du«, meinte sie, »es ist schon erstaunlich, dass Australier und Deutsche auf den ersten Blick so ähnlich erscheinen. Und je länger ich hier bin, desto mehr sehe ich, dass es gewaltige Unterschiede in der Einstellung und Lebensart gibt.« Sie dachte kurz nach und fügte hinzu: »Ich frage mich, ob Lena das auch so gegangen ist. Sie hatte recht romantische Vorstellungen von Australien. Möglicherweise hat sie einen ordentlichen Realitätsschock durchgemacht.«

Gerade erreichten sie den Stadtrand von Charleville und Terry setzte den Blinker. Sie bogen von der Hauptstraße ab und stoppten an einem Motel. Es war ein eingeschossiges Ziegelsteingebäude mit Parkplätzen vor jedem Zimmer. Vor der Rezeption befand sich ein gepflegter Garten, in dem ein älterer Mann mit einer weiten Schürze Unkraut zupfte. Geduldig bearbeitete er auf Knien den Boden, während Terry den Wagen geschickt auf dem Vorplatz manövrierte. Marie nutzte die Gelegenheit, ihrer Mutter schnell eine Nachricht zu tippen, Hildegard sollte sich keine Sorgen machen.

Als sie ausstiegen, kam der Mann auf sie zu.

»Guten Tag, willkommen im Johnson's Motor Inn. Terry, alter Junge, schön dich zu sehen. Ich nehme an, ihr zwei wollt die Luxussuite mit Whirlpool?« Er zwinkerte Terry zu.

Terry tippte sich an den Hut. »Wie geht's, John? Wir nehmen zwei Zimmer. Du kennst mich doch, die Ladies mögen meine krumme Nase nicht.« Er grinste. »Aber dass du denkst, ich hätte bei so einer hübschen Frau eine Chance, das nehme ich als Kompliment.«

Marie schwieg. Der oft unverblümte Humor der Australier war ihr noch etwas fremd. Nur beim letzten Satz horchte sie auf: hübsche Frau? Meine Güte, das war wohl ein Kompliment für sie. Wenn auch etwas zu machohaft für ihren Geschmack. Trotzdem wurde ihr warm ums Herz. Sie trug praktische Outdoorbekleidung, weder körperbetont noch elegant geschnitten. Ihre Haare waren zu einem lockeren Pferdeschwanz gebunden, und sie hatte seit Brisbane kein Make-up mehr aufgetragen. Das machte das Kompliment noch bedeutsamer, denn Terry schien etwas in ihr zu sehen, das seit Jahren kein Mann mehr attraktiv gefunden hatte – oder zumindest hatte es in ihrer Gegenwart keiner ausgesprochen.

Terry redete mit John, während sie sich auf die Rezeption zubewegten. Dort zog sich der Alte die Schürze aus, wusch sich die Hände und setzte eine randlose Lesebrille auf. »Ich gebe euch Zimmer 12 und 13, das sind die besten, die frei sind. Ist ziemlich voll hier wegen des Pferderennens.«

Während Terry das Einchecken übernahm, ließ Marie ihren Blick aus dem Fenster gleiten. Tatsächlich standen weiße Pick-ups vor den meisten Zimmern. Aber von den Gästen keine Spur, die hielten sich wohl in den klimatisierten Räumen auf. An einer Seite wurde das Gebäude breiter und ein Schild über dem Eingang wies darauf hin, dass sich hier ein Restaurant mit Bar befand.

»Heute Abend stehen Steak mit Pommes auf der Karte, Hamburger und frittierter Barramundi. Der ist ganz frisch, darauf gebe ich mein Wort. Mit Spezialsoße.«

»Danke, John. Wir denken darüber nach.«

John gab ihm zwei Schlüssel und Terry reichte einen direkt an Marie weiter. Sie las den Endbetrag auf der Rechnung und gab Terry einen Schein.

»Was ist mit Gillen?«, fiel ihr dann ein. »Wir haben einen kleinen Hund dabei.« John kratzte sich am Kopf. Es war das erste Mal, dass er sie direkt ansah, bisher war er auf Terry fixiert gewesen.

»Hm, also Hunde sind hier eigentlich nicht erlaubt.«

»Es ist ein Welpe, John, alter Knabe«, mischte sich Terry ein. »Marie hat ihn unterwegs aufgegabelt, ich bürge für ihn.«

»Okay, ich werde mal ein Auge zudrücken. Aber seht zu, dass er nicht bellt oder ins Zimmer kackt.«

»Natürlich«, antwortete Marie. »Ich werde gleich mit ihm spazieren gehen. Danke.« Und weil sie mittlerweile auch verstanden hatte, dass man in Australien gerne mal einen obendrauf setzte, fügte sie hinzu: »Das ist wirklich lieb, wir wissen das sehr zu schätzen.« Ihr fiel ein, dass sie ja auch noch das kleine Joey dabeihatten – aber wenn Terry es nicht erwähnte, würde sie es auch nicht tun.

* * *

Marie schlenderte an einem Secondhandladen vorbei. Im Schaufenster sah sie ein hübsches schwarzes Kleid mit Blumen. Es musste in etwa ihre Größe sein und es gefiel ihr.

Terry war im Zimmer geblieben und es tat ihr gut, ein paar Minuten für sich zu haben. So viel Gesellschaft und Aufmerksamkeit wie auf dieser Reise war sie einfach nicht gewohnt. Es bimmelte, als sie den Laden betrat, und der Geruch von Staub und Waschmittel stieg ihr in die Nase. Secondhandläden schienen überall auf der Welt gleich zu riechen. Eine nette ältere Dame begrüßte sie und holte ihr das Kleid aus dem Schaufenster.

»Das ist wirklich ein schönes Kleid, aber leider ein Ladenhüter«, erklärte die Verkäuferin Marie freundlich. »Niemand hier hat eine so kleine Größe.« Marie stieg die Wärme in die Wangen. Sie war schlank, aber sicherlich nicht dürr. Die Verkäuferin fuhr fort: »Die meisten Frauen hier sind eher robust gebaut. Wir essen alle gerne.« Sie kicherte und schlug sich auf die ausladenden Hüften. Marie nahm das Kleid und probierte es an. Es passte perfekt. Sie drehte sich vor dem Spiegel und taxierte das Preisschild: 5 Dollar – das war ja geschenkt! Das Kleid sah aus wie ungetragen, es war nur ein kleines bisschen eingestaubt. »Es sitzt wie angegossen. Das werde ich heute Abend beim Pferderennen tragen.«

Sie schaute sich um und entschied: »Die hier kaufe ich auch.« Erfreut hob sie eine feine silberne Kette aus der Kiste vor ihr. Alle Gegenstände in der Kiste kosteten nur einen Dollar. Die Kette war aus reinem Silber und damit ein echtes Schnäppchen. Das musste sie später Katja schreiben, zusammen mit dem Spruch: »Rabatt am Morgen vertreibt Kummer und Sorgen.« Das war sparwitzig, aber Katja wusste diese Art von Humor zu schätzen. Der gute Deal motivierte sie, noch ein Paar flache Schuhe dazuzulegen. Sie konnte schlecht ihre ausgelatschten Turnschuhe zum Kleid tragen.

Ansonsten gab es in Charleville noch einen Supermarkt, ein paar Motels und eine Apotheke. Sie ließ sich Zeit und genoss den Spaziergang. Die Uhren hier tickten ohnehin anders als zu Hause, irgendwie langsamer, und das war ansteckend. Die Sonne schien hell und warm und kitzelte angenehm auf der Haut. Es zeigte sich keine einzige Wolke am Himmel und nur eine leichte Brise wehte.

Viele der Männer hier trugen Cowboyhüte, und Marie kam sich vor wie in einem Film. Die Häuser hatten antike Holzfassaden und überall parkten Pick-ups. Es gab sie also doch, die Outbackstädte Australiens, in denen die Zeit stehen geblieben war.

In einer Eisenwarenhandlung kaufte sie sich einen einfachen Schlafsack, denn sie konnte schließlich nicht dauerhaft Terrys Schlafsack nehmen. Er tat zwar so, als reiche ihm seine Decke völlig aus, aber sie wollte auf gar keinen Fall, dass er wegen ihr fror. Der Schlafsack war kein Schnäppchen, aber das war ihr nach dem Einkauf im Secondhandladen egal; man konnte nicht jedes Mal Glück haben.

In einer Apotheke suchte sie nach einem Shampoo. Ratlos stand sie vor dem Regal. Die meisten Marken waren ihr fremd.

Sie hielt zwei Flaschen in der Hand. Für »trockenes, sprödes Haar« stand auf der einen, »für seidiges, geschmeidiges Haar« auf der anderen. Das war verwirrend. Sie entschied sich für das zweite, es war zwar etwas teurer, dafür aber ohne Parabene und Silikone. Zu Hause nutzte sie auch am liebsten natürliche Produkte ohne Zusatzstoffe. Lena hingegen kaufte vor allem Shampoos mit interessanten Düften. Ihre Haare rochen nach Kokosnuss-Feige, Aprikose-Granatapfel-Erdbeere oder Vanille-Creme-Brûlée. Sie hatte sich sogar eine Flasche ihres Lieblingsshampoos mit nach Australien genommen, aber die war mittlerweile sicher aufgebraucht. Lena benutzte Shampoo sehr großzügig.

An einer Kreuzung entdeckte Marie eine Eisdiele, es war die erste, die sie seit Brisbane sah. Das frei stehende Gebäude erinnerte vom Baustil her an McDonalds, nur dass es bunt und grell war. Die Auswahl war erstaunlich groß. Marie entschied sich für Mango. Das Eis war sehr lecker, auch wenn der Geschmack herzlich wenig mit der Frucht zu tun hatte. *Was Lena wohl gerade machte?* Ihre Gedanken schweiften zu ihrer Tochter, doch noch bevor die Sorgen aus der Tiefe ihrer Brust hochkommen konnten, klingelte ihr Handy. Es war Katja!

»Hi, Süße! Wo steckst du, wie geht's?« Katja klang fröhlich.

Marie erzählte ihr von der Fahrt nach Charleville, die Episode mit dem geheimen Aborigine-Ort ließ sie aus. Katja war begeistert. Ihr reichten schon Stichworte wie »Känguru«, »Emus«, »rote Erde« und »Wüstenpflanzen«, um in Begeisterungsstürme auszubrechen.

»Mann, das klingt spannend. Freut mich, dass es dir so gut geht! Schick mal ein Foto von dem neuen Outfit. Ich habe dich seit Ewigkeiten nicht in einem Kleid gesehen.«

Marie war etwas beleidigt. »Ich habe doch neulich beim Kaffeetrinken ein Kleid getragen.«

»Ja, ein Strickkleid. Das zählt nicht. Ich will dich aufgedonnert sehen. Sexy!«

Marie lachte. So durfte nur Katja mit ihr reden.

»Ich mache heute Abend beim Pferderennen ein Foto für dich. Versprochen.«

»Jaja, so ist das. Die einen gehen nachts wild feiern, die anderen haben hemmungslosen Sex. Und ich? Ich lade nachts mein Handy auf.«

»Also hemmungslosen Sex werde ich wohl auch nicht haben.«

Es tat gut, mit Katja zu reden. Die vertraute Stimme war wie ein Stück Heimat in der Fremde.

Sie erzählte ihrer Freundin von der Verkäuferin im Secondhandladen und fügte hinzu: »Weißt du, ich bin echt überrascht, dass es hier so viele übergewichtige Leute gibt. Ich dachte immer, die Australier wären alle sportlich, weil sie ständig draußen unterwegs sind. Aber selbst die Kinder hier sind ganz schön ...« Sie wollte das Wort »fett« vermeiden. »... stabil gebaut.«

»Ach ja. Das ist bei uns in Karlsberg doch mittlerweile auch so. Die Zeiten ändern sich halt, und damit auch die Leute. Früher gab es in der Schule noch den Dicken der Klasse – wenn ich mich heute auf dem Schulhof umschaue, fällt es mir schwer, ein wirklich schlankes Kind zu finden. Nicht, dass ich was gegen dicke Kinder habe, aber du weißt schon, was ich meine.«

Aus irgendeinem Grund war Marie dieses Thema unangenehm. Vielleicht, weil sie selbst auch oft mit dem Gewicht schwankte, gerade zur Weihnachtszeit, und es ihr danach schwerfiel, abzunehmen. Und natürlich wog sie auch mehr als mit zwanzig, obwohl sie sich dank Yoga und ausgewogener Ernährung eine gute Figur bewahrt hatte.

Katja plapperte indes munter weiter, und als könnte sie Maries Gedanken lesen, sagte sie: »Aber gut, ich muss mich auch an meine eigene Nase packen. Kuchen schmeckt einfach zu gut! Ich hätte nicht neben einen Bäcker ziehen sollen.«

»Mhm, jetzt ein Stück Donauwelle.« Marie bekam Hunger. Das deutsche Essen war schon etwas Besonderes, und der Gedanke an ein ordentliches Stück Blechkuchen erschien ihr gerade sehr verlockend.

»Ja, quäl du mich ruhig. Eigentlich wollte ich dieses Jahr zehn Kilo abnehmen.«

»Und, wie viel hast du geschafft?«

»Jetzt fehlen nur noch dreizehn.« Sie lachte und Marie konterte: »Ach, mach dir nicht so viele Gedanken. Ich habe Anfang des Jahres zwei Wochen Diät gemacht. Und alles was ich verloren habe, waren vierzehn Tage.«

»Du bist doch nur ein Strich in der Landschaft. Wo willst du denn abnehmen? Hinter dem Ohrläppchen? Oder unter den Fußnägeln?«

»Na, jetzt übertreib nicht. Ich verliere immer etwas Gewicht, wenn es warm ist. Es findet mich nur leider immer wieder. Aber momentan bin ich ganz zufrieden. Das liegt vor allem daran, dass das Essen hier etwas gewöhnungsbedürftig ist. Obst, Salat und frisches Gemüse sind hier superteuer. Nur dieser ganze frittierte Mist, den kriegt man nachgeworfen. Und jeden Tag Pommes und Burger, das ist nichts für mich.«

»Und Terry? Wie ist der so drauf?«, fragte Katja neugierig, als hätte sie die ganze Zeit nur darauf gewartet, diese Frage loszuwerden.

»Terry ist in Ordnung.« Kurz flackerte die Erinnerung daran auf, wie sie vor Terry Angst bekommen hatte. Diese Episode sollte für immer ihr Geheimnis bleiben, schwor sie sich.

»Wie – ›In Ordnung‹? Geht das auch etwas präziser? Ich stelle mir so eine Mischung aus Crocodile Dundee und dem Mann vom Snowy River vor. Rau, kantig, tiefe Stimme, athletisch …«

»Genau. Stell dir einfach Sylvester Stallone mit Cowboyhut vor.«

»Was? Echt jetzt?«

»Nein. Terry ist … nun, er ist …« Marie suchte nach den richtigen Worten. Doch, eigentlich hatte Katja recht. Terry war tatsächlich rau, kantig, athletisch und seine Stimme hatte einen tiefen Klang. Und er trug immer seinen Cowboyhut. Der war aber nicht so kitschig wie in einem Western, sondern zweckmäßig, mit weiter Krempe gegen die Sonne und aus stabilem Filz.

»… sehr aufmerksam und freundlich. Und er ist sportlich, glaube ich, aber auf eine sehnige Art. Eher der kernige Typ, kein Schönling. Wir kommen gut miteinander klar.« Marie hoffte, dass sich Katja mit der Antwort zufriedengeben würde. Leider löcherte ihre Freundin sie mit weiteren Fragen und brachte sie damit in Verlegenheit. Klar, sie genoss die Nähe zu Terry, und aus irgendeinem Grund gab es zwischen ihnen ein unsichtbares Band, das die Kulturbarriere überwand. In seiner Gegenwart fühlte sie sich geborgen und er brachte sie zum Lachen. Aber mehr auch nicht. Terry war ein Kumpel und Marie war sich sicher, dass Terry das genauso sah. Außerdem war es undenkbar, miteinander anzubandeln. Schließlich lebten sie auf verschiedenen Kontinenten, ihr Leben und Alltag war gegensätzlich, sie konnten niemals eine gemeinsame Zukunft haben. Da brauchte man sich nicht im Urlaub das Herz brechen zu lassen.

* * *

Das Pferderennen war spannender als erwartet. Terry hatte ein paar Wetten abgeschlossen und sie fieberten nun dem nächsten Start entgegen. »Break the Clocks Diamond« hieß das dunkelbraune Pferd, auf das Terry gesetzt hatte und das für Marie genauso aussah wie alle anderen Pferde auch. Doch Terry meinte, es sei der vielversprechendste Kandidat.

Von ihrem Sitz weit hinten auf der Tribüne sah man alles zwar kleiner, dafür hatte man einen besseren Überblick. Das Rennen war gut besucht, die Reihen vor ihnen waren voll besetzt. Die meisten Besucher hatten sich schick gemacht und viele der Frauen trugen weite und kreativ geschmückte Hüte.

Ihr Sitz war neben einer Säule und Marie lehnte sich dagegen. Die Luft war herrlich frisch und es war noch warm. Marie atmete tief ein und aus und genoss die lebhafte Atmosphäre. Terry hatte ihr ein Kompliment zu ihrem Kleid gemacht und sie fand selbst, dass sie gar nicht so übel aussah. Ihr Handy vibrierte, eine Nachricht von Hildegard: »Mir geht es besser. Kann wieder durchschlafen. Soll ich nach Chihuahua kommen?«

Marie tippte eine Antwort: »Lena ist auf eine andere Farm umgezogen. Sie ist jetzt in Roma. Da fährt ein Greyhoundbus hin.«

Sie zögerte kurz und überlegte, ob sie ihre Mutter darauf hinweisen sollte, dass es sich bei Chihuahua um eine Stadt in Mexiko und eine kleine Hunderasse handelte und Lena vielmehr in Chinchilla gewesen war. Sie entschied sich dagegen. Das hätte ihre Mutter bestimmt überfordert oder eine Diskussion provoziert. Hildegard vertrug weder Kritik noch Korrektur. Stattdessen schrieb Marie ihr den Termin, wann Lena sie dort erwarten würde. Außerdem machte sie ein Selfie von sich mit der Pferderennbahn im Hintergrund und schickte es Hildegard. Ihre Mutter würde sich sicher freuen, sie im Kleid und zurechtgemacht zu sehen. Dass Marie im Alltag eher lässig gekleidet war, stieß bei ihrer Mutter regelmäßig auf Kritik. »So findest du nie einen Mann«, meckerte sie dann, worauf Marie meist nur antwortete: »Das will ich auch gar nicht. Und wenn, dann möchte ich jemanden, dem es egal ist, was ich trage und welche Marke auf meinem Pulli prangt.«

Terry war in der Zwischenzeit verschwunden, um ihnen neue Getränke zu holen. Hier durfte man nur Alkoholfreies konsumieren. Für Alkohol gab es eine speziell abgetrennte Ecke, die Marie stark an die isolierten Raucherecken in Deutschland erinnerte.

Gedankenverloren betrachtete sie die gemusterte Säule, an der sie lehnte. Sie sah aus, als sei sie aus Marmor – was sie bestimmt auch war: etwas, das aussah, als sei es aus Marmor. Sie grinste und klopfte dagegen – die Säule bröckelte.

Hildegard hatte geantwortet: »Buch mir ein Ticket, wenn es soweit ist. Aber bitte Fensterplatz.« Außerdem hatte sie noch ein Foto geschickt: Maries Ersatzführerschein war endlich angekommen. Das Foto sollte ausreichen, um sich bei einer Kontrolle auszuweisen, hoffte sie.

Terry stieg die Treppe zwischen den Sitzreihen hoch, eine Dose Cola in jeder Hand. Das nächste Rennen hatte gerade begonnen und »Break the Clocks Diamond« schlug sich tapfer, kam aber nur auf den dritten Platz. Terry schien es nichts auszumachen. Sie nutzten die Pause, um über das Gelände zu schlendern. Ein paar Marktstände waren aufgebaut und eine winzige Bühne stand in der Mitte. Dort redete ein Moderator undeutlich in ein Mikrofon. Marie verstand kein Wort.

Sie entdeckte einen Marktstand, an dem Hüte verkauft wurden. Es waren aufwendige, kreativ gestaltete Hüte, wie sie bei Pferderennen offenbar gern getragen wurden, denn die meisten der anwesenden Frauen zierte ein solcher Kopfschmuck. Im Angebot gab es die unterschiedlichsten Modelle, viele mit Tüll, großen Seidenblumen, Federn oder ausgefallenen Schmuckelementen. Sie probierte einige an und betrachtete sich amüsiert im Spiegel. Einer gefiel ihr besonders: Er war dunkelrot und hatte einen Schleier an einer Seite. Spontan entschied sie, Hildegard den Hut zu kaufen. Ihre Mutter hatte ein Faible für elegante Hüte.

Zufrieden bezahlte sie den Hut und setzte ihn auf, um ihn Terry zu zeigen, bevor sie ihn sicher verstaute. Terry stand direkt vor der Bühne und hörte dem Moderator zu. Eine Menschenmenge hatte sich dort versammelt. Marie legte die Hände vor den Mund und rief seinen Namen, aber er drehte sich nicht um, es war wohl zu laut. Stattdessen versuchte sie, sich durch die Menschenmenge zu ihm durchzuschlängeln und rief dabei wieder seinen Namen. Endlich drehte Terry sich um, sie hob die Hand und winkte. Zu ihrem Erstaunen erhoben in diesem Moment noch weitere Frauen die Hand. Marie konnte sich keinen Reim darauf machen, sie war viel zu sehr darauf konzentriert, sich an den Besuchern vorbeizuschieben.

Der Moderator sagte etwas und alle drehten sich zu ihr um. Marie winkte Terry noch einmal energisch zu und der Moderator rief wieder etwas ins Mikrofon. Applaus setzte ein. Marie war verdutzt. Was war denn nun los? Terry schob sich durch die Zuschauer auf sie zu und grinste. Stumm hakte er sich bei ihr ein und die Menschenmenge vor ihnen teilte sich. Es war, als ob Moses das Rote Meer in zwei Hälften teilte, als die Zuschauer zurücktraten und sich ein Durchgang auftat. Perplex ließ sich Marie von Terry zur Bühne führen und kletterte brav auf das hölzerne Podest. Ratlos guckte sie hinunter zu den Zuschauern, als der Moderator sie begrüßte und ihre Hand herzlich schüttelte. Nun konnte sie auch einzelne Brocken seines Kauderwelschs verstehen: »Herzlichen Glückwunsch! … gute Hutwahl … Gewinner des Wettbewerbs … woher …« Der Moderator hielt ihr das Mikrofon hin.

Marie schaute abwechselnd ihn und das Publikum an. Terry hielt aufmunternd beide Daumen hoch. War sie gerade etwa zu einer Art Hutkönigin gewählt worden? Sie konnte es nicht fassen. Terry stand direkt vor der Bühne und rief ihr etwas zu. Es klang wie: »Sag was über dich!« Marie nickte.

»Guten Abend«, murmelte sie so leise, dass nicht mal sie selbst ihre Stimme hören konnte. Das Mikrofon quietschte. Sie setzte noch einmal an. Es war ihr wahnsinnig peinlich, ohne Vorwarnung vor einem Publikum zu stehen.

»Vielen Dank. Das ist eine Ehre. Ich bin Marie aus Deutschland«, brachte sie etwas lauter heraus. Der Moderator lächelte und legte ihr vorsichtig eine breite blaue Schärpe um die Schulter. Zahlreiche Blitzlichter blinkten auf, als die Zuschauer sie fotografierten.

Marie nickte dem Moderator zu, lächelte schüchtern und stieg die kurze Treppe in den Zuschauerraum hinunter. Terry schüttelte ihr die Hand und war ganz außer sich. »Anstatt auf das Pferd hätte ich wohl mal besser auf dich gesetzt«, sagte er strahlend. Ausgelassen drückte er ihr einen Kuss auf die Wange und fügte hinzu: »Und eine passendere Königin hätten sie nicht finden können. Du bist wunderschön.«

Marie musste erst einmal tief durchatmen und sich von dem Schreck erholen. Sie nahm den Hut kurz ab, um sich mit einer Serviette über die Stirn zu wischen, und stellte fest, dass das Preisetikett noch hinten am Hut baumelte. Hatte Terry sie gerade wirklich geküsst?

* * *

Eine Zunge schleckte Marie übers Gesicht. Sie wachte auf und bereute es sofort. »Aua«, murmelte sie und setzte sich auf. Ihr Kopf brummte. Sanft schob sie Gillen weg, der sich nachts zu ihr ins Bett geschlichen hatte. »Runter hier«, sagte sie streng, aber die Zunge klebte ihr am Gaumen und sie hustete. Wo war sie und was war passiert? Sie torkelte zu der Kochnische und setzte den Wasserkocher auf. Im Motel gab es kostenlosen Instant-Kaffee und im Kühlschrank stand ein Kännchen mit frischer Milch. Langsam setzte die Erinnerung wieder ein. Terry hatte ihr eine Rum-Cola ausgegeben. Mit Rum aus Bundaberg. Erst fand sie das Getränk scheußlich, doch sie gewöhnte sich schnell an den herben Geschmack. Der Zucker und die Säure der Cola halfen dabei. Danach hatte sie Terry eine Runde ausgegeben und der hatte sich wiederum revanchiert. Was war nur mit ihr los? Das war doch nicht ihre Art.

Vor ihrem inneren Auge erschienen wieder der Stehtisch und der Blick auf die Rennbahn. Die Pferde, die bunt gekleideten Jockeys, die stolzen Pferdebesitzer und die ausgelassenen Besucher. Die Unterhaltung war lustig gewesen und Marie erinnerte sich, dass sie laut losgeprustet hatte, als Terry sein Glas an die Stirn hob, dagegen klopfte, stutzte und keck meinte: »Ups, ich dachte, ich bin größer.« Das war zwar sparwitzig, aber in diesem Moment und Zusammenhang sehr lustig. Terry brachte sie leicht und oft zum Lachen, er hatte einfach diesen ungezwungenen Humor, der sie mitriss.

Es klopfte an der Tür und John von der Rezeption stand mit einem Metallwägelchen voller Handtücher vor ihr. »Keine Eile«, meinte er, als er in Maries müdes Gesicht blickte. »Ich komme einfach später wieder.«

Marie schaute auf die Uhr. Schon kurz nach zehn! So lange hatte sie seit Jahren nicht mehr geschlafen. Da war ja quasi schon der halbe Tag vorbei. Irritiert blickte sie sich im Zimmer um. Das schöne Kleid war achtlos über einen Stuhl geworfen, ihre Schuhe und Tasche lagen in einer Ecke. Nur Hildegards Hut, mit dem sie gestern überraschend zur Hutkönigin gekürt worden war, hatte sie ordentlich in die Schachtel gelegt – für manche Dinge war man wohl nie zu müde oder beschwipst.

Eilig packte sie ihre Sachen und brachte sie zum Auto. Terry zurrte bereits die Ladung fest. Er sah um einiges ausgeschlafener aus als sie selbst.

»Guten Morgen, bist du schon lange wach? Du hättest mich ruhig wecken können.« Terry zuckte die Schultern und murmelte etwas Unverständliches, aus dem Marie heraushörte, dass er sie nicht hatte stören wollen. Ihr fiel etwas ein: »Meinst du, wir können an einem Supermarkt halten? Ich brauche Futter für Gillen. Und noch ein paar persönliche Dinge.«

Terry hielt an einer Tankstelle am Ortsausgang. Während sie den Wagen volltankten, erzählte Marie von ihrem gestrigen Ausflug durch die Stadt. Sie schwärmte von dem Mango-Eis, woraufhin Terry offenbar Appetit bekam. »Eis ist eine gute Idee, das könnte ich jetzt auch vertragen. Ich hole uns gleich mein Lieblingseis. Was ganz Besonderes«, meinte er verschwörerisch.

Im Tankstellenshop fand Marie vier Dosen mit Hundefutter und packte sie in den Korb. Terry legte ihr eine Zweiliterbox Eis dazu und ein Päckchen mit Binden. Sie schaute Terry entgeistert an. »Was willst du denn damit?«

»Ich nichts, aber du vielleicht. Ich dachte, es schadet nichts, die für den Notfall dabeizuhaben.« Er zwinkerte und Maries Kinnlade klappte herunter. Ihre Wangen glühten. Was sollte man dazu nur sagen? Und wie sollte man es verstehen? Natürlich hatte sie eine Notfallration Binden dabei. Immer. Seit ihrer frühen Jugend. Und es war selbstverständlich nicht Terrys Aufgabe, ihr Binden zu besorgen, geschweige denn, dieses Thema überhaupt anzusprechen … schweigend zückte sie die Kreditkarte und zahlte den Sprit.

Im Auto öffnete Terry die Eispackung. Es war eine Art Regenbogeneis, wild gestreift in allen Farben. Er sah sie erwartungsvoll an. Marie probierte einen Löffel von dem rosafarbenen. Es war lecker. Weich, mild, seidig und sahnig. Sie probierte von dem grünen.

»Mmh, das ist lecker.«

»Ja, nicht wahr? Das beste Eis überhaupt. Das gönne ich mir ab und zu, wenn ich mal etwas Besonderes will.«

Marie stutzte, als ihr etwas auffiel, und sie probierte eine weitere Farbe. »Du, sag mal, das schmeckt richtig gut, aber kann es sein, dass alle Farben gleich schmecken?«

»Wie meinst du das?«

»Weil das doch ein Regenbogeneis ist. Müsste da Rosa nicht nach Erdbeere und Grün nach Kiwi schmecken und so weiter? Das hier schmeckt irgendwie nur nach Vanille.«

Terry schaute sie entgeistert an. »Ist das so bei euch in Deutschland? Hier ist das Eis einfach nur bunt gefärbt. Aber ist doch egal, wenn es gut schmeckt.«

Marie nickte ihm aufmunternd zu und lächelte. Andere Länder, andere Sitten, dachte sie und aß noch mehr von dem kostümierten Vanilleeis. Sie beteuerte noch ein paar Mal, dass es ein wirklich gutes Eis sei. In Deutschland hätte man das nicht verkaufen können. Aber irgendwie hatte Terry auch recht. Es war egal, ob die Farben unterschiedlich schmeckten, solange es lecker war.

Der letzte Stopp in Charleville stimmte sie beide traurig. Es war Zeit, sich von dem Joey zu verabschieden.

Bei Terrys Freund Tucker waren bereits zwei weitere Joeys in Pflege. Marie hatte sich an das Kerlchen mit den Knopfaugen gewöhnt, aber natürlich war es besser so. Es sollte zu einem ordentlichen Känguruweibchen heranwachsen und später in die Wildnis entlassen werden. Sie drückte das Kleine vorsichtig an sich und hauchte ihm einen sanften Kuss auf den Kopf. »Lebewohl, genieß die Weite und das Blau am Himmel und halte dich immer brav von Straßen fern«, wünschte sie ihm. Marie bemerkte, dass auch Terry unter der Trennung litt. Ein fast väterlicher Ausdruck von Fürsorge stand in seinen Augen, als er dem kleinen Tier eine letzte Flasche Milch gab.

»Wachsen einem immer an das Herz, die kleinen Biester«, sagte er und versuchte, seine Trauer zu überspielen, indem er mit Tucker ein Gespräch über das Wetter anfing. Marie hörte zu, wie die beiden routiniert Floskeln über die Jahreszeit, die Heuernte, die Kühe und den Regen austauschten. Ein Dialog, bei dem beide Gesprächspartner irgendwie austauschbar waren, weil es vollkommen unpersönlich verlief. Es war mehr eine Art

Kommunikationsritual, der Austausch von allgemein bekannten Informationen, um die Beziehung zu stärken und den Raum zwischen sich und dem anderen mit Worten auszufüllen. Solche Gespräche kannte Marie auch aus Deutschland nur zu gut und sie erfüllten ihren Zweck. Das Känguru hatte die Flasche leer gesogen und guckte sie schläfrig an. Zeit zu gehen.

Wieder zurück im Auto, verschickte Marie ein paar Nachrichten. Sie hatte Fotos von Terry, dem Joey und den anderen Kängurus gemacht. Katja hatte sie um Fotos von Terry gebeten und war überhaupt total neugierig. Das würde ihr sicherlich gefallen. Tatsächlich antwortete Katja sofort. »Klasse Fotos, bin richtig neidisch! Gehören die Kängurus alle zu Terry?«

Marie erklärte ihr die Situation und erzählte auch in Stichworten von dem Pferderennen, dem Hutwettbewerb, der Rum-Cola und den ganzen Eindrücken. Es dauerte ein paar Minuten, bis sich Katja wieder meldete: »Ich glaube, ich habe dich schon seit unserer Schulzeit nicht mehr so glücklich erlebt. Irgendetwas passiert gerade. Marie, du hast dich doch nicht etwa verliebt?«

* * *

Marie rieb sich ihren wunden Hintern, als Terry mit 80 km/h über die ungeteerte Straße bretterte. Die Buckelpiste bestand aus gepresstem Sand, der mit unzähligen kleinen Wellen durchzogen war. Sie wurde so durchgerüttelt, als säße sie auf einer Waschmaschine. Gillen lag vor ihren Füßen und schlief. Den störte das Geruckel anscheinend nicht. Bisher war sie sich mit Terry immer einig gewesen, was ihre Reisegeschwindigkeit anging. Das war ein Punkt, den Marie zu schätzen wusste. Sosehr sie Katja mochte – wenn sie gemeinsam Ausflüge machten, bekam sie oft die Krise. Katja brauchte erst lange, um von zu Hause loszukommen, dann aber raste sie durch die Gegend, als wären sie auf der Flucht. Marie schätzte wenige, aber dafür längere Pausen, Katja machte lieber viele kurze. Mit Terry war das anders. Sie hatten offenbar ähnliche Bedürfnisse, wenn es darum ging, zu reden oder zu schweigen, zu reisen oder zu pausieren und noch viel wichtiger: Sie brauchten beide gelegentlich Zeit für sich allein. Das funktionierte ohne Worte. Terry ging einfach eine Runde spazieren oder Marie wanderte auf einen nahen Hügel. Diese Einigkeit machte ihr gemeinsames Reisen harmonisch und angenehm. Jetzt aber fühlte es sich so an, als würde Terry viel zu schnell über die Waschbrettpiste rasen.

»Willst du auch was?« Terry hielt ihr eine offene Packung hin, aus der es unangenehm roch.

»Nein, danke. Was ist das eigentlich?« Unauffällig öffnete sie das Fenster einen Spalt und ließ frische Luft herein.

»Das ist ›Jerky‹. Getrocknetes Rindfleisch. Ein bisschen zäh, aber gutes Kraftfutter und schmackhaft. Sicher, dass du nicht wenigstens probieren möchtest?«

Marie schob Terrys Arm sanft weg, da sich die Packung immer noch direkt unter ihrer Nase befand.

»Nein, das ist mir eine Nummer zu …« Sie suchte nach dem richtigen Wort, »… streng«, beendete sie den Satz.

Bei den hoppelnden Bewegungen des Autos war es schwer, die Landschaft zu genießen. Über ihnen prangte ein strahlend blauer Himmel, der Boden war karg bewachsen. Zu allen Seiten offenes, weites Land. Bis auf ein paar trockene Büsche gab es nicht viel zu sehen. Sie schielte wieder auf den Tacho und gab sich einen Ruck. »Sag mal, würde es dir etwas ausmachen, ein bisschen langsamer zu fahren?«

»Warum denn das?«

»Es ist so ruckelig.«

»Ja? Aber wenn ich langsamer fahre, wird es schlimmer.« Demonstrativ verlangsamte er das Tempo und Marie verstand, was er meinte. Nun ratterte das Auto lauter und hüpfte über jede Bodenwelle. Die Schläge fühlten sich deutlich heftiger an, sie wurde auf und ab geschleudert. Krampfhaft hielt sie sich am Armaturenbrett fest.

»Fahr … bitte … wieder … schneller«, presste sie heraus.

»Man muss mit genau der richtigen Geschwindigkeit darüberfahren. Dann fliegt man über die Wellen.«

Sie kamen an Zäunen vorbei, an denen Füchse aufgeknüpft waren. Die Kadaver hingen halb vertrocknet nebeneinander aufgereiht wie eine Trophäensammlung. Marie wurde übel bei dem Anblick. Die Tiere taten ihr leid.

»Die wurden hier eingeschleppt und sind Ungeziefer«, erklärte Terry. »Die Farmer schießen oder vergiften sie.« Für Marie war das unbegreiflich, in ihrer Welt waren Füchse ein fester Bestandteil der Natur und ein Tier, das man in Ruhe ließ. Schwer zu akzeptieren, dass es hier anders war. Terry erklärte ihr, dass Füchse in Australien großen Schaden anrichteten. Die Bodenwellen vor ihnen wurden tiefer und hinter einer lag ein Schlagloch. Es ruckelte einmal heftig, dann knallte es laut und das Auto fing an zu schlingern. Terry fluchte: Sie hatten einen Platten.

Gemeinsam wechselten sie den Reifen. Marie war stolz, dass sie genau wusste, wie man das machte. Als alleinerziehende Mutter hatte sie das lernen müssen. Auf die harte Tour, als sie mit Lena einen Ausflug gemacht hatte und mitten in der Pampa warten musste, bis ein freundlicher Lastwagenfahrer ihnen aushalf. Danach hatte sie sich bemüht, zu lernen, wie das ging. Terry war beeindruckt von ihrem Einsatz.

Sie fuhren weiter, kamen aber nicht besonders weit. Ein paar Kilometer später platzte der nächste Reifen. Doch diesmal hatten sie ein Problem.

»Ich hatte nur einen Ersatzreifen«, meinte Terry und kratzte sich am Kopf.

»Wie jetzt?« Marie wollte nicht einsehen, was das hieß. »Und wie kommen wir hier weg?«

Ihnen war auf der ganzen Strecke nur eine Handvoll Autos begegnet. Marie ließ ihren Blick über die endlos lange Straße schweifen, die am Horizont verschwand, kein Auto war in Sicht.

»Können wir den Reifen nicht selbst flicken?«

»Dazu fehlt mir das Werkzeug.« Terry biss sich auf die Lippen. Es schien ihm nicht zu gefallen, dass er nichts ausrichten konnte. »Wir werden wohl warten müssen. Pass gut auf Gillen auf, nicht dass er einen Fuchsköder frisst.«

Marie ließ Gillen aus dem Wagen und suchte sich mit ihm ein Plätzchen im Schatten unter einem Busch. Selbst hier war es furchtbar heiß. Aber den Motor laufen zu lassen, nur um eine Klimaanlage zu haben, war keine gute Idee. Sie würden ihren Sprit noch brauchen, um hier wegzukommen.

Bald schon schwitzte Marie wie in einer Sauna und fächelte sich Luft mit einer zusammengerollten Zeitschrift zu. Immerhin gab es hier wenig Fliegen. Gillen legte den Kopf in ihren Schoß, sah sie treu mit großen Augen an. Er wirkte unglaublich menschlich, wenn er das tat. Als würde er die Situation genau verstehen, ihr Trost spenden wollen und sagen: »Keine Sorge, Marie, das wird wieder.«

Sie streichelte den Collie. Was sollte sie eigentlich mit ihm machen, wenn sie wieder zurückmusste? Sie bezweifelte, dass Terry ihn ohne Weiteres aufnahm. Er war nicht gerade begeistert gewesen, dass sie Gillen von seinen Ketten befreit hatte. Vielleicht konnte sie eine Anzeige im Internet aufgeben und für ihn ein gutes Zuhause finden, überlegte sie. Es müsste sich doch eine nette Farmerfamilie finden lassen, die sich einen loyalen und zudem wunderhübschen Hund wünschte.

Die Stunden verstrichen und nichts passierte. Marie trank ein paar Schluck von ihrem Wasservorrat und stellte mit Schrecken fest, dass sie viel weniger dabeihatten als gedacht.

Gerade mal ein paar Liter Wasser. Trotzdem tat ihr die Pause gut, das ewige Geruckel war nervenzermürbend gewesen. Nur die Hilflosigkeit störte sie: Es fiel ihr schwer, zu glauben, dass Warten jetzt die beste und auch einzige Lösung war.

Terry hatte sich ein paar Meter entfernt an einen Baum gelehnt, den Hut über das Gesicht gezogen und machte ein Nickerchen. Erst als eine Staubwolke am Horizont erschien und leises Motorengeräusch ertönte, sprang er auf.

Er winkte dem Fahrer zu, der daraufhin anhielt. Es war ein dicklicher Mann um die Vierzig, wettergegerbt und sonnenverbrannt. Terry erklärte ihm die Situation. Der Mann war bereit, die Reifen mit nach Charleville zu nehmen. »Einen von euch kann ich auch mitnehmen«, meinte er und zeigte auf den einzigen freien Sitz in seinem Pick-up. Terry lehnte dankend ab.

»Sag dem Mechaniker, er soll die reparierten Reifen dem Nächsten mitgeben, der in unsere Richtung fährt.«

Die beiden tauschten noch ein paar Floskeln aus, dann tippte sich der Mann an den Hut und fuhr weiter. Erst jetzt traute sich Marie, Terry ein paar Fragen zu stellen: »Meinst du echt, das klappt?«

»Klar. Passiert halt, so was. Müssen wir jetzt eben abwarten.«

»Danke, dass du mich hier nicht alleine gelassen hast.«

»Ich lasse doch keine Dame im Outback sitzen. Ist doch auch schöner zu zweit. Mit dir warte ich gerne.«

»Ja. Danke.« Marie fiel noch etwas ein. »Mist, wir hätten ihn nach Wasser fragen sollen.«

»Stimmt.« Er griff nach der Wasserflasche und schüttelte sie. »Hm. Sollten wir sparsam mit sein. Ist warm hier.«

Damit war das Gespräch beendet. Marie zog sich wieder mit Gillen unter ihren Baum zurück. Sie las eine Weile. Sie hatte sich in Brisbane ein Buch über eine Siedlerfamilie im 19. Jahrhundert gekauft, das vom Goldrausch in Victoria handelte.

Es war interessant geschrieben, aber sie konnte sich nicht richtig einfinden. Englisch zu sprechen fiel ihr nicht schwer, aber einen Roman zu lesen war eine ganz andere Nummer. Die langen, komplexen Landschaftsbeschreibungen, die tiefen Gefühle zwischen den Charakteren, da fehlte ihr einfach zu viel Vokabular.

Der Tag verging, ohne dass viel passierte. Die meiste Zeit ruhte sie mit Gillen unter dem Baum und entspannte sich. Es war heiß, aber sie hielt sich mit dem Trinken zurück. Ein verdorrter Busch wehte zu ihnen herüber und tanzte im Wind. Gillen knurrte, als der Busch auf ihn zurollte. Er lieferte sich einen kurzen Kampf mit ihm und wurde Zweiter.

Zwischendurch wühlte Marie im Gepäck und sortierte ihre Sachen. Die Zwangspause bot eine gute Gelegenheit, um Ordnung zu schaffen. Abends schlugen sie ihr Lager auf, redeten noch ein wenig und gingen schlafen. Es war friedlich hier und auf eine einsame Weise auch schön. Die Sterne über ihnen leuchteten hell und sie fühlte sich eins mit der Natur. Ihr Schlaf war traumlos und entspannt.

Der nächste Tag begann wieder mit Warten. Terry zauberte ein winziges zusammenklappbares Schachspiel aus einer Tasche. Marie zögerte. Für sie war Schach nur ein Spiel, bei dem es darum ging, den Gegner zu Tode zu langweilen. Sie war aber recht gut darin und gewann jede Partie. Terry brauchte lange für seine Züge und Marie wurde ungeduldig. Sie verspürte das Bedürfnis, jemanden anzurufen und zu quatschen. Am liebsten Katja. Nur gab es hier draußen leider kein Netz.

Plötzlich sprang Terry auf und stieß dabei das Schachbrett um. »Tschuldigung«, rief er und lief weg. Mit verkrampfter Miene rannte er hinter das Auto und aus Maries Blickfeld. Eine Minute später platschte etwas. Marie wollte erst nachschauen, doch dann begriff sie. Terry hatte Durchfall.

Als er wieder auftauchte, war er kreidebleich, Schweißperlen hatten sich auf seiner Stirn gebildet. Marie holte die

Wasserflasche und tröpfelte etwas auf ein Tuch. Terry hockte sich auf den Boden, er sah elend aus. Mitleidig tupfte Marie ihm die Stirn ab und reichte ihm anschließend die Flasche. »Du musst mehr trinken.«

»Nein, wir müssen damit sparsam umgehen.«

Maries Stimme nahm einen bestimmten Ton an, den sie sonst nur für Lena reserviert hatte. »Trink!«, befahl sie. Terry gehorchte. Danach holte sie ihm eine Decke und er legte sich dankbar hin. Seine Stirn war heiß, er hatte Fieber.

Was hast du gegessen, das dir nicht bekommen ist?, fragte sie sich, denn sie selbst fühlte sich gesund und sie hatten doch bisher alle Mahlzeiten geteilt. Da fiel es ihr ein: »Das Jerky! Oh Terry, ich glaube, du hast das Jerky nicht gut vertragen.«

»Kann sein. Es hat auch ein bisschen alt geschmeckt.«

Marie hob die Augenbrauen, als sie daran dachte, dass er ihr trotzdem etwas davon angeboten hatte. Das wollte sie ihm aber nicht vorwerfen, vor allem nicht in dem Zustand.

Bisher war kein weiteres Auto vorbeigekommen. Marie kramte in ihrer Tasche. Sie hatte Kopfschmerztabletten dabei und Tabletten gegen Sodbrennen. Aber keine Kohletabletten gegen Durchfall. Was konnte sonst noch bei Durchfall helfen? Durch den Flüssigkeitsverlust verlor der Körper auch Zucker und Salze. Sie kramte in ihrem Lebensmittelvorrat und holte Chips und Kekse hervor. Terry schlief und sie legte die Sachen neben ihm ab. Schlafen war bestimmt ebenso gut. Ein paar Minuten später sprang er allerdings wieder auf und verschwand hinter dem Auto.

Marie zwang ihn, zu trinken und zu essen. Zwischendurch rieb sie ihn mit einem feuchten Tuch ab. Der Wasservorrat ging langsam zur Neige. Hoffentlich kam bald jemand mit ihren Reifen. Die Sonne stand bereits tief am Himmel, es wurde spät. Wenn die Reifen nicht bald kämen, würden sie hier eine weitere

Nacht festsitzen. Gillen trottete herbei und legte sich hinter sie. Seit Terry Durchfall hatte, hielt er sich instinktiv fern von ihm. Plötzlich vernahm sie von hinten ein Gluckern. Marie drehte sich um und sah mit Schrecken, dass Gillen die Wasserflasche umgestoßen hatte. Gierig versuchte er die Tropfen aus dem Sand zu lecken. »Nein!« Schnell riss Marie die Flasche hoch. Zu spät. Hilflos musste sie mitansehen, wie das letzte Wasser im Sand versickerte. Gillen schaute sie schuldbewusst an.

»Ist nicht schlimm, Kleiner«, redete sie dem Hund zu. »Du bist ebenso durstig wie wir.«

Nachts wälzte sich Terry hin und her und redete im Schlaf. Zwischendurch sprang er immer wieder auf und verschwand im Gebüsch. Das bereitete Marie die größten Sorgen, denn sie konnte seinen Wasserverlust nicht mehr ausgleichen. Auf seiner Stirn stand Schweiß, die Augen schauten glasig durch sie hindurch, er wirkte völlig entkräftet. Marie behielt die Ruhe, war aber ratlos. Ohne Medikamente, Wasser oder Zugriff auf Hausmittel war man ganz schön aufgeschmissen. So mussten sich die Siedler gefühlt haben, als sie durch die endlosen Weiten zogen, fernab der Zivilisation. Marie hasste Kontrollverlust und dachte fieberhaft nach. Wieder durchwühlte sie die Vorräte und fand ein paar Äpfel, aber Terry wollte sie nicht essen. Erst als sie forsch auf ihn einredete, gab er nach und biss lustlos hinein. Nach ein paar Bissen holte ihn die Müdigkeit ein und er schlief mitten im Kauen ein. Marie deckte ihn gut zu, damit er nicht fror. Nachts war es hier eisig kalt. Weit nach Mitternacht schlief auch sie endlich ein. Es war ein unruhiger Schlaf, geplagt von Angst und Schrecken und unterbrochen von Panikattacken, wenn sie von Terrys Keuchen aus dem Schlaf gerissen wurde. Der Wassermangel machte nun auch ihr zu schaffen, die Zunge klebte ihr am Gaumen, sie hatte solchen Durst.

Eine Erkenntnis reifte in ihr. Wenn morgen früh kein Auto mit Wasser vorbeikäme, wären sie verloren. Sie würden im staubigen Sand des Outbacks schwächer werden, verdursten und sich der rufenden Dunkelheit hingeben. Irgendwann würde jemand vorbeikommen und ihre vertrockneten Körper finden. Ein einsames Paar und ein Hund, ausgedörrt, erschlafft, verwelkt in den Weiten des Outbacks und besiegt von der sengenden Hitze in einer lebensfeindlichen Landschaft.

Kapitel 7

Die Sonne stand hoch am blauen Himmel. Sie schien warm über der kargen Weite, die ein Muster aus grünen Flecken und rotem Lehm bildete. Unterbrochen wurde die flache Landschaft nur von einem verloren wirkenden Felsen, einigen Termitenhügeln und vereinzelten kargen Bäumen. Auf der Buckelpiste war weit und breit nur ein einziges Auto zu sehen: Terrys Pick-up am Straßenrand. Aus der Ferne musste es aussehen wie ein dreckverkrustetes Tier, das sich in der Morgensonne wärmte. Neben dem Auto lagen zwei Schlafsäcke. Marie krabbelte gerade aus ihrem heraus und streckte sich. Gillen, der neben ihr lag, drehte sich auf den Rücken, die Beine in die Luft gestreckt. Das Schlafen auf dem harten Boden gefiel Marie nicht besonders, sie fühlte sich steif und außerdem hatte sie Kopfschmerzen. Verschlafen rieb sie sich die Augen und guckte zu Terry hinüber. Der schlief noch, was ungewöhnlich war. Normalerweise war er vor ihr wach, schürte das Feuer oder machte Frühstück. Sein Körper schien nicht viel Schlaf zu brauchen. Heute lag er zusammengekauert da, das Gesicht blass und verschwitzt. Sein Körper verströmte einen unangenehmen Geruch nach Durchfall und Marie hoffte, dass er nachts keinen Unfall gehabt hatte. Als Arzthelferin war sie so einiges gewohnt, aber es war etwas anderes, wenn man dem Kranken nahestand.

Terrys Gesicht war rot und aufgedunsen, die brennende Sonne schien ihm mitten ins Gesicht. Marie nahm ein Hemd und band es an zwei Stöcke, die sie in den weichen Boden rammte. Der Schatten des Hemdes legte sich über Terrys Gesicht, das genügte vorerst als Sonnenschirm. Es war deutlich wärmer als gestern. Terry stöhnte, unruhig wälzte er sich im Schlaf. Dabei drehte er sich auf einen der beiden Stöcke zu. Der Sonnenschutz fiel um und Terry wachte auf. Mit trübem Blick sah er Marie an, unter den Augen hatten sich tiefe Ringe gebildet. Seine Haut wirkte faltig und die Wangen eingefallen.

»Du bist dehydriert«, murmelte Marie und reichte ihm den letzten Apfel. »Bitte iss den auf.«

Terry schob den Schlafsack von sich und wischte sich über die Stirn, er war nassgeschwitzt und fiebrig. Marie half ihm, sich aufzurichten.

»Geht schon«, wehrte er ab. Seine Stimme krächzte beim Sprechen. Wacklig stand er auf, wankte hinter das Auto und erleichterte sich. Aber er kam nicht zurück.

Nach einer Weile rief sie ihn, keine Antwort. Ob das Fieber ihn eingeholt hatte und er ohnmächtig geworden war? Marie schluckte, wartete noch eine Minute, um sicher zu sein, dass er nicht gerade mitten in seinem »Morgengeschäft« steckte, und ging dann ums Auto herum. Von Terry war keine Spur zu sehen. Vor ihr lag die Ebene, Outback soweit das Auge reichte. Ihre Augen verengten sich zu Schlitzen, als sie die Büsche, Felsen und Mulden abscannte, aber bis auf ein paar Emus entdeckte sie kein Lebenszeichen. Terry war verschwunden. Unruhig ließ sie den Blick weiter schweifen und entdeckte eine kleinere Felsgruppe, die vor einer Senke lag. Die Felsgruppe war ein paar hundert Meter entfernt. Davor lag etwas Blaugraues, das nach Terrys Jacke aussah, und richtig, eine Sekunde später richtete sich Terry auf. Was machte er dort? Im nächsten Moment drehte er sich um. Als er sie erspähte, winkte er ihr enthusiastisch zu und lachte dabei.

»Schau dir das mal an. Das könnte unsere Rettung sein.« Terry deutete auf den Boden. Staub, Steine, einzelne Grasbüschel.
»Jaaaa«, sagte Marie gedehnt. »Was genau meinst du?«

»Das da!« Terry klopfte mit dem Fuß auf eine bestimmte Stelle und Marie kniete sich hin. Es dauerte ein paar Sekunden, bis sie es sah. Dort im Boden waren Spuren. Sie sahen aus wie die von Gillen.

»Das sind Dingospuren. Sie sind ganz frisch, gestern waren sie noch nicht da. Er muss Wasser gesucht haben. Hier bei den Felsen.«

»Deshalb hat Gillen letzte Nacht geknurrt. Er hat mich aufgeweckt und ich habe mich gewundert, was los war. Es hat mich alle Mühe gekostet, ihn zu beruhigen. Sein Fell war gesträubt, als hätte er in eine Steckdose gefasst, so aufgeregt war er.«

Terry schien von frischer Energie erfüllt zu sein, seine Bewegungen waren hektisch und er sprach schnell. »Komm mit.«

Sein Körper war jetzt angespannt, als würde er auf die Jagd gehen, seine Bewegungen zielgerichtet und nicht mehr unkoordiniert wie noch kurz zuvor. Die Müdigkeit schien von ihm abgefallen und das Trübe in seinem Blick war verschwunden.

Gemeinsam liefen sie an den Felsen entlang in eine Senke. Hier war es um einiges steiniger, aber Terry folgte der Spur zielsicher. Selbst wenn Marie glaubte, sie hätten die Spur verloren, fand Terry ein paar umgeknickte Grashalme oder einen staubigen Abdruck auf einem Felsen. Er war ganz in seinem Element, wie ein Bluthund, der frische Beute witterte. Zwischendurch drehte Marie sich um, das Auto war nicht mehr zu sehen. Hoffentlich würden sie den Weg zurückfinden. Sie pfiff laut und Gillen kam angelaufen. Auf ihn war immer Verlass.

Terry blieb stehen. »Hier, genau hier!« Vor ihnen lag ein unauffälliger roter Fels, der genauso aussah wie alle anderen auch. Rasch bückte er sich und schob ein Grasbüschel zur Seite. Unter dem Felsen war eine Art Hohlraum, der im Schatten verschwand. Terry hockte sich hin und tastete mit dem Arm unter den Felsen.

»Meine Güte, Schlangen«, schoss es Marie durch den Kopf, die in Australien niemals blind unter einen Stein gefasst hätte.

Triumphierend zog Terry den Arm wieder hervor – er war nass.

»Wasser!«, schrie Marie auf. »Das ist eine Quelle. Terry, du bist ein Genie.«

Freudig kniete sie sich neben ihn, während sich die Erleichterung in ihr ausbreitete. Nachdem sie das Gras platt gedrückt hatten, konnte man die Öffnung im Felsen gut erkennen. Marie bildete eine Schale mit ihren Händen und trank ein paar Schlucke. Das Wasser schmeckte lehmig, aber frisch. Terry zog sich unter den Felsen und trank das Wasser direkt aus der Lache. Er trank lange und viel. Als sie beide fertig waren, füllten sie die Wasserflasche auf. Als Gillen an die Reihe kam, wedelte er heftig mit dem Schwanz. Marie strich ihm freudig über den Rücken, erleichtert und von neuer Zuversicht erfüllt.

* * *

Die Staubwolke am Horizont kam näher und verwandelte sich in einen Truck. Mit halsbrecherischer Geschwindigkeit raste er auf sie zu, wurde kurz vorher langsam und stoppte dann so abrupt, dass der Sand unter den Reifen knirschte. Heraus sprang ein Mann mittleren Alters, der trotz seines massigen Gewichts erstaunlich athletisch wirkte. »Hi, ich habe hier was für euch.«

Er öffnete die Ladeklappe und zwei Reifen kamen zum Vorschein.

»Frisch geflickt. Ich hoffe, ihr habt nicht zu lange warten müssen. Elende Einöde. Ist ein Zufall, dass ich heute hier langfahre. Die Strecke wird selten genutzt, liegt einfach zu ungünstig.«

Marie bedankte sich vielfach bei dem Trucker, der sich als »Andrew aus Brigalow« vorstellte. Sie kamen ins Gespräch und Andrew erzählte, dass er durch das ganze Land zog, um seine Ladungen zu transportieren.

»Ich habe alles gesehen. Von Cairns bis Adelaide, von Perth bis Sydney. Ich habe die Berge der Flinders Ranges durchfahren, den Kakadu National Park durchkreuzt und bin die Great Ocean Road rauf und runter. Kenne jede Straße, jeden Parkplatz und auf manchen Strecken jeden Baum. Trucker ist der tollste Job der Welt. Es gibt keinen Beruf, in dem man so viel Freiheit genießen kann.«

Marie war beeindruckt, sie hätte Trucker nicht unbedingt als Traumberuf eingeordnet, doch nachdem Andrew von seinen Trips erzählt hatte, verstand sie, warum er seinen Beruf so liebte.

»Morgens früh liegt die Welt im Nebel und ich halte hier und da an, um Fotos zu machen. Der Nebel tanzt über den Boden und hat ein richtiges Eigenleben. Warte mal.«

Er kletterte in den Truck und holte einen Ordner hinter dem Rücksitz hervor. »Schau dir das mal an.« Stolz reichte er Marie die Mappe.

Neugierig öffnete sie die Mappe und sah sich die Fotos an. Es waren schöne, sinnliche Bilder von Zäunen und Wiesen, von Ruinen und Vögeln. Sie waren sehr schlicht, jedoch berührten sie etwas in dem Betrachter, das weit weg vom Völlegefühl und Überfluss einer Wohlstandsgesellschaft war. Es waren einfache Momentaufnahmen, denen Andrew ihre eigene Ästhetik abgewonnen hatte. Anscheinend hatte er ein gutes Auge für Harmonie und Komposition. Marie hätte sich fast jedes Foto an ihrer Wohnzimmerwand vorstellen können. Die letzten Bilder zeigten Ausschnitte von Eukalyptusbäumen. Ihre Rinde strahlte in allen Farben des Regenbogens und schien von innen heraus zu leuchten, als seien im Baum Lampen angebracht.

»Das ist eine bestimmte Eukalyptusart. Man muss die Stämme befeuchten, bevor man die Fotos macht. Nur so fangen sie an zu leuchten und die Bilder bekommen diese unglaubliche Farbintensität«, erklärte Andrew.

So jemanden wie Andrew hatte Marie noch nie getroffen. Er war vollkommen eins mit sich und seinem Leben, zufrieden mit seinem Alltag und begeistert von seinem Hobby. Ein Mensch, der mit sich im Reinen war, ohne Wenn und Aber. Bevor er weiterzog, holte er einen Sechserpack XXXX-Bier aus seinem Kühlschrank. Marie war kein großer Bierfreund, aber es war eine nette Geste und das Bier war herrlich kühl. Terry trank die erste Flasche in einem Zug leer und öffnete sofort die zweite. Anschließend gab er Andrew eine Wegbeschreibung, falls er mal eine Übernachtung oder »einen Freund« in Chinchilla brauchte.

»Das heißt dann wohl, dass ich jetzt erst mal am Steuer sitze«, neckte Marie Terry und zwickte ihn sanft in die Seite.

* * *

»Ich verrate dir eins: Es liegt an mir«, behauptete Terry. Marie schluckte und hielt einen Meter Abstand von ihm. Auf seinem Arm thronte ein riesiger Adler mit langem Schnabel und scharfen Krallen. Der Vogel hatte braun-schwarzes Gefieder, einen keilförmigen Schwanz und bauschige Beine. Aber am beeindruckendsten waren seine Augen, die so stechend wirkten, dass man sich von seinem Blick durchbohrt fühlte. »Es ist, als würden mich die verletzten Tiere rufen. Unsere Geister sind miteinander verbunden. Und ich bin wie durch Zufall immer in ihrer Nähe und kann ihnen helfen.«

Marie war das alles etwas zu metaphysisch. Der Adler hatte am Straßenrand gehockt und war nicht davongeflogen, als sie sich genähert hatten. Sein Flügel hing nicht herunter, ein gutes Zeichen, aber so praktisch Marie auch veranlagt war, sie traute sich nicht an das wilde Tier heran, um es zu untersuchen. Adler waren unberechenbar, konnten sich ungemein schnell bewegen und noch viel entscheidender: Sie waren an beiden Enden gefährlich, oben und unten.

Terry hingegen hatte sich direkt neben den Vogel gehockt, der ihn kritisch beäugte, aber gewähren ließ. Er sprach ruhig mit dem Tier wie mit einem verletzten Kleinkind, und als er ihn hochhob, wehrte sich der Adler nicht. Es war eine Szene wie aus einem dramatischen Spielfilm, in dem der Tierflüsterer eine magische Verbindung zum Tier aufbaut. Nur dass das hier die Realität war und der Adler ein wildes Tier, das mit Menschen nichts am Hut hatte. Aus einem für Marie unerklärlichen Grund schien der Adler zu spüren, dass Terry ihm nichts Böses wollte. Desinteressiert blickte er an Marie vorbei und schien auf einen Punkt in der Ferne fokussiert. Mit seinen riesigen Schwingen wirkte er majestätisch und würdevoll und zu erhaben, um den Dingen um ihn herum Beachtung zu schenken. Seine Krallen waren locker um Terrys Arm gekrümmt. Dieser trug ein langärmeliges Shirt, aber das hätte ihm keinen echten Schutz gewährt, hätte der Adler ernsthaft zugepackt. Seine Krallen waren so lang, dass sie seinen Arm fast vollständig umschlossen.

»Ein Keilschwanzadler, ein wunderschönes Tier. Aber er ist verwirrt. Vielleicht wurde er vom Fahrtwind eines Trucks erfasst.« Er hielt kurz inne. Marie wusste, dass er gerade an Andrew dachte, der kurz vor ihnen hier durchgebrettert war. Terry sprach es nicht aus. Marie lenkte ab: »Also so etwas Ähnliches wie eine Gehirnerschütterung?«

»Ich weiß es nicht, vielleicht. Es scheint nichts gebrochen zu sein, aber ihm fehlen ein paar Federn. Zum Glück keine Primärfedern, die sind intakt.«

Er strich dem Adler vorsichtig über das Gefieder. »Ich glaube, er war vor seinem Unfall schon geschwächt. Die Haut ist schlaff und er fühlt sich etwas zu kalt an. Er ist dehydriert.«

»Na, damit kennen wir uns ja jetzt aus.« Marie seufzte. Terrys Anblick, als er blass und in sich zusammengesunken vor ihr gelegen hatte, würde sie nie vergessen. Auch wenn er jetzt wieder ganz der Alte war, kräftig und unerschütterlich.

»Was können wir für ihn tun?«

Terry bot dem Adler eine Schale mit Wasser an, doch er beachtete sie nicht. Mit ebenso wenig Erfolg versuchte er, dem Vogel etwas Wasser auf den Schnabel zu tröpfeln, der einfach den Kopf wegdrehte.

»Einen Adler kann man nicht zum Trinken zwingen wie manche kleineren Vögel. Er braucht Wärme und einen intravenösen Katheder. Den haben die meisten Wildtierpfleger als Standardequipment zu Hause. Ich auch. Aber dabei habe ich nichts.«

Marie streckte die Hand aus, um Terry die Wasserschale wieder abzunehmen. Der Adler schoss nach vorne und versuchte, sie zu hacken. Knapp verfehlte er sie, aber Marie schrie und ließ die Schale fallen.

»Halt dich von ihm fern. Nur weil er mich akzeptiert, heißt das noch lange nicht, dass ihm ein anderer nahekommen darf.«

Marie schielte auf den gebogenen Schnabel des Adlers, der wie eine Waffe wirkte. Und genau das war er ja letztlich auch, ein scharfes Werkzeug, um Tiere zu zerreißen und zu zerfleischen.

»Wir nehmen ihn mit«, entschied Terry. Gillen hielt nicht viel davon, der junge Hund sträubte das Fell und weigerte sich, ins Auto zu steigen. Terry band ihn hinten auf der Ladefläche an. Bisher hatte er immer zu ihren Füßen gelegen. Marie gefiel das nicht, obwohl sie wusste, dass es hier üblich war, Hunde hinten auf den Pick-ups mitfahren zu lassen.

»Ich kann fahren«, bot Marie an, denn sie konnten den Adler nicht in einen Karton stecken oder ihn anders sichern. Terry nahm ihn einfach auf den Arm. »So kann ich ihn im Notfall beruhigen«, mutmaßte er.

Marie fühlte sich etwas unwohl dabei, aber sie vertraute Terry. Der schien meistens zu wissen, was er tat, und seine Grenzen waren anders gesetzt als bei anderen Menschen. Sie versuchte, die richtige Geschwindigkeit zu finden, gerade schnell genug, um einigermaßen sanft über die Bodenwellen zu kommen. Nach ein paar Stunden wurde sie müde, aber sie musste durchhalten. Der nächste Ort war Nockatunga und sie wollten es bis dorthin schaffen. Konzentriert fuhr sie die eintönige Straße entlang, bis es dämmerte. Nun musste sie gut aufpassen, um kein Känguru zu erwischen. Die grasten in großer Zahl am Straßenrand und gerieten in Panik, wenn sie sich näherten. Erst richteten sie sich auf und schauten das Auto an. Kurz darauf hüpfte ein einzelnes Känguru über die Straße, dann folgte der Rest der Gruppe.

Scharen von Kakadus krächzten, als sie an einer Baumgruppe vorbeifuhren. Marie liebte diese wunderschönen großen Vögel mit ihrem weißen Gefieder und den gelben Hauben. Das war das Outback, wie sie es sich vorgestellt hatte. Sie dachte an ihre Reifenpanne zurück und jetzt, wo alles wieder in Ordnung war, konnte sie darüber lächeln. Es war ein richtiges kleines Abenteuer gewesen, einschließlich des Nervenkitzels und des Risikos. Wie weit weg erschien ihr jetzt Karlsberg, die Arbeit bei Dr. Ahmed und der Alltag in ihrem Häuschen. Selbst Hildegard in Brisbane schien endlos weit entfernt. Sie unterhielten sich ein wenig, was sie von dem verletzten Vogel ablenkte. Marie fragte Terry, wie er normalerweise seinen Urlaub verbrachte.

»Ich habe wenig Urlaub. Der Farmbetrieb kennt keine Pausen, und dass ich mir wie jetzt eine Auszeit nehmen kann, kommt selten vor. Aber wenn ich frei habe, hm, dann gehe ich angeln oder fahre rum. Das reicht mir völlig.«

Marie dachte darüber nach. In den letzten Jahren war sie viel mit Lena unterwegs gewesen. In der Eifel, an der Nordsee, in Spanien und Italien. Entweder hatten sie sich in einer Pension eingemietet oder sie waren zelten gewesen.

»Hast du nie das Bedürfnis, mehr von der Welt zu sehen?«

»Warum?«

Diese Frage brachte Marie aus dem Konzept. Sie war davon ausgegangen, dass jeder Mensch gerne auf Entdeckungsreise ging.

»Nun ja, um deinen Horizont zu erweitern, um das Leben auszuschöpfen, um zu genießen, zu entspannen oder auch, um Sinn zu finden.«

»Hm.« Terry schwieg eine Weile, bevor er antwortete. »Warum sollte ich Sinn finden? Ich finde, der Sinn des Lebens besteht darin, dem Leben Sinn zu geben. Und dafür brauche ich keinen Urlaub. Sinn finde ich in meiner Arbeit, einem neugeborenen Kalb oder einem guten Pferd.«

Marie lauschte seinen Worten, während sie den Blinker setzte, um auf eine größere Straße abzubiegen.

»Ich habe mich nie nach anderen Orten gesehnt. Warum auch? Gerade weil ich nicht viel herumgekommen bin, weiß ich auch nicht, was ich verpasse. Es ist schön hier und das reicht mir.«

»Ja, in einer Sache gebe ich dir recht. Du weißt nicht, was du verpasst.« Bilder stiegen in ihrem Kopf auf und sie sah die Sonne, wie sie hinter dem Meer bei Alicante unterging, die hübschen alten Häuser in der Toskana und die rot-weißen Leuchttürme in Holstein.

Mit Einbruch der Dunkelheit erreichten sie Nockatunga. Es stellte sich heraus, dass es kein richtiger Ort war, sondern eine Ansammlung von ein paar Gebäuden, die Teil einer

Rinderfarm waren. Es gab ein Motel mit Restaurant, das trotz des abgelegenen Standorts fast ausgebucht war. Im Schein einiger Lampen wurden gerade Kühe zusammengetrieben und auf einen Transporter verladen. Mehrere junge Männer halfen bei der Arbeit, die meisten von ihnen saßen auf einem Pferd. »Das ist gutes Geld für einen sicheren Reiter«, erklärte Terry. »Habe ich früher auch gerne gemacht.«

Es gab nur noch ein Zimmer, das sie sich teilten. Man konnte das Doppelbett auseinanderschieben und so hatte jeder sein eigenes Bett. Gillen musste draußen bei den anderen Hunden übernachten. Hinter dem Motel standen ein paar Hundehütten mit Ketten, die Marie stark an Les' Farm erinnerten, von der sie Gillen gerettet hatte. Sie hoffte, dass bei Gillen keine schlimmen Erinnerungen wach wurden, doch der streckte sich, gähnte, drehte sich einmal im Kreis und rollte sich ein. »Ich nehme dich morgen früh sofort wieder von der Kette, versprochen.«

Schwieriger war die Sache mit dem Adler. Während der Fahrt hatte er deutlich abgebaut, war lethargischer geworden, und seine Augen wirkten eingesunken. Terry schmuggelte ihn mit ins Motelzimmer.

»Ist ja kein Hund«, meinte er achselzuckend, als Marie ihn auf das Tierverbot ansprach.

»Na dann.« Sie half ihm, dem Vogel aus Handtüchern eine Unterlage auf einer Kommode zu bauen, wobei sie darauf achtete, genug Abstand zu ihm zu halten.

* * *

Im Restaurant stank es nach Bier und Rum. Der Geruch vermischte sich mit dem von Pommes und anderem frittierten Essen. Die Einrichtung war alt und gammelig, in einer Ecke standen Spielautomaten. Ein paar Männer saßen vor einarmigen

Banditen und spielten, als gäbe es kein Morgen. Marie war die einzige Frau im Lokal, und sie fing an, sich unwohl zu fühlen, als sie die Blicke einiger Typen auf sich spürte.

Die meisten Gäste hatten bereits zu viel getrunken. Ein Mann an der Bar grölte laut und schlug seinem Kumpel so heftig auf den Rücken, dass er vorwärts taumelte. Er fing sich gerade noch rechtzeitig, um nicht in einen der beiden Fernseher zu krachen, die beide ein Rugbyspiel übertrugen. Technomusik drang aus einem Lautsprecher und schien so gar nicht in dieses altbackene Ambiente zu passen. Hier erwartete man eher Countrymusik oder Golden Oldies.

Marie und Terry hatten sich einen Tisch in einer Ecke am Fenster gesucht. Marie saß mit dem Rücken zur Wand, sie wollte sehen, falls sich ihnen jemand näherte. Terry beugte sich vor: »Der Ort hier hat keine gute Atmosphäre. Und was ist das für eine schreckliche Musik?« Er sprach ihr aus dem Herzen.

»Ja, ich bin auch kein Technofan«, entgegnete Marie.

»Das ist Techno? Das ist doch keine richtige Musik, da kann ich mir auch rhythmisch mit der Bratpfanne eins überziehen.«

Marie war ganz seiner Meinung.

Die Menüauswahl war beschränkt und sie bestellten sich je einen Burger mit Pommes. Geschmacklich war das Essen ganz annehmbar, aber die Menge war nicht zu schaffen. Als Marie fertig war, lag immer noch ein gigantischer Berg Pommes vor ihr. In ihrem Bauch rumorte es, das fettige Essen drückte auf ihren Magen.

»Ich verschwinde mal kurz«, raunte Terry ihr zu und wies in Richtung der Toiletten.

Kaum war er weg, stellte Marie fest, dass der Kerl, der vorher so laut an der Bar gegrölt hatte, zu ihr herübertorkelte. Er trug ein Achselshirt, das seine muskulösen Arme betonte, die mit Tätowierungen aller Art geziert waren. Manche davon waren Meisterwerke, andere wirkten wie selbstgestochen.

Wankend kam er auf sie zu, mehrfach hielt er inne, um sich an Stühlen festzuhalten. Als er vor ihr stand, konnte Marie seinen alkoholgeschwängerten Atem riechen. Ungeniert rülpste er, um sich anschließend mit dem Ärmel über den Mund zu wischen. Angewidert verzog sie das Gesicht.

»Hallo, na, Süße? Wie wär's mit uns beiden?«

Das war so plump, dass Marie gar nicht wusste, wie sie darauf reagieren sollte. Instinktiv schaute sie zu den Toiletten, von Terry keine Spur. Es war schon lange her, dass sie so billig angemacht worden war. Die anderen Männer schienen alle mit ihren eigenen Dingen beschäftigt zu sein. Nur ein junger Mann ein paar Tische weiter guckte zu ihr herüber. Er war deutlich gepflegter als der Rest der Belegschaft. Allerdings zog sich eine lange Narbe quer über sein Gesicht, was ihm ein raues Äußeres verlieh.

»Ich bin schon mit jemandem hier.«

»Ach, der Hänfling is doch nix für eine Frau. Hier siehste einen echten Kerl.«

»Das entscheide ich selbst. Wenn du mich jetzt bitte in Ruhe lassen könntest.« Ihre Stimme wurde lauter. Der Typ regte sie auf. Ob betrunken oder nicht – Machos konnte sie nicht ausstehen.

»Hältst dich wohl für was Besseres, wie? Wo kommst du denn her?« Seine Worte klangen gedehnt und verwaschen.

»Ich sagte, ich möchte meine Ruhe.«

Der Betrunkene schien ihr nicht zuzuhören, sondern glotzte sie nur unbewegt an.

»Willste mal wissen, wie sich richtige Muskeln anfühlen?«, fragte er schließlich und griff nach ihrem Arm. Marie schrie auf und riss den Arm weg. »Nein, danke. Geh zu deinen Kumpels zurück, ich habe kein Interesse.«

Unbeholfen versuchte er, wieder nach ihr zu greifen, doch Marie war schneller, denn seine Reflexe waren durch den hohen

Alkoholpegel stark verlangsamt. Ärgerlich fluchte er: »Jetzt zier dich nicht so. Wir sind doch alle hier, um ein bisschen Spaß zu haben.«

Er packte Maries Kinn und drehte ihren Kopf so fest zu sich, dass es ihr wehtat und sie ihn anfuhr: »Lass mich sofort in Ruhe!«

»Na, komm schon.«

Eine Hand legte sich auf seine Schulter. Es war der junge Mann, der sie vorher beobachtet hatte.

»Joe, du hast die Dame gehört. Euer Gespräch ist beendet.« Er sprach klar und deutlich und wirkte sehr selbstbewusst. Joe drehte sich um und verschränkte die Arme, Maries Puls ging hoch, als sie sah, wie sich seine Muskeln bei dieser Geste anspannten. Der junge Mann war einen Kopf kleiner als Joe und bei Weitem nicht so kräftig gebaut. Hoffentlich ging jetzt keine Prügelei los, doch zu ihrer Verwunderung brummte Joe: »Ist ja gut. War nur ein bisschen Spaß.«

»Du solltest jetzt ins Quartier gehen, es ist spät und du bist besoffen. Mike bringt dich.« Energisch winkte er einem anderen Mann an der Bar zu, der sich augenblicklich hinzugesellte. »Komm, Joe, Zeit zu gehen.«

»Was is'n?« Aus dem Megamacho von eben wurde binnen weniger Augenblicke ein fügsamer Bursche, in dem sämtliches Feuer erloschen war. »Okay. Die ist mir eh zu verspannt. Nicht mein Typ.«

»Jaja, wenn du nüchtern bist, gehen wir wieder auf Brautschau, okay? So bringt das nichts.«

»Okay.«

Mike kam hinzu und griff Joe unter die Arme. Er half ihm, den Weg zur Tür zu finden, und die beiden trollten sich.

Marie atmete auf, Erleichterung erfüllte sie.

»Vielen Dank, das war sehr anständig von dir.«

»Kein Thema. Joe weiß manchmal nicht, wo seine Grenzen liegen.«

»Er hat viel getrunken.«

»Ja, auch da kennt er seine Grenzen nicht. Er ist ein netter Kerl, wenn er nüchtern ist. Es tut mir wirklich leid, dass du ihn so erleben musstest. Seine Frau hat ihn vor Kurzem verlassen und seitdem trinkt er zu viel. Aber das ist natürlich keine Entschuldigung für sein Verhalten. Wir haben hier alle ein gutes Auge auf ihn, damit er keinen Unsinn macht.«

Marie lud den jungen Mann, der sich mit dem Namen Cooper vorstellte, auf ein Bier ein.

»Was ist dein Lieblingsgetränk?«, fragte sie, als sie dem Kellner winkte.

»Das nächste.«

Sie lachten und Cooper wählte ein James Boag Draught, ein Bier, das in Tasmanien gebraut wurde. Marie blieb bei Wasser.

Interessiert hörte sie Cooper zu. Er studierte Tiermedizin und verbrachte regelmäßig Praxiswochen in verschiedenen Kliniken sowie auf Farmen und Zuchtstationen. »Die meisten hier sind Viehtreiber, ich falle da etwas raus, weil ich nur wochenweise auf den Stationen bin. Nicht dass es mir an Erfahrung im Umgang mit Tieren fehlen würde, aber ich brauche halt die Bescheinigungen. Wenn ich fertig bin, möchte ich mich auf Pferde und Rinder spezialisieren.«

Marie betrachtete den jungen Mann und stellte fest, dass er erstaunlich attraktiv war. Er hatte hübsche dunkle Augen, volle Lippen und hohe Wangenknochen. Selbst die Narbe gab ihm etwas Verwegenes.

Nach einer Weile kam Terry zurück. Als er von der Episode mit dem Betrunkenen erfuhr, wurde er furchtbar wütend. »Wer von diesen ungehobelten Flachstulpen war das? Dem werde ich zeigen, wie man eine Frau behandelt. Diese Flegel hier brauchen mal etwas Aufklärung.«

Marie weigerte sich, ihm zu sagen, welcher der Kerle aufdringlich geworden war.

»Lass gut sein, Terry«, meinte sie nur. »Er wurde in seine Unterkunft gebracht und kann seinen Rausch ausschlafen. Es ist nichts passiert und die Situation ist vorbei. Keine weiteren Ausschreitungen heute Abend. Lass uns den Rest des Abends genießen.«

Ein unangenehmer moschusartiger Geruch brannte ihr plötzlich in der Nase. Sie schnupperte. »Ich weiß nicht, irgendwie riecht es hier nach Pferd. Riecht ihr das auch?« Suchend drehte sie den Kopf und stellte fest, dass das Aroma aus Terrys Richtung kam. Der wurde rot.

»Das ist mein Parfum«, murmelte er und kratzte sich dabei am Hinterkopf. »Hab es eben auf der Toilette aufgelegt.« Schnell wechselte Marie das Thema.

Mit Cooper am Tisch wurde der Abend deutlich angenehmer. Er war humorvoll und hatte viel zu erzählen. Seine Eltern besaßen eine Farm und züchteten Schafe, Pferde und Rinder. Sie hatten alle ihre Hoffnungen in ihn als Nachfolger gesteckt, aber sein Tiermedizinstudium war seine ganze Leidenschaft.

»Das Medizinische liegt mir im Blut. Ich fand es schon immer spannend, mit Spritzen, Pipetten und anderem Werkzeug zu arbeiten. Als kleiner Junge habe ich immer die Beine unserer Hunde verbunden und damit meine Eltern erschreckt.«

Marie hörte ihm gebannt zu. Auch wenn Cooper ganz anders war als Andrew, der Trucker, so hatten die beiden doch eine Gemeinsamkeit: Beide waren mit ihrem Leben zufrieden und hatten ihren Platz gefunden. Terry war ebenso mit sich im Reinen und hinterfragte sein Leben nicht, nahm es so, wie es kam. Marie kam ins Grübeln: Jeder schien zu wissen, wo er hingehörte. Bisher war sie nicht unglücklich gewesen, hatte sich in Karlsberg recht wohl gefühlt – und wohlfühlen war nicht das Gegenteil von Unglück, es war vielmehr ein Akzeptieren der

Gesamtsituation. Sie hatte immer das Beste aus allem gemacht, war optimistisch und nahm Herausforderungen an. Aber echtes Glück war etwas anderes. Hatte sie sich etwas vorgemacht? Gab es Alternativen zu ihrem Leben? Und wenn ja, wie sahen diese aus?

»Und vor Kurzem habe ich die Frau meines Lebens getroffen. Deshalb genieße ich den Aufenthalt hier nicht, weil ich sie vermisse. Leider muss es sein, ich hoffe einfach, dass sie mir in der Zwischenzeit nicht wegläuft.« Cooper hatte es mit einem Lachen in der Stimme gesagt, aber Terry ging dennoch ernst darauf ein: »Kumpel, wenn es die Richtige ist, dann läuft sie nicht weg. Dann ist man immer miteinander verbunden, egal, wie weit man voneinander entfernt ist. Nicht wahr, Marie?«

»Ähm. Ja, ich denke schon.« Terry schaute ihr eine Sekunde zu lange in die Augen und sie wurde rot. Verlegen widmete sie sich ihrem Getränk. Mit einem Ohr hörte sie der Unterhaltung zwischen den beiden Männern zu. Terry erzählte Cooper von dem Adler und der bot an, sich das Tier anzuschauen. Gemeinsam gingen sie in das Motelzimmer.

Als Cooper den Vogel dort hocken sah, kamen ihm Zweifel. »Ich habe erst drei Semester hinter mir und sagen wir es so, Adler waren bisher nicht auf dem Stundenplan. Ich kann euch nur sagen, was ihr auch schon wisst: Der Adler ist dehydriert und braucht eine intravenöse Injektion, um den Flüssigkeitsverlust auszugleichen. Und viel Ruhe an einem warmen Ort. Ich fürchte, ich kann euch leider nicht helfen.«

Er trat einen Schritt näher und beugte sich vor. Etwas im Blick des Adlers änderte sich und Marie rief warnend: »Vorsicht!« Aber zu spät, der Adler schoss vor und erwischte Cooper an der Wange.

»Au!« Cooper sprang zurück und hielt sich die blutende Wange.

»Lass mich sehen.« Marie untersuchte die Stelle, es war zum Glück nur ein tiefer Kratzer. Mit einem feuchten Tuch reinigte sie die Wunde, bis sie aufhörte zu bluten. Terry redete in der Zwischenzeit mit dem Adler, der wieder seelenruhig in seiner Ecke saß. Cooper setzte sich auf eines der Betten und betrachtete das Tier von Weitem.

»Hm …«, machte er. »Hier draußen mangelt es einfach an medizinischen Möglichkeiten. Ich sehe wenig Chancen für das Tier.« Er rieb sich die schmerzende Wange. Plötzlich hob er einen Zeigefinger. »Es sei denn …«

Marie horchte auf. »Ja?«

»Es gibt hier in der Nähe eine Frau, die lebt etwas abseits in einer Hütte am Fluss. Ihr Name ist Louise und sie ist etwas eigenartig, aber sie hat erwähnt, dass sie sich um Wildtiere kümmert. Also, ich habe sie nur einmal getroffen und zu mir war sie freundlich. Von anderen habe ich da ganz andere Geschichten gehört. Sie ist vom Volk der Kullili und eine sehr stolze Person. Die Kullili sind die Ureinwohner des Landes. Louises Vorfahren haben hier gelebt, und sie ist schon ihr ganzes Leben in der Hütte. Ich weiß nicht, ob sie uns helfen würde, aber einem Tier, denke ich, schon.«

»Kannst du uns den Weg zeigen? Noch heute Abend?«

Cooper nickte.

»Soweit ich weiß, ist es zu Fuß ein Kilometer nach Süden, bis man auf das Bachbett stößt, und dann am Ufer entlang. Die meiste Zeit ist der Fluss ausgetrocknet, aber man kann ihn nicht übersehen.«

»Zu Fuß?«, wiederholte Marie. »Kann man nicht auch fahren?«

»Nein. Tagsüber kann man den Trampelpfad entlangfahren, nachts ist das zu gefährlich. Der Pfad ist in einem schlechten Zustand.«

»Na dann, nichts wie los.« Marie kramte in den Sachen, um eine Taschenlampe hervorzuholen, und zeitgleich hob Terry den Adler sanft auf seinen Arm. Es war kein schöner Anblick, denn der Vogel schwankte, als habe er kaum noch Kraft, sich zu halten. Er wirkte lethargisch und schwach.

* * *

Der Klang eines Didgeridoos zerriss die Stille der Nacht. Ein tiefes, brummendes Geräusch, das auf- und abschwoll, ohne dabei eine echte Melodie zu formen oder einen erkennbaren Rhythmus zu haben. Dumpf und weich durchdrang es die Kälte und Dunkelheit und klang dabei so angenehm, dass es Marie von innen heraus wärmte.

Sie waren dem unebenen Weg zum Bachbett gefolgt, hatten versucht, den tiefsten Schlaglöchern auszuweichen und nicht über die Steine zu stolpern. Marie war trittsicher und schaffte es, die sicheren Stellen zu finden. Endlich zahlten sich all die Waldspaziergänge durch den Karlsberger Forst einmal aus. Die Temperaturunterschiede im Outback zwischen Tag und Nacht waren enorm, zitternd hatte sie ihre Jacke hoch in den Nacken geschoben, als das Didgeridoo einsetzte und sie alle Kälte vergessen ließ. Was für ein schöner, erdiger Klang das war! Es schien die Welt um sie herum zum Schwingen zu bringen. Vor vielen Jahren hatte Marie einen Didgeridoo-Spieler in einer Fußgängerzone gehört, umgeben von billigen Modeboutiquen und Schuhläden, und im Wettkampf mit den Hintergrundgeräuschen der bummelnden Menschenmassen war es etwas anderes gewesen. Dieses Spiel hier war atmosphärisch, voller Tiefe und Gefühl.

In der Hütte brannte Licht, und Marie erkannte die Silhouette einer Frau. Cooper bedeutete ihnen, zu warten; er trat auf die Veranda und klopfte an die Tür. Innerhalb von

Sekunden brach das Didgeridoo-Spiel ab und die Tür wurde aufgerissen.

»Was wollt ihr hier?«, bellte ihnen die Frau entgegen. Gegen das Licht in ihrem Rücken konnte Marie sie nur grob erkennen. Eine kleinere Frau mit fülligem Körpervolumen und einer Lockenmähne wie ein Löwe. Eins aber erkannte Marie deutlich: Auf Coopers Brust war eine Pistole gerichtet. In ihr zog sich etwas zusammen.

»Hallo, Louise«, antwortete Cooper erstaunlich ruhig. Er stand still, ignorierte die Pistole und blickte dem wild aussehenden Schatten ins Gesicht.

»Wir sind uns vor einer Weile begegnet. Ich habe das Känguru notversorgt, das einer der Jungs angefahren hatte. Erinnerst du dich? Ich habe ihm einen Verband angelegt und es dir zur Weggabelung getragen.«

Die Pistole blieb, wo sie war.

»Name?«

»Cooper.«

»Was willst du, Cooper?«

»Wir haben einen Patienten für dich. Einen verwundeten Adler.«

Die Pistole senkte sich.

»Warum sagst du das nicht gleich? Komm rein.«

Cooper nahm den Hut vom Kopf und klopfte seine Schuhe ab. Es gab keine Fußmatte, es war mehr ein symbolischer Akt der Freundlichkeit. Die Frau schob ihren Kopf durch den Eingang.

»Wie viele seid ihr?«

»Wir sind zu dritt. Draußen wartet ein Farmer, der den Adler eingesammelt hat. Er scheint eine gute Bindung zu Tieren zu haben, genau wie man es sich auch von dir erzählt. Marie ist aus Deutschland, und als Arzthelferin kennt sie sich gut mit Medizin aus. Beide sind in Ordnung.«

Louise winkte sie hinein und Marie schaute sich in der kleinen Hütte um. Sie bestand vor allem aus einem Wohnzimmer mit Küche. Durch die offene Tür erkannte Marie ein Schlafzimmer mit einem wackligen Holzbett. Die Einrichtung war karg, alt und abgenutzt, aber trotzdem war das Häuschen mit seinem altertümlichen Charme nicht ungemütlich. Alles darin schien zusammenzupassen. An den Wänden hingen klassische Aborigines-Bilder in erdigen Farbtönen, gemalt aus Tausenden kleiner Punkte, nur unterbrochen von gelegentlichen geschwungenen Linien. Auf einem Bild erkannte Marie eine Echse, umgeben von Kreisen.

Louise streckte den Kopf zur Tür hinaus, blickte forschend nach rechts und links. Anscheinend zufrieden mit dem Ergebnis, knallte sie die Tür zu und schob einen Riegel vor.

Ohne Marie eines Blickes zu würdigen, ging sie zu Terry und schaute sich den Adler an. Louises Haarpracht wippte auf und ab, als sie um das Tier herum ging. »Wo habt ihr ihn gefunden?«

Marie löste sich von den Bildern und betrachtete die Frau. Louise hatte dunkle Haut und ein markantes Gesicht. Ihre Bewegungen waren schneller, als man ihr zutraute, und stets zielgerichtet. Sie strahlte eine natürliche Autorität und ungetrübtes Selbstbewusstsein aus.

»Am Straßenrand. Er hat keinen offensichtlichen Knochenbruch. Wir vermuten, dass er bereits in schlechter Verfassung war, als er vom Fahrtwind eines Trucks erfasst wurde.«

»Und du?« Sie deutete auf Terry. »Hast du eine Ahnung, wie gefährlich die Viecher sind? Warum kannst du ihn halten, ohne dass er versucht, dir die Nase abzubeißen oder den Arm zu zerkratzen?«

Terry schaute Louise ruhig an und lächelte. Sein Schweigen erzählte mehr als tausend Worte, es schien

Louise zufriedenzustellen. »Nun gut. Dann wollen wir uns *Wallaveru* mal anschauen.«

Sie drehte eine Tischlampe in Richtung des Vogels, um ihn besser betrachten zu können. Dabei achtete sie darauf, ihm nicht zu nahe zu kommen. Fachmännisch musterte sie das Tier.

»Dreh ihn zu mir herum«, befahl sie Terry. Nun kniff sie die Augen zusammen und schnalzte mit der Zunge. »Hebe beide Flügel ein Stück an.«

Missbilligend hob der Adler den Kopf, bereit, sich zu verteidigen. Seine Augen hatten an Glanz verloren. Louise trat zurück und drehte sich abrupt zu Marie um. Diese verspannte sich, als sie so plötzlich im Zentrum von Louises Aufmerksamkeit stand.

»Er ist am Sterben«, sagte sie so gelassen, als sei es die natürlichste Sache der Welt. Der Tod mochte zwar ein fester Teil des Lebenskreises sein, aber Marie musste trotzdem schlucken, sie hatte auf eine andere Nachricht gehofft. Sehnlichst wünschte sie sich, dass der imposante Vogel eine zweite Chance bekam und wieder gesund werden würde. Sie wollte, dass er frei über das rote Land fliegen, die grenzenlose Steppe von oben betrachten und sich vom Wind treiben lassen konnte, eins mit sich und dem Himmel. Ihre Kehle schnürte sich zu, zaghaft fragte sie: »Können wir noch irgendetwas für ihn tun?«

Louise schüttelte den Kopf. »Nein.«

Auch das klang wieder so selbstverständlich, als hätte Marie sie gefragt, ob der Mond eine große Käsescheibe sei. Betreten versuchte sie, Louises Blick standzuhalten und gab auf, stattdessen schaute sie zu Boden. Louises Stimme klang etwas weicher, als sie hinzufügte:

»Ihr könnt nichts für *Wallaveru* tun. Aber ich kann es. Da ist noch ein kämpfender Funke in ihm, er hat noch nicht aufgegeben. Lasst ihn hier.«

Marie atmete aus, die Hoffnung kam zurück, vielleicht war ja doch noch nicht alles zu spät.

»Ich kann nichts versprechen. Wahrscheinlich wird er morgen früh tot sein. Wenn er aufgibt, werde ich ihm den Weg weisen und ihm die Reise erleichtern. Ihr werdet jetzt gehen, damit ich ihn versorgen kann. Dafür brauche ich Ruhe. Und du«, sie deutete auf Terry, »gibst mir deine Handynummer. Ich werde dir Bescheid geben, wenn er die Reise begonnen hat – oder auch nicht.«

Marie stutzte. Das Wort »Handynummer« aus Louises Mund verwirrte sie. Irgendwie hatte sie die ruppige Frau in ihrer Holzhütte nicht mit moderner Technologie in Verbindung gebracht. Aber natürlich hatte Louise ein Handy. Es war ein essenzieller Bestandteil hier draußen im Outback, ein Gerät, das über Leben und Tod entscheiden konnte; das Austausch ermöglichte und im Notfall Hilfe brachte. Jeder hier hatte ein Handy, Funkgerät oder Satellitentelefon, um mit der Außenwelt in Kontakt zu bleiben. Es war ein hartes Land voller Risiken und Gefahren, die manchmal so offensichtlich wie ein Feuer oder eine Axt waren, die einem aufs Bein fällt, und manchmal so versteckt und überraschend wie eine Schlange, die sich hinter dem Küchenschrank hervorringelt.

Marie hatte in ihrem Beruf schon einiges an Krankheit, Leid und Tod erlebt. Betroffen, aber gefasst hatte sie neben Dr. Ahmed gestanden, als er Patienten schlechte Nachrichten übermitteln musste. Im Laufe der Jahre hatten sie einige Patienten behandelt, die plötzlich nicht mehr wiederkamen, nicht weil sie geheilt, sondern weil sie verstorben waren. Auch wenn sie sich nie an den Gedanken des Todes gewöhnt hatte, so war sie doch in gewisser Hinsicht abgehärtet. Trotzdem stiegen Tränen in ihr auf und es kostete sie Kraft, sie zu unterdrücken. Marie spürte, wie ihre Wangen fleckig wurden, als ein warmer Schauer der Trauer sie durchfuhr.

Louises Stimme, die bisher so herrisch geklungen hatte, hörte sich nun weicher an, als sie sich an Marie wandte: »Er wird wiederkommen, in anderer Gestalt. Seine Seele wird sich vom Körper lösen und eine neue Hülle finden. Es ist kein Grund zur Trauer, es ist Teil des Seins und Nicht-mehr-Seins und nur ein Puzzlestück des spirituellen Gewebes, das diese Welt zusammenhält.«

Marie nickte stumm, sie glaubte nicht an Wiedergeburt, doch Louises Worte waren tröstend und sie nahm sie dankbar an.

Grübelnd folgte sie Terry und Cooper aus der Hütte, begleitet von Louises Gesang, der erscholl, sobald sie sich verabschiedet hatten. Tief und sonor, unrhythmisch wie zuvor das Didgeridoo, ein wohltönendes Summen. So beruhigend, dass die Klänge Marie noch lange im Kopf nachhallten und sie selbst später im Traum von ihnen begrüßt wurde.

Kapitel 8

Terry sang mit seiner CD um die Wette. Es war ein Countrysong über einen einsamen Cowboy, der erzählte, wie sich sein Leben gerade auf den Kopf stellte, während er durch die nächtliche Prärie ritt und die funkelnden Sterne betrachtete. Die nostalgische, aber erwartungsfrohe Melodie passte gut zu ihrer Stimmung.

Terry besaß nur die eine CD und sie hatten sie mittlerweile so oft gehört, dass Marie den Refrain der meisten Lieder mitsingen konnte. Eigentlich war sie kein großer Countryfan, aber die Musik passte hierher und sie passte zu Terry. Der trommelte im Rhythmus des Liedes auf dem Lenkrad herum, wobei er seinen Oberkörper vor und zurück wiegte. Er schien der Musik nie überdrüssig zu werden, typisch für ihn. Wenn ihm etwas gefiel, brauchte er wenig Abwechslung.

In der Mittelablage zwischen ihnen stand eine Wasserflasche ohne Deckel. In ihr steckte ein Strauß Wildblumen mit kleinen, blassen Blüten, zwar etwas ausgetrocknet, aber für Marie waren sie etwas Besonderes: Terry hatte sie heute Morgen mit dem Strauß überrascht. Überhaupt war er heute ein Ausbund an Freundlichkeit und Charme, enthusiastisch las er Marie jeden Wunsch von den Lippen ab. Es war der sechste Tag ihrer Rundreise. Morgen würden sie Lena treffen und Marie freute sich darauf, ihre Tochter wieder in die Arme zu schließen. Die Sonne schien heute noch heller, der Himmel war noch blauer.

Terry drehte die Musik leise und räusperte sich. »In ein paar Kilometern kommen wir an einem künstlich angelegten See vorbei. Da fangen wir uns unser Mittagessen. Ist dir das recht?«

»Oha. Warum nicht? Ich habe schon lange keinen Fisch mehr gegessen.«

»Keinen Fisch. Yabbies.«

»Was um alles in der Welt sind Yabbies?«

»Hm. Yabbies halt. Süßwasserkrebse.«

Kurze Zeit später hielt er am Straßenrand. Neben ihnen war ein hoher Wall aufgeschüttet, dahinter lag der See. Der Anblick dieser Seen war Marie inzwischen vertraut: Es gab sie hier überall, sie waren die künstlich angelegten Wasserreservoirs der Farmer. Normalerweise lagen sie in großen umzäunten Paddocks oder in der Nähe der Farmhäuser. Dieser hier lag direkt an der Straße, weit und breit waren weder Zäune noch Gebäude zu sehen.

»Den nutzt keiner«, kommentierte Terry, der anscheinend Maries Gedanken lesen konnte. »Ich bin hier schon oft hergekommen. Nicht viel los, aber der See ist voller Yabbies.« Er schnappte sich seinen Hut und stieg aus.

Das Wasser glitzerte verheißungsvoll in der Sonne. Am liebsten wäre Marie in den See gesprungen, aber wer wusste, was sich alles unter der Oberfläche verbarg. Sie hatte gelernt, hier in Australien immer erst nachzufragen und zweimal nachzudenken, bevor sie handelte. Heute Morgen hatte sie fast in eine Spinne gegriffen, die über Nacht auf die Wasserflasche geklettert war. Die Wasserflasche hatte hinten im Pick-up auf der Ladefläche gestanden – dort oben hätte Marie wirklich keine Spinne erwartet.

»Glück gehabt«, hatte Terry achselzuckend kommentiert, als Marie ihm den achtbeinigen Gliederfüßer gezeigt hatte. »Eine Rotrückenspinne. Siehst du den roten Streifen auf dem Rücken? Ein Weibchen. Wenn die dich erwischt hätte, müssten wir jetzt zum nächsten Krankenhaus rasen, um dir das Gegengift zu besorgen.«

Entschlossen hatte er ein Geschirrtuch gegriffen und die Spinne damit heruntergefegt, die eilig weggekrabbelt war. Marie schüttelte es noch immer, wenn sie daran dachte.

Obwohl hier vieles karg und leer wirkte, war das Leben überall, in jeder Spalte und Ritze. Vieles davon war giftig, selbst die Ameisenbisse waren unglaublich schmerzhaft. Als sie sich das erste Mal auf den nackten Boden gesetzt hatte, hatte sie eins von den Biestern erwischt. Danach hatte sie immer Handtücher untergelegt. Im Gebüsch gab es Zecken, deren Neurotoxine im Speichel eine lokale Lähmung verursachten, die an den falschen Stellen zu schweren Problemen führen konnten. Es gab Mücken so groß wie ein Fingernagel, deren Stiche wie Bienenstiche aussahen, Schlangen aller Art, die würgten oder tödlich bissen, und selbst im Wasser gab es giftige Tiere, die nur darauf zu warten schienen, dass man ihnen in die Quere kam. Angst hatte Marie zwar nicht, aber eine gehörige Portion Respekt. Sie war dementsprechend vorsichtig und passte sich der Natur lieber an. Man rannte hier nicht durch kniehohes Gras oder schlug sich einen Weg mitten durchs Gebüsch. Zumindest nicht, wenn man an seinem Leben hing.

Immerhin gab es hier keine Krokodile, die waren weiter nördlich. Terry hatte ihr erzählt, dass Krokodile durch die Flüsse weit ins Innere des Landes eindrangen. Am Meer gab es außerdem noch Bullenhaie, eine der ernsteren Gefahren Australiens und Verursacher zahlreicher Todesfälle.

»Sie kommen in Rudeln und trauen sich selbst in flachste Gewässer, dort wo man sie am wenigsten vermutet. Ich könnte dir von Vorfällen erzählen, die sind schlimmer als jede Gruselgeschichte. Bullenhaie halten sich gerne in Brackwasser in der Nähe von Siedlungen auf, schön am Flussufer, wo viele Wurzeln ins Wasser reichen. Dort ist das Wasser voller organischer Substanzen, ein gutes Jagdgebiet für sie. Tja, und wer dort durch das Wasser watet oder Schwimmen geht, der ist leichte Beute. Menschen schmecken ihnen nicht, aber ein einziger Biss kann tödlich sein. Einen Cousin von mir hat es beim Angeln erwischt. Drei Bisse ins Bein in knietiefem Wasser und er ist fast verblutet.«

Marie hörte solche Geschichten gar nicht gerne. Insgesamt fühlte sie sich wohl in Australien, aber diese permanente Gefahr, die offenkundig ein Teil der Lebensrealität war, bereitete ihr Unbehagen. Jedes Land hatte seine eigenen Risiken, auch Deutschland, doch da war sie mit den Gefahren vertraut und konnte sie besser einschätzen.

Terry entrollte etwas Schnur und knotete ein Stück Fleisch an einem Ende ein. Mit dieser Konstruktion hockte er sich hin, hielt das Ende der Schnur in der Hand und warf das Fleisch ins Wasser.

Marie traute ihren Augen nicht.

»Das ist alles?«, fragte sie misstrauisch. »Kein Haken, keine Angel?« Sie konnte sich beim besten Willen nicht vorstellen, dass Terrys selbst gebastelte Krebsfalle funktionieren sollte.

»Man muss schnell sein. Sobald der Krebs anbeißt …« In diesem Moment zog etwas unter Wasser an der Schnur, sie bewegte sich, tauchte leicht unter.

»Ha!« Terry zog die Krebsfalle erst langsam an, dann riss er sie blitzschnell hoch. Behänd griff er nach einem zappelnden Krebs, der sich mit seinen Scheren in das Stück Fleisch verbissen hatte. Der Yabby war handtellergroß und seine Scheren funkelten gefährlich im Sonnenlicht, aber Terry hatte ihn so im Nacken gepackt, dass er ihn nicht zwicken konnte.

»Du bist dran.« Er legte den zappelnden Krebs in einen leeren Topf und reichte ihr die Fallenkonstruktion.

Marie schüttelte den Kopf. »Wenn ich das versuche, beißt der mir den Finger ab. Ich bin nicht so schnell wie du. Und erst recht nicht so zielsicher.«

»Okay, du angelst, ich greife ihn.«

Marie hielt die Schnur geduldig fest, während der Fleischklumpen langsam versank. Tatsächlich biss bald der nächste Yabby an, sobald Marie ihn jedoch hochzog, ließ sich der Krebs fallen, um wieder im Wasser zu verschwinden.

Auch beim nächsten Versuch hatte sie kein Glück.

»Du musst ihn mit mehr Gefühl hochziehen«, kommentierte Terry. Bei ihm hatte es ganz einfach ausgesehen, Marie verstand beim besten Willen nicht, was sie anders machte. Ob es einen Trick gab?

Wiederholt versuchte sie es, bis das Wasser aufgewühlt und trüb war. Geduldig wechselte sie die Uferstelle und endlich schaffte sie es. Ein fingergroßer Yabby hing an der Schnur, Terry griff ihn gekonnt und sie betrachtete das Tier. Es hatte einen Rückenschild, dem ein langer Hinterleib folgte. Sein Panzer schimmerte bläulich, hilflos reckte er seine langen Antennen nach oben.

»Hübsch ist er.«

Auf einmal bekam Marie Mitleid mit dem Tier. Die Antennen tasteten in der Luft, als würde er einen Weg in die Freiheit suchen. Marie schluckte, sie konnte sich nicht mehr vorstellen, den Krebs zu essen. Da war ohnehin nur eine Minimenge Fleisch dran, satt machen würde sie der noch lange nicht.

Terry hatte in der Zwischenzeit zwei weitere Yabbies aus dem Wasser gezogen und in den Topf bugsiert. Dort begannen die Krebse hektisch, sich gegenseitig mit ihren Antennen zu befühlen. Die kleineren versuchten, den größeren auszuweichen.

Marie nahm den Eimer und schüttete ihn über dem Wasser aus, blubbernd versanken die Yabbies wieder im Wasser.

»Was soll denn das?« Terry starrte sie entgeistert an.

»Es tut mir leid. Ich möchte nicht, dass die für uns sterben müssen.«

»Was? Das ist unser Mittagessen gewesen.«

»Ich weiß auch nicht. Ich bin zwar kein Vegetarier, aber du hast mir doch schon oft von deiner Bindung zu Tieren erzählt, wie du manchmal spürst, was sie fühlen. So ging es mir gerade auch, ich dachte einfach, die wollten nicht gegessen werden.«

Terry schaute sie ungläubig an. Missbilligend schüttelte er den Kopf, brummelte vor sich hin, ohne Maries Aktion weiter zu kommentieren. Er presste die Lippen fest zusammen, rollte die Schnur ein und setzte sich mit überkreuzten Beinen hin. Geschäftig fing er an, den Topf mit einem Taschentuch zu reinigen.

Übersprunghandlung, ging es Marie durch den Kopf.

Sie holte ein paar Kekse aus ihrem Rucksack und hielt Terry die Tüte entschuldigend hin. Der lehnte ab.

»Es tut mir leid. Heute Abend werde ich dir was besonders Gutes kochen, okay? Als Entschädigung.«

In diesem Moment klingelte ihr Handy. Hektisch fummelte sie es aus dem Rucksack heraus, weil das nur eine Person sein konnte: Lena. Das Handy rutschte ihr aus der Hand und glitt auf der Uferbank hinunter. »Nein!«

Wie in Zeitlupe sah sie das Handy auf das Wasser zugleiten. Der Boden vor ihnen war abschüssig und ebenerdig, ausgerechnet hier gab es nur wenige Grasbüschel. Ohne das Handy konnte sie Lena nicht mehr erreichen. Diese hatte in Australien eine neue Sim-Karte eingelegt, aber Marie kannte die Nummer nicht auswendig. Die Nummer war nur in diesem Handy gespeichert. Eigentlich nicht gut, aber zu spät, um das jetzt noch zu ändern. Beherzt warf sie sich nach vorne, stieß dabei ihren Rucksack um und schlitterte dem Gerät hinterher.

Es hatte das Wasser fast erreicht. Sie streckte sich noch mehr und schrie. Erde und Steine ratschten an ihren nackten Armen und Beinen entlang, sie spürte, wie ihre Haut großflächig aufriss. Es tat unglaublich weh, aber sie ignorierte den Schmerz, die Rettung des Handys war ihr wichtiger.

Noch ein paar Zentimeter. Mit einem Satz warf sie sich wieder nach vorne, griff das Handy und stützte sich ab. Staub wirbelte auf und verdunkelte ihre Sicht. Hustend und blind ertastete sie einen harten Gegenstand und ihre Finger streiften das Wasser. Es dauerte ein paar Sekunden, bis der Staub sich verzogen hatte und sie wieder etwas sehen konnte. Erleichtert rollte sie sich auf den Rücken, das Handy fest an ihre Brust gepresst.

»Verflixte Hacke«, sagte sie auf Deutsch, damit Terry ihr Fluchen nicht verstand.

Dieser war aufgesprungen, machte aber keine Anstalten, ihr entgegenzukommen. Das war ungewöhnlich für ihn, vielleicht war er auch nur zu überrascht. Sein Blick glitt an ihr auf und ab.

»Alles okay?«

Marie setzte sich auf und guckte an sich hinunter. Ihre Arme und Beine waren aufgeschrammt, blutige Kratzer überall, in ihrem Ellenbogen und auf der Kniescheibe klebten Steinchen.

»Au«, sagte sie, aber es war mehr eine Feststellung als eine Beschwerde. Viel wichtiger war, dass sie das Handy nicht verloren hatte. Sie guckte auf den Bildschirm, er funktionierte noch. Ein verpasster Anruf blinkte auf.

Stumm kroch sie die Böschung wieder hoch. Terry holte ein Tuch und setzte Wasser auf. Um eine Wunde zu reinigen, musste man das Wasser hier erst kochen, um die Keime abzutöten. Seine schlechte Stimmung von eben war verflogen, jetzt wirkte er besorgt. Marie war aber viel zu sehr von Lenas Anruf abgelenkt. Ungeduldig tippte sie auf die Nummer und rief zurück. Es klingelte nur einmal, bevor Lena abnahm und sie begrüßte.

* * *

»Ich kann es nicht fassen.«

»Das Schicksal weht einen manchmal auf verschlungene Pfade, die erst später einen Sinn ergeben.«

Am liebsten hätte Marie ihre Wut an Terry ausgelassen. Lena hatte ihr eine wenig überzeugende Geschichte von einer Reifenpanne im Outback aufgetischt und sie um vier weitere Tage Aufschub gebeten. Und jetzt kam Terry mit so einem philosophischen Geschwurbel daher. Obwohl Lena am Telefon betont freundlich gewesen war, hatte Marie gespürt, dass sie etwas vor ihr verbarg.

»Vier weitere Tage! Es ist so frustrierend, dass sie mich wieder versetzt hat. Langsam fällt es mir schwer, Lena noch irgendetwas zu glauben.«

Sie war verunsichert, weil sie Terrys Gastfreundlichkeit nicht ewig in Anspruch nehmen konnte, und unentschlossen, wie sie Hildegard die Neuigkeit beibringen sollte. Eines aber war sicher – in vier Tagen stand sie in Roma vor Lenas Tür. Ob es Lena wollte oder nicht.

Lenas Abweisung war verletzend, ihre abgeschürften Arme und Beine brannten höllisch und sie spürte, wie ihre Wangen vor Frust und Enttäuschung glühten. »Bloß nicht losheulen«, dachte sie.

Ungeschickt fingerte sie einen Topf mit Salbe hervor und cremte vorsichtig ihre Arme noch einmal ein.

Terry rückte etwas näher. »Marie.« Sie sah auf und ihm direkt in die Augen, er blickte sie sanft und besorgt an. »Alles wird gut. Das verspreche ich dir. Mach dir keine Sorgen.«

»Warum nur will sie mich nicht sehen? Sie schiebt das Treffen grundlos auf, ich bin sicher, sie verbirgt etwas vor mir, sie hat ein Geheimnis. Zwischen uns ist eine Kluft gewachsen. Früher hat sie sich immer an mich gewandt, wenn sie Probleme hatte. Ich verstehe das einfach nicht.«

Terry seufzte und legte vorsichtig den Arm um sie. Er achtete darauf, ihre Kratzer nicht zu berühren.

Marie vergrub ihren Kopf in seiner Schulter und schloss die Augen. Terrys Nähe tat gut. Er hatte eine authentische innere Stärke, war sich seiner selbst immer sicher, und das gab auch ihr Kraft.

»Wie ist das mit deinem Rückflugticket, ist das flexibel?«

»Schon.«

»Und deine Arbeitsstelle – kannst du da länger fernbleiben?«

»Ja, das auch. Dr. Ahmed hat mich freigestellt, so lange ich will.«

»Gut. Wir bleiben heute Nacht auf einem Campingplatz und morgen in aller Frühe fahren wir zu mir. Auf meine Farm. Es ist schön dort. Die nächsten vier Tage kriegen wir auch noch rum.«

Marie sog den Duft tief in ihre Lungen, diesen unwiderstehlichen Geruch nach Natur und Mann. Sie hatte Terry lieb gewonnen, bei ihm fühlte sie sich wohl. Gleichmäßig atmete sie ein und aus, versuchte, innerlich Ruhe zu finden.

Terry strich ihr durchs Haar und sprach weiter.

»Karinya wird dir bestimmt gefallen.«

»Karinya?«

»So heißt meine Farm. Wir machen es uns richtig gemütlich. Ich zeige dir meine Pferde und Kühe und das Land. Gillen kann mit den anderen Hunden frei herumlaufen.«

»Ich schäme mich schon fast, dass ich dir so zur Last falle.«

»Ach Quatsch. Ich mag deine Gesellschaft. Du bist eine sehr außergewöhnliche Frau, bei dir braucht man sich nicht zu verstellen.« Er lachte kurz auf. »Außerdem hast du versprochen, für mich zu kochen, als du die Yabbies freigelassen hast. Das habe ich nicht vergessen.«

Zaghaft löste sich Marie aus Terrys Umarmung, sie packten ihre Sachen und machten sich auf den Weg. Marie zog sich noch kurz um, ihre Hose war von dem Sturz verschmutzt und das T-Shirt hatte einen Riss bekommen. Sie fuhren bis Einbruch der Dunkelheit und checkten auf dem Campingplatz ein, den Terry zuvor erwähnt hatte. Dort gab es Duschen, und Marie verbrachte eine ganze Stunde damit, ihre Kratzer gründlich auszuspülen. Anschließend setzten sie sich auf eine Bank, tranken einen Billy-Tee, den Terry in seinem kupfernen Kessel zubereitet hatte, und beobachteten die anderen Camper.

Ein riesiger kastenförmiger Wohnwagen bog langsam auf die Wiese, setzte vor und zurück, bis er auf dem Stellplatz neben ihnen eingeparkt hatte. Der Wohnwagen hatte Panoramafenster, und Marie und Terry konnten ins Innere blicken. Sobald das Gefährt eingeparkt war, sprang ein Mann heraus und kümmerte sich um die Stromverbindung, der Stellplatz hatte Steckdosen. Er trug Birkenstocksandalen, eine randlose Brille, um seine Hüfte hatte er locker einen Pullover gebunden. Marie stieß Terry leicht in die Seite und flüsterte: »Das sind Deutsche!«

Terry kniff die Augen zusammen und grinste. »Socken in Sandalen, verstehe.« Er nickte in Richtung des Panoramafensters, im Inneren des Wagens war eine Frau damit beschäftigt, Gepäckstücke auf den Tisch zu hieven. Die Gepäckstücke passten alle farblich zusammen. Neugierig beobachteten sie das Paar noch eine Weile.

»Weißt du, das ist sehr interessant«, meinte Marie. »In Deutschland kommt einem immer alles selbstverständlich vor und man sieht nicht unbedingt, was uns Deutsche von anderen unterscheidet. Klar, wir halten uns für pünktlich, ordentlich, fleißig und regelgetreu. All diese anderen Dinge und Kleinigkeiten, die fallen einem nicht auf. Ich meine, die Frau hat eine Fußmatte vor die Wohnwagentür gelegt. Das ist einfach so typisch deutsch! Da – im Küchenschrank ist alles perfekt eingeräumt und sortiert. Und das Tuch, mit dem sie gerade die Scheibe wischt, das hat sie aus Deutschland mitgebracht, das ist garantiert von Vileda. Man soll ja keine Vorurteile haben, aber es ist diese Vielzahl von Kleinigkeiten, die viele von uns Deutschen offenbar gemeinsam haben. Ich musste erst einmal um die Welt reisen, um zu verstehen, wie mein Volk so tickt.«

* * *

Es war ruhig und friedlich auf dem Campingplatz, die Sonne war gerade erst aufgegangen und kitzelte das taunasse Gras mit ihren Strahlen. Ein paar Vögel zwitscherten in den Bäumen, ein Schwarm Kakadus flog über sie hinweg. Ihr Krächzen unterbrach die Stille für einen Moment. Eine sanfte Brise wehte, es war angenehm kühl. Marie wusste, dass sich das im Laufe des Tages schnell ändern würde, jetzt trug sie einen dicken Pullover und schon in zwei Stunden würde sie im T-Shirt schwitzen. Terry und sie waren die einzigen Gäste, die schon wach waren. Mit dem Wasserkocher in der für alle zugänglichen Campingküche bereiteten sie sich einen Kaffee zu. In der Hinsicht waren sich beide einig – morgens musste erst einmal ein Kaffee her, um wach zu werden, das war ihr gemeinsames morgendliches Ritual. Tagsüber trank Terry am liebsten Tee und Marie Wasser.

Der lösliche Kaffee schmeckte scheußlich. Marie hatte sich zwar daran gewöhnt, sehnte sich aber doch heimlich nach ihrer guten Jacobs Krönung von daheim.

Sie nahmen ihre Tassen und gingen zum Auto zurück. Gillen lag hinten auf der Ladefläche des Pick-ups und genoss die frühen Morgenstunden. Als er Marie sah, drehte er sich auf den Rücken und wedelte mit dem Schwanz. Der Besitzer des Campingplatzes hatte sie darauf hingewiesen, dass Hunde eigentlich nicht erlaubt seien, doch solange sich niemand beschwerte und sie frühmorgens wieder verschwänden, sei es in Ordnung.

Die deutschen Camper öffneten die Tür ihres Gefährts. Der Mann trat heraus, streckte sich und gähnte. Er trug einen kurzen Pyjama, seine Frau im Partnerlook folgte ihm und entrollte eine Gummimatte vor der Tür. Freundlich nickte sie Marie zu und fing an, ihre Pilatesübungen zu machen. Dabei versuchte sie ihren Mann zu ermuntern, sich zu ihr zu gesellen, aber dieser zeigte wenig Begeisterung für den Morgensport seiner Frau. Stattdessen entdeckte er Gillen auf der Ladefläche und sagte laut auf Deutsch: »Hunde sind hier aber nicht erlaubt. Das stand doch auf dem Schild am Eingang.«

Marie musste grinsen, das war einfach zu typisch. Deutsche waren und blieben regeltreu und ordnungsliebend. Australier hielten sich eher zurück, ließen andere einfach gewähren, es kümmerte sie nicht, wenn jemand ein Verbot übersah – solange es sie nicht selbst betraf. Das hatte natürlich auch Nachteile, aber Marie empfand es als angenehm, dass sich hier jeder um seine eigenen Dinge kümmerte.

Sie tranken ihren Kaffee aus und packten ihre Sachen zusammen. Marie hatte gute Laune, voller Vorfreude dachte sie an Terrys Farm. Karinya hatte er sie genannt. Sie fragte sich, wie Terry lebte, wie sein Haus aussah und ob die Farm tatsächlich so idyllisch war, wie sie es sich in Gedanken ausmalte. Wenn sie Lena noch nicht sehen konnte, wollte sie das Beste aus ihrer Zeit machen.

Nach ein paar Kilometern hielt Terry an einer Tankstelle. Er verschwand auf die Toilette und Marie setzte sich auf eine Bank unter einem Eukalyptusbaum. Die Tankstelle hatte eine große Grünfläche und war erstaunlich nett angelegt, man hatte Bäume stehen gelassen. Ein guter Ort, um ein paar Telefonate zu erledigen. Zuerst rief sie Hildegard an.

»Also dieses Hin und Her gefällt mir gar nicht«, beschwerte sich ihre Mutter prompt. »Lena tanzt dir auf der Nase herum. Du hast sie viel zu locker erzogen. Ich habe dir gesagt, dass es ohne einen Vater nicht gut gehen wird mit ihr. Du wolltest ja nicht auf mich hören.«

Marie ging nicht auf ihre verletzenden Kommentare ein, das hätte nur Streit gegeben. Immerhin war Hildegard ihre Mutter, und Marie war nicht gerade überzeugt von ihren pädagogischen Fähigkeiten. Hildegard war immer streng gewesen und auf extreme Weise sicherheitsbewusst. An ihrem sechsten Geburtstag hatte sie die Spitzen ihrer Partyhüte abgeschnitten, um zu verhindern, dass sich die Kinder damit in die Augen stachen. Natürlich hatten sich die anderen Kinder darüber gewundert, und auf den Fotos hatte es total bescheuert ausgesehen. Marie wartete, bis ihre Mutter zwischen zwei Sätzen Luft holte, dann wechselte sie das Thema.

»Wie geht es dir denn? Kommst du mittlerweile besser mit dem Wetter klar?«

»Jaja. Es ist alles in Ordnung. Die Hitze macht mir nicht mehr viel aus. Nur das Essen hier ist grauenhaft! Und der Kaffee erst, den kann man ja kaum trinken. Da merkt man den britischen Einfluss. Alles Teetrinker hier.«

Marie grinste, ihre Mutter schien wieder ganz die Alte zu sein. Und dass der Kaffee hier nicht sonderlich schmeckte, hatte sie ja auch erlebt.

»Terry und ich sind auf dem Weg nach Chinchilla, übermorgen fahren wir endlich zu Lena. Möchtest du vorher dazustoßen und wir besuchen sie gemeinsam?«

Hildegard überlegte. Sie entschied, am nächsten Tag mit dem Bus nachzukommen.

»Holt mich bloß rechtzeitig von der Bushaltestelle ab. Ich hoffe, Terry hat ein freies Bett für mich. Nicht, dass ich auf dem Boden schlafen muss.«

»Ich verspreche dir, wir werden es dir so gemütlich wie möglich machen.«

»Da draußen ist sicherlich alles voller Spinnen und Schlangen. Schrecklich, wenn man hier auf dem Land leben muss.«

»Terry hat es bisher überlebt. Ich bin sicher, in seinem Haus ist es schlangen- und spinnenfrei.«

»Mhm.«

Das war typisch für ihre Mutter, die immer skeptisch war und einen Hang zum Pessimismus hatte. Sie versprach Hildegard, das Ticket online für sie zu buchen und ihr die Infos weiterzuleiten. Hildegard war zufrieden und sie verabschiedeten sich. Der Gedanke, dass sie Terry ihrer Mutter vorstellen musste, behagte ihr nicht. Hoffentlich verhielt sie sich normal, schimpfte nicht zu viel und beschwerte sich nicht konstant. Sie schaute auf die Uhr und rechnete, es war schon spät in Deutschland, aber Katja war vielleicht noch wach. Tatsächlich ging ihre Freundin nach dem ersten Klingeln ran.

»Marie! Wie geht's? Wo steckt ihr jetzt? Hast du Lena getroffen?«

»Hi, Katja. Eins nach dem anderen. Hier ist alles gut, wir fahren zu Terrys Farm und treffen Lena in ein paar Tagen. Und bei dir, alles in Ordnung?«

»Ach, du weißt doch, wie das ist. Hier passiert ja nichts. Ich bin nicht gerade beschäftigt. Kurz gesagt: Die Fransen am Teppich haben jetzt alle dieselbe Länge.«

Marie lachte und erzählte ihrer Freundin von den neuesten Ereignissen.

»Na, das kann ja heiter werden. Ich kann mir deine Mutter wirklich nicht auf einer Farm im Outback vorstellen.«

»Ich habe ehrlich gesagt etwas Angst, dass sie sich bei Terry nicht wohlfühlen wird. Du kennst doch ihren Sauberkeitsfimmel. Auf so einer Farm ist es sicherlich staubig und unordentlich, es wird ihr bestimmt nicht gefallen.«

»Kann sein. Auf der anderen Seite wird es Hildegard guttun zu sehen, wie andere Leute leben. Eine Art Realitätscheck. Wenn sie sieht, dass nicht die ganze Welt aus Biedermeierstil und Echtholzmöbeln besteht, wird sie vielleicht etwas auftauen, toleranter werden und Dinge, die aus der Reihe fallen, eher akzeptieren. Davon würdest du profitieren.«

Das waren kluge Worte von Katja, Marie stimmte ihr zu. Hildegard war eingefahren in ihre Gewohnheiten und in ihrem Leben noch nicht viel herumgekommen. Andere Leute, Sitten und Lebensstile zu sehen, das konnte nur einen positiven Effekt auf sie haben.

»Du hast recht. Sie kommt früh genug wieder nach Hause und kann dort ihren ganzen sinnvollen Beschäftigungen nachgehen. Gemeindedienst, Frauenkreis, Turnstunde, Kirchenchor.«

Katja fügte hinzu: »Und natürlich all die Beutelchen Sojasoße, die sie beim Chinesen hat mitgehen lassen, in eine große Flasche füllen.«

»Das auch. Trotzdem mache ich mir Sorgen, dass sie mich vor Terry blamiert. Wahrscheinlich wird sie wegen jeder Kleinigkeit rummeckern, mit den Augen rollen und mich vor ihm bloßstellen. Hoffentlich erwähnt sie nicht ständig Norbert.«

»Gib ihr eine Chance, vielleicht wird es nicht so schlimm. Aber sag mal: Dir ist es echt wichtig, was Terry von ihr hält, oder?«

»Warum fragst du?«, wollte Marie wissen. Katjas Tonfall war belustigt und Marie konnte ihr Grinsen förmlich spüren.

»Ach, nur so. Du scheinst ja einen Narren an diesem Farmer gefressen zu haben. Komm mir aber ja wieder aus Australien zurück. Ohne dich ist mir das hier zu langweilig.«

»Keine Angst, so weit wird es nicht kommen. Terry ist nett, mehr nicht. Abgesehen davon – Auswandern ist ziemlich kompliziert, da hängt ein ganzer Rattenschwanz an Organisation und Bürokratie dran. Ich würde hier nicht so einfach ein Visum bekommen, meine Berufsausbildung würde vielleicht gar nicht anerkannt werden und außerdem fühle ich mich wohl in Karlsberg, es ist meine Heimat. Dort habe ich mein Haus, meine Freunde, Lena. Auch wenn sie demnächst studiert und wahrscheinlich irgendwann auszieht, ich möchte in ihrer Nähe bleiben.«

Katja schwieg und Marie ärgerte sich darüber. Sie hatte das Gefühl, dass Katja ihr nicht recht glaubte. Katja druckste ein wenig herum, schließlich unterbrach sie die Stille. »Du kennst mich doch. Tief in mir drin bin ich eine hoffnungslose Romantikerin. Glaub mir, ich würde dir von Herzen einen Mann gönnen, der dich glücklich macht. Du hättest das echt verdient. Nach allem, was du mir von Terry erzählt hast, scheint er keine schlechte Partie zu sein. Wenn ich etwas aus Hera Linds Romanen gelernt habe …«

»Ja?« Marie horchte auf.

»Ach nee, doch nichts gelernt.« Katja lachte und Marie setzte mit ein.

»Das beruhigt mich. Ich steh nicht so auf Hera Linds Liebesschnulzen.«

»Ich auch nicht.«

Sie unterhielten sich eine Weile, bis Katjas Neugier wieder durchbrach und sie noch einmal wegen Terry nachbohrte.

»Kannst du dir denn vorstellen, dass er was für dich ist?«

»Ich weiß es nicht, Katja. Ich meine, er ist unheimlich nett, aber eigentlich nicht mein Typ. Obwohl, was heißt das schon? Er sieht gut aus und ich fühle mich wohl in seiner Nähe. Trotzdem, ich glaube nicht, dass er auf Frauen wie mich steht. Bin ja eher praktisch veranlagt und brezele mich nicht so gerne auf. Terry steht bestimmt eher auf feminine Frauen.«

»Pipapo. Wie kommst du denn darauf?«

»Ach, ich weiß auch nicht. Vielleicht weil er selbst eher der maskuline Typ ist.«

»Da liegst du falsch. Erstens stehen die wenigsten Männer auf aufgetakelte Tussen, falls du das meinst, und zweitens ist es erst mal völlig egal, ob er dich mag – du musst unabhängig von seinen Gefühlen wissen, ob er dir gefällt.«

Wieder hatte Katja recht. Aber was fühlte sie eigentlich? Ein paar Mal hatte sie Schmetterlinge im Bauch gehabt, wenn Terry ihr etwas näher gekommen war, doch Marie hatte die Schmetterlinge dank ihrer guten Selbstdisziplin sofort unterdrückt. Es schien ihr nicht richtig, mit Terry anzubandeln, ohne eine realistische Aussicht auf eine Beziehung zu haben. Außerdem war es lange her, dass sie einen Mann an sich herangelassen hatte, unter anderem deshalb, weil sie es Lena nicht zumuten wollte.

»Er bringt mich zum Lachen. Und er ist weise – das heißt, fast so weise wie meine neunmalkluge Freundin …«

»Jaja, verstanden. Weiter?«

»Er hat einfach eine unglaublich positive Art. So etwas habe ich noch nie erlebt. Losgelöst von materiellem Denken und ohne Angst, Risiken einzugehen. Gestern meinte er zu mir: ›Selbst die teuerste Uhr hat nur sechzig Minuten‹. Spaß sollte man nicht vertagen, bis man zu alt ist. Ich meine, das ist doch lebensnahe Philosophie! Er macht einfach, was er für gut und richtig hält, selbst in Situationen, in denen ich erst mal gegrübelt oder einen Plan erstellt hätte. Und wenn es auch noch so chaotisch ist – es funktioniert. Ich wünschte, du könntest ihn kennenlernen.«

»Kein Problem – lade ihn doch einfach zu dir nach Deutschland ein. Er hat dir sein Land gezeigt, da kannst du ihm ja auch deines zeigen. Wenn er dich mag, wird er die Einladung annehmen.«

»Das geht nicht, er hat viele Verpflichtungen.« Marie spielte mit dem Gedanken, stellte sich Terry in Karlsberg vor. Beim Schaufensterbummel, beim Spaziergang durch den Wald und natürlich beim obligatorischen Treffen mit Katja im Eiscafé. Sie kicherte. »Vielleicht, ja vielleicht ist das keine so üble Idee. Katja, du bist die Beste. Was würde ich nur ohne dich machen?«

Terry kam auf sie zu, winkte mit einer Hand, in der anderen hielt er eine Plastiktüte. Marie verabschiedete sich von ihrer Freundin und gesellte sich zu Terry.

»Macht es dir etwas aus, wenn ich auch noch kurz was besorge? Ich soll doch für dich kochen, da brauche ich ein paar Sachen.«

* * *

Eukalyptusbäume säumten die lange Einfahrt zu Terrys Haus. Es waren große, alte Bäume mit dicken Stämmen und ausladendem Geäst, deren Blätter silbergrün schimmerten und kleine Schatten auf den Weg warfen. Pinke Galahs flogen von Ast zu Ast und kreischten gelegentlich, ein malerischer Anblick. Ein windschiefes Holzschild, das den Mühlen der Zeit getrotzt hatte, zeigte die Aufschrift »Karinya«.

Die Straße war ungeteert, aber in gutem Zustand, denn Terry hatte sie erst Anfang des Jahres erneuert. Allerdings fuhren sie über unzählige Kuhfladen, da die Einfahrt nicht vom Kuhpaddock abgetrennt war. Einzelne Gruppen grasender

Kühe waren in der Ferne zu sehen. Hellgraue und hornlose Tiere mit Schlappohren, die gutmütig zu ihnen aufsahen und sie beobachteten. Unter ihnen erkannte Marie einen Bullen, der unter einer Baumgruppe nahe der Einfahrt stand und sie aufmerksam fixierte. Er war deutlich muskulöser als seine weiblichen Begleiter und strahlte eine gewisse Anspannung und Gefahr aus.

»Von dem solltest du dich fernhalten«, erklärte Terry. »Der hat meistens schlechte Laune.«

Das Gras auf den Weiden war braun und kraftlos. Lange Risse hatten sich im spröden Erdreich gebildet.

»Ganz schön trocken hier.«

»Ja, es hat lange nicht mehr geregnet.«

Sie näherten sich Terrys Haus und Marie konnte es kaum glauben: Es sah tatsächlich aus wie in einem Bilderbuch. Die breite Holzveranda, die sich um das gesamte Gebäude wand, fiel ihr als Erstes auf. Unzählige dekorative Holzarbeiten waren in die Pfosten eingearbeitet. Die Eingangstür verfügte über bunte Bleiglasfenster, die Papageien zeigten. Direkt daneben stand ein Schaukelstuhl, auf dem ein Schaffell lag. Marie nahm sich sofort vor, dort ihren Morgenkaffee zu trinken. Das Haus war weiß gestrichen, auf dem hellgrauen Blechdach erhob sich ein Kaminschlot. Es gefiel Marie gut, alles wirkte verspielt, gut gepflegt und so idyllisch wie auf einer Postkarte. Vor der Veranda lag ein kleiner Garten, umsäumt von einem niedrigen Holzzaun. Dort wuchs nicht viel, nur ein paar Büsche hier und da. Alles war trocken und ausgedörrt, aber es gab eine Umrandung für ein Gemüsebeet, anscheinend für regenreichere Zeiten angelegt.

»Terry, du hast es wunderschön hier«, sagte sie begeistert, der Anblick kam ihr vor wie in einem Traum. Gillen hüpfte von der Ladefläche, sobald sie anhielten. Interessiert schnüffelte er am Boden und fing an, die Gegend zu erkunden.

»Was hast du denn gedacht? Dass ich in einer Scheune lebe? Gib's zu, du hast was total Einfaches erwartet.«

Marie wollte antworten, aber in dem Moment ging die Tür auf und ein älterer Mann trat heraus. Er eilte auf sie zu und half ihnen, das Gepäck auszuladen, während er sich vorstellte.

»Hi, ich bin Wayne. Passe hier auf die Farm auf. Lass mich die Truhe herunterheben, die ist viel zu schwer.« Wie es für Australier typisch war, gab er ihr nicht die Hand, sondern tippte sich nur an den Hut.

»Hi, schön, dich kennenzulernen. Ich bin Marie.«

Wayne war etwa so alt wie ihre Mutter und einen Kopf kleiner als Terry. Seine nackten Arme waren faltig und vom Wetter gegerbt, sein Gesicht war so runzlig wie ein gebackener Apfel. Er hatte tiefe Furchen auf der Stirn und auf den Wangen. Sein Gesicht war freundlich und trotz seines gehobenen Alters wirkte er fit und rüstig.

Gillen tänzelte um ihn herum und Wayne bückte sich, um den Kleinen zu streicheln. »Nachwuchs?«, fragte er, an Terry gewandt.

»Nein, der gehört Marie. Lange Geschichte.« Damit gab Wayne sich zufrieden. »Das ist aber ein Hübscher. Ich habe auch einen Hund. Daisy heißt sie«, erzählte er fröhlich und kraulte Gillen am Hals. »Sie ist 98 Jahre alt«.

Als Marie ihn skeptisch anguckte, lachte er und fügte hinzu: »In Hundejahren. Sie ist uralt. Hört nichts, riecht nichts und sieht kaum noch etwas. Aber wenn es was zu futtern gibt, kommt sie sofort. Das spürt sie in den Knochen.«

Die Tür ging wieder auf und ein weiterer Mann schwer zu bestimmenden Alters trat heraus. Im Gegensatz zu Wayne war er rund, bärtig und wirkte so miesepetrig, dass sich die Härchen auf Maries Arm aufstellten, als er sie ansah.

Terry stellte ihn vor. »Das ist mein Kumpel Allan. Der hat mit Wayne das Haus gehütet.«

Allan nickte stumm in ihre Richtung und schniefte. Eine Sekunde später wandte er sich ab und rotzte auf den Boden. Marie riss die Augen auf. Es fiel ihr schwer, Allan sympathisch zu finden. Seine ganze Art wirkte sauertöpfisch und in seinem Blick lag etwas Abwertendes. Außerdem machte er im Gegensatz zu Wayne keine Anstalten, ihnen zu helfen. Sie musterte seine tätowierten Arme und den Stiernacken.

Man muss ja nicht jeden mögen, ging es ihr durch den Kopf.

Sie betraten das Haus und Terry führte sie durch einen winzigen Flur in ein Gästezimmer, in dem zwei Betten standen. Es war einfach hergerichtet, aber ordentlich und sauber. Ohnehin war es überraschend aufgeräumt und reinlich. Sie musste zugeben, dass sie eine chaotische Bude erwartet hatte, in der Dinge achtlos zur Seite gelegt waren und verstaubten. Verdutzt machte sie Terry ein Kompliment für sein Haus und der zuckte nur mit den Schultern: »Ich mag es ordentlich. Und Wayne ist die perfekte Hausfrau. Bei dem weiß ich, dass er alles zusammenhält.«

Marie deutete auf die Betten. »Hildegard kann hier bei mir schlafen, nehme ich an?«

»Ja.«

Auf dem Boden des Raumes lag ein Flickenteppich, in einer Ecke stand ein Schrank, daneben war ein Schreibtisch mit Stuhl. Über dem Tisch hing ein Spiegel. Das war die gesamte Einrichtung des Zimmers. Das Fenster stand weit offen und ließ frische Luft herein.

Terry ging auf ein Bett zu, nahm die Decke und schüttelte sie auf.

Marie tat es ihm nach, hob die Decke und ließ sie gleich vor Schreck wieder fallen; auf der Matratze hatte sich eine Schlange zusammengerollt. Entsetzt sprang sie einen Schritt zurück.

»Da!«, rief sie nur und deutete auf das Bett. Ihr Finger zitterte. »Da ist eine Schlange.«

Terry hob die Augenbrauen. »Wie bitte?«

Er trat näher und betrachtete das Tier. Marie tastete sich rückwärtsgehend zum Zimmereingang. Terry hingegen trat blitzschnell vor und griff die Schlange im Nacken.

Obwohl er ihren Kopf auf Gesichtshöhe hielt, baumelte die untere Hälfte des Reptils noch auf dem Bett. Verärgert wand sie sich hin und her. Terry grinste. »Nur eine Python.«

»Nur?! Was heißt denn hier *nur*?«

»Die sind harmlos. Ganz ungiftig. Die hat sich wohl nachts hier hereingeschlichen. Ich muss ein Wort mit Allan und Wayne reden, die Fenster müssen über Nacht geschlossen bleiben.«

Marie schauderte. Terry stand ganz entspannt vor ihr, unbeeindruckt von der Python, die verzweifelt versuchte, sich aus seinem Griff zu befreien.

»Willst du sie mal anfassen?«

»Was? Nein! Ein grauenhafter Gedanke!« Marie mochte Schlangen nicht und sie vermutete, dass es auf Gegenseitigkeit beruhte.

»Versuch es doch mal. Sie fühlt sich kalt und glatt an.«

»Nein, danke.« Marie hüpfte zur Seite, als Terry an ihr vorbei und durch die Tür schritt. Sie folgte ihm und beobachtete, wie er nach draußen ging, den Garten verließ und die Python dahinter an einem Baum freiließ.

»Das sind keine fünfzig Meter vom Haus. Die kommt sicher wieder.«

»Normalerweise sind die Fenster zu.«

»Ja, aber …« Ihr fiel kein Argument mehr ein.

»Marie, die hat kein Interesse, dich aufzufressen. Sie steht mehr auf Wallabys, Vögel, Mäuse und Ratten. Es ist gut, eine Python in der Nähe zu haben. Da hat man weniger Ungeziefer am Haus. Und sie hält die Giftschlangen ab.«

»Hm.« Das überzeugte Marie nicht ganz. Das Wort »Giftschlangen« hallte in ihrem Kopf nach. »Wir sollten meiner

Mutter besser nichts davon erzählen. Wenn die erfährt, dass eine Schlange ihr Bett warmgehalten hat, wird sie wahrscheinlich in den nächsten Bus steigen und nach Brisbane zurückfahren.«

Sie richtete sich in dem Zimmer ein und ging anschließend in die Küche. Terry hatte ihr einen Kaffee aufgesetzt, den sie dankbar annahm. Mit der Tasse in der Hand schritt sie auf die Veranda, um sich in den Schaukelstuhl zu setzen. Er war genauso gemütlich, wie er aussah. Mit leichtem Knarren bewegte er sich vor und zurück, es bereitete Marie Mühe, den Kaffee nicht zu verschütten. Zu Hause hatte sie auch einen Schaukelstuhl, allerdings zeigte er auf ihre Wohnzimmerwand, während sie von diesem aus ein wundervolles Panorama hatte. Sie beobachtete Allan, der ganz in der Nähe mit einem Pferd in einem Roundpen zugange war. Es war ein junger Hengst, der einen Westernsattel trug und unruhig vor ihm auf und ab tänzelte. Allan schlug übellaunig mit einer Gerte nach seinem Hinterteil und der Hengst trat aus.

»Wirst du wohl ruhig stehen bleiben!«, brüllte er das Tier an. Er zog sich in den Sattel hoch und der Hengst legte die Ohren zurück. Marie verfolgte die Szene gespannt. Der junge Hengst war kräftig, man konnte das Spiel seiner Muskeln sehen. Schlecht gelaunt drückte er den Rücken hoch und buckelte erfolglos, denn Allan ging in der Bewegung mit. Der Hengst galoppierte im Kreis und buckelte immer wieder, dabei trat er nach hinten aus und schnaubte. Schweiß bildete sich auf seinen Flanken. Marie schauderte. Das Einreiten von Pferden hatte sie sich romantischer vorgestellt. Das Pferd hasste offensichtlich, was Allan ihm antat. Nach einer Weile wechselte Allan die Richtung und ließ das Pferd wieder galoppieren.

Terry war neben sie getreten.

»Sieht das immer so wild aus?«, erkundigte sich Marie und deutete zum Roundpen. Terry antwortete nicht, seine Augenbrauen waren gehoben, die Stirn gerunzelt.

Marie versuchte es noch einmal. »Ist das dein Pferd?«

Dieses Mal reagierte Terry. »Ja. Das ist Taipan. Auf seiner Mutter bin ich viele Campdrafts geritten.«

»Diese Wettbewerbe, bei denen man im Affenzahn Kühe aus einer Herde scheiden und durch ein Tor dirigieren muss?«

»Ja.« Er hatte sich auf die Veranda gelehnt und sah ebenso angespannt aus wie das Pferd. Marie spürte, dass er unzufrieden war.

»Allan. Lass gut sein«, rief er endlich. »Ich übernehme ab hier.«

Er schnappte sich seinen Hut und schritt zum Roundpen. Allan hielt den Hengst an, er hatte ein knallrotes Gesicht und seine Brust hob und senkte sich. Auch das Pferd atmete heftig.

»Der Bastard muss lernen, was Manieren sind«, rief er Terry entgegen. Dieser wartete, bis Allan abgestiegen war, und nahm ihm dann die Zügel aus der Hand. Ruhig strich er dem zitternden Hengst über die Stirn und ließ ihn an seiner Hand schnuppern. »Alles gut, mein Junge.«

Marie hatte ihren Kaffee auf der Veranda stehen gelassen, das wollte sie nicht verpassen. Sie kletterte auf den Zaun des Roundpens.

Terry klopfte dem Hengst auf den Sattel, das Tier versteifte sich sofort. Er klopfte ruhig weiter, bis der Hengst sich wieder beruhigt hatte. Nun stieg er auf, blieb still sitzen, wartete. Eine Minute verging und dann noch eine.

»Du musst die Widerspenstigkeit aus ihm rausreiten. Sonst tanzt er dir auf der Nase rum«, rief Allan und spuckte anschließend aus. Marie rümpfte die Nase, Allan war ihr zuwider. Als Terry leise schnalzte, trabte das junge Pferd los. Die Zügel hingen locker herunter, Marie konnte keinen Druck oder Zwang erkennen. Der Hengst lief ein paar Runden, weder buckelte, noch scheute er. Terry lenkte ihn mit seinem Körper, verlagerte das Gewicht oder redete mit ihm. Schließlich galoppierte er ihn an und der Hengst rannte nicht gehetzt im Kreis wie zuvor, sondern wirkte ruhig und gesammelt, es war ein schönes Bild.

»So bringt das nichts«, rief Allan wieder dazwischen. »Der muss lernen, wer der Boss ist.«

»Marie, bitte öffne das Tor«, bat Terry. Marie kletterte vom Zaun, um die Kette vom Tor zu lösen. Terry grinste, zwinkerte ihr zu und galoppierte mit dem Hengst hinaus. Sie jagten über die Wiese und verschwanden am Horizont, während Allan ihnen nachbrüllte, dass das Jungtier noch nicht so weit sei. »Der kann nur in einer kontrollierten Umgebung geritten werden.«

Marie hörte sich Allans Tiraden kommentarlos an und wusste, dass er damit nur überspielen wollte, dass Terry ihm gerade eine Lektion erteilt hatte.

* * *

Marie stand in der Küche und kochte. Wo waren die Geschirrtücher verstaut? Seufzend wischte sie die Hände an der Schürze ab und griff nach dem Salzstreuer. Es war merkwürdig, in einer fremden Küche zu kochen, in der alles einen anderen Platz hatte als zu Hause. Immerhin, in Terrys Küche gab es ein System – man musste es nur verstehen. Die Schwingtüren öffneten sich und Terry kam kauend herein.

»Hm. Ich glaube, mit deinen Chips stimmt was nicht.«

»Welche Chips?«

»Diese Fruchtchips, die du an der Tankstelle gekauft hast.«

»Ich habe keine Chips gekauft.« Terry hielt ihr eine Tüte hin. »Und was ist das?«

Marie lachte, als sie die Tüte erkannte.

»Das hast du gegessen?! Das ist Potpourri. Das füllt man in eine Schale, damit der Raum gut riecht.«

»Was?« Terry spuckte seinen letzten Bissen wieder aus.

Marie reichte ihm die Wasserflasche, die er in einem Zug leer trank. »Hoffentlich werde ich diesen Geschmack im Mund wieder los.«

»Bestimmt. Das Essen ist auch gleich fertig. Nur noch einen kleinen Moment Geduld bitte.«

Mit einer geschickten Bewegung schleuderte sie die Bratkartoffeln in der Pfanne hoch. Sie fand, dass sie ihr gut gelungen waren – golden und knusprig, genau richtig. Dazu gab es Frikadellen. Zu einem kreativeren Essen hatten ihr hier die Möglichkeiten gefehlt, aber sie hoffte, mit diesem herzhaften Gericht Terrys Geschmack zu treffen.

Tatsächlich schmeckte es ihm gut und er langte tüchtig zu. »Ganz toll ist das. Ihr Deutschen versteht was vom Kochen.«

Wayne lobte das Essen ebenfalls. Gelegentlich ließ er ein Stück Frikadelle auf den Boden fallen, wo seine Hündin Daisy gespannt auf den nächsten Bissen wartete. Er tat es unauffällig, wenn niemand hinsah, aber Marie nahm es ihm nicht übel, sie wusste, dass er das Essen mit seinem Hund teilen wollte. Daisy war ein Border Collie wie Gillen. Im Gegensatz zu ihm war ihr Fell dicht, lang und ruppig, vom langen Leben gezeichnet und größtenteils ergraut. Obwohl sie zerbrechlich wirkte, funkelten ihre Augen so lebendig und energetisch wie bei einem Jungtier.

Allan schaufelte seine Portion wortlos in sich hinein, ohne dabei eine Miene zu verziehen. Marie suchte nach Hinweisen in seinem Pokerface, doch sie konnte ihm nichts entnehmen. Ein letzter Bissen, dann lehnte er sich zurück und rülpste geräuschvoll. Erschrocken starrte Marie ihn an. Erst als Terry ihm ein Zeichen gab, sagte er tonlos: »War gut.«

Er stand auf und verließ das Zimmer.

»Ist alles okay mit ihm?«, fragte Marie ratlos.

»Nimm es nicht persönlich. Allan ist kein Mann großer Worte. Er meint das nicht so.«

»Na gut.« Marie zuckte mit den Schultern. Sie mochte Allan nicht, es konnte ihr egal sein, was er dachte und tat. Hauptsache, Terry und Wayne schmeckte es.

»Es war wirklich lecker, Marie. Du bist eine gute Köchin. Von mir aus darfst du gerne bei uns einziehen.«

»Klar, jederzeit.« Natürlich war das nicht ernst gemeint, aber aus einem unerklärlichen Grund machte es Marie traurig. Nicht mehr lange, bis sie sich von Terry würde verabschieden müssen. Vielleicht für immer.

* * *

Abends lag sie noch lange wach. Gedanken rasten ihr durch den Kopf, Fragen, Hoffnungen, Erinnerungen. Als nichts half, zückte sie ihr Handy und schrieb Katja.

»Es ist hier wie in einem Traum«, tippte sie. »Natürlich ist nicht alles perfekt, aber es fühlt sich so richtig an. Man lebt hier intensiver, nimmt die Momente deutlicher wahr.«

Sie hielt inne, dachte über ihre Worte nach und fand, dass sie gut getroffen waren. Zudem tat es gut, sich ihrer Freundin anzuvertrauen. Motiviert schrieb sie weiter. »Wayne ist in Ordnung, er hat etwas Vertrauenswürdiges. Allan – ich weiß nicht. Der ist nicht mehr als eine Ansammlung schlechter Angewohnheiten. Jedes Mal, wenn ich ihm über den Weg laufe, muss ich mich erst mal innerlich desinfizieren.«

Damit hatte sie ihrer Frustration Allan gegenüber Genüge getan. Sie wartete eine Weile, in der Hoffnung, ihre Freundin werde antworten. Irgendwann holte die Müdigkeit sie ein und sie kuschelte sich fest in die Decke, bis ein tiefer, traumloser Schlaf sie übermannte.

* * *

Terry hielt seinen Hut gegen die Sonne, kniff die Augen zusammen und meinte: »Es ist zehn Uhr. Wir sollten Morgentee halten.«

Der australische Morgentee war wichtig, so viel wusste Marie mittlerweile. Für viele ein festes Ritual, für das man alles stehen und liegen ließ. Eine Tasse Tee oder Kaffee und dazu Kekse.

Auf einem Stückchen Wiese, das frei von Kuhfladen und Steinen war, breitete Marie eine Decke aus. Gillen schlich mit angespanntem Körper um die Kühe herum. Die Nase hielt er weit nach vorne, der Blick war starr und die Rute eingezogen. Dabei hielt er immer ein paar Meter Abstand von den Kühen, die ihn skeptisch beäugten. Als eine Kuh einen Ausfallschritt machte, schoss er nach vorne und schnappte, und die Kuh hüpfte erschrocken an ihren alten Platz zurück.

Terry nickte anerkennend. »Er würde einen guten Arbeitshund abgeben. Er hat das Dirigieren von Herdentieren im Blut.«

»Warum hast du eigentlich keine Arbeitshunde hier? Du hast doch genug Kühe, bei denen sie dir helfen könnten.«

»Hm. Ich hatte früher viele Hunde. Vor allem Kelpies. Meine Lieblingsrasse! Ich weiß auch nicht, einige wurden älter und starben, manche habe ich verkauft oder gegen Dinge getauscht, die ich gerade brauchte. Einer ist nach einem Schlangenbiss gestorben, ein anderer wurde von einem aggressiven Bullen getötet. Und irgendwann war keiner mehr übrig. Dabei wären ein paar gute Hunde wirklich nützlich. Vor allem, weil ich meine Herde gerne wieder erweitern würde. Und Hunde sind die treusten Begleiter, die man sich wünschen kann.«

Richtig, erinnerte sich Marie, Terry hatte ja gerade erst eine Menge Kühe verkauft. »Es bricht mir das Herz, aber wenn du möchtest, kannst du Gillen behalten. Ich kann ihn schlecht mit nach Deutschland nehmen.«

»Darüber habe ich auch schon nachgedacht. Also, dass es schwierig ist, ihn in Deutschland als Haustier zu halten. Ich würde mich freuen, wenn er bei mir bleibt. Der kleine Kerl ist mir ans Herz gewachsen.«

»Das wäre fantastisch. Allerdings gibt es eine Bedingung: Wenn er sich nicht als Arbeitshund eignet oder er durch eine Verletzung arbeitsunfähig wird, würde ich gerne informiert werden, und dann suche ich ihm selbst ein neues Zuhause. Oder hole ihn nach Deutschland. Je nachdem, wie die Einfuhrregeln für Hunde aussehen.« Sie hielt kurz inne und fügte hinzu: »Es heißt, ein Hund begleitet dich nur für einen Teil deines Lebens, doch für ihn bist du sein ganzes Leben. Ich fühle mich Gillen gegenüber verpflichtet und möchte, dass er nie wieder alleingelassen wird.«

»Es wird ihm hier gut gehen, da kannst du sicher sein. Viele Farmer hier würden ihn erschießen, wenn er als Arbeitshund nichts taugt. So bin ich nicht. Wenn er sich nicht als Arbeitshund eignet, was ich nicht glaube, kann er einfach mein Begleiter sein. Und wenn du ihn irgendwann wieder zurückhaben willst, ist das natürlich kein Problem.«

Er hatte nach ihrer Hand gegriffen und drückte sie fest. Ernst blickte er sie an und Marie wusste, dass sie ihm vertrauen konnte.

»Du hast Gillen einmal gerettet und du wirst es kein zweites Mal tun müssen. Ich sorge dafür, dass er nie wieder von einem Menschen enttäuscht wird. Das verspreche ich dir.«

Marie beobachtete Gillen, der konzentriert seine kleine Kuhherde beobachtete. Er war voll in seinem Element, bewegte sich geschmeidig und instinktiv. Hier würde er glücklich sein.

Terry lupfte seinen Hut, hielt ihn wieder gegen die Sonne und sagte: »Halb elf. Wir sollten uns auf den Weg machen. Ich möchte dir noch meine Pferde zeigen.«

Marie war beeindruckt, dass Terry anhand des Sonnenstandes die Uhrzeit bestimmen konnte. Er stand der Natur so nahe und vielleicht sogar mehr als das: Manchmal schien es ihr, als wäre er selbst ein fester Bestandteil der Natur.

Sie legten die Decke zusammen und packten die Thermoskanne und die Kekse in den Rucksack. Terrys Handy klingelte und er holte es hervor. Auf seinem Gesicht erschien ein breites Grinsen.

»Das wird dir gefallen.« Er reichte ihr das Handy. Auf dem Bildschirm war ein Vogel zu sehen. Er flog über den Himmel und man sah nur seine Silhouette von unten, es war ein Raubvogel mit dreieckigem Schwanz.

»Eine Nachricht von Louise. Der Adler hat sich gut erholt, sie hat ihn heute Morgen in die Freiheit entlassen.«

Maries Herz hüpfte vor Freude.

Kapitel 9

Das Haus von Terrys Eltern war wunderschön, ein Queenslander wie das von Terry, ein Holzhaus mit einer Veranda, die sich rundherum um das Haus zog. Geschwungene Holzelemente zierten die Säulen der Veranda. Die Außenwände waren blau angestrichen, die Fensterrahmen weiß. Neben der Eingangstür hing ein Schild, der Name Palmer war in geschwungenen Lettern eingebrannt. Ein Windspiel klingelte leise vor sich hin. Terry klopfte an die Holztür. Drinnen blieb es still.

»Die sind wohl noch unterwegs. Na, es kann nicht mehr lange dauern, bis sie zurück sind.« Er nahm den Hut ab, hielt ihn vor sich und sagte: »Hm, sie wollten eigentlich schon vor einer halben Stunde zurück sein.«

Marie seufzte »Ich wünschte, ich könnte das auch.«

»Was meinst du?«

»Die Uhrzeit am Sonnenstand ablesen.«

»Häh?«

»Na, wie du. Du kannst die Zeit fast bis auf die Minute genau bestimmen.«

Terrys Mundwinkel zogen sich nach oben und um seine Augen herum erschienen Lachfalten. Er rieb sich das Kinn, setzte an, schwieg wieder, lachte kurz auf und setzte wieder an.

»Das ist lustig. Es ehrt mich, dass du mir das zutraust. Ja, ich kenne die Uhrzeit tatsächlich meist ungefähr. Aber nicht exakt.« Grinsend reichte er ihr den Hut. Marie nahm ihn verwirrt und drehte ihn. »Was ist damit?«

»Guck hinein.«

Sie tat wie befohlen und lachte nun auch. Im Futter des Hutes war eine Uhr eingenäht.

»Das ist einfach praktischer als eine Armbanduhr, wenn man hier draußen unterwegs ist.«

Ungeduldig blickte Terry die Einfahrt hinunter, aber das Auto seiner Eltern war nicht in Sicht.

»Lass uns schon mal reingehen.«

Marie zögerte. »Ist das denn in Ordnung? Ich meine, einfach reinzugehen.«

Terry blickte sie verwundert an. »Natürlich. Ich bin hier groß geworden.«

Ohne auf Marie zu warten, verschwand er im Inneren des Hauses. Marie hockte sich hin, öffnete ihre Sandalen und fragte sich, ob es in Ordnung war, wenn sie das Haus barfuß betrat. Hatte Terry Socken getragen? Terry erschien wieder im Eingang. »Alles klar?« Er war auch barfuß.

»Ja.« Erleichtert stand sie auf und folgte ihm. Sie gingen durch einen schmalen Flur, an einer winzigen Küche vorbei bis in ein Wohnzimmer. Es war ziemlich dunkel im Haus und Maries Augen brauchten ein paar Minuten, um sich an das schummrige Licht zu gewöhnen.

Vor ihr befand sich ein Zimmer, das aussah wie aus einer anderen Zeit. Antike Kommoden, eine stoffbezogene Sofakombination und überall selbst gehäkelte Deckchen mit Rüschen. Unmengen an Kissen waren auf dem Sofa verteilt, so viele, dass wenig Raum zum Sitzen blieb. An den Wänden hingen altertümliche Gewehre. Dennoch war es sehr ordentlich und sauber. Die Kissen waren aufgeschlagen, die Deckchen faltenfrei, alles hatte seinen Platz.

»Nett habt ihr es hier.« Die Einrichtung war sicherlich nicht ihr Geschmack, wirkte aber gemütlich.

»Ja. Meine Mutter macht viele Handarbeiten.«

Während sie sich in Ruhe umsah, hantierte Terry mit ein paar Holzscheiten. Es dauerte nicht lange und im Kamin brannte ein Feuer. Zu dieser Tageszeit war es noch brüllend heiß und Marie verstand nicht, warum Terry das Haus noch mehr aufheizen wollte. Als sie ihn fragte, deutete er auf einen Kessel, der neben dem Kamin stand. »Für Tee.«

»Habt ihr keinen Wasserkocher?«, fragte Marie verdutzt. Suchend blickte sie sich um, entdeckte aber keine Steckdosen.

»Schon. Aber so schmeckt das Wasser besser.«

Marie schüttelte den Kopf. Für sie schmeckte gekochtes Wasser immer gleich. Sie reichte ihm einen Schürhaken, damit er das Feuer anfachen konnte. Draußen ertönten Stimmen.

»Das sind Mum und Dad.« Sorgfältig wischte er sich die rußigen Hände an einem Tuch ab und stand auf.

Die Tür öffnete sich und ein großer, hagerer Mann trat ein. Um durch den Rahmen zu passen, musste er sich nach vorne beugen. Wie Terry trug er eine Jeans mit Gürtel und ein ähnlich kariertes Hemd. In der Hand hielt er einen Filzhut, einen *Akubra Cattlemen,* der schon bessere Tage gesehen hatte. Das lederne Hutband war abgeschabt, der Filz fleckig und im Rand war ein Loch. Die Haare des Mannes waren ergraut, aber die Ähnlichkeit mit Terry war unverkennbar. Dasselbe schlanke Gesicht mit den hohen Wangenknochen und den ausdrucksstarken Augen. Grüßend hob er die Hand zum Kopf.

»Einen wunderschönen guten Tag …« Er wurde unterbrochen. Hinter ihm stürmte eine ältere Dame herein und drängelte sich an dem Mann vorbei. Sie trug ein lila geblümtes Kleid, das ihr weit über die Knie reichte und farblich zu ihrer Handtasche passte. Ein langer grauer Zopf fiel ihr über die Schultern. Ohne Umschweife hielt sie auf Marie zu und umarmte sie, noch bevor diese ihre Grußformel herausbrachte.

»Hallo! Wie geht es dir, Marie? Schön, dich kennenzulernen. Hast du dich gut in Australien eingelebt? Ist es nicht zu heiß hier für dich? Heute ist es besonders warm. Ich bin Merindah und das ist John. Hast du Hunger? Ich habe uns einen Auflauf vorbereitet.«

»Äh. Hallo, schön, dich kennenzulernen«, brachte Marie heraus und erwiderte die Umarmung vorsichtig. »Merindah, das ist ein außergewöhnlicher Name.«

Die Frau hatte ihr fast die Luft abgedrückt mit ihrer Herzlichkeit. Jetzt schob sie Marie ein Stück weit von sich weg und betrachtete sie. »Ja, eigentlich heiße ich Amber Merindah. Meine Mutter hieß Merindah und meine Großmutter auch. Es ist ein Aborigine-Name und bedeutet ›die Schöne‹. Und das ist mein Mann John.« Stolz fügte sie hinzu: »John wohnt schon sein ganzes Leben hier. Seinem Vater gehörte die Farm. Er kennt jeden Winkel hier. Ich komme von außerhalb, aus Bundaberg. Meine Eltern hatten dort einen Gemischtwarenladen. Den sollte ich eigentlich übernehmen, aber als ich John kennenlernte, bin ich ihm hierher gefolgt. Das ist jetzt schon fast sechzig Jahre her.«

»Das ist eine lange Zeit.« Marie fand es immer wieder erstaunlich, Menschen zu treffen, die so eine lange Zeit miteinander verbracht hatten. In Zeiten, in denen jede zweite Ehe geschieden wurde, war es besonders bemerkenswert und sie fragte sich, was ihr Geheimnis war. Vielleicht mehr Durchhaltevermögen? Weniger Möglichkeiten, sich zu trennen?

Nachdenklich holte sie ihr Mitbringsel aus der Tasche und überreichte es Merindah. »Vielen Dank für die Einladung. Das ist sehr freundlich von Ihnen.«

Merindah nahm das Päckchen und strahlte. »Ach, das wäre doch gar nicht nötig gewesen. Ich koche für mein Leben gern und freue mich, wenn hier mal was los ist.«

Suchend blickte sie sich im Raum um, bis ihr Blick an etwas hängen blieb, dann schritt sie auf eine Kommode zu, öffnete die oberste Schublade und holte etwas heraus. »Ich habe auch etwas für dich. Eine lokale Spezialität.«

In der Hand hielt sie eine verpackte Schachtel, die etwas verstaubt wirkte, was Merindah entweder nicht bemerkte oder nicht störte. Marie nahm das Geschenk und bedankte sich. Neugierig betrachtete sie die runde Verpackung mit der roten Schleife, unschlüssig, was nun von ihr erwartet wurde. Sollte sie es aufmachen? Merindah legte ihr Mitbringsel gerade auf eine Ablage und Marie entschied, ebenfalls mit dem Auspacken zu warten.

Währenddessen plapperte Merindah unaufhörlich weiter. Sie hakte sich bei Marie ein und zog sie mit sich in die Küche. »Komm, wir lassen die Jungs mal in Ruhe Tee kochen und unterhalten uns hier weiter. Ich war extra in der Stadt einkaufen. Und das war ja wohl auch gut so. Du siehst ja halb verhungert aus, Kind.«

Marie fiel die Kinnlade herunter. Seit mehr als dreißig Jahren hatte sie keiner mehr »Kind« genannt. Überhaupt schien Terrys Mutter sie nicht ganz ernst zu nehmen. Sie war ebenso herzlich wie bemutternd.

Marie bekam rote Flecken im Gesicht. Die australische Hitze, der Kamin, die Nähe von Terrys Mutter, das wurde ihr plötzlich alles zu viel und ihr wurde schwummrig. Geschwächt ließ sie sich auf einen Stuhl gleiten und sah zu, wie Merindah zwischen den Schränken und dem Kühlschrank hin und her wuselte. Nach einer Weile ging es ihr wieder besser.

»Kann ich dir irgendwie helfen?«, fragte sie etwas verlegen. Am liebsten hätte sie sich einfach neben Merindah gestellt und ihr wortlos geholfen, aber sie wusste nicht, wo sie anfangen sollte. Die Küchenschränke schienen kein System zu haben, alles war an Stellen untergebracht, die ihr unlogisch erschienen. Unter der Spüle, wo Marie Reinigungsmittel aufbewahrte, sah sie Backformen und in der obersten Schublade neben dem Ofen, dort, wo Marie ihr Besteck verstaute, lagen Rollen mit Alufolie und Backpapier.

»Ach wo, das bisschen Kochen kriege ich noch alleine hin. Mach ich schon mein ganzes Leben lang. Ich habe hier fünf Kinder zur Welt gebracht.«

Diese Information war neu für Marie. »Ach, ich wusste gar nicht, dass Terry Geschwister hat.« Warum Terry sie noch nie erwähnt hatte? Waren sie etwa zerstritten? Sie überlegte, ob sie mehr darüber herausfinden konnte, indem sie geschickt nachfragte, als Merindah einen Schrank öffnete und ihr eine Plastikdose entgegenfiel. Blitzschnell griff Marie nach der Dose und fing sie geschickt auf.

»Danke, Liebes.« Merindah öffnete die Dose und zog eine Packung heraus, die mit Frischhaltefolie umwickelt war. »Warum die extra Folie?«, fragte Marie. Sie hatte den Gedanken laut ausgesprochen, ohne es gemerkt zu haben, und schämte sich gleich dafür.

»Wegen der Ameisen«, erklärte Merindah ungerührt. »Die gehen sonst an alles. Kommen überall rein, die Biester.«

Es war ihr unangenehm, Merindah untätig beim Arbeiten zuzugucken. Entschieden nahm sie einen Lappen und wischte den Tisch sauber. Über ihrem Stuhl hing eine gemusterte Tischdecke. Sie nahm die Decke, schüttelte sie und breitete sie auf der Platte aus.

»Wie gefällt es dir auf Terrys Farm?«

»Es ist wirklich friedlich dort. Terry ist unglaublich gastfreundlich und die Landschaft ist malerisch.«

»Du solltest sie mal sehen, wenn es geregnet hat und alles grün ist und aufblüht. Die Dürre macht uns allen zu schaffen. Ist schon viele Monate trocken und der Boden ist ausgelaugt. Nur der Fluss, der ist voll wie immer. Der ist unsere Lebensgrundlage. Ohne ihn würden unsere Rinder leiden.« Sie wies mit dem Finger in eine unbestimmte Richtung. »Der Hodgson River windet sich durch die Grundstücke hier und versorgt uns alle. Wenn alles andere hier verdorrt, der Hodgson River fließt immer. Frag Terry doch mal, ob er ihn dir zeigen kann, am Ufer ist es schattig und schön. Man kann dort gut picknicken.«

Eine halbe Stunde später roch es aus dem Ofen nach überbackenem Käse, Schinken und Erbsen. Auf dem Herd brutzelten ein paar Beilagen. Merindah wusch sich die Hände und kam zum Tisch, wo sie mit einem Ausdruck der Verwirrung die gemusterte Tischdecke hochhob. Entgeistert schaute sie Marie an.

»Hast du meinen Schal auf den Tisch gelegt?«

»Ich … Oh. Ah. Entschuldige. Ich dachte, also …« Sie brach ab.

»Ach, Kind, du hast meinen Schal für die Tischdecke gehalten?«

Marie nickte verlegen, aber Merindah schmunzelte nur und legte sich den Schal um die Schultern. Anschließend kniete sie nieder, öffnete einen Schrank und holte Geschirr hervor. Marie nahm die Teller entgegen und stellte sie auf den Tisch. Es irritierte sie, dass die Teller in dem gleichen lila Blümchenmuster bemalt waren wie Merindahs Kleid. Wie eine Farbcodierung, als hätte Merindah ihr Kleid dem Geschirr angepasst – oder umgekehrt. Für einen kurzen Moment erinnerte sie sich an die Wohnung ihrer eigenen Mutter – dort hatte bis in die Achtzigerjahre eine bunt gemusterte Tapete gehangen, die in denselben Farben wie der Vorhang am Fenster gehalten gewesen war.

Die Tür schwang auf und Terry kam mit dem Teekessel herein. Sein Vater schlurfte hinterher und trug einen Tonbecher, der mit Zucker gefüllt war. Marie mochte keinen schwarzen Tee, und ein heißes Getränk war das Letzte, was jetzt auf ihrer Liste stand. Trotzdem ließ sie sich eine Tasse eingießen, sie wollte nicht unhöflich sein. Zu Hause trank sie gerne Pfefferminztee, allerdings nur im Winter, wenn es draußen richtig kalt war. Ihr stand der Schweiß auf der Stirn, die Hitze machte ihr sehr zu schaffen.

Es war eng, aber sehr gemütlich in der kleinen Küche. Sie passten gerade gemeinsam an den Tisch in der Ecke.

»Seit der Bub aus dem Haus ist, sind wir ja nur noch zu zweit. Hierher kommen selten Gäste, meist trifft man sich in der Gemeindehalle oder im Pub.«

Mit Bub war wohl Terry gemeint. Marie schaute ihn an, aber den schien die Bezeichnung nicht zu stören. Hätte ihre eigene Mutter sie vor anderen Leuten als »Mädel« bezeichnet, hätte sie wahrscheinlich nicht besonders freundlich reagiert. Aber Merindah war wohlwollend und nett, sie konnte ihr nicht böse sein.

Der Auflauf war einfach zubereitet und schmeckte lecker. Marie mochte fremdländisches Essen nicht so gerne, doch hier schmeckte es fast wie zu Hause. Wenig Gewürze und gewohnte Zutaten.

»Es schmeckt wunderbar. Genau mein Geschmack! Nochmals vielen Dank für die Einladung«, wiederholte Marie und Merindah freute sich über das Kompliment.

»Ach, gerne doch. Terry hat ja nie Damenbesuch. Wir sind alle ganz aufgeregt.«

Marie zog die Augenbrauen hoch, diese Aussage musste Terry sicher unangenehm sein. Peinlich berührt schielte sie zu ihm hinüber, doch Terry nickte nur und sagte: »Stimmt.«

Aus der Antwort ging nicht hervor, ob er sich auf die Aufregung seiner Eltern oder den Mangel an weiblichem Besuch bezog. Auch wenn sie es nie zugegeben hätte, die Aussage beruhigte sie – das Gegenteil zu erfahren, nämlich dass Terry ein Schürzenjäger und Draufgänger sei, der jedes Jahr eine neue Frau anschleppe, hätte sie hingegen gestört. Dass er der Frauenwelt normalerweise fernblieb, machte ihn attraktiv – und es war außerdem ein Kompliment an sie selbst.

»Was isst man denn so in Deutschland?«, riss Merindah sie aus ihren Gedanken.

»Hm. Gute Frage.« Marie suchte nach einem guten Beispiel. »Das ist regional sehr unterschiedlich. Hühnerfrikassee ist recht beliebt. Bratkartoffeln. Heringsdipp. Und natürlich Spargel mit Sahnesoße. Im Frühjahr, wenn Spargelzeit ist.«

Nun wandte sich John an sie. »Ich dachte, ihr Deutschen esst immer Bratwurst mit Sauerkraut.«

Er lachte. Dann hörte er plötzlich auf und fixierte Marie, als erwartete er etwas von ihr. Marie lachte unsicher auf.

»Also Bratwurst gibt es eher mit Pommes. Und das wird selten zu Hause gegessen, dafür geht man in einen Grill-Imbiss. Und Sauerkraut kommt selten auf den Tisch. Leider! Ich mag es gerne.«

Sie zählte noch ein paar weitere typisch deutsche Delikatessen auf: Jägerschnitzel, Kotelett und Sauerbraten.

»Sehr viel Fleisch in eurer Nahrung. Deswegen seid ihr Deutschen auch so intelligent. Wegen des Proteins.« John guckte Marie wieder erwartungsvoll an und Marie lachte irritiert. John stimmte in das Lachen ein.

Komisch, dachte Marie, *er weiß wohl nicht, wie er mich einordnen soll.* An Johns Art und seinen Humor musste sie sich erst gewöhnen.

»Gestern habe ich für Terry gekocht. Frikadellen und Bratkartoffeln. Ein beliebtes Alltagsgericht.«

»Das klingt gut, schön deftig. Wir hatten mal ein junges Backpacker-Paar hier und die junge Frau hat uns auch etwas Europäisches gekocht. Ein Reisgericht mit Meeresfrüchten. Isabella hieß sie, aus Spanien. Liegt ja direkt bei euch um die Ecke, hätte dir bestimmt auch gut geschmeckt.«

Marie kicherte. »Entfernungen in Europa sind anders als hier – zwischen deutscher und spanischer Kultur liegen Welten.« Versöhnlich fügte sie hinzu: »Das war bestimmt eine Paella, die Isabella für euch gekocht hat. Die mag ich auch gerne.«

Merindah fing derweil an, die Teller vom Tisch zu räumen. »Ich mache uns jetzt Nachtisch. Geht doch währenddessen ins Wohnzimmer und vergnügt euch, ja? Kind, geh ruhig mit den Jungs, ich komm hier alleine zurecht.«

Marie stand auf. »Sicher? Ich helfe gerne.«

»Jaja. Das ist okay. Bist ein gutes Mädchen. Husch, husch.« Entschieden schob sie Marie in Richtung Wohnzimmer.

Merkwürdigerweise störte sie Merindahs bemutternde Art gar nicht. Ihre eigene Mutter war nicht besonders fürsorglich oder warmherzig gewesen, ganz im Gegenteil, bei Hildegard herrschten Disziplin und Ordnung. Hier fühlte sie sich willkommen und umsorgt.

Terry saß in einem Ohrensessel und sein Vater hockte auf der Couch. Einladend klopfte er mit der Hand neben sich und Marie setzte sich zu ihm.

Gemeinsam schwiegen sie ein paar Minuten. Marie dachte über einen Eisbrecher nach, bis ihr Blick an den Waffen an der Wand hängen blieb. Vage deutete sie in die Richtung der Gewehre. »Eine schöne Sammlung.«

Das war ein Anfang, denn sie kannte sich mit Gewehren überhaupt nicht aus und wusste nicht, was man allgemein zum Thema Waffen sagen konnte.

»Ja. Mein ganzer Stolz. Alle noch von früher. Haben wir viel eingesetzt. Aber die sind nicht registriert! Als das Gesetz aufkam, habe ich nicht mitgemacht.«

»Wirklich? Die sind alle illegal?«

»Ja. Mein Geheimnis. Erzähl das bloß keinem. Sonst kommt hier noch irgendein Stadtfuzzi raus und beschlagnahmt die.«

Marie schaute Terry fragend an. Der mischte sich ins Gespräch. »Es gibt strenge Waffengesetze und Auflagen. Alles geregelt heutzutage. Wer Waffen besitzt, muss sie wegschließen.«

Ungerührt hob John eine schwere Flinte von der Wand und wog sie in der Hand.

»Jaja, red du nur. Früher hatte man einfach eine Knarre. Tauchte ein wilder Hund auf, dann bumm! Hatte ein Pferd ein Bein gebrochen, auch bumm! Heute denkt der Staat, er muss sich in den Alltag jedes Farmers mischen.« Bei dem Wort »bumm« drückte er jeweils den Abzug und Marie zuckte zusammen.

»Papa, so ist das nicht. Das Thema hatten wir doch schon ein paarmal. Die Gesetze ergeben für die meisten Leute durchaus einen Sinn. Wie du dich sicher erinnerst, wurde das Gesetz nach einem furchtbaren Amoklauf verabschiedet. Nicht jeder ist so umsichtig wie du.«

Terry lehnte sich zurück und schloss die Augen, sein Beitrag war hiermit beendet.

Sein Vater entgegnete beleidigt: »Dann bräuchten wir Farmer halt Ausnahmegesetze. Für uns sind das doch alltägliche Werkzeuge.« Er hängte die Flinte zurück an ihren Platz und sie schwiegen wieder. Das Feuer im Kamin war heruntergebrannt und glomm vor sich hin.

Nach einer Weile stand John auf und holte neue Holzscheite aus dem Bastkorb neben der Feuerstelle. Dann kniete er nieder und pustete in die Flammen. Das kleine Feuer flackerte, John pustete erneut, diesmal fester.

»Verdammter Mist, verfluchter!«, rief er plötzlich und griff mitten in das Feuer hinein, um etwas aus der glühenden Asche hervorzuholen. Marie kniff die Augen zusammen, um zu erkennen, was es war. Es war sein Gebiss. Beim Pusten war es ihm aus dem Mund geflogen. Marie schlug die Hand vors Gesicht. »Ach du meine Güte.«

Terry warf seinem Vater eins der Häkeldeckchen zu. »Hier.«

John fing das Deckchen mit einer Hand und wischte das Gebiss sauber. Er machte Anstalten, es sich wieder in den Mund zu setzen, und Marie wandte sich ab. Bemüht, die Szene schnell wieder zu verdrängen, betrachtete sie die Waffen an der Wand.

Die Verbindungstür zum Wohnzimmer schwang auf und Merindah kam mit einem Tablett herein. Ein gigantischer Berg Pancakes wackelte bedrohlich darauf.

Marie eilte ihr zu Hilfe und nahm ihr das Tablett ab, um es auf dem winzigen Wohnzimmertisch abzustellen.

Merindah schaufelte ihr mehrere Pancakes auf den Teller und Marie schluckte bei der Menge. »Danke, das ist mehr als genug«, setzte sie an, aber es war schon zu spät. Auf ihrem Teller war ein gigantischer Stapel Pancakes, sie würde niemals so viel herunterbekommen. Terry hatte sie aufmerksam beobachtet und lehnte sich vor. Er stocherte mit der Gabel auf ihrem Teller herum, nahm sich zwei ihrer Pancakes und zwinkerte ihr zu. »Mama, das ist viel zu viel. Marie ist doch keine Mastkuh.«

»Ach, Kind, ich meine es doch nur gut. Das sind nur ganz kleine Pancakes, da braucht man die doppelte Menge, um satt zu werden.« Ohne zu fragen, goss sie eine goldene Flüssigkeit über Maries Pfannkuchen. Es war eine Art klebriger Sirup, so ähnlich wie Honig, aber um einiges flüssiger und süßer.

Stumm fing Marie an, den Nachtisch zu verdrücken. Es fiel ihr schwer, sie war bereits voll und ihr Magen rumorte. Nach der Hälfte gab sie auf. »Vielen lieben Dank. Es war wirklich ganz köstlich. Ich möchte nicht unhöflich sein, aber ich kann nicht mehr. Es war sehr reichlich.«

»Kein Problem.« Merindah nahm den Teller und schob die restlichen Pancakes auf Terrys Teller. »Das ist okay, wenn sie dir nicht schmecken.«

Marie protestierte. »Nein, sie sind sehr gut, es ist einfach zu viel.«

Aber Merindah schien das nicht vorwurfsvoll gemeint zu haben. Ihre Konzentration galt Terry, der die Pancakes mit Begeisterung in sich hineinschaufelte und Maries Reste auf seinen Teller legte.

»Guter Junge«, murmelte sie zufrieden. Anschließend hob sie Maries Teller an die Sirup-Flasche, und zu Maries Entsetzen goss sie den übrig gebliebenen Sirup wieder vom Teller in die Flasche zurück. Marie starrte die Flasche an und sah, dass Bröckchen darin herumschwammen. Ihr Magen zog sich zusammen. Solch sparsames Verhalten kannte sie nur von Hildegard, doch selbst die hatte klare Vorstellungen von Bakteriologie und Lebensmittelhygiene.

Nach dem Essen zogen sie wieder ins Wohnzimmer um und hörten Merindah zu, die Geschichten von ihrer Familie erzählte; Marie sagten all die Namen der Tanten, Onkels und Cousins zweiten Grades nichts und sie verstand auch nicht jedes Wort, da Merindah sehr schnell redete. Aber sie hatte eine angenehme Stimme und hier und da horchte Marie auf, wenn Terrys Name fiel. Sie wusste bereits, dass Terry vier Geschwister hatte und nun erfuhr sie, dass drei davon Brüder waren, Jack, Noah und Thomas. Jack und Noah wohnten irgendwo in Sydney und Thomas sogar noch weiter weg in Perth, auf der anderen Seite des Kontinents.

Merindah erzählte: »Als die Jungs klein waren, da war Thomas der Boss. Jack, Noah und Terry bewunderten ihn und machten ihm alles nach. Er war der Älteste, zu ihm blickten sie auf und machten jeden Unsinn nach, aber sie lernten auch viel von ihm. Eines Tages wurde Thomas schwer krank. Es war furchtbar. Unser Thomas war immer ein kräftiger Junge gewesen, und auf einmal war er bleich, schwach und eingefallen. Wir machten uns schreckliche Sorgen und fuhren ins Krankenhaus. Da wir niemanden hatten, der auf die anderen Kinder aufpasste, nahmen wir sie alle mit. Thomas wurde untersucht und der Arzt nahm uns danach zur Seite, um mit uns zu reden.«

Merindahs Stimme klang brüchig und Marie bemerkte, dass sich Tränen in ihren Augenwinkeln bildeten. Obwohl das Ereignis Jahrzehnte zurücklag, schien es sie immer noch tief zu bewegen. Sie griff nach Maries Hand und drückte sie, und Marie erwiderte die Geste. Sie wartete gespannt, wie die Geschichte weiterging.

»Thomas war schwer krank, er brauchte dringend einen Blutspender. John und ich ließen uns testen, aber unsere Blutgruppen passten nicht. Dann wurden auch Jack, Noah und Terry getestet und siehe da – Terry hatte als Einziger die richtige Blutgruppe. Er war damals noch so klein, es war lange vor seiner Einschulung. Der Arzt hockte sich vor ihn hin und erklärte ihm alles. Er erklärte Terry, es gehe um Leben und Tod und er müsse ihm Blut abnehmen, um seinen Bruder zu retten. Terry hörte ruhig zu und als ihn der Arzt am Ende fragte, ob er einverstanden sei, nickte er und sagte, ja, er wolle seinem Bruder helfen.«

Marie hatte eine Gänsehaut bekommen, sie stellte sich Terry vor, wie er mit einem Teddy in der Hand vor dem Doktor stand, ernst und ruhig. Was für eine schreckliche und prägende Erfahrung für ein Kind.

»Nun ja, Terry wurde Blut abgenommen und dann kam er zu uns in den Warteraum. Er setzte sich, schwieg eine Weile und fragte dann: ›Mama, wann muss ich denn jetzt sterben?‹ Erst verstand ich seine Frage nicht, dann fiel es mir wie Schuppen von den Augen. Terry hatte geglaubt, um seinen Bruder zu retten, müsse er selbst sterben. Und er hat sich sofort bereitwillig geopfert, ohne auch nur mit der Wimper zu zucken. Und so war Terry immer, er gab alles für seine Freunde und seine Familie und tut es auch heute noch.«

Es war still im Raum. Marie liefen Tränen über die Wangen und auch Merindah wischte sich über die Augen. Terry und John blickten in die knisternden Flammen. Tief in Marie rührte sich etwas und fing an zu brennen und ihr Herz zu umschließen.

* * *

Es war eine klare Nacht, und die Sterne funkelten hell im silbernen Mondlicht. In ein paar Tagen war Vollmond. Wie gebannt schaute Marie auf den glitzernden Weiher, der sich hinter dem Haus von Merindah und John befand. Hier spiegelte sich der Mond, es sah aus, als ruhe er in der Tiefe des Wassers.

Nachdem sich Terry und Marie verabschiedet hatten, beschlossen sie, hier noch ein wenig zu verweilen. Beide verspürten das Bedürfnis, den Abend friedlich ausklingen zu lassen. Der Ort strahlte eine Ruhe aus, die guttat. Die friedliche Stille und die unbewegte Wasseroberfläche entspannten Marie und endlich ließ die Hitze nach, die sich in ihr im Laufe des Abends aufgestaut hatte. Der Weiher war halb leer und erzählte Geschichten über die lange Dürre in dieser Gegend. Dennoch waren das dunkle Wasser, die Silhouetten der Bäume im Hintergrund und die Sterne über ihnen ein schöner Anblick.

Terry hatte, ganz der Gentleman, sein Holzfällerhemd ausgezogen und als Decke für sie ausgebreitet. Ungehemmt saß er im Achselshirt neben ihr. In Deutschland hätte sie der Anblick eines Mannes im Unterhemd kalt gelassen, aber bei Terry wirkte es authentisch und männlich. Obwohl er schon Mitte vierzig war, wirkten seine Arme und Schultern muskulös. Auf eine natürliche Weise. Marie gefiel das. Muskeln, die man nur bekommt, wenn man sein ganzes Leben draußen arbeitet. Terry hob den Arm und Marie bekam eine Gänsehaut. Wollte er sie wieder umarmen? Sie hatte nichts dagegen. Terry schlug eine Mücke auf seinem Arm tot. Enttäuscht verzog Marie das Gesicht. Schade, dachte sie.

Hinter ihnen im Haus ging das Licht aus, Terrys Eltern gingen zu Bett. Marie fand die beiden auf ihre ganz spezielle Art sympathisch. Beide waren etwas schrullig und hatten ihre Eigenarten, aber im Kern waren sie sehr liebenswert. Den gemeinsamen Abend würde sie nie vergessen.

»Sag mal, deine Eltern leben recht ressourcenbewusst, nicht wahr?«

»Wie meinst du das?«

»Nun, sie verschwenden nicht gerne Lebensmittel. Kippen nicht gerne Reste weg und so.«

»Ach, du meinst sparsam. Ja. Weil Mama den Sirup nach dem Essen wieder in die Flasche gegossen hat?«

»Ja.«

»Du würdest das nicht machen«, stellte Terry fest.

»Nein.« Marie warf ebenfalls ungern Lebensmittel weg, aber sie hatte auch klare Grenzen. »Was einmal auf dem Teller war, das wird nicht aufbewahrt.«

»Tja. Hm. Ich würde es auch nicht machen. Ich würde einfach von vorneherein weniger Sirup nehmen. Trotzdem verstehe ich meine Mum. Sie ist einerseits großzügig, andererseits mag sie Verschwendung nicht.«

Er überlegte eine Weile und fügte dann hinzu: »Meine Oma, die war wirklich sparsam. Hat immer gut gerechnet und nichts umkommen lassen. Kein einfacher Mensch, aber ein echtes Unikat. Sie hatte ein Gebiss und konnte nur noch weiche Sachen essen. Trotzdem kaufte sie sich einmal die Woche Vollnussschokolade mit Macadamia-Nüssen. Sie hat die Schokolade gelutscht und mit den übrig gebliebenen Nüssen hat sie Kuchen gebacken.«

»Was?!«

Terry lachte. »Ja, das fand ich auch nicht so schön. Aber der Kuchen – der war Weltklasse!«

Marie lachte mit, das mochte sie sich nicht vorstellen.

Terry lehnte sich zurück und betrachtete die Sterne. Hier auf dem Land funkelten sie viel heller als in der Stadt.

»Ihr habt es so schön hier«, flüsterte sie. Eine Sternschnuppe tauchte auf und zog einen kleinen Bogen. »Schnell, wünsch dir was! Ich meine, macht man das hier auch, dass man sich was wünschen darf, wenn man eine Sternschnuppe sieht?«

»Ja.«

»Okay.« Marie konzentrierte sich. Sie wünschte sich, dass sie Lena bald treffen würde, dass sie gesund und munter war und im besten Falle direkt mit nach Hause kam. Das waren theoretisch drei Wünsche, merkte sie, seufzte leise und entschied sich um. Ihr Wunsch war, dass egal, was passieren mochte, am Ende alles gut werden würde. Dieser Wunsch erschien ihr angemessener.

Ein Windhauch kam auf und sie begann zu frösteln. Dass es hier abends immer so kalt wurde! Eben noch hatte sie geschwitzt, jetzt bekam sie eine Gänsehaut. Terry hob erneut den Arm, wohl um die nächste Mücke zu erschlagen.

Und wieder lag Marie falsch. Terry legte ihr vorsichtig den Arm um die Schultern und fragte verlegen: »Darf ich?«

Marie nickte, seine Wärme tat gut. Er duftete leicht nach Schweiß und seinem herben Aftershave, das gut zu ihm und der rauen Landschaft passte.

Nachdenklich legte sie den Kopf an seine Schulter und ließ ihre Gedanken treiben.

»Hast du manchmal auch das Gefühl, im Leben etwas verpasst zu haben?«

Terry brauchte eine halbe Minute, bevor er antwortete. »Man verschiebt so vieles auf später.«

»Ja. Später muss grandios werden.«

Spielerisch fing er an, mit ihren Haaren zu hantieren, drehte eine Locke zwischen seinen Fingern und ließ sie wieder los. Es ziepte etwas, aber Marie ließ es gerne geschehen, sie genoss die Nähe. Wie lange war es her, dass ein Mann sie umarmt hatte?

»Ich meine, ich habe Lena und ein eigenes Haus. Einen Job und alles, was ich mir wünschen kann. Aber seit ich hier bin … ich weiß nicht. Ich fühle mich gleichzeitig alt und jung. Jung, weil ich hier so viel erlebe und das alles ein großes Abenteuer für mich ist. Alt, weil ich das Gefühl habe, dass ich Zeit verschwendet habe, die ich nie wiederbekomme.«

»Klingt logisch.« Er beugte sich vor und schnupperte an ihrem Haar. In Marie kribbelte es. Terry war so natürlich und ungezwungen, er tat einfach, was er für richtig hielt. »Du riechst gut. Wie ein Obstsalat. Fruchtig.« Er sog den Duft ihrer Haare tief ein.

»Das ist mein Melonenshampoo.«

»Mmh. Ich mag Melone.«

Ihr Herz begann laut zu klopfen und sie schmiegte sich noch etwas näher an ihn.

»Weißt du«, setzte er an, »ich denke nicht, dass du zu alt bist, um Dinge nachzuholen, die du verpasst hast. Ich sehe das so: Ich habe genau das richtige Alter. Ich muss nur noch herausfinden, wofür.«

Marie ergriff seine Hand und drückte sie leicht. Seine Finger waren rau und grob, und man spürte, dass sie in ihrem Leben viel zugepackt hatten. Narben und Verhärtungen vom

Holzfällen, Zaunbauen, Kühe treiben und reiten. Zärtlich strich sie über seine Handflächen und Finger und er ließ es geschehen. In diesem Moment fühlte sie sich ihm auf diese merkwürdige Art nahe, die sie sich selbst nicht erklären konnte. Als würde sie Terry schon ewig kennen und müsste ihn nur noch verstehen lernen. Jetzt, hier, in diesem Augenblick war alles perfekt und am liebsten hätte sie die Zeit angehalten. Jede einzelne Sekunde war kostbar und sie genoss ihre Zweisamkeit in vollen Zügen.

Lange saßen sie dort, und erst als der Mond bereits hoch am Himmel stand und die Welt verstummt war, stand Terry auf. »Komm, es ist spät. Ich bringe uns nach Hause.«

* * *

Es war früh am Morgen und Terry schlief noch. Marie hatte sich einen Kaffee gemacht und sich in den Schaukelstuhl auf der Veranda gesetzt. Von hier konnte man über die Weiden blicken, die Kühe beim Grasen beobachten und zusehen, wie sich das Windrad in der Ferne drehte. Es war eine dieser typischen vielflügeligen Windmühlen, die auf einem Gittermast montiert waren. Marie hatte sie bis vor Kurzem nur von Bildern gekannt. Der letzte Abend kam ihr wie ein schöner Traum vor. Hatte Terry sie tatsächlich in den Arm genommen? Ein Schauer lief ihr über den Rücken. Wie würde es nun weitergehen? Sie horchte in sich hinein, aber da war nur ein buntes Chaos aus Gefühlen, Hoffnungen und auch Ängsten. Es war viele Jahre her, seit sie das letzte Mal verliebt gewesen war. »Verliebt«, murmelte sie, das Wort brachte sie aus der Fassung.

Auf ihrem Schoß lag ihr Rucksack und sie öffnete den Riemen, um sich ein Kaugummi herauszuholen. Dabei fiel ihr Blick auf das Geschenk, das Terrys Mutter ihr gestern gegeben hatte.

Schmunzelnd holte sie es hervor, was es nur sein mochte? Neugierig zog sie an der roten Schleife, bis sie sich löste. Die

Packung war tatsächlich etwas staubig und sie musste niesen. Behutsam öffnete sie den Deckel der Schachtel und lugte hinein. Dort lagen säuberlich aufgereiht kleine braune Brocken. Sie atmete erleichtert auf. Schokolade. Obwohl sie nicht mehr ganz frisch wirkte, bekam Marie Appetit auf etwas Süßes. Ohne zu zögern, schob sie sich ein Stück in den Mund. Die große Kunst der Schokoladenzubereitung war das nicht, die Schokolade schmeckte zäh wie Kaugummi. Lustlos kaute sie auf der Praline herum und schluckte sie mühsam herunter. Dann entdeckte sie einen Zettel, der oben im Deckel von innen eingeklemmt war. Es war eine kleine Grußkarte, auf der jemand eine Notiz hinterlassen hatte. *»Liebe Merindah, ich wünsche dir ein frohes und besinnliches Weihnachtsfest. Emily.«*

Marie würgte. Meine Güte, diese Schokolade musste uralt sein. Und wer war Emily?

Kapitel 10

»Das ist meine Exfrau. Emily und ich haben uns vor zehn Jahren getrennt, keine schöne Geschichte. Eines Tages hat sie mich bei Nacht und Nebel verlassen und mir das Herz gebrochen. Ohne Vorwarnung und ohne eine Nachricht zu hinterlassen. Hat unser gemeinsames Konto geplündert und war weg. Ich wusste nicht, was los war, und habe sie wochenlang gesucht. Im Nachhinein habe ich erfahren, dass sie schon länger eine Affäre gehabt hatte.«

»Oh, ich wusste nicht, dass du verheiratet warst. Das tut mir leid für dich, es muss sehr hart gewesen sein.«

»Ja, damals habe ich gelitten wie ein Hund. Jetzt bin ich fast dankbar dafür. Mit so jemandem möchte man schließlich nicht sein Leben verbringen. Lieber ein Ende mit Schrecken, als ein Schrecken ohne Ende.«

»Mir ging es ähnlich. Norbert war meine erste große Liebe. Ich hätte alles für ihn getan. Wir waren kurz davor, uns zu verloben. Er ist mir fremdgegangen, während ich mit Lena schwanger war, und ich habe ihn vor die Tür gesetzt. Meine Mutter hat mir das nie verziehen, aber ich bin auch heilfroh, dass ich ihn nicht mehr am Hals habe.«

»Und seither?«

»Wie meinst du das?«

»Na, bei einer Frau wie dir stehen die Männer doch sicherlich Schlange.«

Marie hob die Augenbrauen und holte tief Luft, bereit, seinem Sarkasmus etwas entgegenzusetzen. Sie öffnete den Mund, sah Terry schräg an und hielt inne. Sein Gesicht wirkte ehrlich, ernst und interessiert, es war keine Spur von Ironie zu erkennen.

»Nee, ich habe andere Prioritäten«, antwortete sie ausweichend. »Und bei dir? Deine Eltern meinten, du hättest auch nicht gerade viel Frauenbesuch.«

»Bisher habe ich die Richtige noch nicht gefunden. Beziehungen sind eine ernste Sache, und ich lasse mich nur auf jemanden ein, wenn ich mir sicher bin.«

Marie begegnete Terrys Blick und erkannte in ihm eine Frage. Ratlos biss sie sich auf die Unterlippe und drehte den Kopf weg, er machte es ihr nicht gerade leicht.

* * *

Der Bus hielt an und die Türen öffneten sich. Ein paar Fahrgäste kletterten die Stufen herunter, als letztes trat Hildegard heraus. Marie traute ihren Augen nicht: Ihre Mutter war sonnengebräunt und trug ein knielanges Sommerkleid. In ihrem ganzen Leben hatte sie ihre Mutter weder braun gebrannt noch in einem Kleid gesehen, das kürzer war als Wadenlänge.

»Hi, Mama, schön dass du da bist. Mann, siehst du gut aus. Das Kleid steht dir. Und dein Gesicht hat auch wieder Farbe.«

»Nicht wahr? Wenn man sich einmal an das Wetter gewöhnt hat, ist es sehr angenehm.« Ein Lächeln erschien auf ihrem Gesicht, als sie Terry ihre Tasche reichte. »Hallo, ich bin Hildegard. Marie hat dir bestimmt schon viel über mich erzählt.«

Terry hob seinen Hut zum Gruß und antwortete: »Madam. Willkommen in meiner Heimat, es ist mir eine Ehre.«

Hildegard richtete sich nun an Marie und wies in Richtung der Ladeklappe an der Außenseite des Busses, hinter der das Gepäck verwahrt wurde.

»So, mein Kind. Ich habe auch noch eine Überraschung für dich dabei: Dein Koffer wurde gefunden.«

Strahlend zog Marie ihren Koffer aus dem Laderaum. »Was habe ich meine Kleidung vermisst!«

Terry nahm ihr den Koffer ab und verstaute ihn, während Marie mit ihrer Mutter ins Auto stieg. Gemeinsam setzten sie sich auf die Rückbank des Pick-ups.

»Also, der Terry, der ist ja ein echter Gentleman. Marie, ist der nicht was für dich?«, flüsterte Hildegard Marie auf Deutsch zu.

»Mama!«

»Man wird ja noch fragen dürfen.«

Auf der Fahrt von Chinchilla nach Karinya erzählte Hildegard von ihren Erlebnissen in Brisbane. Auf eigene Faust hatte sie sämtliche Museen, Kulturzentren, Kirchen und Aussichtsplattformen erkundet. Sie war sogar alleine im Kino gewesen.

»Der Film war natürlich auf Englisch und ich habe kein Wort verstanden. Das war mir aber egal, es war trotzdem interessant.« Sie erzählte das in gebrochenem Englisch, warf immer wieder deutsche Worte ein und betonte die meisten Wörter falsch. Trotzdem war Marie stolz auf ihre Mutter, die ihr mit der neu gefundenen Abenteuerlust fast fremd vorkam. Sie kannte ihre Mutter nur als erzkonservative Frau, die sich nur ungern auf Neues einließ und eine tiefe Abneigung gegenüber allem Amerikanischen hatte, was die englische Sprache einschloss. Nachdem Hildegard das Wichtigste erzählt hatte, fragte sie Terry nach seinen Eltern.

»Die wohnen hier gleich die Straße runter, wenn man dort vorne abbiegt.«

»Ach? Lasst uns doch einen Abstecher machen, Kinder, ich würde die beiden gerne kennenlernen. Endlich mal jemand in meinem Alter.«

Kinder? Hatte sie das richtig gehört? Fing ihre Mutter jetzt mit demselben Unfug an wie Terrys Mutter? Der Gedanke, dass Hildegard John und Merindah treffen sollte, gefiel ihr weniger.

»Möchtest du dich nicht lieber von der langen Fahrt ausruhen, Mama?«, wagte sie einen Versuch, ihre Mutter von der Idee abzubringen. »Du könntest dich auf die Veranda setzen, und ich mach dir erst mal einen Kaffee. Was meinst du?«

»Nein, nein. Abbiegen, Terry! Wenn wir schon mal hier sind, kann man sich doch mal vorstellen. So eine Gelegenheit darf man nicht verstreichen lassen. Wer weiß, was noch aus euch beiden wird.«

»Mama!«

Terry sah etwas schuldbewusst aus, als er den Blinker setzte und abbog.

* * *

»Was für eine Überraschung. Damit hätten wir nicht gerechnet. Ich werde gleich Tee aufsetzen. Oder lieber Kaffee? Gut, dass ich noch Kekse im Schrank habe.«

»Ich habe auch Kekse dabei. Aus Brisbane. Mit Macadamias.« Hildegard sprach langsam und deutlich, versuchte, die englischen Worte richtig zu treffen. Dabei kramte sie in ihrer Handtasche. »Hier, bitte.«

»Wunderbar, die sehen großartig aus. Macadamias sind meine Lieblingsnüsse.«

»Ach, meine auch. Das ist ja ein Zufall.«

Marie und Terry blieben auf der Veranda zurück und sahen ihren Müttern nach, die im Haus verschwanden.

»Ich glaube, da haben sich zwei gefunden«, scherzte Terry.

»Das befürchte ich auch. Hast du gesehen, wie sie sich angestrahlt haben? Wie zwei verliebte Teenager. Mich hat sie nicht so angeschaut, als sie aus dem Bus gestiegen ist.«

»Eifersüchtig?«

»Ach, Blödsinn. War nur Spaß. Und jetzt?«

»Tja, ich glaube, wir sind jetzt erst mal abgeschrieben. Lass uns eine Runde spazieren gehen und die beiden können sich derweil ausquatschen. Sind ja beide nicht auf den Mund gefallen.«

Sie wanderten wieder zu dem Weiher, an dem sie schon am Vorabend gesessen hatten. Sobald sie das Wasser sah, fing es in Maries Bauch an zu kribbeln, die Erinnerung an den gestrigen Abend stieg wieder in ihr hoch. Tief atmete sie ein und aus, konzentrierte sich auf die Gegenwart. Terry war wirklich etwas Besonderes, aber der Gedanke an eine Beziehung zwischen ihnen war absurd, dafür war die Entfernung einfach zu groß. Und sie war sich sicher, dass Terry es auch nicht ernst mit ihr meinen konnte.

Etwas traf sie am Arm, sie schrie und hüpfte zur Seite. Hektisch schlug sie auf den Arm, falls es dort etwas gab, das man totschlagen konnte. Wieder ein kleiner Schlag, dieses Mal am Rücken. Entsetzt drehte sie sich um und sah, wie sich Terry vor Lachen kaum halten konnte. In der Hand hielt er winzige Kiesel.

»Du …« Sie sprang vor und versuchte, nach ihm zu greifen. Er war schneller und lief weg. Sie rannte hinter ihm her und jagte ihn lachend um den Weiher herum.

* * *

Wayne zeigte sich von seiner besten Seite. Unermüdlich versuchte er, Hildegard jeden Wunsch von den Lippen abzulesen.

Alle paar Minuten brachte er ihr Sitzkissen, Decken, Tee und fragte sie, ob sie sonst noch etwas brauchte. Mal zeigte er ihr ein paar kleine Opale, die er auf einer Tour in Coober Pedy gefunden hatte, ein anderes Mal holte er uralte Fotografien hervor, um Hildegard mehr von den Farmern zu zeigen, die in der Gegend gelebt hatten.

Hildegard schien die Aufmerksamkeit zu gefallen und sie fing ihrerseits bald an, Wayne zu betüddeln. Allan war weiterhin reserviert, trieb sich irgendwo im Hintergrund herum, werkelte in der Scheune oder an einem Gerät. Man hörte ihn rülpsen, furzen oder fluchen, das war's. Er war nicht direkt unhöflich, aber auch nicht herzlich, und seine Manieren waren gewöhnungsbedürftig. Marie ignorierte ihn und genoss den Tag in vollen Zügen. Morgen würden sie endlich zu Lena fahren und nichts konnte ihre gute Laune trüben.

Terry zeigte Hildegard seine Kühe und Pferde, und diese musterte sie skeptisch aus der Entfernung. Nachmittags nahm Wayne sie wieder unter Beschlag und spazierte mit ihr zu einem Ort, an dem besonders viele Galahs nisteten. Marie schaute sich danach die Fotos an.

»Davon werde ich mir eins groß abziehen und einrahmen lassen. Da werden meine Freundinnen staunen«, erzählte Hildegard. »Guck mal der hier, der hält einen Zweig im Schnabel.«

Marie ging die Fotos durch und musste schmunzeln. Viele von ihnen waren verwackelt und auf den meisten waren nur ein paar pinkfarbene Punkte im Blätterdach zu erkennen. Auf einem Foto hielt Wayne etwas Gemustertes in Richtung Kamera.

»Was ist das?«, fragte sie interessiert.

»Das ist die Haut von einer Python. Die hat sich wohl frisch geschält, die Haut lag einfach herum. Sehr interessant.«

Marie zog die Brauen hoch. Etwas war mit ihrer Mutter geschehen, sie war nicht mehr sie selbst. Nun war sie also auch noch aufgeschlossen gegenüber Schlangen! Noch vor Kurzem, dessen war sich Marie sicher, wäre ihre Mutter beim Anblick einer Schlange in den nächsten Flieger nach Hause gestiegen. Sie hoffte, dass der australische Einfluss auf sie möglichst lange anhielt. Hildegard und Wayne standen vor einem Gemüsebeet und unterhielten sich angeregt, während Marie ein paar Minuten auf der Veranda pausierte und die Kühle des Schattens genoss.

Ihr Handy bimmelte und lächelnd holte sie es hervor. Lena hatte eine Nachricht gesendet. Marie las den Text und setzte sich gerade auf. »Verdammte Hacke«, fluchte sie und hielt sich direkt die Hand vor den Mund. Lena hatte ihre Verabredung abgesagt. Wieder und wieder las sie die Nachricht, wollte es nicht wahrhaben. Doch an Lenas Worten bestand kein Zweifel – sie versetzte Marie schon wieder. Entschuldigend, aber ohne Begründung.

Ohne Umschweife rief sie bei Lena an. Es klingelte, aber Lena hob nicht ab. Am liebsten hätte sie ihr Handy gegen die Wand geworfen. Eine Welle der Enttäuschung überrollte sie, eben noch hatte sie sich auf ihre Tochter gefreut, jetzt fragte sie sich, was diese mit ihr für ein Spiel trieb und warum zur Hölle sie nicht an ihr Handy ging.

Ihre Hände zitterten so stark, dass sie sich bei ihrer Antwort ständig vertippte. Mehrfach löschte sie den Text, es reichte nur für ein: »Geh sofort ans Handy, ich will wissen, was los ist.«

Resigniert schaute Marie sich um. Hildegard und Wayne standen immer noch vor dem Beet, Allan war nicht zu sehen. Terry kletterte ein paar Meter entfernt auf dem Wassertank herum und schien ihren Ärger nicht mitbekommen zu haben. Hastig griff sie ihren Hut und stieg die Verandatreppe hinunter. Sie musste den Kopf freikriegen und spazieren gehen.

* * *

Aus einiger Entfernung blickte Marie zurück zur Farm. Friedlich lag das Haus inmitten der Eukalyptusbäume. Vor ihr stand eine alte Windmühle, deren Räder sich quietschend in der Brise drehten und bei jeder Runde Wasser aus der Tiefe der Erde pumpten. Neben der Windmühle stand ein Wassertank. Schwerfällig ließ sie sich in seinem Schatten auf den Boden gleiten. Immerhin war die Erde hier ameisenfrei. Traurig vergrub sie das Gesicht in den Händen und fragte sich, ob sie als Mutter versagt und den Zugang zu ihrer Tochter verloren hatte. Lena war volljährig, sie konnte theoretisch machen, was sie wollte. Das war aber noch lange kein Grund, sie derart abzuweisen und Geheimniskrämerei zu betreiben. Noch einmal las sie die Nachricht:

»Es tut mir wirklich leid, Mama, kannst du unser Treffen noch einmal um drei Tage verschieben? Alles ist gut, mach dir keine Sorgen! Ich verspreche dir hoch und heilig, dann werden wir uns wirklich sehen«, hatte sie geschrieben, und in einer zweiten Nachricht: »Wenn du nicht mehr so lange in Australien bleiben kannst, verstehe ich das. Du bist jetzt bestimmt enttäuscht und sauer auf mich. Es tut mir wirklich leid. Ich habe meine Gründe und werde dir alles erklären, wenn es soweit ist. Bis dahin vertrau mir, bitte. Auch wenn es dir schwerfällt.«

Lena kannte sie gut: Es fiel Marie schwer, den Worten ihrer Tochter Glauben zu schenken. Was sollte sie nun machen? Abreisen oder noch ein paar Tage warten in der Hoffnung, dass Lena sie nicht wieder vertröstete?

In ihrem Hals bildete sich ein Klumpen und sie spürte, wie gegen ihren Willen Tränen aufstiegen. Nein, das war nicht ihre Art, sie würde nicht weinen, nahm sie sich vor.

Jemand räusperte sich und Marie blickte auf. Terry stand vor ihr, den Hut vor der Brust. Er hatte eine entschuldigende Miene aufgesetzt und sah so kleinlaut aus, als sei er es, der Marie im Stich gelassen hatte.

»Entschuldigung, dass ich dich hier störe.«

Marie riss sich zusammen und klopfte neben sich auf den Boden. Terry setzte sich zu ihr und lehnte sich an den Wassertank.

»Lass mich raten: Deine Tochter hat dich wieder versetzt?«

»Ja.«

Woher wusste Terry das nur schon wieder? Manchmal kamen ihr seine Intuition und Menschenkenntnis fast unheimlich vor.

»Hm.«

Unbeholfen legte er ihr den Arm um die Schulter und zog sie an sich. Marie ließ es geschehen und genoss die Nähe. Sein Duft stieg ihr wieder in die Nase und wirkte dieses Mal vertraut. Als sie den Kopf an seine Brust kuschelte, konnte sie seinen Herzschlag spüren. Er war schneller als erwartet, das irritierte sie. Terry wirkte nach außen ruhig, aber sein Puls passte nicht dazu. Lag das etwa an ihr? Sie versuchte, den Gedanken zu verdrängen, Lena war gerade wichtiger.

»Dieses Mal allerdings nur um drei weitere Tage. Wahrscheinlich sollte ich mich nicht so anstellen, aber ich habe das Gefühl, sie verheimlicht mir etwas. Früher konnten wir offen miteinander reden. Sie meint, ich solle ihr vertrauen, aber ich fürchte, das kann ich nicht. Irgendwie habe ich den Zugang zu ihr verloren und ich kann mich nicht darauf verlassen, dass sie mich in drei Tagen nicht wieder hängen lässt. Und außerdem habe ich deine Gastfreundschaft bereits ausgereizt und überlege nun, ob ich nach Hause fliegen soll.«

Terrys Finger bohrten sich leicht in ihren Oberarm und sie zuckte zusammen. »Sorry«, brummte er.

Erst schwieg er eine Minute, dann stand er auf, klopfte sich den Staub von der Hose und blickte auf einen Punkt in der Ferne.

»Nein. Ich habe eine bessere Idee. Vertrauen ist wichtig! Ich denke, du solltest deiner Tochter diese drei Tage geben. Manche Dinge brauchen Zeit. Bleib hier, bei mir. Morgen früh werde ich dir etwas zeigen, was eigentlich nicht für andere Augen bestimmt ist. Eine Aborigines-Tradition, die zwar nicht uralt ist, aber dennoch auf dem Wissen und Gefühl von Jahrtausenden beruht. Auch da geht es um Vertrauen und den Respekt vor dem Gegenüber. Drei Tage passen da genau. Ich verspreche dir, es lohnt sich.«

Sein Blick war bittend, aber fest. Marie nickte langsam, unabhängig von Lena blieb sie gerne bei Terry. Bei ihm fühlte sie sich wohl und geborgen und es fühlte sich richtig an, hier in Australien zu bleiben. Zu Hause in Deutschland warteten Arbeit, Alltag und Routine auf sie, das alles konnte ruhig noch etwas länger warten, fand sie.

* * *

Marie hielt Abstand zu dem Pferd, das offensichtlich schlechte Laune hatte. Ruckartig zog es am Führstrick, schnaubte oder buckelte, während Terry ruhig den kleinen Pfad entlangschritt und sich davon wenig beeindrucken ließ. Marie bewunderte es, wie Terry nie den Kopf verlor, das Tier anschrie oder auch nur zusammenzuckte, wenn es plötzlich austrat oder zur Seite hüpfte. Mit endloser Geduld korrigierte er das Pferd oder wich aus, und anstatt sich zu beschweren, beruhigte er das Pferd mit freundlichen Worten.

Vor ein paar Stunden noch war dieses Pferd Teil der halbwilden Herde gewesen, die auf Terrys Grundstück lebte. Die dreijährige Stute kannte Menschen bisher nur aus der Ferne, war aber noch nie von einem berührt worden. Erst hatte Terry die Herde in einen Korral getrieben, wo er die Stute mit dem Lasso einfangen konnte. Es hatte eine ganze Weile gedauert, bis er es geschafft hatte, ihr das Halfter anzulegen. Die Stute wehrte sich nach Kräften, aber Terry war ein Profi, der wusste, was er tat. Ruhig, selbstsicher und souverän bewegte er sich mit dem Pferd in einem Rhythmus, der für Marie wie ein Tanz aussah.

Jetzt war es früher Mittag und die Sonne hatte den Zenit fast erreicht. Das Haus und die Wiesen hatten sie weit hinter sich gelassen, gerade betraten sie ein Wäldchen aus Teebäumen. Die papierartige Rinde der Teebäume hing in großen Fetzen von den Stämmen und gab dem Wäldchen eine unheimliche Atmosphäre. Als hätte hier vor Urzeiten ein großes Tier gewütet, das seine Krallen an den Bäumen geschärft und eine Spur der Verwüstung hinterlassen hatte.

Hildegard hatte erstaunlich entspannt reagiert, als sie ihr von Lenas Nachricht erzählt hatte.

»Kein Problem, ich bleibe gerne hier«, hatte sie verkündet und großzügig angemerkt: »Das Haus könnte mal einen ordentlichen Frühjahrsputz gebrauchen. Da kann ich richtig ins Detail gehen, wenn ich ein paar Tage länger Zeit habe.«

Plötzlich blieb Terry stehen und schaute sich um. Marie stolperte noch einen Schritt nach vorne und fing sich in letzter Sekunde. Beinahe wäre sie in das Pferd vor ihr gelaufen, das unruhig auf der Stelle tänzelte.

»Hier durch.« Terry wies in Richtung eines dichten Gebüschs. Der Pfad ging geradeaus weiter und das Dickicht sah wenig einladend aus. Unbeirrt schritt er voran, schob die Äste weg und zog das Pferd hinter sich her. Vor ihnen lichtete sich der Wald und Marie schaute auf einen verwunschenen Weiher mit blühenden Seerosen und glitzernder Oberfläche, auf der Libellen kreisten. Kühle empfing sie, die Temperatur war urplötzlich um ein paar Grad gesunken.

»Wir sind da.«

Erleichtert ließ Marie den schweren Rucksack von ihren Schultern gleiten. Der Weiher wirkte irgendwie fehl am Platz in der dürren Landschaft, ein Paradies inmitten der Trockenheit.

* * *

Terry fing an zu singen, es waren fremde Worte in einer Sprache, die Marie noch nie zuvor gehört hatte. Beinahe einträchtig stand die Stute neben ihm, die Ohren gespitzt. Erst war Marie merkwürdig betreten von Terrys Gesang, er war ihr unangenehm und wirkte befremdlich. Doch je länger sie der Melodie lauschte, umso mehr entspannte sie sich. Seine Stimme war beruhigend und schien eine Geschichte zu erzählen, von der sie zwar kein Wort verstand, die sie aber dennoch berührte. Mal war seine Stimme tief und traurig, dann wieder folgte sie einem schnelleren Rhythmus.

Den Führstrick hielt er noch in der Hand, aber er baumelte locker herunter und übte keinen Druck aus. Die Stute hatte den Kopf gesenkt, ein Hinterbein angewinkelt, sie schien den einlullenden Gesang in sich aufzunehmen.

Terrys Stimme wurde lauter, nur um im nächsten Augenblick wieder so leise zu werden, dass Marie kaum noch einen Ton hörte. Gerade als das Lied zu enden schien, setzte Terry erneut an. Er schien eine Ewigkeit zu singen und irgendwann fing Marie an, den Rucksack auszupacken. Ab und zu schielte sie zu Terry und dem Pferd hinüber, der Stute schien der Gesang zu gefallen. Während die Töne in allen Klangfarben um sie herumschwirrten, bereitete Marie in Ruhe ihr Nachtlager vor, kochte Tee und zog sich um. Es kam ihr unglaublich vor, wie viel Geduld Terry hatte und dass seine Stimmbänder nicht nachgaben. Erst als sich der Tag langsam dem Abend neigte und die ersten Mücken über ihnen kreisten, verklang seine Stimme.

Er klopfte dem Pferd den Hals und ließ es einfach dort stehen, wo sie die letzten Stunden verbracht hatten. Das Pferd schaute entspannt in die Ferne und bewegte sich mit keinem Schritt. Terry setzte sich zu ihr und trank einen Schluck aus der Feldflasche. »Das tut gut.«

»Du hast eine schöne Stimme, Terry. Was genau hast du da eigentlich gemacht? Ich meine, was bedeuten deine Lieder?« Eigentlich hatte Marie sich vorgenommen zu warten, bis Terry es ihr von sich aus erzählte. Aber erstens war sie zu neugierig und zweitens wusste sie mittlerweile, dass Terry sich gerne Informationen aus der Nase ziehen ließ.

»Die Bedeutung kann ich dir nicht sagen, die Lieder sind heilig. Einige von ihnen hättest du gar nicht hören dürfen.«

»Warum hast du gesungen?«

»Wenn Pferde eingeritten werden, dauert das ungefähr sechs Wochen, richtig? Erst die Bodenarbeit, später führt man sie an Sattel und Trense heran. Zuletzt reitet man das Pferd, meistens im Roundpen oder auf einer Koppel.«

»Das ist mir nicht unbekannt. Bei uns in Karlsberg gibt es mehrere Reiterhöfe, da lernt man das eine oder andere.« Auch wenn Marie mit Pferden nicht viel zu tun hatte, solche Grundlagen waren ihr nicht fremd.

»Nun ja, bei den Aborigines ist das anders. Durch ihre Naturverbundenheit haben sie einen ganz anderen Zugang zu Pferden. Deshalb schaffen sie es in drei Tagen.«

»Das Pferd einzureiten?«

»Ja.«

»Und das hast du jetzt vor?«

»Ja.«

»Indem du dem Pferd vorsingst?«

»Genau.«

»Das ist unmöglich.« Ungläubig zog sie die Stirn kraus, skeptisch bei dem Gedanken, ein Wildpferd durch ein paar Lieder zum Reitpferd zu machen.

»Wenn du meinst. Warten wir es ab.«

Terry zuckte die Schultern, kramte in seinen Sachen und zog ein langes Messer hervor. Er angelte sich ein paar Zwiebeln aus dem Rucksack, die er anfing zu schälen. Das Messer war viel zu groß, um als Küchenmesser durchzugehen, aber Terry legte ein bemerkenswertes Geschick an den Tag. In der Zwischenzeit zündete Marie ein Feuer an. Bis genügend Glut vorhanden war, um zu kochen, würde es noch dauern. Einträchtig arbeiteten sie nebeneinander her, wuschen Kartoffeln und bereiteten Steaks vor. Marie rieb die Steaks mit einer Mischung aus Öl, Chili und Knoblauch ein, und ihr Magen knurrte bei der Arbeit. Bei Steak waren die beiden sich einig, frisch gegrillt schmeckte es am besten.

Eine Weile später saßen sie beim Essen und schauten dem Pferd zu, das friedlich am Wasser graste. Terry hatte es an einem Seil festgebunden, das aber lang genug war, damit es sich ein paar Meter in jede Richtung bewegen konnte. Zwischendurch hatte er das Tier mit kreisförmigen Bewegungen an Hals und Schulter sanft abgestrichen. Diese Art der Berührung war für das Pferd neu gewesen und es war unruhig geworden, aber Terry machte weiter, egal, in welche Richtung sich die Stute wegdrehte. Für Marie war das Ganze faszinierend, sie hatte mehr Widerstand erwartet, immerhin war das Pferd gestern noch wild gewesen.

In Karlsberg hatte sie ein paar Mal aus der Ferne Reiter mit jungen Pferden gesehen und das war jedes Mal ein Kampf gewesen. Die Jungtiere stiegen und buckelten und wehrten sich mit aller Kraft. Hier gab es bisher kaum etwas zu sehen. Das Pferd war friedlich und entspannt und sie fragte sich, ob es Terry auch beim ersten Aufsitzen vertrauen würde. Wieder wurde ihr bewusst, dass Terry so anders war als alle Männer, die sie in ihrem Leben kennengelernt hatte. Nur für eine Sekunde hätte sie gerne die Welt durch seine Augen gesehen und sich eins fühlen können mit allem um sie herum. Terry schien Teil seiner Umgebung zu sein, war innig mit ihr verbunden, und wie selbstverständlich nahm er sich der Natur an und fügte sich ein. Bisher hatte sich Marie für naturverbunden gehalten, doch was sie bei Terry beobachtete, war jenseits ihrer eigenen Vorstellungen und Erfahrungen. Manchmal kam er ihr fremd vor, so als gehörte er nicht in diese Zeit. Dann wiederum fühlte sie sich selbst fremd in diesem Land, das nicht ihr eigenes war.

In dieser Nacht träumte sie schlecht: Sie war zu Hause in Karlsberg, lief durch die Straßen und Parks, und diese verwandelten sich in eine rote Wüste, in der nur Salzbüsche wuchsen. Zwischendurch sah sie Lena, blass und eingefallen, mit zerrissener Kleidung. Unruhig wälzte sie sich hin und her, bis sie einmal zu nah ans Feuer rollte und von der Hitze aufwachte.

Am nächsten Morgen war sie wie gerädert. Bei Sonnenaufgang schälte sie sich aus dem Schlafsack und fachte das Feuer wieder an. Nach einem Kaffee würde es ihr besser gehen, hoffte sie. Die Stute stand am Wasser und trank, ließ sich nicht von Maries Arbeiten stören.

Der Geruch von gebratenen Eiern und Speck zog durch das Lager und Terry drehte sich grunzend um. »Mmh, das riecht gut.«

Er beobachtete sie gefällig bei der Frühstücksvorbereitung und faltete die Hände hinter dem Kopf. »Was für ein Luxus. Daran könnte ich mich gewöhnen.«

Marie lächelte ihn an, seine unverwöhnte Art gefiel ihr. Es war schön, dass sich jemand über ein einfaches Frühstück freuen konnte.

Nach dem Essen ging Terry zu der Stute hinüber und sprach mit ihr. Er löste den Führstrick vom Baum und führte das Pferd an eine schattige Stelle. Marie machte es sich derweil auf einer Decke bequem und genoss die ersten Sonnenstrahlen. Das dreckige Geschirr konnte noch etwas warten, jetzt wollte sie Terry mit dem Pferd beobachten. Es fing genauso an wie gestern: Terry stand neben dem Pferd und begann zu singen. Erst waren die Lieder leicht und unbeschwert, bis sie düster und bedrückend wurden. Das Pferd schien die Veränderung zu bemerken und Marie beobachtete, wie es einen Schritt näher an ihn herantrat, als suchte es bei ihm Schutz. Marie war hin und weg. Die Stute vertraute ihm und wollte bei ihm sein.

Müdigkeit überkam sie und sie nickte ein. Als sie wieder aufwachte, stand das Pferd wieder angebunden an seinem alten Platz und Terry hockte auf einem Ast in der Nähe.

Vor dem Pferd lagen ein paar Lederbänder, die scheinbar achtlos auf den Boden geworfen waren. Marie schaute genauer hin und erkannte eine Trense mit Zügeln.

»Möchtest du, dass sich das Pferd an die Trense gewöhnt?«

»Genau.« Behände sprang er von seinem Ast herunter, ohne dabei einen Laut zu verursachen. »Wir sollten ihr einen Namen geben.«

Scheinbar gedankenlos strich er Marie über den Arm, die bei der unvorhergesehenen Berührung zusammenzuckte. Terry lachte. »Du bist ja schlimmer als jedes Pferd. Vertrau mir doch einfach. Lass dich fallen.«

Marie nickte und hielt ihm ihren Arm entgegen und Terry ergriff ihr Handgelenk, um wieder ihren Arm zu streicheln. Der Zweck der Aktion war ihr verschlossen, aber sie ließ es geschehen. Es war nicht unangenehm, ganz im Gegenteil, aber sie war es einfach nicht gewohnt, so intim und ohne Vorwarnung berührt zu werden.

Terry schaute sie durchdringend an.

»Genauso fühlt es sich für ein Wildpferd an, das es nicht kennt, angefasst zu werden.«

»Hm.« Marie musste sich zusammenreißen, um den Arm nicht zurückzuziehen. Wie zuvor die Stute wäre sie am liebsten zur Seite weggetreten und hätte sich entzogen.

»Vielleicht sollte ich das Pferd nach dir benennen. Hast du vielleicht noch einen Zweitnamen?«

Marie hob die Augenbrauen, sie hatte in der Tat noch einen Zweitnamen. »Ja, aber der ist im Allgemeinen ein Geheimnis.«

»Im Allgemeinen. Soso. Und wie ist's im Besonderen? Lass uns einen Deal machen: Du sagst mir deinen Zweitnamen, dafür verrate ich dir meinen. Schlimmer als meiner kann er nicht sein.« Abwartend hielt er ihr die Hand hin und sie schlug ein – die Neugier hatte gesiegt.

»Na gut. Ich heiße Marie Elisabeth.« Sie mochte den Namen nicht besonders, seit sie als Kind einmal damit gehänselt worden war, als die anderen Kinder sie »dummes Lieschen« riefen.

Seither verschwieg sie den Namen. Terry war begeistert.

»Wie die Queen? Das ist wunderschön und passt super zu dir!« Marie beäugte ihn skeptisch, aber Terry schien es ernst zu meinen.

»Etwas zu lang für ein Pferd, aber wir können die Stute Lisa rufen.«

»Okay, das passt zu einem Pferd. Du bist an der Reihe.«

Terry fing an, in dem immer noch schmutzigen Geschirr zu stochern, und machte Anstalten, es in einen Eimer zu räumen. »Ich geh mal abspülen«, murmelte er, aber Marie drückte seine Hand herunter. »Nicht ablenken, das kann warten. Kann doch nicht so schlimm sein?«

»Hm«, brummte Terry. »Meine Mutter hatte wohl etwas zu romantische Vorstellungen von Namen. Sie hat mir den Zweitnamen ›River‹ gegeben.«

»River« – hallte es in Maries Kopf nach. Ein turbulenter Fluss, mitten im Herzen des Outbacks, mit tiefen Stellen und Stromschnellen, wenn er über Felsen floss. Was für ein starker Name, fand sie.

»Terry River Palmer.« Auch wenn es zusammen etwas hakelig klang, so fand sie jeden Namen für sich sehr wohlklingend.

»Nenn mich bloß nicht so. Könnte keinen schlimmeren Namen für mich geben.«

»Wie kommst du darauf, der Name scheint doch gut …« Weiter kam sie nicht, denn nun griff Terry demonstrativ nach dem Geschirr, packte es in den Eimer und zog ab, um es zu waschen.

An diesem Nachmittag wurde Marie Zeuge davon, wie Terry dem Pferd das Zaumzeug anlegte. Es kaute auf dem Gebiss herum und sah nicht besonders überzeugt aus, wehrte sich aber nicht gegen das Metall im Mund. Marie gefiel die Stute mit ihren klugen Augen, der weichen Schnauze und dem seidig glänzenden Fell. Als sie einen Versuch unternahm, das Pferd am Hals zu tätscheln, hob es den Kopf und ließ es geschehen. Das schien Terry zu gefallen und er kommentierte: »Mit Lisa haben wir einen Volltreffer gelandet. Ich denke, das wird eines von den Pferden werden, die mit dir durch dick und dünn gehen. Sie ist mutig, das spüre ich. Außerdem freundlich und aufgeschlossen. Der Name passt wirklich gut zu ihr.«

Lächelnd nahm Marie das Kompliment an und reichte der Stute eine Scheibe Brot. Diese roch daran, zog die Lippen zurück und flehmte, das Brot selbst rührte sie nicht an.

»Die weiß wohl nicht, was gut ist«, lachte Marie. Terry schaute ihr mit unergründlichem Blick zu. Er hatte sich an einen Baum gelehnt, ein Bein angewinkelt, den Hut in den Nacken geschoben. Nun hob er einen Mundwinkel und grinste ihr bestätigend zu. Maries Herz hüpfte bei dem Anblick, ihr Herz schien dahinzuschmelzen. Terry war lässig, cool und selbstsicher und dennoch so liebevoll, dass es ihr den Atem raubte. Gerne hätte sie ihn jetzt umarmt, aber Terry wirkte gleichzeitig auch unnahbar.

Am nächsten Morgen sammelten sie ihre Sachen ein, packten den Rucksack und machten sich gut gelaunt auf den Rückweg nach Karinya. Es gab nur einen Unterschied zu ihrer Anreise: Terry saß auf Lisa.

Es war weder ein magischer Moment gewesen, noch eine große Sache: Terry hatte Lisa die Trense angelegt und sich langsam auf ihren Rücken hochgezogen. Zwar hatte die Stute die Ohren zurückgelegt, aber sie duldete sein Aufsteigen und hatte ruhig gewartet, bis er sicher auf ihr saß. Schließlich war sie losgegangen und Terry korrigierte ab und zu die Richtung. Die Stute buckelte und scheute nicht, trabte einfach vor sich hin und vertraute dem Reiter auf ihrem Rücken, als habe sie das schon jahrelang gemacht. Pferd und Reiter waren miteinander durch ein unsichtbares Band verbunden, so vereint, als wären sie ein einziges Wesen.

Marie konnte kaum Schritt halten, vor allem, weil sie den schweren Rucksack trug. Sie versuchte es auch gar nicht, weil sie wusste, dass Terry immer auf sie warten würde, wenn er sie aus den Augen verlor. Stattdessen schritt sie langsam vor sich hin und verlor sich in Gedanken. Terry hatte ihr eine Aborigines-Tradition zeigen wollen, in der es um Respekt und Vertrauen ging, erinnerte sie sich. In der westlichen Welt hielt man sich für belesen, informiert und zivilisiert und dennoch waren einem die einfachsten Regeln der Natur fremd. Sie grübelte und fragte sich, wie viel geheimes Wissen es sonst noch gab, Dinge, die dem Denken der Deutschen vollkommen fremd waren, sodass sie diese für unmöglich hielten, und die doch nur einer anderen Perspektive bedurften. Lisa vertraute Terry voll und ganz, das war offensichtlich. Sie selbst haderte mit ihrer eigenen Tochter und überlegte, was sie tun musste, um zu Lena einen neuen Zugang zu finden.

* * *

Hildegard winkte ihnen von Weitem. Sie wirkte aufgebracht. Von Allan war keine Spur zu sehen und Wayne saß auf der Veranda, hatte ihnen den Rücken zugewandt und machte keine Anstalten aufzustehen.

Terry hielt seine Stute an und glitt sanft von ihrem Rücken herunter. Er klopfte ihren Hals, nahm ihr die Trense ab und ließ sie einfach stehen. Die Stute war frei und konnte gehen, wohin sie wollte. Fragend hob sie den Kopf, sah in der Ferne ein paar andere Pferde und ging auf sie zu. Marie setzte den schweren Rucksack ab und rieb die schmerzenden Schultern.

»Gut, dass ihr wieder zurück seid. Es ist etwas Schreckliches passiert.« Hildegards Stimme klang so, als wollte sie flüstern, aber sie sprach so laut, dass es keinen Unterschied machte.

»Um Gottes Willen, was denn?«

»Daisy ist gestorben.«

Es dauerte einen Moment, bis Marie verstand. »Waynes Hund?«

»Ja. Letzte Nacht ging es ihr immer schlechter und Wayne hat sie zu sich ins Bett geholt. Sie ist in seinen Armen gestorben. Er meint, es sei Altersschwäche gewesen. Aber es ist so furchtbar.«

»Oh, das tut mir leid. Er hing sehr an seiner Hündin.«

Etwas unter ihrem Arm kitzelte und sie kratzte sich, an ihrem Finger klebte Blut. Sie hob den Arm und entdeckte eine Zecke. Schnell half Terry ihr, den kleinen Blutsauger herauszudrehen.

Sie gingen auf die Veranda, wo Wayne mit hohlen Wangen und tiefen Augenringen im Stuhl lehnte. Terry legte ihm eine

Hand auf die Schulter. »Tut mir leid, mein Freund. Das kam sehr unerwartet. Soll ich Daisy für dich begraben?«

Wayne schüttelte schwach den Kopf und wies in Richtung einer Baumgruppe, die ein paar hundert Meter entfernt lag. »Allan macht das. Bevor die Ameisen sie holen.«

Der Mann wirkte geknickt und um zwanzig Jahre gealtert. Hildegard stellte gerade eine dampfende Tasse neben ihm ab, ihre Finger zitterten so stark, dass sie etwas von dem Tee verschüttete. So kannte Marie ihre Mutter gar nicht, sie schien von dem Vorfall tief gerührt zu sein.

Hildegard raffte ihren Rock und setzte sich neben Wayne. Den Rücken hielt sie gerade durchgedrückt, fast steif, die Hände ruhten in ihrem Schoß. Obwohl sie Wayne weder den Arm umgelegt hatte, noch ihn sonst irgendwie berührte, wusste Marie, dass sie ihm Trost spenden wollte. Auf ihre eigene Art, Hildegard war nicht der Typ für Zärtlichkeiten. Trotzdem, so nett und einfühlsam kannte Marie ihre Mutter nicht.

Die Szene wirkte wie auf einem historischen Gemälde, fand Marie. Sie wollte nicht tatenlos herumstehen und wagte einen Vorstoß:

»Kann ich irgendetwas für dich tun, Wayne. Möchtest du vielleicht mit jemanden telefonieren? Deiner Familie?«

Wayne hob den Kopf, und Marie sah an seinen roten Augen, dass er geweint hatte.

»Nein. Daisy, das war meine Familie.«

»Oh.« Nun war sie es, die gerührt war. Damit hätte sie nicht gerechnet.

»Lasst gut sein. Ich komme darüber hinweg. Sie hat mich viele Jahre begleitet und war ein treuer Freund. Nur vergraben wollte ich sie nicht selbst.«

Marie nickte ihm dankbar zu, sie wusste nicht recht, wie sie mit der Situation umgehen sollte. »Wenn ich dir irgendwie helfen kann, sag bitte Bescheid«, versuchte sie es noch einmal und kam sich schrecklich ungeschickt vor. Immerhin kannte sie Wayne erst seit ein paar Tagen und wusste so gut wie nichts über ihn, und unter Hildegards Fittichen schien er gut aufgehoben zu sein. Gillen stand unterhalb der Veranda und schien zu spüren, dass seine Anwesenheit gerade unangebracht war. Ohne aufzublicken, verzog er sich in den Schatten unter dem Haus. Eine Bewegung im Augenwinkel brachte Marie zurück ins Hier und Jetzt. Es war Terry, der ihr bedeutsam zunickte. Sie verstand die Andeutung und gemeinsam verließen sie die Veranda, Hildegard blieb zurück.

Später arbeitete Marie in der Küche und hörte, wie Hildegard mit Wayne über Daisy redete. Der alte Mann erzählte ihr, wie er sie als kleinen Welpen gekauft hatte, weil sie ihn mit ihren treuen Augen verzaubert hatte. Sie hatten gemeinsam Kühe getrieben, verlorene Kälber gesucht, waren durch die endlosen Weiten und Wälder gezogen. Wayne meistens auf dem Pferd und in den letzten Jahren vermehrt zu Fuß. Hildegard reagierte für Maries Wahrnehmung erstaunlich sensibel, hakte nach oder sagte etwas Tröstliches. Einmal stockte sie und eine Welle des Mitgefühls überrollte sie, als Wayne sagte: »Vielleicht mag ich Hunde deshalb so gerne, weil sie dir nur einmal in ihrem Leben das Herz brechen: dann, wenn ihr eigenes aufhört zu schlagen.«

Kapitel 11

»Er springt nicht an. Das muss was Ernsteres sein.« Resigniert legte Wayne die Zange weg und wischte sich die öligen Hände an der Hose ab. »Ich glaube, die Lichtmaschine ist im Eimer.«

»Bist du dir sicher?«

»Ne, sicher nicht. Aber sieht alles danach aus.«

»Mist.«

Marie verstand nicht viel von Autos, aber dass eine kaputte Lichtmaschine eine größere Sache war, das wusste sie auch. Seufzend lehnte sie sich an die Karosserie.

»Und was nun? Ich muss endlich zu Lena, es hat doch ohnehin alles viel zu lange gedauert. Wie kommen wir hier weg?«

Sie standen mit gepackten Rucksäcken vor dem kaputten Auto, bereit, zu Lena zu fahren.

Wayne kratzte sich am Kopf. »Mit der Karre hier jedenfalls nicht. Aber ihr könntet natürlich auf ein PS umsteigen.«

»Wie meinst du das?«, fragte Marie verständnislos.

»Eine Pferdestärke. Ihr könntet mit den Pferden zu meinem Haus reiten und euch dort meine alte Jenny ausleihen.«

»Jenny?«

»Mein Auto.«

»Ich kann nicht reiten.«

Terry legte ihr beruhigend die Hand auf den Arm. »Ich bringe es dir bei, ist ganz einfach.«

»Hm.« Marie war nicht überzeugt. Aus dem Augenwinkel sah sie, wie Terry Wayne zuzwinkerte, bevor er sagte: »Ist gar kein Problem, ich habe ein Pferd, das gut zu deinem Mangel an Reiterfahrungen passt. Es ist ganz jung und wurde auch noch nie geritten.«

Wayne fing an zu lachen und Terry grinste breit. Marie stimmte mit ein und fügte hinzu: »Na dann kann ja nichts schiefgehen.«

Sie half Wayne, sein Werkzeug zusammenzutragen, als ihr noch etwas einfiel. »Und was ist mit dir, wie kommst du hier weg? Und was machen wir mit Hildegard?«

»Ich bin mit dem Motorrad hier. Also mobil. Aber ich bleibe gerne noch ein paar Tage und leiste deiner Mutter Gesellschaft. Und irgendjemand muss sich ja auch um die Farm kümmern.«

Marie nickte, das klang vernünftig. Sie gingen ins Haus und redeten mit Hildegard, die erstaunlich schnell einwilligte. Zu Maries Erstaunen reagierte Hildegard gelassen, ließ sich auch von dieser Nachricht nicht aus der Ruhe bringen. »Das ist gar kein Problem. Zeig mir vorher nur noch, wie viel Futter Gillen bekommt, damit ich ihn nicht überfüttere.«

Marie fiel auf, dass ihre Mutter ein dunkelrotes Kleid trug und sogar etwas Schminke aufgetragen hatte. Sie schmunzelte, es stand ihr gut.

»Wayne bleibt hier bei dir.«

»Na, das will ich doch hoffen.«

Auf der Koppel half Marie Terry, zwei Pferde einzufangen, eine braune Stute mit einer weißen Blesse und einen älteren schwarzen Wallach.

»Das ist Jay. Den kann sogar ein Kleinkind reiten. Der ist bombensicher und verlässlich. Er wird gut auf dich aufpassen.

Und ich werde auch gut auf dich aufpassen. Du musst keine Angst haben.«

»Ich habe keine Angst«, verkündete Marie.

»Jaja, ich weiß.«

Gelassen strich Marie dem Wallach über die weiche Schnauze. Dieser schnaubte leise und schaute sie mit wachen Augen an.

»Wir werden uns gut verstehen, Jay«, versicherte sie dem Pferd.

Wieder zurück am Haus, banden sie die Pferde an einen Pfosten. Terry verschwand im Anbau, wo er die Sättel aufbewahrte. Gemeinsam bürsteten sie die Pferde und kratzten die Hufe aus. Mit Terrys Unterstützung gelang es ihr, den Sattel richtig aufzulegen und den Gurt festzuziehen. Konzentriert schaute sie ihm zu, wie er seiner Stute die Trense anlegte, und tat es ihm gleich. Es klappte ohne Probleme und Marie war stolz auf sich, bisher war alles ganz einfach gewesen. Jay war ein liebes Pferd, stand brav und ließ alles mit sich machen. Er war ein Australian Stock Horse, eine Rasse für die harschen Bedingungen im Outback. Stock Horses waren widerstandsfähig in der brüllenden Hitze und ausdauernd genug, um die langen Tage zu überstehen, an denen die Farmer ihre Rinder durch die endlosen Weiten trieben.

Sie beschlossen, mit leichtem Gepäck zu reiten, und packten Wasser, ein paar Packungen Kekse und einen Satz Wechselkleidung in die Satteltaschen. Marie kletterte auf ihr Pferd, es kam ihr vor, als würde sie von einem Turm hinunterschauen, dabei hatte Jay vom Boden aus nicht wie ein großes Pferd gewirkt. Zunächst war sie steif und verkrampft. Langsam atmete sie ein und aus, um sich zu beruhigen. Terry sollte nicht merken, dass sie sich unwohl fühlte und erst daran gewöhnen musste, einen Teil der Kontrolle abzugeben.

Aus dem Augenwinkel sah sie, dass Hildegard mit Gillen an der Leine auf der Veranda stand. Was ihre Mutter wohl von ihrem Reitversuch hielt? Bestimmt gab sie kein schönes Bild ab, wie sie verkrampft die Zügel hielt, den Rücken angespannt, die Beine angewinkelt. Terry hingegen saß lässig auf seiner Stute und mit einer Hand in der Hüfte gab er Wayne ein paar letzte Anweisungen. Gedankenverloren ließ sie den Blick zum Horizont wandern. Der Himmel war heute bislang wolkenlos gewesen, nun zeigten sich ein paar Federwolken in der Ferne. Vielleicht kündigten sie den lang ersehnten Regen an, dachte sie und nahm sich vor, Terry später darauf anzusprechen.

Sie ritten unter den Eukalyptusbäumen hindurch die Auffahrt entlang. Die Blätter raschelten leise, und hin und wieder kreuzte ein Galah ihren Weg. Terry ritt neben ihr und sie spürte, wie er immer wieder zu ihr herüberschielte, als wollte er sich versichern, dass es ihr gut ging. Tatsächlich dauerte es nicht lange, bis sich Marie an den gleichmäßigen Gang des Pferdes gewöhnt hatte und sich entspannte. Sie vertraute Jay genug, um ihn am langen Zügel laufen zu lassen. Das rhythmische Stampfen der Hufe auf der Straße half ihr, sich innerlich fallen zu lassen und dem alten Wallach zu vertrauen. »Welch schöner Morgen«, verkündete Marie. Inzwischen genoss sie den Ritt in vollen Zügen.

Als sie Terrys Grundstücksgrenze erreicht hatten, bog Terry nicht auf die Straße ab, sondern ritt geradeaus weiter ins Gebüsch. Marie folgte ihm auf einen schmalen, kaum sichtbaren Pfad. Die Pferde schienen ihn zu kennen und schoben sich gekonnt durch das Dickicht.

»Bück dich«, sagte Terry. Marie zog den Kopf ein und wich gerade noch dem dicken Ast aus, der über dem Weg hing. Zweige kratzten an ihren Beinen entlang und sie war froh, sich für lange Hosen entschieden zu haben. Nach einer halben Stunde gelangten sie auf eine Weide. Es war eine dieser Outback-Wiesen, die weiter reichten, als man schauen konnte. »Hier müssen wir durch. Pass auf, es gibt hier jede Menge Melonenlöcher.«

»Melonenlöcher?«

»Kreisförmige Tümpel. Kommen oft unerwartet. Durch die Dürre sind sie fast leer, aber am Boden ist eine tiefe schlammige Schicht, in der man nicht versinken möchte. Vertrau einfach Jay, der findet seinen Weg.«

Marie konzentrierte sich auf den Boden und tatsächlich kamen sie bald am ersten Melonenloch vorbei. Das wenige Wasser war schwarz und roch stark. Jay machte einen großen Bogen um das Loch. Die Wolken am Himmel hatten sich verdichtet und Terry hatte sie mittlerweile auch bemerkt. »Da braut sich was zusammen, es sieht nach Regen aus. Sosehr ich mich darauf gefreut habe, jetzt ist kein guter Moment. Wir sollten uns beeilen.«

Das war leichter gesagt als getan. Die Pferde mussten immer wieder weite Kreise reiten, um den unzähligen Schlaglöchern auszuweichen. Vorsichtig setzten sie die Hufe auf und vermieden es, irgendwelches Risiko einzugehen. Das kostete viel Zeit. Plötzlich gab es einen Ruck und Jay brach mit den Vorderbeinen durch den Erdboden. Dieser, der eben noch trocken und ausgedörrt gewirkt hatte, legte eine schlammige Schicht frei. Jay strampelte und versuchte, aus dem Schlick zu klettern, doch er war im Schlammloch gefangen. Terry war bereits von seiner Stute gesprungen und griff den Wallach am Zügel.

»Halt dich an der Mähne fest«, rief er Marie zu. Das war unnötig, Marie klammerte sich bereits wie ein Äffchen mit Händen und Beinen an Jay fest. Dieser spannte seine Muskeln an, machte einen Satz nach vorne und zog sich auf das Trockene zurück.

Befreit schnaubte er, schüttelte sich wie ein Hund, um den Matsch loszuwerden, und stand nun wieder erwartungsvoll da. Seine Beine waren über und über mit Schlamm bedeckt, ansonsten schien er unversehrt. Marie richtete sich auf und klopfte ihm den Hals. »Braves Pferd.«

»Gut gemacht! Bei dir alles in Ordnung?« Terry guckte sie besorgt an, doch Marie wischte sich grinsend die Hände an der Bluse ab, sie hatte ein paar Schlammspritzer abbekommen. »Alles okay, ich lasse mich doch nicht von einem Schlammloch unterkriegen. Auch wenn das echt ein fieses Loch war, man hat es gar nicht gesehen.«

»Ja, das ist hier so. Wenn es geregnet hat, trocknet die oberste Erdschicht zuerst. Die Suppe untendrunter braucht monatelang, bis sie wieder erhärtet. Gut, dass dir nichts passiert ist.«

Unbeirrt ritten sie weiter und ließen die tückische Weide hinter sich. Die Löcher wurden seltener und blieben schließlich ganz aus. Dafür gab es nun mehr Bäume.

Marie kniff die Augen zusammen und schaute Terry an, der zu pfeifen begonnen hatte. Er sah gut aus auf dem Pferd, reiten stand ihm. Seine Silhouette brach sich vor dem grauen Himmel und wirkte maskulin und rau. Terry bemerkte ihren Blick und zwinkerte ihr zu.

»Fühl dich nicht zu geschmeichelt, Cowboy. Ich habe mir nur dein Pferd angeschaut.«

»Ist klar.« Ein Mundwinkel hatte sich weit nach oben geschoben und Marie fühlte sich ertappt.

»Traust du dir zu, zu traben?« Terry deutete auf die Wolkenschicht, die mittlerweile geschlossen war und eine graugelbe bedrohliche Wand bildete. »Wenn wir uns beeilen, können wir in einer Stunde bei Waynes Haus sein. Wenn wir im Schritt reiten, sind es zwei Stunden.«

»Ich kann es versuchen.«

Terry trieb sein Pferd an und es fiel in den Trab. Jay folgte und trabte mit großen Schritten hinterher. Marie biss sich auf die Lippe. Auf dem unebenen Boden fühlte sich der Trab an, als würde sie auf einer Waschmaschine sitzen, lange würde sie das nicht durchhalten. Die Bäume wurden dichter und Jay wich ihnen geschickt aus. Marie hatte Mühe, auf dem Pferd zu bleiben, und konzentrierte sich darauf, nicht herunterzufallen.

Plötzlich blitzte es und die Landschaft wurde gespenstisch hell. Marie spürte intuitiv, was jetzt kommen würde. Und tatsächlich, es donnerte so laut, dass es in ihren Ohren klingelte. Terry hielt seine Stute an und sah sich suchend um. »Wir sollten uns von den Stämmen der Bäume fernhalten. Selbst wenn wir nass werden, wir wollen schließlich nicht von einem Blitz gegrillt werden.«

Es blitzte und krachte wieder, dieses Mal lauter, und Marie wartete darauf, dass jeden Moment der Regenschauer losging, aber es blieb trocken. Die Wolken hingen tief und es lag eine Spannung in der Luft, ein unmerkliches Knistern, das Marie eine Gänsehaut auf die Arme trieb. »Unheimlich ist das«, bemerkte sie und trieb Jay an.

»Mist, ich glaube, das wird ein trockenes Gewitter«, rief Terry ihr zu. Sie hatte Schwierigkeiten, ihn zu verstehen, weil es nun unaufhörlich krachte. Von allen Seiten donnerte es und helle Blitze zerrissen den Himmel. Wind war aufgekommen und pfiff mit dem Donner um die Wette. Und in der Tat, der Regen blieb aus.

»So ein Mist«, rief Marie und hatte Schwierigkeiten, ihre eigene Stimme zu hören. »Ein Wolkenbruch mit einer gehörigen Portion Regen hätte dem Land sicher gutgetan.«

Sie ritten dicht an einem Coolabah-Baum mit ausladendem Geäst vorbei, da hinter ihm das Gatter zu einem weiteren Paddock lag. Gerade lehnte sich Terry nach vorne, um unter einem Ast hindurchzutauchen, als es wie aus dem Nichts fast zeitgleich blitzte und donnerte. Der Blitz schlug in einen nahen Baum ein und es krachte so laut, dass Marie glaubte, die Erde beben zu spüren. In ihren Ohren klingelte es. Entsetzt sah sie, wie Terrys Stute vor Schreck stieg. Terry versuchte, sich wiederaufzurichten und knallte mit dem Kopf gegen den Ast, dem er zuvor noch hatte ausweichen wollen. Marie konnte nur hilflos zusehen, wie Terry die Zügel fallen ließ und wie ein Kartoffelsack vom Pferd plumpste. Umgehend zügelte sie Jay, stieg ab und ließ den Wallach einfach stehen, der sofort zu Terrys Stute trottete und dicht neben ihr stehen blieb. Beide Pferde drehten dem Wind das Hinterteil zu.

Marie reckte den Hals und schaute sich um, der Baum hatte zum Glück kein Feuer gefangen. Ein Wunder bei der Trockenheit hier. Terry lag am Boden und rührte sich nicht. »Verflixt. Kannst du mich hören?« Vorsichtig schob Marie eine Hand unter seinen Kopf und drehte ihn. Es war kein Blut zu sehen. Sanft tastete sie den Hinterkopf ab und nahm seinen Puls.

»Komm schon, Terry, wach wieder auf.«

Terrys Augen blieben geschlossen. Sein Atem hatte ausgesetzt, der Brustkorb zeigte keine Bewegung.

»Tu mir das nicht an«, flüsterte sie. Terrys Gesicht wirkte friedlich, als schliefe er, sein Mund war leicht geöffnet.

Marie wurde übel. Terry musste wieder aufwachen! Es gab weit und breit keine Hilfe, und sie würde hier niemals alleine herausfinden.

»Kannst du mich hören?«

Fachmännisch überstreckte sie seinen Kopf und hob das Kinn an, um die Atemwege zu öffnen. Mit einer Hand verschloss sie die Nase, dann beugte sie sich vor und presste ihren Mund auf seinen. Ein Schauer ging durch ihren Körper, Terrys Lippen waren warm und voll und fühlten sich gut an. Sie schüttelte den Gedanken ab und begann mit der Mund-zu-Mund-Beatmung, das war nicht der richtige Moment für Gefühle. Tief blies sie ihre Luft in seinen Mund, stoppte, holte wieder Luft und begann von vorne. Terry zeigte keine Reaktion. Ihr Herz raste und eine tiefe Hoffnungslosigkeit durchfuhr sie. Monoton wiederholte sie die Beatmung, wieder und wieder. Fast hätte sie aufgegeben, als sich ein Arm um sie legte, Terry war aufgewacht. Er hatte die Augen geöffnet und beobachtete sie. Abrupt hielt sie inne. Sie war völlig aus dem Konzept. Terry legte den anderen Arm um sie und zog sie wieder zu sich heran.

»Nicht aufhören«, hauchte er. Er sah ihr tief in die Augen und erleichtert stellte sie fest, dass sein Blick klar war. »Wie lange bist du schon wach? Geht es dir gut?«

Seine Nähe raubte ihr fast den Atem.

»Alles bestens.«

Liebevoll sah er sie an und umschlang sie fest. In ihr zerbrach etwas; es war eine vor Jahren aufgebaute Mauer, die dazu diente, sie zu schützen und vor Unheil zu bewahren. Losgelöst sank sie in seine Umarmung und küsste ihn. Alles in ihr bebte und tausend kleine Schmetterlinge stoben auf. Zunächst noch sanft und zurückhaltend, wurden ihre Küsse immer leidenschaftlicher. Eine unsichtbare Kraft ließ sie erzittern und schmelzen, es war ein überwältigendes Gefühl.

Das Gewitter schien plötzlich weit weg, der Wind ebenfalls. Es gab nur noch sie beide, hier in diesem Moment der Zweisamkeit gefangen, und Marie wünschte, der Augenblick würde nie vergehen.

Kapitel 12

»Gleich sind wir da. Mann, was bin ich aufgeregt«, unruhig rutschte Marie auf ihrem Sitz hin und her. »Es kommt mir wie eine Ewigkeit vor, seit ich Lena das letzte Mal gesehen habe.«

Übermütig kniff sie Terry in den Arm, der zusammenzuckte und eine Augenbraue hob. Obwohl er Stein und Bein schwor, fahrtüchtig zu sein, hatte Marie ihn auf den Beifahrersitz verbannt. Er hatte Glück gehabt – an seinem Hinterkopf prangte eine dicke Beule, aber das war auch schon alles. Keine Gehirnerschütterung oder innere Verletzung.

Trotz aller Hindernisse hatten sie es zu Waynes Haus geschafft und dort sein Auto, die »Jenny«, vorgefunden. Eine alte Karre, an der alles schon einmal repariert worden war, aber sie fuhr und das war die Hauptsache. Die Pferde hatten sie auf eine von Waynes endlosen Koppeln gelassen, hier konnten sie mit einer halbwilden Herde grasen. Aus dieser Herde wählte sich Wayne seine Jährlinge aus, die er dann zuritt. Terry würde die beiden später wieder einfangen, hier waren sie erst einmal sicher.

Nun lagen die letzten Kilometer bis zur Farm, auf der Lena wohnte, vor ihnen, und Maries Herz hüpfte vor Aufregung. Lena hatte das Treffen per WhatsApp bestätigt, es gab keine weiteren Ausflüchte mehr.

»Ich freue mich sehr darauf, deine Tochter kennenzulernen. Und auch, euch gemeinsam zu sehen. Die Mutterrolle, das ist eine Seite an dir, die ich noch nicht kenne.«

»Ja. Ich kann eine furchtbare Glucke sein, sagt meine beste Freundin.«

»Katja?«

»Ja, genau.« Ihr fiel noch etwas ein. »Meinst du, wir könnten Lena erst einmal verschweigen, was zwischen uns beiden ist? Ich habe sie lange nicht gesehen und möchte sie damit nicht direkt überfallen.«

»Was ist denn zwischen uns beiden?«

Darauf fiel Marie keine Antwort ein, sie wusste es selbst nicht. War es eine gemeinsame Rundfahrt, eine Urlaubsromanze, ein Kuss? Oder mehr? Ausweichend entgegnete sie: »Ich meine, es wäre ganz gut, wenn wir uns einfach wie Freunde verhalten.«

Verhalten schielte sie zu Terry hinüber, ohne den Blick von der Straße zu nehmen. Seine Miene hatte sich verdüstert.

»Schämst du dich für mich? Ist es dir lieber, wenn ich dich dort absetze und sofort verschwinde?«

So eine heftige Reaktion war untypisch für Terry und sie brachte Marie aus der Fassung. »Was? Nein! Terry, du hast mich falsch verstanden. Ich stehe zu allem, was war und ist. Aber ich möchte es Lena in einer ruhigen Minute erklären und nicht gleich mit der Tür ins Haus fallen.«

»Hm.« Terry schien die Antwort nicht zufriedenzustellen.

Marie seufzte. »Es ist alles so verwirrend, Terry.«

»Für mich nicht. Später mehr dazu, wir sind da.«

Sie bog um eine letzte Kurve und die Farm lag vor ihnen. Ein großer Queenslander und mehrere Nebengebäude und Schuppen. Noch während sie das Auto einparkte, öffnete sich die Tür des Hauses und Lena stürmte heraus. Marie schaltete den Motor aus, atmete tief ein und stieg aus. Mutter und

Tochter fielen sich in die Arme. Lena drückte sie fest an sich und begann zu weinen, und Marie konnte nicht anders als einzustimmen, so sehr übermannten sie die Gefühle.

* * *

»Es tut mir alles so leid, Mama.«

»Mein Kind, alles ist gut. Ich freue mich so, dich zu sehen.«

Erleichtert hielt Marie ihre Tochter an den Händen und schaute ihr tief in die Augen. Lena war braun gebrannt und sah gut aus, nur unter ihren Augen waren dunkle Ringe, als hätte sie schlecht geschlafen. Ihre Kleidung war lässig, ein weites T-Shirt, dazu eine kakifarbene Hose. Noch etwas fiel ihr auf: Die kleine Narbe auf Lenas Stirn, die sie seit Jahren unter einem Seitenscheitel versteckte, lag frei.

»Du hast eine neue Frisur! Steht dir gut, sieht pfiffig aus.«

»Danke! Ich muss dir so viel erzählen, Mama. Und dir jemanden vorstellen.«

Mittlerweile hatten sich mehrere Personen um sie versammelt. Neben Terry standen noch vier weitere Leute. Ein Ehepaar, ein paar Jahre älter als sie selbst, das waren anscheinend die Farmer, neben ihnen standen zwei junge Männer in Lenas Alter. Der eine blickte sie freundlich an und vom anderen sah sie nur den Hinterkopf, da er sich angeregt mit Terry unterhielt. Die Stimme kam ihr merkwürdig bekannt vor.

Lena räusperte sich. »Das hier sind Alice und Clancy, ihnen gehört das Land und ich helfe ihnen im Haus und auf dem Hof.«

Marie nickte den beiden höflich zu.

»Und das hier«, wandte sich Lena an die beiden Farmer, »ist meine Mutter Marie. Sie spricht gut Englisch.«

Das war wohl ein Stichwort. Marie trat zu den beiden hin und wechselte ein paar Sätze mit ihnen. Das Ehepaar begrüßte sie freundlich und war ihr sofort sympathisch.

Terry und die beiden jungen Männer gesellten sich zu ihnen und Marie wunderte sich, warum Terry über das ganze Gesicht grinste. Fragend hob sie eine Augenbraue und entdeckte den Grund dafür: Der junge Mann neben ihm hatte eine Narbe, die sich von seinem linken Ohr auf die rechte Stirnseite zog. Jetzt erkannte sie ihn.

»Cooper! Was machst du denn hier? Was für ein Zufall.«

Cooper lachte sie an und umarmte sie. »Marie! Ich kann das nicht glauben! Die Welt ist zu klein.«

Ehrlich erfreut, den netten jungen Mann wiederzutreffen, erwiderte sie die Umarmung. Coopers Eltern guckten verwirrt zwischen ihnen hin und her.

»Ihr kennt euch?«, fragte Alice schließlich.

»Ja, wir sind uns vor Kurzem in Nockatunga begegnet. Ich habe euch doch von dem reisenden Pärchen erzählt, das den Adler dabeihatte«, erklärte Cooper.

»Das wart ihr?«, fragte Clancy erstaunt.

Auch Lena war hellhörig geworden. »Pärchen?«, fragte sie.

»Wie es aussieht, haben wir uns alle viel zu erzählen. Lasst uns ins Haus gehen und ich setze Tee auf. Clancy, könntest du das Gepäck übernehmen?«

»Wir haben so gut wie nichts dabei. Nur die Sachen, die wir am Leib tragen. Aber auch das ist eine längere Geschichte.«

Lachend betraten sie das Haus und ließen sich im Wohnzimmer nieder. Alice verschwand mit Coopers jüngerem Bruder Henry in der Küche, um Tee zuzubereiten.

Wie Marie sodann erfuhr, züchteten Alice und Clancy Taylor Pferde, Rinder und Schafe auf der Farm. Das Geschäft war gut gelaufen, bis die Dürre eingesetzt hatte. Diese Geschichte kannte Marie schon von Terrys Eltern. Das Land war zu trocken, es fehlte an Gras und die Wasserlöcher waren fast verschwunden. Im Gegensatz zu Terrys Land gab es hier aber keinen Fluss, der die Tiere versorgte.

Henry studierte Ingenieurwesen und kam nur gelegentlich nach Hause. In den Semesterferien, an Feiertagen oder wie jetzt, wenn er Ruhe brauchte, um sich auf eine Prüfung vorzubereiten. Cooper saß neben Lena, und Marie beobachtete, wie er sie rührend umsorgte. Er reichte ihr Kekse, goss Tee nach und schüttelte ihr das Kissen auf.

Abwechselnd berichteten sie von ihren Abenteuern. Lena von den harten Tagen bei Les und wie sie immer kränker wurde. Marie erzählte von Gillen und Lena lachte aus ganzem Herzen, als sie ihr ein Foto von dem Junghund zeigte. »Das hat Les so was von verdient! Ich kenne Gillen natürlich, er tat mir echt leid, wie er an seiner Kette lag. Er ist kaum wiederzuerkennen. Und wie er glänzt! Auf Les' Farm war sein Fell stumpf und verfilzt.«

»Er darf jetzt bei Terry leben. Dort geht es ihm gut, denke ich.«

»Das hätte ich dir nicht zugetraut, Mama. Das ist richtig cool.«

»Danke. Und was ist mit dir?« Bedeutungsvoll nickte sie Richtung Cooper. »Und vor allem, mit euch? Ist ja nicht zu übersehen, dass es da etwas zu erzählen gibt.«

»Du siehst auch alles.«

»So ist das mit den Müttern. Die haben einen untrüglichen Instinkt.«

»Nun gut. Nachdem Cooper mir geholfen hat, von Les wegzukommen, sind wir direkt hierhergekommen. Die guten Zeiten fingen an und ich habe endlich das Australien kennengelernt, auf das ich mich vorher so gefreut hatte. Es ist einfach traumhaft hier! Cooper hat mir alles gezeigt, das Land, die Tiere und viele schöne Orte. Nur einmal musste er weg, um einen praktischen Abschnitt für sein Studium zu machen, da habt ihr ihn anscheinend kennengelernt. Na ja, auf jeden Fall sind wir uns nähergekommen und haben uns ineinander verliebt.« Sie brach ab und musterte ihre Mutter skeptisch, doch diese lächelte sie aufmunternd an. Mit der Wahl ihrer Tochter war Marie mehr als zufrieden. Lena beugte sich zu Cooper und entschuldigte sich bei ihm, bevor sie auf Deutsch weitersprach. »Cooper ist der Richtige, Mama. Ich liebe ihn.« Sie zögerte kurz. »Bei ihm fühle ich mich so wohl und brauche mich nicht zu verstellen. Er ist anders als alle Jungs, die ich je kennengelernt habe. Wir meinen es ernst.«

»Lena, meine Süße, ich freue mich für dich. Cooper hat einen guten Eindruck auf mich gemacht und ich wünsche euch alles Glück dieser Welt.«

Um nicht unhöflich zu erscheinen, wechselten sie wieder ins Englische. Terry unterhielt sich mit Clancy über die Farm, und Cooper und Lena zeigten Marie Fotos auf dem Handy. Alice verschwand wieder mit Henry in die Küche, um ein paar Snacks zu holen. Als sie wiederkam, trug sie ein schwer beladenes Tablett, das sie auf den Tisch stellte. Anschließend verteilte sie das Essen, es gab Kekse, Sandwiches, Käsestückchen und Trauben.

»Wir können unser Glück kaum fassen. Ich habe mir immer eine Tochter gewünscht, und Lena ist ein liebes Mädchen und außerdem eine echte Entlastung für uns.« Alice strahlte bei ihren Worten. »Seit sie hier ist, ist Cooper kaum wiederzuerkennen. Wir haben ihn noch nie so glücklich gesehen. Die beiden sind unzertrennlich und es ist eine Freude zuzusehen, wie sie gemeinsam durch den Alltag gehen.«

Die Sandwiches waren köstlich, fand Marie. Genüsslich kaute sie auf einem mit Thunfisch und Ei, während sie gespannt Alice zuhörte.

»Es ist uns eine besondere Ehre, dich kennenzulernen. Und hoffentlich auch bald Lenas Oma. Sie kommt doch hoffentlich nach?«

Höflich tupfte sich Marie den Mund mit der Serviette ab, bevor sie antwortete: »Ja. Eigentlich sollte Hildegard heute schon mitkommen, aber wir hatten Probleme mit dem Auto. Jedenfalls haben wir geplant, sie morgen nachzuholen.«

»Gut. Das wird eine richtige Familienfeier. Ich werde uns ein Festessen zubereiten. Das soll ein Abend werden, den wir alle nie vergessen werden. Und was für eine Freude es für uns ist, dass es nun bald eine weitere Generation geben wird. Es ging natürlich alles furchtbar schnell, aber ich kann es gar nicht erwarten, Oma zu werden«, fuhr Alice fort. »Die Kinder müssen sich ja noch an den Gedanken gewöhnen, aber für uns ist es ein Segen. Das ist sicherlich auch für dich ein Geschenk Gottes.«

Alle Blicke richteten sich auf Alice und es wurde still im Raum. Alice wurde rot. Das einzige Geräusch war das Ticken der Wanduhr.

* * *

»Schwanger! Deshalb das weite T-Shirt. Hattest du vor, mir auch das zu verschweigen? So wie deine Beziehung?«

»Mama!«

Marie und Lena standen hinter der Scheune, dieses Gespräch hatte sie alleine führen wollen. Die anderen waren im Haus geblieben. Marie kochte vor Wut und Enttäuschung, sie hatte sich seit Wochen auf Lena gefreut und nun dieser unvorhergesehene Schrecken.

»Ich meine, wie lange kennt ihr euch? Schon mal was von Kondomen gehört? Das ist unverantwortlich. Wie konnte das nur passieren?«

Lena liefen die Tränen über das Gesicht und sie ließ den Kopf hängen. Sie war kreidebleich, ihre Lippen bebten.

»Natürlich haben wir verhütet, ich bin doch nicht bescheuert. Es war ein Unfall. Ist ja nicht so, dass ich mir ein Kind gewünscht habe.«

»Du hast gerade mal deinen Schulabschluss. Wie soll es nun weitergehen? Mit einem Baby kann man kaum studieren. Aber am meisten ärgert es mich, dass du es mir nicht erzählt hast. Ich hätte dir doch helfen können.«

»Nein. Du hättest nur geschimpft. Wie jetzt übrigens! Ich kriege das alles schon allein hin. Und weißt du was? Ich freue mich auf das Baby.«

Marie stockte, als sie merkte, dass sie ihrer Tochter furchtbar unrecht tat. Natürlich war die Nachricht ein Schock, aber sie ärgerte sich vor allem deshalb, weil es sie an ihre eigene Geschichte erinnerte. Mit Grauen erinnerte sie sich an ihre eigene Schwangerschaft. Es fühlte sich an wie gestern, als Norbert sie betrogen hatte und sie das Kind alleine auf die Welt bringen musste. Zwölf Stunden hatte die Geburt gedauert und sie hatte das halbe Krankenhaus vor Schmerzen zusammengebrüllt. Katja hatte ihr die Hand gehalten und sich alle Flüche angehört, die ihr überhaupt nur eingefallen waren. Das erste Jahr war unendlich schwierig gewesen, mehrmals die Nacht raus und stillen, alles über Babys lernen und alles alleine managen. Wie sehr hatte sie damals mit sich gehadert, mit der Welt im Allgemeinen und den Männern im Besonderen.

»Lena. Was meinst du denn, warum ich mich so aufrege? Doch nur, weil ich dich liebe! Glaub mir, ich freue mich über ein Enkelkind, ich liebe Kinder. Ich mache mir einfach Sorgen um dich. Ein Baby ist eine große Verantwortung. Und es macht so vieles kaputt. Karriere, Freiheit, Träume.«

Jetzt drehte sich Lena weg und ihr Schluchzen wurde lauter. »So ist das also. Ich habe dir alles kaputt gemacht.«

»Nein, so meinte ich das nicht. Du bist das Wundervollste, das mir je passiert ist.« Marie versuchte, Lena in den Arm zu nehmen, aber die schubste sie weg.

»Okay. Weißt du was? Wir beruhigen uns jetzt wieder. Das war alles etwas viel. Lass uns eine Nacht darüber schlafen und morgen weiterreden.«

Lena rührte sich nicht. Marie hob die Hand und ließ sie wieder sinken.

»Ich gehe wieder rein. Ich möchte den Taylors nicht den Tag verderben. Sie sind alle so freundlich und glücklich mit der Situation. Vergiss nicht, dass ich dich liebhabe. Du bist das Wichtigste für mich. Und ich freue mich sehr, dich wiederzusehen. Trotz allem.«

* * *

Drinnen war die Stimmung gedrückt, aber niemand sprach Marie auf ihr Gespräch mit Lena an. Cooper stand auf, murmelte eine Entschuldigung und verließ das Zimmer. *Bestimmt geht er raus, um Lena zu trösten*, vermutete Marie. Das war wahrscheinlich gut so und sprach für ihn. Sie mochte Cooper, und in gewisser Hinsicht war sie froh, dass, wenn Lena sich schon von einem jungen Mann schwängern ließ, er wenigstens einer von der anständigen Sorte war.

Nach einer Weile kamen die beiden wieder rein und Lena ließ sich nichts von ihrer Trauer anmerken. Alle rissen sich zusammen und verbrachten einen friedlichen Nachmittag miteinander. Alice, der es sichtlich unangenehm war, dass ausgerechnet sie die Neuigkeiten verraten hatte, versuchte, ihre Gäste mit leckerem Essen aufzuheitern. Terry langte ordentlich zu und war ausgesprochen redselig. Es war, als versuchte er, für Marie einzuspringen, und unermüdlich verwickelte er Alice und Clancy in Gespräche über Rinderzucht. Entzückt stellten sie fest, dass sie sich schon mehrfach, ohne es zu wissen, bei den großen Auktionen über den Weg gelaufen sein mussten.

Lena und Marie vermieden es, einander anzuschauen. Nur ab und zu warf Marie heimlich einen Blick auf ihre Tochter. Lena wirkte gefasst und Marie fand, dass sie gut zu den Taylors passte, sie hatte sich sichtlich integriert. Trotz allem war sie stolz auf ihre Tochter. Als sie in Lenas Alter gewesen war, hätte sie sich nicht so gut in eine fremde Familie eingefügt.

Abends brachte Lena ihre Mutter und Terry in zwei Gästezimmer in einem Nebengebäude. Terry wünschte ihnen eine gute Nacht und zog sich zurück. Seit er mit Clancy eine halbe Flasche Rum geleert hatte, wirkte er angeschlagen.

Unschlüssig standen Lena und Marie vor deren Zimmer. Im Schatten der Taschenlampe wirkte Lena dünn und zerbrechlich. Es waren die Schatten, welche die Nacht unter ihre Augen legte und sie bleicher erschienen ließen, aber Marie spürte trotzdem einen Stich im Herzen. Sie wollte nicht so hartherzig sein wie Hildegard, die ihr immer das Gefühl gegeben hatte, alles falsch gemacht zu haben.

Marie spürte, dass Lena etwas sagen wollte. Wortlos zog sie ihre Tochter an sich und diese ließ es geschehen. Sanft streichelte sie ihrer Tochter übers Haar und küsste sie auf die Wange.

»Ich werde für dich da sein, egal, was passiert. Du bist und bleibst meine Tochter und ich liebe dich.«

»Ich liebe dich auch, Mama. Und ich bin heilfroh, dass du da bist.« Verlegen nahm sie die Hand ihrer Mutter und führte sie zu ihrem Bauch. Marie konnte keinen echten Unterschied spüren, es war noch zu früh in der Schwangerschaft. Aber es war eine derart liebevolle und intime Geste, dass die Tränen in ihr hochstiegen.

Kapitel 13

Das nächste Abenteuer begann, und auch diesmal trat Marie es mit gemischten Gefühlen an. Gedankenverloren hielt sie den roten Stein vor das Fenster des kleinen Flugzeugs und verglich ihn mit der Farbe des Erdbodens. Dieser war knallrot und stand in wunderbarem Kontrast zum blauen Himmel.

Neben ihr saß Lena und schlief, ihr Kopf ruhte auf Maries Schulter. Sacht zog sie ihre Tochter näher zu sich heran und küsste sie auf die Haare. Neben Lena saß Terry, der verkrampft und bleich in seinem Sitz hockte, er war noch nie geflogen. Zu dritt hatten sie sich auf den Weg nach Alice Springs gemacht. Von hier aus wollten sie mit dem Mietwagen zum Uluru, dem sagenhaften Berg der Aborigines. Marie hatte Lena und Terry eingeladen, sich gemeinsam mit ihr den Berg anzuschauen. »Wenn wir schon mal in Australien sind, sollten wir uns auch den Uluru anschauen.«

Lena hatte sich furchtbar gefreut, Terry hingegen war skeptisch gewesen, sie kannte seine Meinung zu dem Thema ja bereits. Noch vor Kurzem hatte er sich abfällig zu den Besuchern am Heiligtum der Aborigines geäußert. Trotzdem wollte er mitkommen und sich die Sache aus der Nähe ansehen.

»Immerhin geht es hier auch um meine Geschichte«, hatte er gebrummt, als müsse er sich vor Marie rechtfertigen, aber die freute sich vor allem über seine Begleitung.

Die letzten Tage waren aufregend gewesen. Da Terrys Auto immer noch kaputt war, waren sie mit Cooper und Lena auf Terrys Farm gefahren. Das Wiedersehen mit Hildegard war schön gewesen. Hildegard hatte sich von ihrer besten Seite gezeigt und war so liebenswürdig zu Cooper, dass Marie nicht aus dem Staunen herauskam. Selbst die Nachricht von Lenas Schwangerschaft hatte sie mit Contenance ertragen. Aber zum Uluru wollte die alte Dame nicht mitkommen.

»Ich bleibe bei Wayne«, hatte sie verkündet und Marie erklärt, dass dieser nach Daisys Tod unbedingt Beistand brauchte. »Ihr jungen Leute zieht mal ohne mich los. Ihr könnt mir hinterher gerne Fotos vom Ayers Rock zeigen.«

Aus dem Wüstensand schälten sich die ersten Häuser, Alice Springs. Flache kleine Häuser inmitten der Einöde, erst wie wahllos zusammengewürfelt, dann sah man mehr Struktur. Straßen führten zusammen und bildeten Netze. Maries Herz hüpfte. Diese Stadt lag weit weg von jeglicher Zivilisation. Nach Darwin im Norden sowie nach Adelaide im Süden waren es jeweils etwa dreizehnhundert Kilometer. Das Flugzeug kreiste und setzte zur Landung an und Marie rüttelte Lena wach. »Guck mal«, flüsterte sie und deutete aus dem Fenster.

»Wow, das ist krass«, entfuhr es Lena, und in der Tat, der Anblick war spektakulär. Mitten durch die Stadt zog sich ein ausgetrocknetes Flussbett. Es gab Bäume und Büsche und die Landschaft war insgesamt viel grüner, als sie es beide erwartet hätten. Eine Oase in der Wüste, unerwartet, erfrischend und voller Leben. Und eine hübsche Stadt, in der die Uhren anders tickten als im Rest der Welt. Die Lautsprecher knackten und eine Durchsage ertönte. Ruckelnd fuhren die Räder aus und das Flugzeug setzte zur Landung an.

Nachdem sie den Mietwagen abgeholt hatten, fuhren sie den Lasseter Highway entlang, auf dem es wenig Abwechslung gab. Weder Sehenswürdigkeiten noch interessante Orte, an denen es sich lohnte, eine Pause einzulegen. Ohnehin gab es auf der gesamten Strecke kaum eine Gelegenheit anzuhalten, da es weder Seitenstreifen noch Parkbuchten gab. Vor ihnen erstreckte sich eine endlose monotone Weite, aufgelockert durch wenige farblose Büsche und Bäume.

»Weder ein Känguru noch sonst irgendein Tier«, merkte Lena an und klopfte gegen die Scheibe. In der Tat war alles karg und wie ausgestorben. Einmal glaubte Marie, einen Dornenteufel am Straßenrand zu sehen, aber sie fuhren so schnell vorbei, dass sie sich nicht sicher war. Obwohl sie sich mittlerweile an die Entfernungen in Australien gewöhnt hatte – diese Distanzen hier waren von einem ganz anderen Kaliber. Musik ertönte aus den Lautsprechern. Lena hatte ihr Handy an die Autotechnik angeschlossen und ließ ihre Playlist spielen. Die Lieder waren modern und fetzig.

Terry und Lena kamen gut miteinander klar. Trotzdem spürte Marie, dass Terry noch verhaltener war als zuvor und sich aus den Gesprächen heraushielt. Er schien nicht ganz mit sich im Reinen zu sein und konzentrierte sich auf das Fahren, während Marie und Lena quatschten. Beide waren begeistert von der unglaublichen Weite vor ihnen, die ihnen ein Gefühl von Freiheit gab. Es war merkwürdig, sich auf Englisch zu unterhalten, aber sie wollten Terry gegenüber nicht unhöflich sein.

»So habe ich mir immer den Mars vorgestellt«, sagte Lena. »Ich meine, klar, hier gibt es ein paar Bäume, aber keine Häuser,

Strommasten oder irgendeine Art von Infrastruktur. Alles unbewohnt und leer. Nur rote Erde, soweit das Auge reicht.«

Marie stimmte ihr zu. »Finde ich auch. Ich hätte vor allem mehr Kängurus und Emus erwartet. Und vielleicht ein paar wilde Kamele.«

Terry mischte sich in das Gespräch und murmelte etwas von wegen »nachtaktiv«, aber als Marie nachfragte, zuckte er nur mit den Schultern und fügte ein »egal« hinzu. Seine neue zurückgezogene Art bereitete Marie Sorgen.

»Ist alles in Ordnung mit dir?«, wagte sie einen Vorstoß, aber Terry nickte nur und drehte die Musik lauter.

»Weißt du eigentlich, dass du zwei verschiedene Socken trägst?« Lena deutete auf Maries Füße und sie blickte nach unten.

»Tatsächlich. Habe ich gar nicht gemerkt.« An ihrem linken prangte ein dunkelgrauer, an ihrem rechten Fuß ein marineblauer Socken. Lena stupste sie an. »Das ist dir egal?«

»Schon.« Marie zuckte mit den Schultern.

»Krass. Früher wärst du bei so was ausgerastet. Australien scheint dir gut zu tun, Mama.« Lena lachte und Marie musste auch grinsen, ihre Tochter hatte recht. Früher waren ihr solche Dinge wichtig gewesen. Früher, wiederholte sie in Gedanken, das ist gerade mal ein paar Wochen her. Wie schnell man sich verändern kann, wenn man sein gewohntes Leben hinter sich lässt. Das Thema war ihr seltsam unangenehm. Lena schaute sie fragend an und sie lenkte ab. Es gab eine Sache, die sie noch klären mussten. »Sag mal, Lena, du hast mir eine Sache noch nicht verraten. Warum hast du mich eigentlich zweimal vertröstet, als ich dich besuchen wollte? Das erste Mal hast du ja wohl kaum einen Zaun gebaut und beim zweiten Mal hast du gar keinen Grund genannt.«

»Hm.« Lena war sichtlich verlegen. »Also, die Sache ist die …«

»Und sei ehrlich!«

»Jaja, natürlich. Also, ich habe beim ersten Mal keinen Zaun gebaut, das ist Knochenarbeit. Aber ich war dabei und habe kleinere Arbeiten übernommen. Verpflegung organisiert, den Truck gefahren. Solche Dinge. Der eigentliche Grund aber war, dass ich nicht wollte, dass du von meiner Schwangerschaft erfährst. Ich wusste selbst nicht, wie ich damit umgehen sollte.«

»Und weißt du es jetzt?«

»Ja, ich denke schon. Beim zweiten Mal war ich im Krankenhaus. Krieg jetzt aber …«

»Was?«, unterbrach Marie sie und Lena beendete den Satz: »… keine Panik.« Lena verzog das Gesicht. »Es war nur eine Magenverstimmung. Cooper hat sich Sorgen gemacht, weil ich Durchfall hatte. Er wollte nur sicherstellen, dass es nichts Ernstes ist. Man hat mich zur Beobachtung in der Klinik behalten. Es war wirklich nicht schlimm, aber ich wollte nicht, dass wir uns treffen, wenn ich im Bett liege und eine Infusion im Arm habe. Stell dir das doch mal vor!«

Marie stellte es sich vor und musste zugeben, dass sie als Arzthelferin zwar alles schon mindestens einmal gesehen hatte und gut mit medizinischen Notfällen aller Art umgehen konnte, dass es aber etwas völlig anderes war, wenn es um ihre eigene Tochter ging. Wenn Lena in der Vergangenheit krank gewesen war, hatte sie das sehr mitgenommen, und sie hatte zu diesen Gelegenheiten die halbe Apotheke leer gekauft, heilende Tees gekocht, heiße Bäder und kalte Umschläge zubereitet. Sie konnte verstehen, warum Lena eine Begegnung im Krankenzimmer hatte vermeiden wollen.

»Ist gut, meine Süße. Lassen wir es einfach darauf beruhen. Ich wünsche mir aber trotzdem, dass du mir mehr vertraust und offener mit mir umgehst. Wir können immer über alles reden, ich hoffe, du weißt das.«

»Ja, Mama. Ich hab dich lieb.«

Damit war alles geklärt.

Die Stunden vergingen und Marie wurde immer aufgeregter. Sie freute sich auf den Uluru und auch darauf, ihre Mission zu erfüllen. Weder Terry noch Lena wussten von dem Stein, den sie hierher zurückbringen wollte. Ihr Plan war, es nebenbei und heimlich zu tun. Es würde sich schon eine passende Gelegenheit ergeben, diese Sache ging nur sie und Nadide etwas an. Es war merkwürdig, mit ihrer schwangeren Tochter unterwegs zu sein, während dieser Stein angeblich Unfruchtbarkeit bei Nadide ausgelöst hatte. Auch wenn Marie von der spirituellen Bedeutung des Steins keineswegs überzeugt war, war er doch wie eine verhohlene Bedrohung und eine Last, derer sie sich entledigen wollte.

Unruhig schaute sie aus dem Fenster und suchte nach dem ersten Zipfel des heiligen Berges. Nach etwa sechs Stunden waren sie am Ziel. Erhaben und majestätisch lag der Uluru vor ihnen im Sonnenuntergang und begrüßte sie im ausklingenden Licht. Terry hielt am Straßenrand und gemeinsam betrachteten sie den erhabenen Berg. Marie bekam eine Gänsehaut und griff nach Lenas Hand, die den Druck stumm erwiderte. Der Uluru strahlte eine unerschütterliche Ruhe und Würde aus, die ihnen allen tief unter die Haut ging.

* * *

Am nächsten Morgen standen sie in Wanderschuhen am Mala-Parkplatz vor dem Uluru und studierten die Karte.

Obwohl es erst kurz nach Sonnenaufgang war, flirrte die Luft bereits vor Hitze. Die letzte Nacht hatten sie in dem einzigen Resort verbracht, das es hier am Uluru gab. Von der Unterkunft mit ihren weitreichenden Anlagen hatten sie nicht viel gesehen, da es schon dunkel war, als sie eincheckten. Obwohl sie vor Neugier platzten, hatte ihr Besuch des Berges bis zum nächsten Morgen warten müssen.

»Lasst uns um den Uluru herumwandern, bevor es noch heißer wird«, schlug Lena vor und deutete auf den etwa elf Kilometer langen Base Walk, der einmal um den Berg herumführte.

»Schaffst du das denn?«, fragte Marie etwas skeptisch. Als sie damals schwanger gewesen war, hätte niemand sie zu einer Wanderung bewegen können, sie war immer nur müde und schlapp gewesen.

»Klar«, lachte Lena, »mach dir keine Sorgen, Mama. Ich bin schwanger, nicht krank.«

»Wenn es dir zu viel wird, sagst du aber bitte rechtzeitig Bescheid, okay? Du musst hier niemandem etwas beweisen.«

»Natürlich. Mach dir nicht so viele Sorgen. Ich bin fit wie ein Turnschuh.«

Marie nickte wenig überzeugt und blickte sich um. »Sag mal, kann es sein, dass hier erstaunlich wenig los ist? Ich hätte mit einem Riesenandrang gerechnet.«

Es gab hier zwar die obligatorischen Touristenbusse, Kleinbusse mit Backpackern und Einzelreisende in Jeeps, aber das Gelände war so groß, dass sich alle Besucher gut verteilten. Sie hatte mit gigantischen Menschenmassen gerechnet, die mit Kameras bepackt um einen Platz zum Fotografieren kämpften. Lena machte noch schnell ein Foto von der Wanderkarte, dann marschierten sie los.

Der rote Berg schien so gar nicht in das flache Land zu passen. Seine glatten und rund geschliffenen Felsen erhoben sich weit über die Ebene und wirkten weich wie eine gigantische Decke, die achtlos in der Landschaft liegen gelassen worden war und unter der sich ein mächtiges Wesen versteckte. Marie hatte schon viele Bilder und Berichte vom Uluru gesehen, aber sie hätte nie damit gerechnet, wie unglaublich groß dieser Berg in Wirklichkeit war. Er überragte die Wüste mit einer Wucht, als würde er sie bewachen.

Schweigend wanderten sie den schmalen Pfad entlang. Hier, in der Nähe des Informationszentrums befanden sich die Hauptattraktionen: Halb offene Höhlen mit Felsmalereien, bizarre Felsformationen und Wasserlöcher. Egal, wo sie sich befanden, eins faszinierte Marie am meisten: Der Berg schien nahezu lebendig zu sein. Sie konnte sich das nicht erklären, sie spürte es einfach. Ein paar Mal legte sie eine Hand auf den Fels und schloss die Augen. Tief in sich glaubte sie zu spüren, wie der Fels pulsierte und vor Leben strotzte. Das passte nicht zu ihrer vernünftigen Weltsicht, in der alles eine wissenschaftliche Erklärung hatte. Dennoch ließ sie es zu, das Gefühl war einfach zu stark und berauschend.

Auch Terry betrachtete den Felsen ehrfürchtig, in ihm schien es zu lodern. Marie ließ ihn in Ruhe, das hier war sein eigener Moment der Begegnung. Später wäre genug Zeit, um ihn darauf anzusprechen und sich mit ihm auszutauschen.

Ein Nebenweg führte zu einem besonderen Wasserloch, dem Kantju Gorge, einem winzigen See in einer Schlucht, umgeben von Bäumen und Büschen. Hier war es erstaunlich kühl, das Wasser erschuf ein eigenes Mikroklima.

Bereit für eine kurze Pause, setzte sich Marie auf eine Plattform, die das Wasser überblickte, und zückte ihren Reiseführer. Die sagenhaften Geschichten rund um den Berg rissen sie mit. Auf der anderen Seite des Berges, las sie, lag das Mutitjulu. Das Mutitjulu diente den Aborigines seit Jahrtausenden als Wasserloch, aber es gab keine Quelle, und die Wissenschaft stand bis heute vor einem Rätsel, wie sich der Tümpel speiste. Marie drehte die Seite mit der Abbildung zu Terry, um ihm davon zu erzählen, aber der wirkte abwesend und konzentriert. Im Schneidersitz ruhte er auf den Holzplanken, den Blick auf den Berg gerichtet und scheinbar losgelöst von allem Weltlichen. Marie entschied, ihn nicht zu stören.

Lena hingegen griff immer wieder zur Kamera. Auf dieser Seite des Berges durfte man Fotos machen, auf der anderen war es verboten. Also nutzte sie die Erlaubnis und fotografierte jeden Spalt und jede Erhebung.

»Für Oma«, flüsterte sie Marie zu, als diese sich wunderte, wer sich die ganzen Fotos denn anschauen solle und ob sie den Anblick nicht einfach durch ihre eigenen Augen genießen wolle. »Wenn Oma schon nicht dabei ist, soll sie wenigstens sehen, wie schön es ist. Gefällt es dir hier auch so gut?«

»Es ist alles so mystisch hier, man fühlt sich wie in eine andere Zeit versetzt«, raunte Marie ihr zu. Eine innere Stimme riet ihr, an diesem Ort leise zu sprechen. Lena nickte begeistert.

»Hier sprechen die Steine zu einem und erzählen die Geschichte des Landes«, antwortete sie. Marie war von der Tiefe dieser Antwort begeistert, ihre Kleine war wirklich erwachsen geworden.

Überhaupt schien sich hier alles um Rätsel und Geheimnisse zu drehen. Angefangen mit den vielen Höhlen, in denen sich Malereien und Artefakte verbargen. Jeder Spalt und jeder Felsbrocken hatte eine eigene Bedeutung und war verwoben in das Netz der Traumzeit-Legenden.

Nach einer Weile setzten sie ihre Wanderung um den Berg fort. Der Fels schien sich ständig zu verändern, er war von keiner Seite gleich. Marie kam sich vor wie in einem Rausch, der Berg hatte sie gefangen genommen mit seiner bizarren Schönheit und seiner magischen Ausstrahlung. Nur wenige Touristen kamen ihnen entgegen, einige davon auf Fahrrädern und Segways, die man hier neuerdings mieten konnte. Manche rasten so schnell um den Berg, als gäbe es kein Morgen. Marie, Lena und Terry hingegen hatten keine Eile, ganz im Gegenteil, sie ließen sich viel Zeit und waren erst nach vier Stunden wieder zurück am Touristenzentrum.

»Das war unglaublich«, sagte Lena. Ihre Wangen glühten und Marie reichte ihr eine Wasserflasche. »Ein ganz besonderer Ort. Schaut mal zurück: Der Uluru sieht aus wie ein schlafender Drache, der es sich im roten Sand gemütlich gemacht hat.«

Marie nickte bestätigend. Der Uluru war mal rund und mal kantig, mit gezackten Felsschuppen und Spalten, die an geschlossene Lider erinnerten. Er war mehr als ein Berg und mehr als ein Wahrzeichen. Sie konnte gut verstehen, warum die Menschen sich seit Urzeiten magisch von ihm angezogen fühlten, sich hier niederließen und Rituale abhielten.

Nach einem Lunch, der aus Burger und Pommes bestand, fiel Marie der Stein in ihrer Tasche ein. Das musste sie jetzt erledigen, sonst wäre die Gelegenheit vorbei. Terry bestellte sich gerade etwas zu trinken und sie entschuldigte sich kurz, um mit Lena im Kunstladen nebenan ein paar Souvenirs zu kaufen. Er schien nichts dagegen zu haben.

»Lasst euch Zeit, ich bin hier gut aufgehoben«, versicherte er. Marie folgte seinem Blick: Aus dem Fenster des Cafés hatte man ein traumhaftes Panorama über die Wüstenlandschaft.

Kapitel 14

Im Kunstladen war es herrlich kühl. Eine Glocke bimmelte, als Marie und Lena den Laden betraten und eine Dame an der Kasse begrüßte sie freundlich. In der Mitte des Ladens saßen drei ältere Aborigine-Damen und malten. Plötzlich hob eine von ihnen den Kopf und sah Marie geradewegs an. Marie erschrak, als sie den durchdringenden Blick der Frau sah, und verlegen wandte sie sich den Bildern zu. Die Frau war ihr unheimlich, sie schien direkt in sie hineinsehen zu können.

Alle Wände waren mit bunten Leinwänden bedeckt, die zum Verkauf standen. Lena zog Marie direkt zu einem hin. »Schau dir das mal an! Ist das nicht klasse?«

Begeistert studierte sie das traditionelle Bild, das überwiegend in Erdtönen gehalten war und aus unzähligen kleinen Punkten bestand, die zu übergeordneten Formen gruppiert waren. An einer anderen Wand hingen moderne Bilder in knalligeren Farben mit komplexeren Linien und Formen.

Erstaunt hob Lena ein Preisschild an und hielt es stumm ihrer Mutter entgegen. Marie hob eine Augenbraue, die Bilder waren teuer, jedes kostete ein kleines Vermögen.

»Na ja, immerhin sind das hier Originale«, versuchte Marie, den Preis zu rechtfertigen. »Das ist halt was anderes als ein Kunstdruck von Ikea. Ist doch etwas Besonderes, wenn man sieht, dass sie tatsächlich hier, am Ayers Rock, von authentischen Künstlern gemalt werden.«

Die Bilder berührten sie, jedes einzelne schien eine Geschichte zu erzählen, die auf Jahrtausende alter Erfahrung beruhte. Aber sie musste sich eingestehen: Noch vor Kurzem hätte sie sich nicht vorstellen können, jemals derart viel Geld für ein Bild auszugeben.

»Guck mal, dieses hier, das ist echt schön«, Lena deutete auf ein Bild, auf dem eine Echse erkennbar war, die inmitten vieler blauer Kreise lag.

»Ja, das würde gut ins Wohnzimmer passen«, antwortete Marie, die mehrere blaue Deko-Gegenstände im Wohnzimmer hatte. Verhalten schielte sie zur Seite und beobachtete die Frauen, die unermüdlich ihre Pinsel schwangen. Die alte Aborigines-Frau, die sie vorhin so angesehen hatte, als hätte sie einen Geist gesehen, war auf ihre Leinwand konzentriert. Diese war in braunen Erdtönen grundiert und mit ein paar Farbklecksen verziert, noch waren keine Formen ersichtlich.

Lena seufzte. »Schade, dass Oma nicht mit dabei ist. Das hätte ihr bestimmt gut gefallen hier. Auch wenn sie vielleicht lieber Fotos vom Café gemacht hätte, statt mit uns um den Uluru zu spazieren.«

»Ja.« Mehr hatte Marie dazu nicht zu sagen. Ihr war es recht, dass sie auf der langen Autofahrt hierher nicht Hildegards Launen ausgesetzt gewesen war, doch das brauchte Lena nicht zu wissen. Um abzulenken, deutete sie auf ein kleineres Bild, das preislich erschwinglich war. »Das hier gefällt mir. Ich werde es Hildegard mitbringen.«

Es war ein klassisches Punktebild, das mehrere Kängurus zeigte. »Jetzt brauche ich noch ein weiteres Kunstwerk für Katja.« Ihre Freundin liebte Souvenirs und kam selber viel zu wenig in der Welt herum. »Wie wäre es mit dem?«, schlug Lena vor und hielt ihr eins entgegen, das ein Känguru zeigte.

»Eine gute Wahl«, meinte die Verkäuferin an der Kasse, und es klang so maschinell, dass Marie sich sicher war, dass sie das zu jedem Kunden sagte. Umsichtig rollte sie die Leinwände in eine Pappe und steckte sie in eine Plastiktüte. Der Stein in ihrer Tasche fiel Marie wieder ein und sie fragte die Kassiererin, ob es hier einen Ranger gebe, der ihr ein paar Fragen beantworten könne.

»Es gibt einen Tourguide, der ist um diese Uhrzeit allerdings unterwegs. Am besten wendet ihr euch an die Touristeninformation, die ist gleich nebenan.«

Nachdenklich folgte Marie ihrer Tochter zum Ausgang, als sich hinter ihr eine Stimme räusperte. »Du! Mit den braunen Locken. Warte.«

Wie angewurzelt blieb Marie stehen und drehte sich um. In gebrochenem Englisch sagte die alte Aborigines-Frau zu ihr: »Vielleicht kann ich dir weiterhelfen.«

Sie machte Anstalten, sich zu erheben, und es fiel ihr sichtbar schwer. Marie, die als Arzthelferin oft Senioren beim Aufstehen half, sprang ihr zu Hilfe und stützte sie. Dankbar sah die Alte sie an und deutete auf einen Gehstock, der nicht weit entfernt an einem Aufsteller stand. Marie holte ihr den Stock.

Ungeniert musterte die Alte sie von oben bis unten. Ihr Blick blieb auf ihrer Tasche ruhen und Marie wurde rot. Ohne zu wissen, warum, fühlte sie sich ertappt. Woher wusste die Frau von dem Stein in ihrer Tasche? Konnte sie ihn fühlen? Wieder geriet ihr Weltbild ins Wanken. Sie war ein vernunftorientierter Mensch und glaubte nicht an spirituellen Humbug. Und doch war hier die Magie der Ureinwohner und die Kraft des Landes omnipräsent und überrollte ihre Logik und ihr westliches Verständnis von Leben und Realität. Alles war hier anders. Das Blut wich ihr aus den Wangen und ihr wurde schwindelig.

Lena sah von ihr zu der Frau und zurück. »Was ist los, Mama?«, fragte sie leise. Sie schien zu spüren, dass etwas vor sich ging, das außerhalb des normalen Denkvermögens lag.

Beruhigend legte Marie ihr die Hand auf den Arm. Mit der anderen zog sie den kleinen roten Stein aus der Tasche, der sich so schwer wie Blei anfühlte und so verhängnisvoll wie eine schwarze Katze unter einer Leiter. Automatisch ballte sie die Hand zur Faust und öffnete sie erst, als sie den Stein der alten Frau entgegenhielt.

Diese zuckte zusammen und verzog das Gesicht wie im Schmerz. Verkrampft trat sie einen Schritt zurück und hob dabei ihren Stock, als ob sie einen bösen Geist abzuwehren versuchte.

»Pack das weg«, befahl sie Marie, ihre Stimme brüchig und schwer. »Kommt mit mir. Wir müssen reden.«

»Vielen Dank«, setzte Marie an, verwirrt von der heftigen Reaktion der Frau. »Wir kommen gerne mit. Ich muss nur meinem Reisepartner Bescheid geben, damit er mitkommen kann.«

»Nein, keine Männer. Das ist eine Frauensache.«

Marie dachte kurz nach. »Okay, kein Problem, ich gebe ihm nur kurz Bescheid, damit er weiß, wo wir stecken.«

»Nein. Ihr kommt mit. Sofort. Das hier hat Priorität.« Ihre Stimme wechselte in einen scharfen, befehlenden Ton. »Es gibt Dinge, die dürfen nicht verschoben werden.«

Lena zuckte mit den Schultern und Marie seufzte resigniert. »Na gut, wenn es nicht zu lange dauert. Ich möchte nicht, dass Terry sich Sorgen um uns macht.«

»Lasst eure Einkäufe hier, ihr könnt sie später wieder einsammeln.«

Folgsam legten sie ihre Tüten hinter den Tresen und folgten der Frau durch eine niedrige Tür in ein Hinterzimmer. Hier ging es durch einen Ausgang wieder hinaus. Hitze schlug ihnen entgegen, es war die heißeste Zeit des Tages.

»Boah, das sind bestimmt vierzig Grad«, maulte Lena und fächelte sich Luft zu.

Trotz ihres Stocks war die alte Frau erstaunlich schnell. Ein paar Minuten wanderten sie einen Pfad entlang, vorbei an Gebäuden und einem Parkplatz. Links und rechts befand sich dichtes Gebüsch, in etwa zwei Kilometer Luftlinie lag der Uluru. Die alte Frau hielt direkt darauf zu. Nach einer halben Stunde erreichten sie den Felsen und der Pfad bog ab. Marie schaute nervös auf ihre Uhr, das hier dauerte länger als erwartet und sie machte sich Gedanken um Terry.

Die Felswände erhoben sich dicht neben dem Weg. Nach einer Weile blieb die alte Frau abrupt stehen, Marie schaffte es, rechtzeitig abzubremsen, aber Lena lief direkt in sie hinein. »Entschuldigung.«

»Macht nichts.«

Bedeutsam hob die alte Frau den Zeigefinger an den Mund. Eine zerfurchte Felswand lag neben ihnen und davor mehrere Felsbrocken, die sich weit oben aus dem Gestein gelöst hatten. Jeder einzelne von ihnen war so groß wie ein Einfamilienhaus. Dutzende von Spalten und Risse zeigten sich im Fels, manche flacher, andere tiefer. Die alte Frau schloss die Augen und faltete die Hände. Ihre Lippen bebten, als sie stumm ein paar Worte formulierte.

Marie beobachtete sie wie gebannt und erschrak, als die Frau die Augen aufriss und sie wild anstarrte.

»Was ihr jetzt sehen werdet, ist heilig. Ich weiß, dass ich euch vertrauen kann, das spüre ich. Wenn ihr dieses Vertrauen missbraucht, werdet ihr vom Unglück verfolgt. Böse Geister werden euch mit Unheil übersäen, probiert es nicht aus! Erweist euch als würdig.«

Maries Herz klopfte bis zum Anschlag. Lena schien es genauso zu ergehen, fasziniert und eingeschüchtert nickte sie der Frau zu.

»Ich bin Alkawari, Frau des Stammesältesten der heimischen Gruppe der Pitjantjatjara. Wir, die Anangu gehören zum Uluru und er gehört zu uns. Unser Blut läuft durch seine Venen und sein Fels nährt uns. Der Stein, den du bei dir hast, Fremde, der ist ein Teil des Berges und ein Teil von uns. Er wurde unrechtmäßig entfernt und muss zurückkehren.«

Maries Mund war staubtrocken und nur ein trockenes Krächzen kam aus ihrer Kehle.

»Woher weißt du …«, setzte sie an, aber die Alte unterbrach sie. »Ihr glaubt, alles zu wissen. Ihr Deutschen, Amerikaner, Engländer, Russen und woher ihr sonst noch so anreist, um unser Heiligtum zu bewundern. Was ihr nicht wisst, ist, dass wir mit dem Land verbunden sind. Ich habe den Stein schon gespürt, als du unsere Werkstatt betreten hast. Und ich weiß, dass er nicht von irgendwoher an diesem Ort kommt. Für dich ist das nur ein roter Stein, richtig? Für mich nicht. Wir kennen jede Art von Erde und Gestein – und diese Art Gestein gibt es nur an einem Ort. Und dieser Ort ist verborgen.«

Wie zur Bestätigung rammte Alkawari ihren Stock fest in den Boden hinein, sodass er stecken blieb.

Lena flüsterte ihrer Mutter zu. »Mama, ich verstehe kein Wort. Was ist das für ein Stein?«

Marie sah der Frau fest in die Augen. »Ich habe den Stein nicht von hier fortgetragen. Es war eine Freundin, die vor vielen Jahren hier war. Sie hat mich gebeten, ihn zurückzubringen.«

Ihr war es wichtig, klarzustellen, dass sie dieses Sakrileg nicht begangen hatte. Die alte Frau nickte ihr ungerührt zu, als sei sie sich dessen bewusst, und Marie fuhr fort: »Meine Tochter wusste nichts von meiner Aufgabe. Darf ich es ihr kurz erklären?«

Lena schüttelte immer wieder den Kopf, als Marie ihr eine knappe Zusammenfassung von dem Gespräch mit Nadide gab. Marie konnte sich gut vorstellen, was in ihrem Kopf vorging.

Dinge wie: »Das ist doch nur ein Stein«, »Man kann es auch übertreiben« und »Klingt wie aus einem Fantasyfilm.« Zu ihrem Erstaunen hörte sich Lena alles an und trat dann gefasst auf die alte Frau zu.

»Ich bin bereit.«

Die Gelassenheit ihrer Tochter überraschte sie, früher wäre Lena aus allen Wolken gefallen. Entschlossen trat Marie neben ihre Tochter.

»Ich auch.«

Sie folgten Alkawari zwischen zwei der losen Felsbrocken hindurch, direkt auf die Felswand des Uluru zu. Behände quetschte sich die Alte in eine Felsspalte, deren Ende Marie von außen erkennen konnte. Sie war nur etwa zwei Meter tief, aber plötzlich war die Alte verschwunden. Marie trat in die Spalte und drehte sich einmal im Kreis. Die Alte war wie von Geisterhand vom Berg verschluckt worden.

* * *

»Das ist unglaublich« flüsterte Lena und Marie antwortete: »Katja wird mir das nie und nimmer glauben.«

Das Geheimnis der verschwundenen Frau hatte sich schnell erklärt, als ihr verschrumpelter Zeigefinger aus dem Schatten schnellte und ihnen bedeutete, ihr zu folgen. In dem Spalt gab es eine Felsfalte, dahinter befand sich eine schmale Höhle. Diese war so gut versteckt, dass niemand, der nicht von ihr wusste, eine Chance gehabt hätte, sie zu sehen. Blind waren sie ins Dunkle gestolpert und tasteten sich voran. Es dauerte ein paar Minuten, bis ihre Augen sich an die plötzliche Finsternis gewöhnt hatten und sie Konturen des Steines erkennen konnten. Von irgendwoher sickerte Licht herein. Mutig ging Marie voran, Lena folgte ihr langsam. Die Decke war niedrig, sie ließen sich Zeit, um nicht zu stolpern oder mit dem Kopf gegen einen Felsen zu stoßen. Die Schritte vor ihnen hallten mal näher, mal weiter weg. Während sie sich selbst hilflos vorkamen, suchte sich die Alte zielsicher ihren Weg und wartete immer wieder auf die beiden. Es kam Marie wie eine Ewigkeit vor, bis sich der Durchgang zu einer Grotte verbreiterte.

Ab hier war der Weg einfacher. Die Grotte stieg leicht an und sie kletterten ein Stück bergauf, bis sie in eine größere Höhle gelangten. Hier hielten sie an.

Alkawari nestelte an ihrem Gewand und Marie hörte ein Klappern und Klicken. Grelles Licht blendete sie, instinktiv riss sie die Arme hoch. Langsam glitt das Licht der Lampe durch die Höhle und legte Wand für Wand mit ihrem Licht frei. Sie standen in einer Höhle von etwa dreißig Quadratmetern mit reich bemalten Felsen.

»Wow«, hörte Marie ihre Tochter neben sich, auch Lena war mächtig beeindruckt. Diese Zeichnungen mussten Jahrtausende alt sein, sie erkannte Umrisse von Menschen und Echsen, Kängurus und Emus. Manche Bilder überlappten sich, andere waren verwischt. In einer Ecke entdeckte Marie einige verblasste Handabdrücke. Um sie herum wand sich eine hellbraune Schlange auf dem Stein. Es gab viele Kreise, die durch Linien miteinander verbunden waren. Marie hatte bereits gelernt, dass solche Kreise viele Bedeutungen haben konnten, wie zum Beispiel Wasserlöcher oder Quellen. Die Farbtöne variierten von Weiß über Ocker bis zu Braun und Rot. Im Mittelteil der Wand waren kräftigere Farben zu sehen, die Bilder wirkten frischer und neuer als der Rest. Hier erkannte Marie komplexere Figuren, die sie aber nicht eindeutig zuordnen konnte.

»Das ist wunderschön«, hauchte sie, vollkommen überwältigt von dem Anblick. »Wo sind wir?«

»Wartet. Ich erkläre es euch gleich.«

Die Taschenlampe klickte und sie standen wie zuvor in der Finsternis. Tausend Gedanken schossen Marie durch den

Kopf. Sie verstand, dass sie tief im Uluru waren, an einem Ort, der Wissenschaftlern und Abenteurern unbekannt war. Ein Ort, den es eigentlich nicht geben durfte. War heutzutage nicht alles erforscht? Sie fühlte sich gleichzeitig privilegiert und seltsam berührt, dass sie die Ehre hatte, hier zu sein. Ein rhythmisches Klopfen ertönte neben ihr, Alkawari hämmerte auf einen Felsen, der innen hohl zu sein schien. Bong-badong, bong-badong machte es und der Widerhall des Klopfens echote in verstärkter Form von den Wänden. Wie zuvor gewöhnten sich Maries Augen an die Dunkelheit. Einzelne Lichtstrahlen fielen durch hohe Spalten und Löcher in die Höhle. So tief sie hier auch im Berg stecken mochten, sie waren trotzdem mit der Außenwelt verbunden.

Plötzlich brach das Klopfen ab und das Echo verhallte, wurde leiser, bis es ganz verklang. In der Stille verharrten sie stumm, bis Schritte das Schweigen unterbrachen.

Eine schwarze Figur schälte sich aus den Schatten, gefolgt von einer zweiten und dritten. Die Personen betraten die Höhle, verteilten sich schweigend, hockten sich auf Vorsprünge oder lehnten sich an die Wand. Marie erkannte nur Schemen, alles in ihr war gespannt, so aufgeregt war sie bisher nur einmal in ihrem Leben gewesen: als die Ärzte im Krankenhaus ihr zum ersten Mal Lena entgegenhielten, ihr sagten, dass sie ein gesundes Mädchen zur Welt gebracht hatte. Damals war sie trotz ihrer Erschöpfung vor Neugier und Ungeduld fast geplatzt. Lena stand jetzt dicht neben ihr und es tat gut, sie bei diesem Abenteuer dabeizuhaben.

Als die Taschenlampe wieder anging, sah Marie die anderen Personen, allesamt Aborigine-Frauen unterschiedlichen Alters. Sie trugen westliche Kleidung, zumeist lange Röcke und Blusen, manche hatten Sandalen an, viele waren barfuß. Alle hatten ihre Augen auf Marie und Lena gerichtet.

Alkawari stand im Zentrum der Höhle, eine Hand fest am Stock, den anderen Arm hoch erhoben. Bedeutsam blickte sie zur Decke, wo weitere Zeichnungen prangten, und schwang den Arm einmal im Kreis.

»Das hier ist der Ort der Frauen. Hier versammeln wir uns, um uns auszutauschen und zu singen. Für uns, die Frauen der Anangu ist er das Herz des Uluru und das Herz Australiens. Kein Mann hat diese Höhle je betreten.«

Jetzt verstand Marie, warum sie Terry hatten zurücklassen müssen. Augenblicklich bekam sie ein furchtbar schlechtes Gewissen, es war mindestens eine Stunde vergangen, seit sie sich im Café von Terry verabschiedet hatten. Hoffentlich war er nicht in Panik geraten und hatte die Ranger alarmiert. Resigniert verdrängte sie den Gedanken – hier und jetzt konnte sie nichts tun.

»Wenn ihr hinhört, werdet ihr merken, dass die Felsen singen. Versucht es.«

Sie schwieg und Marie versuchte, der Anweisung zu folgen und genauer hinzuhören. Erst verstand sie nicht, worauf die Alte hinauswollte, aber dann legte sie, einer inneren Eingebung folgend, ihre Hand auf ein Stück unbemalte Wand. Die Wand war warm und schien zu vibrieren und zu summen. Entsetzt riss sie ihre Hand wieder fort. Alkawari schien mit der Reaktion gerechnet zu haben und fuhr unbeeindruckt fort.

»Jedes Steinkorn dieses Berges ist ein Stück seiner Seele. Deine Freundin hat dem Uluru mehr geklaut als nur totes Geröll. Ich erinnere mich daran, dass wir vor vielen Jahren einer Frau halfen, die sich an dieser Seite des Berges verirrt hatte. Sie ist in den Durchgang gelangt, der zu dieser Höhle führt, und ich habe ihr hinausgeholfen. Natürlich hatte sie nicht verstanden, wo sie war und welche Bedeutung der Ort hat. Ich wusste nicht, dass sie einen Stein mitgenommen hatte. Ich habe es nicht gespürt, warum auch immer.«

Marie hörte gebannt zu. Nadide hatte ihr nichts von diesem Erlebnis erzählt, außer dass sie den Stein am Uluru aufgesammelt hatte.

»Sieh dich um. Siehst du die Maserung auf den Wänden? Dieses einzigartige Rostrot, wie der Pelz eines Malu?«

Marie holte den Stein aus ihrer Tasche hervor und hielt ihn ins Licht. In der Tat erkannte sie eine leichte Maserung auf ihm. Das Wort »Malu« kannte sie aus ihrem Reiseführer, damit waren die roten Riesenkängurus gemeint, die hier heimisch waren.

Es fiel ihr schwer, sich zu konzentrieren und den Stein zu betrachten; alle Augen ruhten auf ihr und sie fühlte sich beobachtet. Ihre Hand zitterte.

»Der Stein schreit. Er will nach Hause.«

Die Worte jagten Marie eine Gänsehaut auf den Rücken. Die Präsenz des Steins schien die Luft zum Klimpern zu bringen und sie mit Magie anzureichern. So etwas hatte Marie noch nie gefühlt. Spiritualität war ihr fremd und von Esoterik hielt sie nicht viel, aber hier, tief im Inneren des Uluru spielten die Regeln der ihr gewohnten Realität keine Rolle.

»Kann ich ihn zurücklegen?«, fragte sie. Das Bedürfnis, den Stein loszuwerden, war unerträglich geworden. Seine Last schien sie hinunterzuziehen, als trüge sie einen ganzen Rucksack voller Steinbrocken.

»Leg ihn dorthin.«

Alkawari wies auf einen Vorsprung an einer Seite und Marie trat darauf zu, holte tief Luft und kniete nieder.

»Im Namen von Nadide bitte ich um Vergebung.« Mit diesen Worten legte sie den kleinen Stein auf den Felsen.

Sofort fiel das Gewicht von ihren Schultern ab, etwas löste sich in ihr und schien sie zu verlassen wie ein böser Geist, der nun vertrieben war. Eine tiefe Erleichterung durchfuhr sie und sie atmete heftig aus.

Bilder stiegen vor ihrem inneren Auge auf, bunt vermischt und nicht greifbar. Ein glockenhelles Lachen ertönte in der Ferne und Marie wurde schwindelig. In der nächsten Sekunde war der Zauber vorbei.

»Vielen Dank«, raunte sie so leise, dass sie nicht wusste, ob Alkawari sie gehört hatte. Lauter fügte sie hinzu: »Ich danke euch, dass ihr mich hier empfangen habt. Das bedeutet mir viel und ich weiß, dass es für meine Freundin die Welt bedeuten wird. Auch wenn ich es am Anfang nicht verstanden habe, jetzt weiß ich, wie sehr der Stein Nadide belastet hat. Ich bin froh, dass er jetzt dort ist, wo er hingehört.«

Alkawari lächelte sie freundlich an. »Es gibt vieles, das nicht verstanden wird in dieser Welt.«

* * *

Alkawari führte sie zurück. Es ging um einiges schneller als auf dem Hinweg, da Marie und Lena sich selbstbewusster im Dunkeln bewegten. Sie wanderten entlang der Grotte bis zum langen Durchgang und schließlich durch die Spalte hinaus ins Freie. Doch zu ihrer Überraschung blendete sie kein helles Tageslicht, sondern ein schummriges Zwielicht, das die baldige Nacht ankündigte, umgab sie.

»Meine Güte«, entfuhr es Marie. »Terry!«

Sie bedankten sich vielfach bei Alkawari und versprachen ihr, Stillschweigen zu bewahren. Diese hörte mit unbewegtem Gesicht zu. Noch während sie sich verabschiedeten, klingelte etwas. Zu Maries Erstaunen zog die alte Frau ein Handy aus der Tasche, das in einer pinken Schutzhülle mit einem Hardrock-Logo darauf steckte. Marie riss die Augen auf und Alkawari zwinkerte ihr zu.

»Wir ehren unsere Tradition, aber wir leben nicht hinter dem Mond.« Mit diesen Worten winkte sie ihnen zum Abschied zu, drehte sich um und ging den Weg in die andere Richtung davon.

»Das war einfach … also … das war einfach unglaublich«, brach es aus Lena heraus, als Alkawari verschwunden war und sie sich eilig auf den Weg zurück ins Café machten. Mücken schwirrten um sie herum und stachen sie, Marie konnte sie kaum schnell genug totklatschen. »Man hält sich für so abgeklärt und gebildet und dann passiert so was. Wusstest du, dass der Stein so eine wichtige Rolle spielt?«

Marie schüttelte den Kopf. »Nein, das wusste ich nicht. Ich habe Nadide ehrlich gesagt nicht übermäßig ernst genommen und wollte ihr lediglich einen Gefallen tun. In den letzten Wochen hat mich der Stein jedoch immer mehr belastet und ich habe geahnt, dass mehr in ihm steckt. Solche Gedanken lässt man aber nicht zu, man will ja nicht für verrückt erklärt werden.«

Die Gebäude tauchten vor ihnen auf. Das Café war dunkel und verlassen, keine Menschenseele weit und breit. Ratlos blieben sie vor dem Eingang stehen, ein Schild hing an der Tür: »Closed«.

»Was machen wir denn jetzt?« Lena kratzte sich ratlos am Kopf und spuckte im nächsten Moment aus, als ihr ein Insekt direkt in den Mund geflogen war. »Verflixte Viecher.«

»Puh. Armer Terry. Ich habe ein total schlechtes Gewissen. Wir hätten uns durchsetzen und ihm Bescheid geben sollen.«

»Zu spät.«

»Wir können Terry nichts von der Höhle erzählen.«

»Ich weiß.«

Schuldbewusst gingen sie um das Café herum und traten in den verlassenen Innenhof vor dem Kunstladen. Die Dunkelheit war hereingebrochen und Marie spürte, wie Beklommenheit in ihr aufstieg. Die Gebäude um den Innenhof waren zu Schatten geworden und spendeten keinen Trost.

»Wie sollen wir hier nur wegkommen? Zu Fuß ist es bis zum Resort viel zu weit.«

»Hm.« Marie war ratlos. »Mir fällt schon was ein«, versuchte sie, ihre Tochter zu beruhigen.

Mehrere Statuen standen auf den Hof verteilt. Sie waren Teil der erweiterten Kunstausstellung und stellten verschiedene kulturelle Szenen dar. Eine steinerne Figur saß einsam auf einer Bank. Marie trat darauf zu, wollte sich neben sie auf die Bank setzen, da drehte die Figur plötzlich den Kopf und sah sie an. Marie schrie vor Schreck auf, es war Terry. Beleidigt schaute er sie an, stumm und vorwurfsvoll, neben ihm lag eine Plastiktüte. Es war die Tüte, in der Maries Einkäufe steckten. *Aha*, dachte sie, *Terry ist also im Kunstladen gewesen*. Trotzdem wusste er anscheinend von nichts, die Aborigine-Frauen hatten ihn nicht aufgeklärt.

»Ach du heilige Kuh. Mann, hast du mich erschreckt.« Sie brauchte einen Moment, um sich zu sammeln und der Erleichterung Platz zu machen, die sich in ihr ausbreitete.

»Was bin ich froh, dich hier zu sehen. Es tut mir leid, dass du auf uns warten musstest. Wir konnten dir leider nicht Bescheid geben.«

»Soso.« Terrys Stimme passte zu seinem gereizten Blick. »Da konntet ihr mir also nicht Bescheid geben. War wohl nicht wichtig genug. Ihr müsst euch ja fabelhaft amüsiert haben.«

Das versetzte Maries Herz einen Stich. Sie hatte ein furchtbar schlechtes Gewissen, aber sie hätte nicht mit so viel Verärgerung gerechnet.

»Und, wo habt ihr die letzten Stunden gesteckt? Spontane Segway-Tour? Oder ein VIP-Ausflug mit einem netten Ranger?«

Jetzt geriet Marie in Bedrängnis, sie konnte Terry unmöglich von ihrem Abenteuer erzählen. Es war ein Geheimnis, ein Ort nur für Frauen, ein verbotener, heiliger Ort … ihre Gedanken rasten. Bevor sie antworten konnte, kam Lena ihr zuvor.

»Es ist meine Schuld«, behauptete sie. Marie sah sie erschrocken an, aber Lena ließ sich nicht beirren. »Ich wollte ein paar Fotos vom Uluru machen und habe Mama gebeten, noch mal näher zum Berg zu gehen. Tja und dann haben wir uns verquatscht und eine falsche Abzweigung genommen und zack – haben wir uns verlaufen.«

Terry hob skeptisch eine Augenbraue, aber Lena sah ihn aus großen, unschuldig blickenden Augen an. *Meine Güte*, dachte Marie entsetzt, *ich wusste gar nicht, dass Lena so gut lügen kann.*

Terry erhob sich. »Ihr hättet mir wenigstens eine Nachricht schicken können.«

»Mein Handy ist im Auto.« Das stimmte, aber dass sie mitten im Herzen des Uluru ohnehin keinen Empfang gehabt hätten, das verschwieg sie.

»Egal. Kommt jetzt. Lasst uns ins Resort zurückfahren.«

Bedrückt folgten sie Terry zum Parkplatz und ließen den Berg hinter sich.

* * *

Am nächsten Tag besuchten sie gemeinsam die Olgas, eine Felsenansammlung etwa vierzig Kilometer vom Uluru entfernt. Die Olgas bestanden aus beeindruckenden Felstürmen, die teilweise noch höher als der Uluru in den Himmel ragten. Es gab wunderschöne Wanderwege, die sich durch das Gebirgsmassiv wanden. Aus einer ästhetischen Perspektive standen die Olgas mit ihren bizarren Formen und intensiven Farben dem Uluru in nichts nach. Mit dem Unterschied, dass Marie hier nicht diese übernatürliche Anziehungskraft und rätselhafte Aura wie beim

Uluru spürte. Es war einfach nur ein schönes Bergmassiv in der Wüste.

Marie und Terry waren beide in sich gekehrt und vermieden es, einander anzusehen. Lena hingegen hatte gute Laune, schoss viele Fotos und zeigte Marie gelegentlich besonders schöne Felsabschnitte. Marie versuchte, auf ihre Tochter einzugehen, aber ihre Gedanken wanderten immer wieder zu ihrem Erlebnis vom gestrigen Tag. Dieses Abenteuer hatte sie tief berührt und verändert. Sie wusste, dass sie nie wieder dieselbe Person sein würde, die sie gewesen war, als sie durch die Felsspalte ins Innere des Berges trat.

* * *

»Entschuldige dich doch einfach«, flüsterte Lena ihrer Mutter auf Deutsch zu. Mittlerweile saßen sie im Flieger und Marie konnte ihre Tochter kaum verstehen, weil hinter ihnen zwei Kleinkinder um die Wette schrien. Marie hatte Kopfschmerzen und rieb sich die Schläfen. »Ich hätte mehr trinken sollen«, klagte sie entnervt, »mein Kopf scheint zu explodieren.«

»Er wird dir bestimmt nicht böse sein, wenn du sagst, dass es dir leidtut. Immerhin war das eine echt blöde Situation für ihn.«

»Ach, Lena, du hast ja recht. Ich werde mit ihm reden. Aber nicht jetzt, die Innenwände meines Schädels werden gerade mit einem Hammer bearbeitet.«

»Oh je. So schlimm?« Lena reichte ihrer Mutter besorgt ihren Wasserbecher. »Trink meinen auch noch aus.«

»Nein, auf gar keinen Fall. Du brauchst noch mehr Wasser als ich.« Sie schob den Becher wieder zurück. Das dumpfe Pochen in ihrem Kopf machte sie wahnsinnig.

»Hattet ihr so etwas vorher schon mal?«

»Was meinst du?«

»Na, Streit.«

Verstohlen schaute Marie zu Terry hinüber, der am Gang saß und zu schlafen schien. Seine Arme waren verschränkt, der Kopf war auf die Brust gesunken. Während der gesamten Rückfahrt nach Alice Springs, beim Einchecken und im Flieger war er schweigsam gewesen und alle Gesprächsversuche mit ihm waren gescheitert. Es war nicht so, dass er unhöflich oder abweisend war, vielmehr antwortete er einsilbig und mit steinerner Miene. Das war allerdings ebenso unangenehm und bedrückend wie eine direkte Konfrontation. Letzteres wäre Marie sogar lieber gewesen, mit Argumentationen konnte sie gut umgehen. Wo es Diskussion gab, konnte man auch ein Problem lösen und Frieden schaffen.

»Nein, bisher haben wir uns super verstanden. Ich glaube nicht, dass es ein richtiger Streit ist. Er ist beleidigt und das zu Recht. Wir haben ihn viele Stunden alleine warten lassen und das ohne jede vernünftige Erklärung. Da kann man schon mal verstimmt sein.«

»Also ehrlich gesagt hatte ich auch vorher schon den Eindruck, dass er etwas mürrisch ist.«

Marie dachte nach und kam zu dem Schluss, dass Lena recht hatte. Ihr wurde flau im Magen, sollte es das jetzt gewesen sein mit Terry und ihr? Vielleicht würde ihr kleines Ferien-Techtelmechtel jetzt zu Ende gehen. Bei dem Gedanken daran, dass Terry zu der Erkenntnis gekommen sein könnte, dass sie grundverschieden waren und nicht zusammenpassten, musste sie schlucken. Gleich nach ihrer Ankunft würden sie direkt zu Coopers Farm fahren und Terry hatte versprochen, mitzukommen. Und dann? Würde er sich verabschieden, nach Hause fahren und sie nicht wiedersehen wollen? Schweiß bildete sich in ihrem Nacken, die Vorstellung war unerträglich. Sie nahm sich vor, mit ihm zu reden, sobald sie mit ihm alleine war und sobald ihre verdammten Kopfschmerzen aufgehört hatten.

Kapitel 15

Sie saßen im Wagen, unterwegs zur Farm der Taylors. Terry hatte zuerst das Steuer übernommen und Marie entspannte sich auf dem Beifahrersitz. Sie liebte es, die Landschaft vorbeiziehen zu sehen, mittlerweile war ihr der Anblick vertraut. Nach der Landung waren ihre Kopfschmerzen verschwunden, sie fühlte sich rundum gut. Nur der Konflikt mit Terry nagte an ihr. Lena kicherte gelegentlich, sie schrieb sich Nachrichten mit Cooper und tauschte Fotos aus.

Auf Maries Handybildschirm blinkte es – zwölf verpasste Anrufe von Hildegard. Missmutig rief sie ihre Mutter zurück und kam gar nicht zu Wort, als diese sofort abhob: »Hallo, Marie, warum bist du nicht ans Telefon gegangen? Wir hatten hier ein Riesenproblem. Es ging alles ganz plötzlich. Damit hätte keiner gerechnet. Wir haben ja noch um Daisy getrauert.«

Ihre Stimme klang hektisch. Marie kannte das: Wenn ihre Mutter unruhig oder nervös war, redete sie ohne Punkt und Komma, aber ohne eine konkrete Aussage zu machen.

»Ganz ruhig, Mama«, unterbrach sie ihre Mutter. »Erzähle es mir in der richtigen Reihenfolge. Was ist passiert?«

Hildegard atmete tief ein und wieder aus. Dann fuhr sie fort: »Es geht um Allan. Er hat heute Morgen mit Wayne zusammen Holz gehackt und ich habe auf der Veranda gesessen und gelesen. Wayne rief etwas und ich habe hochgeschaut. Allan stand vornübergebeugt und hielt sich krampfhaft die Brust, bevor er in sich zusammensackte.«

»Was? Hatte er einen Herzinfarkt?« Marie kannte die Beschreibung nur allzu gut aus der Arztpraxis. Sie würde Terry die Nachricht später schonend beibringen, sobald er das Auto angehalten hatte, schließlich wollte sie keinen Unfall riskieren.

»Ja. Ich bin sofort zu ihm hin. Er war aschfahl und atmete schwer. Wir haben ihm geholfen, sich aufzurichten, und Wayne hat den Krankenwagen gerufen. Ich habe mich daran erinnert, was du mir erklärt hast, und beruhigend auf ihn eingesprochen.«

Trotz des Schreckens über die Nachricht durchfuhr sie der Stolz. Ihre Mutter hatte noch nie zugegeben, dass sie etwas von ihr gelernt hatte. Wenn Marie von ihrer Arbeit erzählte, wechselte Hildegard gerne das Thema, als sei es ihr unangenehm.

»Der Krankenwagen hat ewig gebraucht. Schließlich kamen die Sanitäter und haben ihn untersucht. Seine Sauerstoffwerte und so, genau kenne ich mich da nicht aus. Jedenfalls haben sie ihn mit ins Krankenhaus genommen.«

»Wisst ihr bereits, wie es ihm geht?«

»Na, ich denke, solange wir nichts hören, ist noch nicht alles verloren.«

»Bitte halte mich auf dem Laufenden. Wie geht Wayne damit um?«

»Er ist sehr still.«

»Ich habe den Eindruck, viele Australier können nicht gut mit angespannten Situationen umgehen.« Das war Marie bereits vorher aufgefallen und es passte nicht nur zu Wayne, sondern auch zu Terry. Anstatt mit ihr zu reden und alles zu klären, schwieg er lieber.

»Wir werden morgen zu euch auf die Farm kommen. Jetzt sind wir erst mal für eine Nacht bei den Taylors. Lena freut sich wahnsinnig darauf, ihren Cooper wiederzusehen.«

»Gut, dann bis morgen. Ich muss mich jetzt um Wayne kümmern.« Hildegard legte auf. Es war nicht mehr weit bis zu Coopers Farm und Marie bat Terry, den Wagen anzuhalten. Zu dritt stiegen sie aus und kletterten auf eine kleine Anhöhe. Von hier aus hatte man einen Blick über Paddocks, lediglich unterbrochen von Creeks und einigen Wäldchen. Marie erzählte den beiden von Allans Herzinfarkt. Terry hatte ein Pokerface aufgesetzt und brummte etwas Unverständliches vor sich hin, aber Lena überhäufte sie mit vielen Fragen.

* * *

Der Empfang bei den Taylors war herzlich. Alice und Clancy begrüßten sie, als hätten sie sich seit Wochen nicht gesehen. Beide trugen ihre besten Sonntagskleider und Alice hatte so viel gekocht, dass sie damit eine ganze Fußballmannschaft hätte versorgen können. Fröhlich pfeifend schleppte Henry Stühle ins Esszimmer und Cooper war sofort mit Lena in seinem Zimmer verschwunden. Immer wieder drang Lenas Stimme nach draußen, während sie Cooper eine Zusammenfassung des Ausflugs gab. Marie spitzte die Ohren – von ihrem ganz persönlichen Abenteuer am Uluru erzählte Lena nichts.

Terry war höflich und unterdrückte seine schlechte Laune, indem er sich an Clancy hielt. Die Männer waren sich sofort einig und zogen sich auf die Veranda zurück, um ein Bier zu trinken.

Erfolglos versuchte Marie, einen geeigneten Moment zu finden, um mit ihm alleine zu sprechen. Es gelang ihr nicht, denn entweder stand Terry bei Clancy oder er half Henry bei Arbeiten, die er nicht unterbrechen wollte. Marie spürte, dass er ihr aus dem Weg ging, sie würde sich gedulden müssen. Gelegentlich schrieb sie Hildegard eine Nachricht, aber es gab wenig Neues von Allan. Er hatte überlebt, das wussten sie, und er war stabil. Alles andere würde sich zeigen. Nach ihrer anfänglichen Aufregung trug Hildegard die Situation mit Fassung, kümmerte sich geduldig um Wayne und Gillen und versuchte, alle bei Laune zu halten.

Es wurde ein lustiger Abend und Marie genoss die Zeit im Familienkreis. Ab und zu schielte sie zu Terry, der aber schien jedes Mal in eine andere Richtung zu blicken. Es tat weh, aber sie wollte sich nicht die gute Laune verderben lassen. Lena zeigte Fotos vom Uluru und erzählte von der Landschaft.

»Egal, wohin man blickt – alles sieht aus wie auf einer Postkarte. Man kann gar keine schlechten Fotos machen. Einfach Kamera draufhalten und losknipsen.«

Alice sparte nicht mit Lob: »Kind, du bist wirklich gut mit der Kamera. Wäre das nichts für dich – Fotografin?«

In der Tat waren die meisten Fotos richtig gut. So gut, dass man sie hätte einrahmen und aufhängen können. *Vielleicht mache ich das, wenn ich wieder zu Hause bin*, dachte Marie. Sie genoss es, ihrer Tochter zuzuhören und sie über das ganze Gesicht strahlen zu sehen mit ihren roten Wangen und leuchtenden Augen. Ebenso wie sie selbst, schien Lena sich hier pudelwohl zu fühlen. Vielleicht sogar etwas zu wohl für Maries Geschmack, der bewusst war, dass sie Lena nie eine klassische Familie hatte bieten können. Es hatte immer nur sie, den Kanarienvogel Caspar und Lena gegeben. Terry saß am anderen Ende des Tisches und unterhielt sich mit Henry und Clancy, weiterhin würdigte er sie keines Blickes. Als er sich Kartoffeln nachnehmen wollte, die direkt vor Marie standen, bat er sie nicht, sie ihm anzureichen, sondern beugte sich weit vor und griff selbst nach der Schüssel.

Marie fand sein Verhalten kindisch, ließ es aber geschehen. Morgen würde sich bestimmt eine Gelegenheit bieten, miteinander zu reden. Allerdings durfte sie auch nicht zu lange damit warten, denn sie hörte, wie Clancy und Terry das weitere Vorgehen besprachen. Clancy sagte: »Ihr fahrt also morgen zu deiner Farm zurück?« Und Terry antwortete: »Ja, mein Plan ist es, dass ich alleine fahre. Marie will sicherlich bei Lena bleiben. Mein Kumpel Wayne kann das Auto haben und Hildegard und Gillen hierherbringen. Dann ist die ganze Familie vereint.«

Das versetzte Marie einen Stich. Terry wollte sang- und klanglos abfahren und einfach aus ihrem Leben verschwinden. Das durfte nicht passieren. Sie folgte ihm von Zimmer zu Zimmer, in der Hoffnung, einen Moment abzupassen, in dem sie ihn vor die Tür bitten konnte. Dabei fühlte sie sich wie ein Stalker, und Terrys Abweisung verletzte sie. Mit schweren Gedanken ging sie an diesem Abend zu Bett. Den Wecker hatte sie auf fünf Uhr gestellt, sie musste Terry erwischen, bevor er die Farm der Taylors verließ.

* * *

Ein grelles Licht leuchtete ihr ins Gesicht und blendete sie. Marie erwachte wie aus einer Trance, setzte sich ruckartig auf und schaute sich verwirrt um.

»Du musst sofort aufstehen, Marie. Es ist was Furchtbares passiert.«

Es war noch dunkel und sie hatte Schwierigkeiten, zu erkennen, wer da mit einer Taschenlampe vor ihr stand. Der Schatten fand den Lichtschalter des Raumes und sie erkannte Henry.

»Alle anderen sind schon im Wohnzimmer. Komm schnell mit.«

Hektisch wühlte sich Marie aus den Decken und zog die Schuhe an. Ihr erster Gedanke galt Lena – hoffentlich war nichts mit ihrer Schwangerschaft schiefgegangen.

Ein Blick in den Spiegel zeigte ihr den karierten Flanellpyjama, den Alice ihr hingelegt hatte. Keine Zeit, um sich anzuziehen, entschied sie. Fröstelnd legte sie sich noch eine Decke um die Schultern, bevor sie hinter Henry herlief. Draußen herrschte Zwielicht, die Sonne würde bald aufgehen.

Im Wohnzimmer saßen alle vor einem Laptop versammelt. Clancy beugte sich weit vor, er führte die Maus und schien trotz einer Lesebrille Probleme zu haben, alles auf dem Bildschirm zu erkennen. Cooper hatte einen Arm um Lena gelegt und streichelte ihr über den Rücken. Alice lief aufgeregt hin und her, Terry stand in einer Ecke und telefonierte. Er war totenbleich und aufgewühlt.

»Was ist los?«, fragte Marie in die Runde. »Bist du okay, Lena?«

»Setz dich doch erst.« Cooper deutete auf einen freien Platz. »Mit Lena ist alles in Ordnung.«

Marie atmete auf und nahm Platz. Cooper holte tief Luft: »Es gibt allerdings ein anderes Problem. In der letzten Nacht ist ein Buschfeuer ausgebrochen. In Chinchilla.«

»Was?!« Eben noch erleichtert, dass ihrer Tochter nichts passiert war, breitete sich nun Panik in ihr aus. Erschrocken hob sie die Hände an die Wangen, die plötzlich zu glühen begannen. »Wie ist das passiert?«

»Keine Ahnung. Es kommt zwar ziemlich unerwartet, aber leider müssen wir immer mit so etwas rechnen. Die Gegend ist vollkommen ausgedörrt und voller Zunder. Es reicht ein beliebiger Funke, um alles in Brand zu setzen. Eine Zigarettenkippe, die aus dem Auto geworfen wird, ein Stück Glas oder ein Blitzeinschlag.«

»Wie habt ihr es erfahren?«

»Dad war früh wach und hat es zuerst im Radio gehört. Die Feuerwehr hat angefangen, die Bevölkerung zu evakuieren. Wir haben gerade im Internet nachgeschaut, es liegen einschlägige

Warnungen vor. Es gibt mehrere kleine Brände und einen größeren. Dort hat sich eine Feuerwand gebildet, die sich unaufhaltsam vorwärts frisst.«

»Ich kann das nicht glauben.« Das war eine Katastrophe, ein Kloß bildete sich in Maries Hals und ihre Hände wurden feucht. Hildegard war unweit von Chinchilla, auf Karinya. Zusammen mit Wayne und Gillen und ohne Auto oder sonst eine Möglichkeit, von dort wegzukommen. Vielleicht hatten sie noch nicht mal von dem Feuer erfahren, denn Hildegard verstand kaum Englisch und Wayne las lieber Zeitung, als Radio zu hören. Ihr wurde kalt und sie fing trotz der Wärme im Wohnzimmer an zu zittern.

»Wo genau ist das Feuer? Ist die Feuerwehr vor Ort? Ist es unter Kontrolle?«

Maries Gedanken rasten, sie war fassungslos. So etwas passierte normalerweise nur in Filmen oder Auswandererromanen – aber doch nicht im echten Leben. Es gab Dinge, die nur anderen Leuten zustießen.

Terry hatte sein Telefonat beendet und trat zu Marie. Er sah furchtbar aus. »Das waren meine Eltern, sie haben sich in Sicherheit gebracht. Sie haben ein gutes Gespür für Waldbrände und bereits nach dem trockenen Gewitter vor einer Woche mit einem Feuer gerechnet.«

Es war das erste Mal seit ihrem Streit in Alice Springs, dass er sich direkt an sie wandte.

»Weißt du, wie weit das Feuer von deinem Haus entfernt ist?«

»Ja.«

»Und?«

»Es ist in der Nähe, wie nah, weiß ich nicht. Nur dass der Wind es auf meine Farm zutreibt. Es ist eine Frage von Stunden, bis es dort ankommt.« Sichtlich besorgt biss er sich auf die Lippe und fügte hinzu: »Und dort alles zerstört.«

»Meine Güte. Hildegard und Wayne sind auf sich allein gestellt.«

»Ich weiß, das macht mir am meisten Sorgen. Meine Eltern wussten nicht, dass Hildegard und Wayne auf meiner Farm zurückgeblieben sind. Jetzt ist es für sie zu spät, um die beiden abzuholen. Abgesehen davon, dass ich es nicht zulassen würde. Es ist zu gefährlich und sie sind zu alt für solche Risiken.«

»Wir müssen ihnen sofort helfen. Hast du versucht, Wayne zu erreichen?«

»Ja, er geht nicht ans Telefon. Deine Mutter übrigens auch nicht, das hat Lena schon versucht. Die Feuerwehr weiß Bescheid, aber die kommen da nur mit dem Helikopter hin und der kommt aus Brisbane.«

»Die beiden schweben in größter Gefahr. Und Gillen auch.«

»Ja. Und wer weiß, ob die Feuerwehr Gillen mit an Bord des Helikopters nehmen würde. Die sind manchmal etwas sensibel bei solchen Sachen. Falls sie mein Haus in dem aufkommenden Rauch überhaupt finden. Selbst, wenn das Feuer nicht bis zum Haus vordringt, die Rauchentwicklung kann ebenso tödlich sein wie die Flammen selbst. Ich fahre jetzt sofort los, das ist mit Abstand die sicherste Lösung für die beiden. Und …« Er atmete tief ein und suchte nach weiteren Worten: »Und ich muss dort noch etwas anderes erledigen.«

»Was? Was kann jetzt noch wichtiger sein?« Marie war aufgesprungen, sie zitterte am ganzen Körper und ihr war furchtbar übel. Noch nie in ihrem Leben hatte sie solch eine Angst um ihre Mutter gehabt. Selbst wenn sie sich oft in die Haare kriegten, das hier hatte ihre Mutter nicht verdient. Niemand hatte das verdient. Ein Gefühl der Hilflosigkeit übermannte sie.

»Meine Tiere«, sagte Terry ruhig und Marie verstand. Terry hatte ihr erklärt, wie die Paddocks miteinander verbunden waren. »Deine Kühe sind auf der kleinen Wiese nahe am Haus, richtig?«

»Ja. Dort sind sie gefangen. Ich muss unbedingt das Tor zum großen Paddock öffnen. Dort können sie weit laufen und sich hinter dem Fluss in Sicherheit bringen. Auf der kleinen Wiese haben sie keine Chance, sie würden alle verbrennen.«

»Ein entsetzlicher Tod.« Marie stand auf. »Gut. Ich komme mit.« Sie musste ihrer Mutter, Wayne und Gillen helfen, und überdies wollte sie Terry begleiten.

»Nein, das ist keine gute Idee.«

»Doch.« Entschlossen richtete sie sich auf und machte sich so groß sie konnte. »Wir sind ein gutes Team gewesen und du kannst meinetwegen Kopfstand machen. Aber eins steht fest, ich lasse dich nicht alleine fahren. Ich komme mit.«

Terry wirkte unglücklich, entgegnete aber nichts.

»Ich auch.« Das war Cooper. »Es ist sicherer, wenn wir mit zwei Autos fahren, falls eins stecken bleibt oder eine Reifenpanne hat.«

»Danke, Cooper. Das hingegen ist eine gute Idee.« Terry schaute den jungen Mann dankbar an. »Das senkt das Risiko erheblich. Vor allem, weil du dich auf den Wegen hier bei Nacht gut auskennst.«

Er blickte zurück zu Marie, öffnete den Mund, als wollte er etwas hinzufügen, und schloss ihn wieder. Irgendetwas schien ihn davon abzuhalten, jetzt mit Marie zu diskutieren. Gut so, dachte Marie zufrieden.

»Dann komme ich auch mit«, erklärte Lena, die Hände in die Hüften gestemmt. Ihre Haltung ließ keinen Zweifel daran, dass sie es ernst meinte.

Jetzt lag es an Marie, ein Veto einzulegen.

»Niemals! Du bleibst schön hier«, rief sie und ihre Stimme wurde hysterisch. »Du bist schwanger, da setzt man sich nicht solchen Gefahren aus.«

Lena verschränkte die Arme. »Nein, Mama. Das ist meine Entscheidung. Drei Menschen, die ich liebe, sind in Gefahr:

Du, Cooper und Oma. Nichts in der Welt wird mich aufhalten können.«

»Lena, sei doch vernünftig …«

»Du hast mich gehört.«

»Ich will aber nicht …«

»Ruhe!« Das war Clancy. »Tut mir leid, aber ich muss ein Machtwort sprechen. Wenn ihr loswollt, fahrt sofort, sonst schließt sich das Zeitfenster. Schaut mal hier auf die Karte.« Ungeduldig tippte er auf den Bildschirm des Computers, auf dem eine Landkarte zu sehen war. »Laut Radio hat es hier schon vor einer Stunde gebrannt. Ihr müsst euch beeilen.«

Ruhig, aber bestimmt dirigierte er die Gruppe. »Cooper, fahr den Wagen vor. Henry, pack den Wasserkanister ein. Alice, wenn du so freundlich wärst, noch einmal die Feuerwehr anzurufen und ihnen die genauen Koordinaten von Terrys Haus durchzugeben. Vielleicht können sie doch schneller vor Ort sein als gedacht. Marie, bitte zieh dir was Warmes an. Du auch, Lena. Und feste Schuhe. Terry, ich brauche deine Handynummer, damit wir in Kontakt bleiben können. Alice, Henry und ich bleiben hier und halten euch auf dem Laufenden, solange ihr Netz habt.«

In aller Eile stürmten sie auseinander und erledigten ihre Aufgaben. Ein paar Minuten später fuhren sie mit zwei Autos los.

* * *

Es dauerte keine zehn Minuten, bis sie im Auto saßen und nach Chinchilla rasten. Marie bestand darauf, zu fahren. »Du kennst dich hier vielleicht besser aus, aber ich bin der umsichtigere Fahrer«, argumentierte sie und bewies das genaue Gegenteil, als sie erbarmungslos das Gaspedal durchdrückte. Der Motor heulte auf und sie fuhr so schnell es ging, ohne ein allzu großes

Risiko einzugehen. Vor den Kurven bremste sie rechtzeitig ab, um zu vermeiden, dass sie ins Schleudern gerieten.

Hinter ihnen im Wagen fuhren Lena und Cooper. Sie hätte Lena lieber bei sich im Auto gehabt, aber sie verstand, dass sie in dieser schrecklichen Stunde bei Cooper sein wollte. Die Sonne schob sich über den Horizont, langsam wurde es hell.

Die klassische Musik im Radio machte sie wahnsinnig, schlecht übertragene Pianomusik mit Hintergrundrauschen am Morgen, das war Höchststrafe. Endlich kamen die Nachrichten und Marie drehte die Lautstärke höher:

»… *Im Morgengrauen konnte die Feuerwehr das Ausmaß der Brände besser einschätzen und bekämpfen. Zwei der Brandherde bei Kogan sind unter Kontrolle. Mehrere Brände breiten sich noch weiter aus. Zur Unterstützung wurde ein Erickson Air Crane aus Brisbane angefordert. Das Hauptfeuer, das der Feuerwehr momentan die größten Sorgen bereitet, befindet sich zwischen Condamine und Wieambilla. Es hat sich eine massive Feuerfront gebildet, die sich auf Chinchilla zubewegt. Die Bewohner werden dringend gebeten, sich auf eine Evakuierung vorzubereiten. Alle Farmer, die sich im südlichen Umland Chinchillas befinden, sollten ihre Häuser jetzt verlassen. Durch den Wind kann das Feuer hohe Flammenwände verursachen und fatale Folgen haben für alles, was sich in seinem Weg befindet. Wir wiederholen, alle* …«

Marie kannte die Namen der Orte bereits und wusste, dass dies keine guten Nachrichten waren.

»Karinya liegt südlich von Chinchilla. Also genau dort, wo sich das Feuer hinbewegt.«

»Ja.«

»Was ist ein Erickson Air Crane?«

»Ein Hubschrauber, der zur Feuerbekämpfung eingesetzt wird. Der kann gezielt große Wassermengen auf Buschfeuer versprühen.«

»Das ist gut.«

»Theoretisch schon. Aber wo soll er sich nach jedem Einsatz neues Wasser herholen? Das Land ist ausgetrocknet, die Seen leer und der Fluss nicht tief genug, um sich eine Ladung herauszuholen.«

»Mist.«

Marie trat fester aufs Gaspedal. Bisher waren sie schnell vorangekommen, auch die Sicht war gut, von Rauch keine Spur. Terry ließ das Fenster herunter und schnupperte, Marie tat es ihm gleich. Ein leichter Feuergeruch stieg ihr in die Nase, subtil und kaum wahrnehmbar, aber eindeutig ein Vorbote dessen, was bald folgen würde.

»Immerhin lassen sich die Feuer hier im Grasland besser bekämpfen als in den Bergen.« Terry versuchte, optimistisch zu klingen, aber seine Miene verriet etwas anderes.

»Terry?« Marie bemühte sich, ruhig zu klingen. »Bevor wir uns gleich ins Chaos stürzen, würde ich gerne etwas mit dir klären.«

»Hm«, brummte Terry. »Kein guter Zeitpunkt. Muss das sein?«

»Ja.« Beherzt holte sie Luft und setzte an. »Ich glaube, es gab da ein Missverständnis zwischen uns, als wir beim Uluru waren. Anscheinend habe ich dich verletzt, anders kann ich es mir nicht erklären, warum du so abweisend warst. Klar, wir haben dich im Café sitzen lassen, aber da ist noch mehr, oder?«

»Wir können es einfach abhaken, ich bin drüber weg.«

»Vielleicht könnten wir das, aber es ist nicht meine Art. Bitte rede mit mir, Terry. Es frisst mich auf, dass plötzlich alles anders ist zwischen uns.«

»Na gut«, seufzte er, das Gespräch fiel ihm sichtlich schwer. »Das will ich nicht. Es ist einfach blöd gelaufen. Mir war es nicht recht, dass du zum Uluru wolltest. Ich habe dich nie für einen typischen Touristen gehalten und der Uluru ist heilig. Es hat mich verletzt, dass du ihn dir ansehen wolltest, obwohl ich dir vorher von seiner Bedeutung erzählt habe.«

Unwillkürlich musste Marie schmunzeln. Die Bilder von der Höhle im Inneren des Berges stiegen vor ihr auf, Alkawari inmitten der Schatten und der kleine Stein in ihrer Hand. »Das kann ich verstehen. Vielleicht siehst du die Sache etwas anders, wenn du meinen eigentlichen Grund für den Besuch des Uluru erfährst.«

Sie gab Terry eine kurze Zusammenfassung der Ereignisse. Wie Nadide ihr den Stein gegeben hatte und Alkawari ihr geholfen hatte, ihn an den rechtmäßigen Ort zurückzubringen. Penibel achtete sie darauf, sich vage zu halten, keine konkreten Orte und auch den Namen der alten Aborigine nicht zu nennen. »Und ich möchte dich bitten, dieses Geheimnis mit in dein Grab zu nehmen. Es geht niemanden etwas an«, schloss sie ihren Vortrag. Terry hatte stumm zugehört. Nun lachte er leise und sagte: »Marie. Du bist mir eine. Hätte ich das doch nur früher gewusst! Ich habe dich unterschätzt und dir unrecht getan.«

Mit einer Hand streichelte er ihr übers Knie und schüttelte dabei den Kopf. »Mann, war ich ein Idiot.«

»Ich aber auch. Das mit dem Stein hätte ich dir besser gleich erzählen sollen. Ehrlich gesagt war mir die ganze Sache etwas unangenehm, weil sie so … hm … esoterisch klang. Auch wenn ich vorher schon eine vage Ahnung hatte, so habe ich seine Bedeutung erst richtig verstanden, als ich ihn an seinen Platz zurückgelegt habe.«

»Es gibt aber noch einen weiteren Grund, warum ich verstimmt war.«

»Ja?«

»Als Lena mit uns im Auto war, wurde mir bewusst, dass du bald zurückgehst. In dein altes Leben nach Deutschland. Du wirst wieder arbeiten, im Alltag versinken und deinen

Gewohnheiten nachgehen. Es wird nicht lange dauern und du wirst mich vergessen haben.«

Mit so einem Geständnis hatte Marie nicht gerechnet, ihr wurde warm ums Herz. Ergriffen drückte sie Terrys Hand. »Nein, Terry. Ich werde dich niemals vergessen. Ganz bestimmt nicht. Du ahnst nicht, was du mir bedeutest. Darüber reden wir, wenn das hier alles vorbei ist.«

»Versprochen?«

»Versprochen.«

Die Sicht wurde schlechter und Maries Erleichterung schlug wieder um, machte einem Gefühl der Beklommenheit Platz. Ein Blick in den Rückspiegel zeigte ihr, dass Cooper und Lena dicht hinter ihnen fuhren. In ihrem Magen fing es an zu rumoren und sie fragte sich, ob sie gerade dabei war, ihre Tochter und ihr Enkelkind in ernste Gefahr zu bringen. Es waren nur noch wenige Kilometer bis zu Terrys Einfahrt, langsam wurde ihr schlecht vor Angst. Der Rauchgeruch war stärker geworden. Ein Briefkasten kam in Sicht und Marie hielt an, während Terry hinaussprang, um das schwere Stahlgatter zu öffnen, das seine Grundstücksgrenze markierte.

»Die Zeit läuft uns davon«, rief er, als er ins Auto sprang. Er lutschte an seinem Finger, weil er ihn sich an einem Span aufgerissen hatte.

Auf den letzten Kilometern sah Marie, wie Terrys Kühe, die sonst so entspannt in Gruppen herumstanden, hektisch umherliefen und laut muhten. Der Bulle sah aggressiver aus als sonst und scharrte mit einem Huf in der Erde, als wisse er nicht, was er sonst tun solle.

»Lass mich hier raus. Ich muss direkt über die Wiese, es ist noch etwa ein halber Kilometer bis zum Tor. Wenn ich das öffne, können sie alle in den großen Paddock laufen, dort ist auch der Fluss. Die Kühe kennen den Weg. Du holst in der

Zwischenzeit deine Mutter, Wayne und Gillen ab. Wir treffen uns auf dem Rückweg wieder genau hier. Bitte sei vorsichtig.«

Marie nickte, lieber hätte sie Terry begleitet, aber das ging nicht. Jede Minute zählte.

Durch das offene Fenster kam etwas hereingeweht, legte sich auf ihre Hand und sie wischte es weg, in der Annahme, es sei ein Insekt. Erschrocken stellte sie fest, dass es Asche war.

Der Kies knirschte, als sie anfuhr. Im Rückspiegel sah sie, wie Terry über die Wiese rannte. Cooper und Lena fuhren brav hinter ihr her. Ungeduldig bog sie um die letzte Ecke, Terrys Haus lag vor ihnen. Sofort entdeckte sie ihre Mutter.

Hildegard stand neben Terrys kaputtem Auto und schaute Wayne zu, der hektisch unter der Motorhaube herumwerkelte. Anscheinend versuchte er verzweifelt, die Karre wie von Wunderhand zu reparieren, um von hier wegzukommen. Als ihre Mutter Marie sah, hob sie die Hand vor den Mund und ihr entfuhr ein Schrei, der bis ins Auto drang. Wayne blickte auf, Erleichterung in seinem Gesicht. Er wischte sich die Hände ab und rief Hildegard etwas zu. Die eilte zum Hauseingang und holte zwei Koffer.

»Das wurde aber auch Zeit«, rief sie, als Marie auf sie zueilte. Marie ignorierte den vorwurfsvollen Ton, packte einen der Koffer und trug ihn zum Auto. Cooper schleppte den zweiten, Wayne holte noch eine weitere Tasche aus seinem Quartier.

»Marie, ein Segen, dass ihr gekommen seid. Wir hätten nicht gedacht, dass ihr die Nachrichten so früh mitbekommt. Ich habe mir die größten Sorgen um Hildegard gemacht.« Wayne stand der Schweiß im Gesicht.

Marie lächelte ihm freundlich zu. »Ist alles in Ordnung? Warum seid ihr nicht ans Handy gegangen?«

»Mir ist das Handy gestern ins Wasser gefallen, seitdem trocknet es in einer Schachtel mit Reis. Und Hildegards Akku ist alle. Sie kann ihr Ladekabel nicht finden und vermutet, dass das Zimmermädchen es aus dem Hotelzimmer geklaut hat. Im Hotel in Brisbane.«

Mit Mühe verkniff sich Marie einen Kommentar. Wahrscheinlich hatte ihre Mutter es einfach dort liegen lassen, sie war manchmal etwas schusselig. Ständig verlor sie Sachen. Aber natürlich musste sie jemandem die Schuld dafür geben, auch das war typisch für sie. »Danke, dass du dich so gut um meine Mutter gekümmert hast.«

Auf Waynes Lippen erschien ein Lächeln. »War mir ein Vergnügen.«

Er drehte sich um und ging zu Coopers Wagen, um Hildegard die Tür aufzuhalten und ihr auf den Rücksitz zu helfen. Marie folgte ihm und steckte den Kopf ins Auto. Ihre Mutter saß ruhig auf dem mittleren Sitz, die Handtasche auf dem Schoß, mehrere Beutel neben sich, aber Marie kannte ihre Mutter besser. Auf ihren Wangen hatten sich rote Flecken gebildet, Hildegard war nervöser, als sie es zugegeben hätte.

»Geht's dir gut, Mama?«

»Ja. Noch ist ja nichts passiert. Aber siehst du mal, ich habe dir doch gesagt, dass es auf dem Land …«

»Dafür ist jetzt keine Zeit, Mama.« Marie blickte sich um. »Wo ist Gillen?«

»Den habe ich schon seit einer Weile nicht mehr gesehen. Ich wollte ihn an die Leine legen, aber er hat den Schwanz eingekniffen und ist weggeschlichen. Ich glaube, er hat Angst.«

»Kein Wunder. Hunde haben einen Instinkt für Gefahr. Soll ich dir suchen helfen?« Wayne machte Anstalten, wieder auszusteigen.

»Nein.« Sie betrachtete die Truppe im Auto. Lena saß vorne neben Cooper, Wayne und Hildegard hinten. Lena war bleich und wirkte blutleer, ihre Hände waren gefaltet, als würde sie beten. Maries Herz bekam einen Riss, Lena musste hier weg. Alle mussten hier weg.

»Cooper, fahr bitte alle so schnell du kannst hier raus. Ich suche Gillen und sammle Terry auf dem Rückweg ein. Halt nicht an, egal was ist, und wartet bloß nicht auf mich. Versprich mir, dass du alle in Sicherheit bringst.«

»Sollen wir nicht besser auf dich warten?«

»Nein! Ihr fahrt jetzt. Ich beeile mich und werde nur ein paar Minuten hinter euch sein. Ich bin mir sicher, ich weiß, wo sich Gillen versteckt.«

»Gut. Bis später.«

Lena protestierte, aber Cooper fuhr mit quietschenden Reifen los und ließ sich nicht mehr aufhalten. Marie hatte ihm angesehen, dass er die Gefahr, in der sie steckten, richtig einschätzte. In den letzten Minuten war der Rauch dichter geworden und verdeckte den freien Blick über die Wiesen. Es roch nach Asche und Marie hustete. Plötzlich wurde ihr bewusst, dass sie nun auf sich allein gestellt war. Ein Schauer jagte ihr über den Rücken.

Zielstrebig rannte sie hinter das Haus zu einem Gartenschuppen. Hier bewahrte Terry kleinere Werkzeuge und Geräte auf.

»Gillen?« Von dem Hund war keine Spur zu sehen. Marie war enttäuscht, sie hatte fest damit gerechnet, den kleinen Collie hier zu finden. Um sicherzugehen, schaute sie unter die Büsche, hinter einen Holzstapel und sogar unter den Wassertrog. Als sie sich wiederaufrichtete, erstarrte sie. Weit in der Ferne, aus dem immer dichter werdenden Rauch, loderte eine rote Flamme. Das Feuer kam auf sie zu.

»Gillen!«, schrie sie jetzt panisch. Dass sie ihn nicht fand, brachte sie aus der Fassung. Sie war überzeugt gewesen, dass er kommen würde, wenn sie ihn rief. Verzweifelt rannte sie ins Haus, suchte den Hund unter den Betten und hinter den Möbeln. Nicht mehr lange und sie würde aufgeben müssen. Schon allein deshalb, weil Terry auf sie wartete. So gerne sie

Gillen auch hatte, sie konnte weder ihr eigenes noch Terrys Leben riskieren. Der Rauch brachte sie zum Husten, die Luft brannte in ihren Lungen. In der Küche fand sie einen Lappen, den sie befeuchtete und sich vor den Mund hielt.

Niedergeschlagen eilte sie nach draußen, sprang ins Auto und startete den Motor. Tränen rollten ihr über die Wangen. Sie wollte Gillen nicht zurücklassen, aber was sollte sie tun? Vielleicht war er bereits weit weggelaufen, hatte sich in Sicherheit gebracht. Sie hatte ihn gerettet und ihm versprochen, auf ihn aufzupassen. Nun musste sie ihn im Stich lassen, sie hatte versagt. Bilder stiegen vor ihrem inneren Auge auf, sie sah, wie Gillen vor den Flammen floh, wie sein Fell Feuer fing und er vor Schmerz aufheulte.

»Es tut mir so leid«, schluchzte sie und wischte die Tränen weg, die ihr über die Wangen rollten. Schweren Herzens verließ sie den Hof.

Kapitel 16

Marie fuhr im Schritttempo an der Weide entlang. Ungefähr hier hatte sie Terry aussteigen lassen. Angespannt kurbelte sie das Fenster herunter und suchte die Wiese ab. Weit und breit keine Spur von ihm. Wo steckte er nur? Auf der Wiese waren ein paar Büsche und ein etwas größerer Baum. Unter ihnen standen ein paar Kühe, die den Weg zum Gatter noch nicht gefunden hatten. Hinter ihnen der Bulle. Plötzlich hörte sie Terry rufen. »Marie, hier!«

Das kam aus der Richtung der Kühe. Etwas winkte aus dem Geäst des Baumes. Das war Terry, der sein T-Shirt als Fahne schwang.

»Was ist?«, brüllte sie zurück. »Wir müssen hier weg.«

»Oscar lässt mich nicht durch.«

»Oscar?«

»Der Bulle.«

Marie kniff die Augen zusammen. Der Bulle schritt unruhig um den Baumstamm herum, ließ ihn nicht aus den Augen. »Ach du meine Güte. Warte.«

Vorsichtig fuhr sie mit dem Wagen von der Zufahrt auf den Paddock. Gut, dass es hier keinen Zaun gab. Innerlich betete sie, dass sie in kein Schlammloch einbrach, wie neulich mit dem Pferd. Hier würde sie nicht mehr herauskommen. Der Boden hielt und sie fuhr langsam um ein paar größere Steine herum, näherte sich dem Baum Meter für Meter. Der Bulle fing an, mit dem Huf im Boden zu scharren.

»Komm bloß nicht näher, sonst nimmt Oscar das Auto aufs Korn. Und ich bin mir nicht sicher, wer gewinnt. Die Stoßstange oder er!«

Marie hielt an. »Was nun?«

»Halt dich bereit!«

»Wofür?«

Zu spät. Terry war bereits auf einen niedrigen Ast geklettert und hatte sich von dort auf den Boden geschwungen. Einen Moment lang verharrte er, schaute den Bullen an und schien Luft zu holen. Dann rannte er auf Marie zu. Oscar verschwendete keine Zeit und stürmte in gewaltigen Sätzen hinter Terry her.

»Schnell, er hat dich gleich!«, schrie Marie entsetzt. Terry fehlten nur noch ein paar Schritte. Geschickt schlug er einen Haken und änderte die Richtung. Damit gewann er etwas Vorsprung. Oscar schnaubte vor Wut und erhöhte seine Geschwindigkeit. Der Boden unter seinen Hufen bebte, Staub wirbelte auf. Terry hielt auf die Rückseite des Pick-ups zu und sprang. Marie blickte in den Rückspiegel, aber Terry landete nicht auf der Ladefläche. Stattdessen klatschte etwas Gigantisches gegen das Metall und der ganze Wagen machte einen Satz zur Seite.

»Terry!«, brüllte Marie. Oscar hatte ihn mit seinen Hörnern erwischt und ihn zu Brei zerquetscht, dessen war sie sich sicher. Voller Entsetzen schloss sie die Augen.

* * *

Als sie die Augen wieder öffnete, trabte Oscar zu seinem Baum zurück. Er schwankte etwas und grollte, schien aber nicht verletzt zu sein. Anscheinend hatte er den Vorfall vergessen und seine Prioritäten geändert. Seelenruhig trieb er nun seine Kühe in Richtung des Gatters. Marie kam sich vor wie in einem Albtraum, panisch vor Angst atmete sie langsam ein und aus, versuchte zu verarbeiten, was gerade passiert war. Bilder rasten ihr durch den Kopf, sie sah Terry vor sich, wie er tot am Wagen klebte und Blut aus seinem eingeschlagenen Schädel tropfte, zersplitterte Knochen überall. Es war vorbei. Ein tiefer Schmerz durchzuckte sie, instinktiv griff sie sich an die Brust.

Der Rauch wurde immer dichter und sie war sich nicht sicher, ob sie es auf den Weg zurückschaffen würde. Ihr Herz raste und sie konnte keinen klaren Gedanken fassen. Das war zu viel. Hart schlug sie den Kopf auf das Lenkrad und schrie. Die Angst, der Verlust und der Schrecken, das alles wollte aus ihr hinaus.

Es klickte.

»Was ist denn mit dir los?« Eine Hand legte sich auf ihre Schulter. Marie riss den Kopf hoch. Die Autotür war geöffnet. Durch den Tränenschleier hindurch sah sie Terry, der quietschvergnügt und erstaunlich lebendig vor ihr stand. »Was?«, schluchzte sie überrascht. Zitternd griff sie das Taschentuch, das Terry ihr reichte und putzte sich die Nase. »Wo kommst du denn her? Ich dachte, du seist tot.«

»Ich? Nee, mich bringt so schnell nichts um. Ich habe mich unter das Auto gerollt. Soll Oscar halt ein paar Tage mit Kopfschmerzen herumlaufen, wenn er denkt, sich so danebenbenehmen zu müssen.«

Marie drückte Terry fest an sich und küsste ihn. »Mach so was nicht noch mal, ich dachte, ich habe dich verloren. Und das, noch bevor ich dich richtig gewonnen habe.«

Terry schubste Marie vom Fahrersitz. »Das ehrt mich. Los, lass mich ans Steuer. Wird Zeit, dass wir hier wegkommen. Und du beruhigst dich jetzt erst mal, so kenne ich dich ja gar nicht. Ich bring uns hier raus, Süße.«

Sie fuhren zur Straße zurück, unter den schönen, alten Bäumen hindurch. Marie hoffte, dass das Feuer sie nicht alle zerstören würde. Plötzlich sahen sie Coopers Wagen auf der Straße vor ihnen stehen. Alle Insassen waren ausgestiegen und standen wie erstarrt neben dem Auto.

»Was ist denn los?«, entfuhr es Marie. Als sie näher kamen, sahen sie es: Die Straße vor ihnen brannte.

Einen halben Kilometer entfernt schob sich ein Teppich aus Glut über den Kies. Rechts und links der Straße brannten die Bäume. Dahinter türmte sich dichter Rauch, aus dem einzelne Flammen züngelten. Das Feuer hatte ihnen den Weg abgeschnitten.

»Alle wieder einsteigen!«, befahl Terry, als sie in Hörweite waren. »Cooper, fahr hinter mir her. Bleib dicht an mir dran.«

»Wie kommen wir hier raus? Feuer vor uns, Feuer hinter uns. Und rechts und links nur Buschland und Wiesen.« Marie blickte über den unebenen Paddock, der weiter hinten in ein Wäldchen überging. Es war der einzige Weg, der nicht direkt ins Feuer führte.

»Ich bringe uns zum Fluss. Das ist die einzige Chance, die wir haben. Da kommt kein Feuer rüber. Und dahinter liegt der einzige Hügel der Gegend. Dort können wir dem Rauch entkommen. Der bringt uns sonst schneller um als das Feuer.«

Marie hob eine Augenbraue. Ihr Herz raste und sie hatte Schwierigkeiten, sich zu konzentrieren, aber Terry war die Ruhe selbst.

»Du bist erstaunlich entspannt dafür, dass dich gerade ein Bulle fast zu Brei verarbeitet hat und deine Heimat in Flammen steht.«

»Panik schieben und rumheulen kann ich später noch. Ich möchte aber, dass es uns später auch noch gibt und deshalb bringt es nichts, jetzt den Kopf zu verlieren.«

Cooper folgte ihnen mit seinem Wagen, als sie sich über die Wiese bewegten. Am Ende der Wiese war ein Stacheldrahtzaun. Terry lehnte sich aus dem Fenster. »Hast du einen Werkzeugkoffer dabei?«, rief er Cooper zu. »Nein, wofür?«

»Wir brauchen eine Kneifzange.«

»Tut mir leid, habe ich nicht.« Marie sah, wie sich Hildegard zu Cooper beugte und ihm etwas hinhielt. Kurz darauf winkte dieser mit einer Zange und rief: »Na, sieht so aus, als hätten wir doch eine dabei.«

Marie staunte, sie musste ihre Mutter später unbedingt fragen, wieso sie eine Kneifzange mit sich herumschleppte. Cooper reichte Wayne die Zange und der stieg aus und zerschnitt den Stacheldraht. Dabei benutzte er eine Technik, die es ihm erlaubte, vom zurückschnellenden Draht nicht verletzt zu werden. Gekonnt wickelte er den losen Draht um die nächsten Pfosten. Sie fuhren durch die Lücke und setzten ihren Weg fort.

Hinter ihnen hatte sich der Himmel völlig verdunkelt. Sie konnten das Feuer jetzt hören. Es klang wie ein aufgebrachter Drache in der Ferne, der sich unaufhaltsam vorwärtsfraß und dabei brüllte und fauchte.

»Wie weit ist es noch bis zum Fluss?«

»Hm. Etwa einen Kilometer.«

»Das ist schaffbar.« Marie atmete aus. Jede gute Nachricht war ihr jetzt recht.

»Es gibt nur leider ein Problem.« Terry deutete auf ein Wäldchen, das vor ihnen lag. »Dahinter liegt der Fluss. Mit dem Auto kommen wir da nicht durch.«

Die Bäume standen dicht nebeneinander und zwischen ihnen wuchs dichtes Gestrüpp. Zarte lila-gelbe Blüten wuchsen aus den Stängeln hervor, aber es sah trotzdem wenig einladend aus.

Terry seufzte. »Ausgerechnet Lantana.«

»Was ist das?«

»Das Gebüsch zwischen den Bäumen. Es wurde nach Australien eingeschleppt. Gehört nicht hierher, wuchert aber überall. Es hat Stacheln, pass gut auf. Der Saft reizt die Haut.«

»Na toll. Wird ja immer besser.« Marie blickte an sich hinunter, sie trug einen langen Pullover, nahm sich aber vor, trotzdem gut aufzupassen. Mehr Sorgen machte sie sich um ihre Mutter, die nur eine Bluse trug. Für einen Moment dehnte sich die Zeit und sie sah Bilder vor ihrem inneren Auge. Der Marktplatz in Karlsberg mit dem Springbrunnen, der friedlich vor sich hin plätscherte. Korbstühle im Café Alex und Lena, die auf sie zulief. So hatte alles angefangen. Wie weit weg ihr das alles jetzt vorkam, wie aus einem anderen Leben.

Nahe an den ersten Bäumen parkten sie die Autos. Wayne half Hildegard aus dem Wagen, die verzweifelt versuchte, ihren Koffer mitzuziehen. »Das geht nicht, lass ihn hier.«

»Aber meine Sachen! Die lass ich doch nicht einfach zurück. Meine neuen Kleider!«

»Mama, wir können froh sein, wenn wir hier lebendig herauskommen. Hast du deinen Reisepass und dein Handy?«

»Ja.« Hildegard klopfte auf ihre Handtasche.

»Das muss reichen.«

»Aber …«

»Keine Diskussion! Wir müssen da durch.« Sie wies auf die Bäume. »Der Koffer würde uns aufhalten. Damit kommen wir nur im Schneckentempo voran. Willst du das riskieren?«, fuhr Marie ihre Mutter an, und es tat ihr sofort leid, als diese zusammenzuckte. Rote Flecken bildeten sich in Hildegards Gesicht und ihre Mundwinkel hingen herunter. Stumm zog sie den Koffer hinter einen Baum und ließ ihn dort stehen. »Es tut mir leid, Mama«, wisperte Marie, aber Hildegard hörte es nicht – oder wollte es nicht hören.

»Wo ist Gillen?« Nachdem alle ausgestiegen waren, bemerkte Terry, dass der Hund fehlte. Marie sah ihn traurig an und schüttelte den Kopf. Mitfühlend legte Terry den Arm um sie, zog sie an sich und küsste sie auf die Stirn. »Das tut mir leid für dich.«

»Es sollte dir mehr für ihn leidtun.«

Lena unterbrach die beiden: »Los, jetzt.« Sie deutete über die Wiese, die sie eben entlanggefahren waren, am Rand brannten bereits einige Stellen.

So schnell es ging, eilten sie durch das Wäldchen. Hildegard war mit Abstand die Langsamste und Wayne hatte sie gegen ihren Protest an die Hand genommen. Nach wenigen Metern war sie bereits das erste Mal an einem Lantanazweig hängen geblieben und ihre Bluse war eingerissen. Blut tropfte an ihrem Arm herunter. Marie hatte mehr Glück, der Pullover hielt die Stacheln gut ab. Lena schrie auf und Marie wäre vor Schreck fast gestolpert.

»Alles okay?«

»Ja, autsch. Danke.« Im Laufen drehte sich Marie um und sah, wie sich Lena mit der Hand an den Hals fasste. Anscheinend war ihr ein Ast dagegen geschnellt. Das waren alles nur kleinere Probleme, größere Sorgen machte es ihr, dass das Knistern des Feuers immer lauter wurde und hinter ihnen bereits ein rot leuchtendes Glühen zu sehen war. Die kleinen Brandstellen vereinigten sich und der Wald fing an zu brennen. Sie liefen über eine Lichtung und kamen an einem überwucherten Traktorreifen vorbei, der hier vor vielen Jahren entsorgt worden war. Wayne hustete unaufhörlich.

»Schneller«, schnaufte Terry. »Wir müssen schneller voran. Die Luft wird immer schlechter.«

Er ließ Marie los und nahm Hildegard an seine freie Hand. »Ich darf doch?« Hildegard ließ es geschehen. Sie war völlig außer Atem und kam kaum noch vorwärts. Mit den beiden Männern an den Händen ging es besser voran. Der Rauch hatte den Himmel verdunkelt und sie fingen nun alle an zu husten.

»Wo bleibt nur der verdammte Fluss?« Das war Hildegard. Zum ersten Mal in ihrem Leben hörte sie ihre Mutter fluchen. Terry vor sich zu sehen, hatte auf Marie eine beruhigende Wirkung, und sie war außerdem dankbar, dass Lena in ihrer Nähe war. Wenn sie das heute überleben würden, das schwor sie sich, würde sie ihr Leben grundlegend aufräumen und umkrempeln. Sich von Ballast lösen und neue Ziele setzen. Das tun, was ihr wirklich Freude bereitete. Und es irgendwie schaffen, Terry in ihr Leben zu integrieren.

Wieder kamen sie über eine Lichtung. Mit Schrecken sah Marie den Traktorreifen, den sie schon vor ein paar Minuten gesehen hatten.

»Halt!« Abrupt hielt sie an. »Hier waren wir schon. Terry?!« Betroffen deutete sie auf den Reifen. »Wir laufen im Kreis.«

Terry schaute sich um und kratzte sich am Kopf. »Mist.« Bis eben war Terry noch fokussiert gewesen, jetzt erschauderte Marie bei seinem Anblick, er schien regelrecht entsetzt. Sie verstand: Terry wusste immer, wo er war, hatte die Himmelsrichtungen einfach im Blut. Jetzt drehte er sich im Kreis und wusste nicht, in welche Richtung es gehen sollte. Mit dieser Orientierungslosigkeit kam er nicht klar.

Lena ging auf den Reifen zu, um sich kurz auszuruhen. Etwas blitzte vor ihr im Boden auf, Cooper sprang vor – zu spät! Lena fiel über ein Stück Metall, das aus der Erde ragte. Anscheinend hatte hier jemand eine private Mülldeponie angelegt. Lena stürzte und fiel der Länge nach hin. Es ging so schnell, dass Cooper ins Leere griff.

Schluchzend lag Lena auf dem Boden und krümmte sich vor Schmerzen. Cooper war direkt über ihr und redete auf sie ein. Marie hielt Hildegard zurück, die sich einmischen wollte. »Lass Cooper das regeln.«

Cooper zog Lena vorsichtig auf, sodass sie vor ihm saß. Beschämt wischte sie sich die Tränen weg, die ihre Wangen hinunterliefen. Sie deutete auf ihren Fuß und Cooper zog schnell den Schuh aus, um ihn sich anzuschauen. Langsam tastete er ihn ab und ließ wieder los, als Lena vor Schmerz aufschrie. Beruhigend lehnte er sich vor und küsste sie auf die Stirn. Lena zog ihn an sich und umarmte ihn.

»Es tut mir leid«, hörte Marie sie flüstern.

»Lena, meine Süße. Ist dein Bauch okay?«

»Ja, ich bin auf den Armen gelandet.« Demonstrativ hob sie ihre dreckverschmutzten Arme hoch. »Nur der Fuß tut furchtbar weh.«

»Kein Wunder, du hast dir anscheinend einen Mittelfußknochen gebrochen. Den Schuh können wir nicht mehr anziehen.«

Marie spürte, wie alle Kraft sie verließ, entmutigt lehnte sie sich an einen Baum. Es war alles vorbei. Gillen tot. Lena unfähig zu laufen. Wayne dabei, einer Rauchvergiftung zu erliegen. Hildegard am Ende ihrer Kräfte. Und sie alle gefangen in einem Labyrinth aus Bäumen und Feuer. Das war das Ende. Das Ende ihrer Tochter und ihrer Mutter, der Freundschaft zu Terry und der aufregenden Zeit in Australien. Der Traum war vorbei. Hier und jetzt würden sie alle untergehen und nichts konnte sie noch retten. Sie schloss die Augen und atmete tief aus. Im Hintergrund zischelte und prasselte es. Bald schon würde es sehr schmerzhaft werden, dann würde die Dunkelheit sie einfangen und aus diesem Leben fortziehen. Sie gab auf.

* * *

Etwas Feuchtes berührte ihre Hand. Marie seufzte. Es fühlte sich an wie Gillen, der über ihre Hand leckte. Sie hielt die Augen geschlossen und gab sich der Vorstellung hin. Gillen war bereits über die Regenbogenbrücke in das Land hinter der Welt geschritten, nun war sie an der Reihe. Er holte sie ab. Es fühlte sich so echt an, als würde der Hund tatsächlich neben ihr stehen. Etwas Feuchtes streifte ihr Bein. Angewidert riss sie die Augen auf und schlug danach. Gillen winselte. Ihre Kinnlade klappte herunter. »Gillen?!«, rief sie entgeistert. Der junge Hund schaute sie treu an. »Du bist es wirklich! Wo hast du nur gesteckt!«

Erleichtert fiel sie auf die Knie und umarmte das Tier. Sein Fell war nass. Nicht etwa feucht von Schweiß, sondern so vollgesogen wie ein Schwamm, als wäre er gerade aus dem Wasser gekommen. »Terry!« Ihre Stimme überschlug sich, als sie auf den Hund deutete. Gillen, der vor Freude so schnell mit dem Schwanz schlug, dass sein ganzes Hinterteil wackelte, triefte vor Nässe.

»Gillen war beim Fluss! Er kennt den Weg!«

Die intelligenten Augen des Hundes gaben ihr wieder Hoffnung. Liebevoll streichelte sie ihm über das Fell und die Schnauze. Es kam ihr so vor, als wolle Gillen ihr etwas sagen. Er blickte in eine Richtung und winselte und sie richtete sich auf.

»Genug Zeit vergeudet. Alle aufstehen. Cooper und Terry, ihr helft Lena. Wayne, nimm Hildegard an die Hand. Gillen führt uns hier raus. Jetzt sofort!«

Von neuer Zuversicht erfüllt, gab sie Gillen einen leichten Klaps auf die Schulter und sagte: »Los.«

Gillen trabte los. Er wand sich langsam durch die Bäume, zielsicher und unbeirrt. Für Marie sah alles gleich aus, aber Gillen wusste, wo er hinwollte. Die angeschlagene Truppe folgte ihm, Cooper hatte Lena hochgehoben und trug sie. Das war ein gewaltiger Kraftakt, aber er kam erstaunlich schnell voran.

Wayne hustete immer noch ununterbrochen, blieb aber unbeirrt neben Hildegard und half ihr sogar über die Baumwurzeln. Etwas gluckerte in der Ferne und bald schimmerte es silbern zwischen den Bäumen hervor. Als sie die letzten Bäume hinter sich ließen, lag vor ihnen der Fluss. Sie hatten es geschafft. Marie lachte auf. »Der Fluss! Ich glaub es nicht.« Sie klopfte Gillen wieder auf die Schulter. »Braver, guter, lieber Hund! Dafür kriegst du später ein großes Steak von mir. Ach was, eine Woche lang jeden Tag Steak.«

»Du hast ihn gerettet. Jetzt hat er sich revanchiert«, merkte Terry an.

Der Fluss war etwa zwanzig Meter breit und in der Mitte anscheinend recht tief, denn obwohl er am Rande schäumte und sprudelte, floss er in der Mitte ruhig vor sich hin. Die gegenüberliegende Flussseite war durch den Rauch nur schemenhaft zu erkennen. Dorthin mussten sie, das andere Ufer versprach Rettung. Hinter der Uferböschung stieg das Land steil an, der Hügel würde sie aus dem verflixten Rauch hinaus und in Sicherheit bringen. Neue Energie durchströmte Marie und auch die anderen schienen Hoffnung zu schöpfen.

Gillen lief sofort ins Wasser und schwamm los, er erreichte das andere Ufer, noch bevor sich Marie die Schuhe ausgezogen hatte. Sie verknotete die Schnürsenkel und hängte sich die Schuhe um die Schultern. Alle anderen taten es ihr nach, Lena hatte ohnehin nur noch den einen Schuh an. Achtlos warf Marie ihren Pullover auf den Boden. Es war mittlerweile so warm geworden, dass sie ihn nicht mehr brauchte. Cooper trug Lena ins Wasser und zog sie mit sich. Lena versuchte, ruhig mit den Armen und einem Bein zu paddeln. Auch Wayne und Hildegard stiegen nun ins Wasser. Wayne hustete so stark, dass er kaum Arme und Beine koordinieren konnte, doch wie zuvor ließ er Hildegard den Vortritt und schwamm hinter ihr her. Hildegard hatte ihre Handtasche auf ein Stück Holz gelegt und schob sie vor sich her, damit sie trocken blieb. So viel Einfallsreichtum hatte Marie ihrer Mutter nicht zugetraut.

Marie wartete darauf, dass sich Terry für die Flussüberquerung bereitmachte. Dieser ließ sich erstaunlich viel Zeit mit seinen Schuhen und war als Letzter fertig. Cooper und Lena bewegten sich bereits den Hügel hinauf und Hildegard und Wayne kämpften mit der Uferböschung.

Wayne unterstützte Hildegard, so gut er konnte. Die alte Frau seufzte, als sie hochblickte und den steilen Hang vor sich sah. Galant reichte Wayne ihr die Hand und sagte: »Ich kann keine Berge für dich versetzen. Aber wir können zusammen den nächsten Gipfel erklimmen.«

Hildegard ergriff seine Hand und er half ihr über die letzten dichten Pflanzen.

Marie stand immer noch ratlos neben Terry am Ufer, der unglücklich ins Wasser schaute.

»Was ist?«, fragte sie verunsichert. Sie ahnte Böses.

»Ich kann das nicht.«

»Was kannst du nicht?«

»Ich …« Er brach ab.

»Ja?« Marie griff nach seiner Hand. »Komm jetzt. Wir müssen da rüber.«

»Geh allein. Ich kann nicht.«

»Um Gottes willen, was ist denn?«

»Das Leben ist kurz. Viel zu kurz.« Starr blickte Terry auf das Wasser, ohne auf Maries Händedruck zu reagieren. »Ich bin froh, dich kennengelernt zu haben, Marie. Du hast etwas in mir geweckt, von dem ich nicht mal wusste, dass es in mir ruht. Aber du musst jetzt über den Fluss. Ich bleibe hier.«

Sein Körper war angespannt, fast wie eingefroren. Nun fiel es Marie wie Schuppen von den Augen, sie erinnerte sich, wie ihr Handy ins Wasser gefallen und sie sofort hinterhergesprungen war. Als sie auf das Wasser zu geglitten war, hatte Terry wie versteinert zugeschaut, anstatt ihr zu helfen. Damals hatte sie sich gewundert, aber jetzt fiel es ihr wie Schuppen von den Augen. Terry hatte Angst vor dem Wasser. Aber das konnte doch nicht sein, Terry hatte vor nichts und niemandem Angst … Sie drängte sich vor ihn und stellte sich auf die Zehenspitzen. Sie blickte ihm tief in die Augen und sagte: »Terry, du kannst nicht schwimmen. Richtig?«

Er schluckte. »Ja. Gut erkannt. Ich habe das nie gelernt. Als Kind ist ein Spielkamerad von mir ertrunken, seitdem bleibe ich dem Wasser fern. Angeln ist okay, aber ich … ich kann da nicht rein.«

»Deshalb findest du auch deinen Zweitnamen ›River‹ so unpassend.«

»Ja.«

»Unser Leben hängt davon ab, ob du dich jetzt überwindest. Ich bleibe nämlich bei dir.«

»Mach das nicht, Marie. Es ist mein Problem, nicht deins. Deine Familie braucht dich. Ich kann nicht ins Wasser, ich gehe unter wie ein Stein.«

»Nein. Du kennst mich. Ich bin ein Dickkopf.« Energisch schmiegte sie sich an Terry und küsste seine Wange. »Und das Leben ist nicht kurz. Es ist das Längste, was du jemals machen wirst.«

Für eine Minute standen sie eng umschlungen da. Aus der Ferne hörten sie, wie Lena ihre Namen rief. Es wurde unangenehm warm und Marie sah aus dem Augenwinkel, wie ein Ast hinter ihnen Feuer fing. »Vertraust du mir?«, flüsterte sie in sein Ohr.

»Ja.«

»Dann komm, ich lasse dich nicht untergehen. Das verspreche ich dir. Ich werde an deiner Seite bleiben.«

Terry schaute sie mit unergründlichem Blick an. »Marie, ich liebe dich.«

Marie schluckte, das hätte sie nicht erwartet. »Ich glaube … ja, ich liebe dich auch, Terry.«

* * *

Terry hielt sie so fest umschlungen, dass sie kaum atmen konnte. Er hatte sich verkrampft und würgte sie ungewollt. Mit einer Hand versuchte sie, seinen Arm zu verschieben, damit der Druck um den Hals nachließ. Dabei geriet ihr Kopf unter die Oberfläche, sie schluckte Wasser und prustete. Meter für Meter zog sie ihn vorwärts und kämpfte mit der Strömung. Die war heftiger, als es vom Ufer aus ausgesehen hatte. Es war unglaublich anstrengend.

»Halt durch«, wollte sie Terry zurufen, aber es kam nur ein Blubbern heraus. Etwas wickelte sich um ihr Bein und sie riss es heftig los. Eine Pflanze. Ihr wurde schwarz vor Augen, aber es war nicht mehr weit. Noch ein paar Meter. Dort wo sie eben noch gestanden hatten, brannte jetzt der letzte Baum am Ufer. Sie waren dem Feuer nur knapp entkommen, jetzt musste sie durchhalten, damit sie nicht ertranken. Ihre Lunge brannte und ihre Arme schmerzten. Terry war schwer und sie mobilisierte alle Energiereserven. Mit letzter Kraft erreichten sie das andere Ufer und zogen sich aus dem Wasser. Heftig atmend löste sie sich aus Terrys Umklammerung. Der Schlamm war weich, aber man sank nicht allzu tief ein. Sobald Terry Boden unter den Füßen verspürte, sprang er auf. Dankbar reichte er ihr die Hand und zog sie hoch. Dichter Rauch waberte herüber und sie husteten zeitgleich.

Sie nahmen sich nicht die Zeit, sich die Schuhe anzuziehen, sondern rannten in Socken den Hügel hinauf. Hinter der Uferböschung war der Boden nur noch spärlich bewachsen und steinig. Aber es störte sie nicht, ihre Füße waren taub vor Erschöpfung. Der Hügel stieg erst sanft an und dann immer steiler. Mit jedem Schritt wurde der Rauch lichter. Mal hielten sie sich an den Händen, mal kletterte jeder für sich. Schließlich erreichten sie einen Trampelpfad, der ihnen das Laufen erleichterte.

Plötzlich hörten sie das schönste Geräusch, das sie je gehört hatten. Es war ein gleichmäßiges Rattern, das immer näher kam: die Rotorblätter eines Hubschraubers. Er flog über die Hügelkuppe und hielt auf sie zu. Nun sahen sie auch Lena, Cooper, Wayne und Hildegard, die unweit von ihnen auf einer Felskuppe standen und heftig winkten. Das heißt – alle winkten, bis auf Cooper. Der hielt Lena immer noch auf dem Arm. Wie er es geschafft hatte, sie auf den Berg zu manövrieren, war Marie ein Rätsel. Durch die Gefahr musste er unmenschliche Kräfte entwickelt haben. Jetzt ließ er sie langsam hinuntergleiten.

Marie war klitschnass, ihre Augen brannten und jeder Knochen schmerzte, aber es war ihr egal. Sie stolperte auf Lena zu, sank neben ihrer Tochter zu Boden und umarmte sie heftig. »Meine süße, kleine, starke, große Lena«, murmelte sie und küsste sie immer wieder auf die Wange. Es war ihr egal, was die anderen dachten. Lena ließ es geschehen und lächelte. »Meine liebe, mutige, kluge Mama«, antwortete sie.

»Hier!«, »Halt!«, »Haaallloo!«, schrien die anderen bei dem Versuch, die Aufmerksamkeit des Piloten zu erregen.

Gillen sprang auf einen großen Steinbrocken und bellte laut. Allerdings nicht in Richtung des Hubschraubers, sondern in Maries Richtung. Diese stutzte und lachte. »Bist du etwa eifersüchtig?«

Der Pilot hatte sie entdeckt, wendete die Maschine und kreiste um sie herum. Er gab ihnen ein Zeichen und sprach dabei in sein Kommunikationsgerät. Marie wusste, er gab seine

Entdeckung gerade weiter. Anschließend zeigte er ihnen den erhobenen Daumen und steuerte den Hubschrauber am Hügel entlang, bis er einen geeigneten Ort zum Landen fand.

Sie waren gerettet, jetzt konnte nichts mehr passieren. Marie richtete sich auf und half Lena hoch. Mit letzter Kraft stolperten sie gemeinsam auf den Hubschrauber zu.

Kapitel 17

Ein Duft von Erde, Gras und Eukalyptus lag in der Luft. Eine leichte Brise wehte und trug ein vereinzeltes Wiehern oder Muhen zu ihnen herüber. Es war eine herrliche Idylle, so perfekt, dass Marie kaum glauben konnte, dass sie noch gestern fest mit dem Tod gerechnet hatte. Vorsichtig schnippte sie eine Raupe weg, die über ihr Bein krabbelte.

Sie saßen auf mehreren Picknickdecken verteilt unter einem Eukalyptusbaum. Ein schöner, friedlicher Ort. Von hier aus konnten sie über eine offene Waldlandschaft blicken. Die Wiese fiel leicht ab und verschwand im Tal in einem dichteren Waldstück. Braun schimmerten die Rücken der Kühe und Pferde in der Ferne. Nicht weit hinter ihnen lag das Haus von Coopers Eltern. Es war so entspannend und behaglich hier, dass Marie Mühe hatte, wach zu bleiben. Lena ruhte fest in Coopers Armen. Ihre Augen waren geschlossen und sie wirkte friedlich und entspannt.

Alice hatte so viel Essen vor ihnen aufgetürmt, als seien sie gerade einer Hungersnot entronnen. Sandwiches, Scones, Gebäck, Pies, Obst und Kuchen. Clancy half seiner Frau, das Essen zu verteilen. Vor Gillen stand eine Schüssel mit klein geschnittenem Steak, das der junge Hund gierig verschlang.

»Bitte greift zu, ihr braucht jetzt alle eine Stärkung. Und was Alice zubereitet, das ist immer gutes Kraftfutter.« Er zwinkerte Alice zu und schaufelte Terry ein paar Minicroissants auf den Teller. Terry bedankte sich und aß das erste in einem Bissen auf. Er wirkte sehr nachdenklich.

Henry fragte seinen Bruder aus. Er war der Einzige, dem es nichts ausmachte, über die Ereignisse ins Detail zu gehen, er wollte alles ganz genau wissen. »Das heißt, das Feuer hat sich nicht wie eine Front verhalten, sondern ist teilweise um euch herumgewandert?«

Cooper erzählte ihm bereitwillig alles, dabei streichelte er Lena pausenlos über das Haar. Diese lag eng an ihn geschmiegt da und lächelte nur.

Hildegard unterhielt sich angeregt mit Alice und Clancy. Alice hatte ihr sofort mehrere Blusen und Röcke überlassen. Die Kleider waren Hildegard ein paar Nummern zu groß, aber es schien sie nicht zu stören. Ihre Mutter sah zwar angeschlagen aus, aber dennoch wirkte sie so entspannt wie nie zuvor. Etwas in ihr schien angekommen zu sein, hatte Frieden gefunden.

Nachdem der Hubschrauber sie mitgenommen hatte, waren sie in das nächste Buschkrankenhaus gebracht und dort intensiv untersucht worden. Alle hatten um Lenas Baby gezittert, doch die Ärzte bestätigten ihr, dass sie Glück gehabt hatte: Dem Baby ging es gut. Ein Psychologe unterhielt sich mit ihnen über das Thema Trauma und Schock und gab ihnen Informationen und Tipps.

Wayne musste noch ein paar Tage zur Beobachtung im Krankenhaus bleiben. Der Rauch hatte seine Lunge angegriffen, und obwohl er darauf bestand, dass es ihm gut gehe, hatten die Ärzte ihn eingewiesen. Allerdings störte ihn das nicht besonders, denn er hatte im Krankenhaus Allan getroffen, dem es mittlerweile deutlich besser ging. Die beiden ließen sich auf dasselbe Zimmer verlegen.

»Allan kennt mein Schnarchen, dem kann ich das zumuten«, argumentierte er gegenüber der Krankenschwester, die erst Bedenken hatte. Beim Rausgehen hörte Marie den Sportkanal im Fernsehen laufen. »Die sind erst mal gut unter«, witzelte sie.

Die Ärzte bekräftigten, was Marie längst gewusst hatte: wie knapp sie dem Tod entronnen waren. Die Feuerwand, der beißende Rauchgeruch, die knisternden Flammen, ihre verzweifelte Flucht – diese Erinnerung würde sie noch oft aus dem Schlaf reißen, da war sich Marie sicher. Sie konnte immer noch nicht recht glauben, dass sie das alles tatsächlich erlebt und nicht bloß geträumt hatte. Im Nachhinein kam es ihr surreal vor.

Zärtlich griff sie nach Terrys Hand, seine Nähe beruhigte sie. Seit ihrer Rückkehr hatten sie keine Minute unter vier Augen gehabt. Dabei hatte sie viel mit Terry zu klären. Wie sollte es nun weitergehen?

»Sobald das Feuer unter Kontrolle ist, werde ich nach Hause fahren und mir die Sachlage anschauen«, sagte er zu Clancy. »Immerhin sind Jay und meine alte Stute sicher, die stehen noch bei Wayne.«

Von der Feuerwehr hatten sie erfahren, dass Waynes Farm vom Feuer verschont geblieben war. Dafür waren sie alle dankbar, Wayne hatte schon genug unter dem Feuer zu leiden gehabt.

»Ich werde dich natürlich begleiten und dir beistehen, den gröbsten Schaden zu beseitigen«, fügte Marie wie selbstverständlich hinzu. Terry schaute sie dankbar an und fragte: »Geht das denn? Du musst doch sicherlich mal wieder nach Hause.«

»Ach Quatsch. Mein Visum kann ich verlängern und Dr. Ahmed wird Verständnis für die Situation haben und mich weiter freistellen.«

In Gedanken fügte sie hinzu: »Und Nadide wird mir wahrscheinlich für den Rest ihres Lebens jeden Wunsch von den

Lippen ablesen, wenn ich ihr von der erfolgreichen Mission mit dem Stein erzähle.«

»Es wird schmerzhaft werden, Marie. Auf Karinya wird es schlimm aussehen. Die Verwüstungen durch das Feuer, der Geruch von kaltem Rauch, überall verkohltes Holz. Der Schrecken wird wieder hochkommen.«

Marie machte sich keine Illusionen. Vielleicht würden sie tote Kühe finden oder sogar Pferde.

»Das macht mir nichts aus. Was vorbei ist, ist vorbei. Jetzt wird in die Zukunft geschaut. Und das Land wird sich sicher erholen, Wiesen und Bäume werden wieder sprießen.«

»Da hast du nicht ganz unrecht«, mischte sich Clancy ein. »Feuer gehört hier zum Kreislauf der Natur. Es triggert das Wachstum der Pflanzen und bereits in wenigen Wochen werden nur noch vereinzelte Kohlereste die Geschichte verraten. Selbst die großen, alten Bäume bleiben oft von den Feuern verschont.«

Das war schwer vorstellbar für Marie, doch sie wusste auch, dass die Natur große Selbstheilungskräfte besaß. Alles vom Menschen Erschaffene aber war verloren. Die Zäune, Schuppen, Drafting- und Roundyards, die Depots, Lagerstellen und Holzstapel. Inständig hoffte sie, dass wenigstens Terrys Haus stehen geblieben war, die Chancen standen ganz gut, denn es war von einer baumfreien Feuerschneise umgeben.

»Egal was uns erwartet, ich stehe dir bei. Versprochen.« Sie schmunzelte: »Außerdem habe ich eine wichtige Mission zu erfüllen: Ich muss dir das Schwimmen beibringen.«

Terry rollte mit den Augen. »Wenn ich da mal nicht zu alt für bin.«

»Wohl kaum. Wer es schafft, vor einem Bullen wegzurennen, der kann auch noch schwimmen lernen.«

Sie blickte zu Lena, mit der würde sie sich auch noch in Ruhe unterhalten müssen. Es sah nicht so aus, als hätte ihre Tochter vor, in absehbarer Zeit nach Deutschland zurückzukehren.

Studieren konnte sie auch hier, falls sie das noch vorhatte. Meine Güte, sie musste Katja anrufen. Sie hatte ihrer Freundin noch nicht von ihrem Abenteuer erzählt. Die würde sie wahrscheinlich für verrückt erklären und ihr kein Wort glauben.

Marie seufzte. Hildegard, Lena und auch sie selbst – sie waren alle mit verschiedenen Erwartungen in dieses Land gefahren. Lena hatte die große, weite Welt erkunden wollen. Marie war ihren Mutterinstinkten gefolgt. Und Hildegard – die hatte es ihr einfach nicht zugetraut und sie begleitet. Drei Generationen mit ihren eigenen Vorstellungen und jede von ihnen mit einer gehörigen Portion Dickköpfigkeit. Sie hatten mit vielem gerechnet und sich jeweils für andere Abenteuer gewappnet. Aber eins hatten sie alle drei nicht erwartet: dass sie sich selbst finden würden.

Wieder kitzelte sie etwas am Bein. Gedankenlos wollte sie das Insekt verscheuchen, aber es verschwand nicht. Irritiert setzte sie sich auf und sah, dass es ein Grashalm war, der ihr über das Bein strich. Das andere Ende hielt Terry in der Hand. Er grinste sie an und zwinkerte. Marie spürte, dass ihr eigenes Abenteuer noch lange nicht zu Ende war. Sie zwickte Terry in die Schulter und zwinkerte zurück.

FSC
www.fsc.org
MIX
Papier | Fördert
gute Waldnutzung
FSC® C083411

Druck:
CPI Druckdienstleistungen GmbH
im Auftrag der
Zeitfracht GmbH
Ein Unternehmen der Zeitfracht - Gruppe
Ferdinand-Jühlke-Str. 7
99095 Erfurt